B

离岛

库索 —— 著

Island Leaving, Island Living

于偏僻之地
重建生活

GUANGXI NORMAL UNIVERSITY PRESS
广西师范大学出版社
·桂林·

我的离岛之旅，是从一个洞窟开始的。一位在自己的国家不被接纳的美国青年带我来到了这里。

Will 两年前移居到异国他乡的小岛上，爱好是四处探访被岛上老人们遗忘的秘密洞窟，并将它们作为自己的秘密基地。在其中一处，Will 为我焚火煮起咖啡，他对我坦言：在离岛上，他才终于摆脱了国籍与身份的桎梏，获得了真正的自由。

2018 年，拥有日本教堂数量最多的五岛列岛，被联合国教科文组织认定为世界文化遗产地。近年来，离岛也正在成为东京和大阪等年轻人之中人气最旺的移住目的地。

而当我进入当地农家，却意外地发现："世界遗产"几个字，与他们的生活毫无关系。他们仍在继续一种村落社会古老的物物交换的生活。

乡村生活与文艺想象相距甚远，艰苦程度超过预期。并且，残酷的社会关系根深蒂固：在这个家里，男人从傍晚开始醉倒，女人生活不堪重负，随着他们成为高龄者，生活不可避免地走向衰败。

关于佐渡岛，最著名的故事是朱鹮"复活"的佳话，如今，岛上生息着超过 400 只朱鹮。青绿水田里悠然站立的各种鸟类随处可见，许多人因为这样优越的自然条件移住到佐渡。

为一种鸟类的生存煞费苦心，这个小岛也许是全日本唯一一个特例。但与此同时，人的命运也许不那么乐观。

68 岁的北村先生是现存唯一一位"车田植"的传承者，他对我说："如果我死了，这项仪式就会从这个世界上消失。"他觉得那一天必将来临。

聪美和法国人丈夫从巴黎回到故乡日本，来到了此前从未到过的佐渡岛。两人一边种植葡萄，一边经营餐厅，实践着自给自足的生活方式。

我去她的海边餐厅吃饭，站在窗前，目睹着夏天最后的落日沉入日本海。她说，她之所以选择这里，很大原因就是眼前的景象。

这样的落日，就是她独自漂泊在海外时，脑海中关于日本乡愁的确切意象。

500 多年前，历史上最著名的能剧大师世阿弥于 71 岁高龄被流放至佐渡岛，至死未能离开。

今天，日本超过三分之一的能剧舞台都在小小的佐渡岛上，且几乎都在神社之中。能剧在这里，并不是高高在上的晦涩艺术，而是没有门槛、性别平等的庶民祭典。

前不久，京都的一位能剧表演者问起我最近有没有去看演出，我竟然有些惭愧：从佐渡岛回来之后，我就对在会馆里正襟危坐观看的能剧彻底失去了兴趣。

我无时无刻不在怀念佐渡：在夏夜的神社点起篝火，人们席地而坐，至精彩处，齐齐鼓掌。而在台上演出的那位，也许就是隔壁邻居家的大婶。

位于隐岐群岛中的小镇海士町，
来自世界各地的年轻人定居此处，
令它成为地域振兴的榜样。

移住者们来到岛上多数会生孩子，
至少生两个，平均生三个。少子
化问题似乎在这里根本不存在，
幻觉一般的人类乐园景象。

从东京的名校毕业后，宫崎放弃了进入金融机构的机会。这是他在岛上的第 17 年。

他和来到岛上当老师的美穗结了婚，有了自己的房子，一边从事农业和渔业，一边摸索着从未经历过的生活形态。

宫崎家的四个孩子，成长在一个没有电视和游戏机的世界里。

独立生火煮饭和吊在枇杷树上的自制秋千，构成了他们的童年乐趣。

在宫崎家的厨房里，美穗偷偷拍下了这张照片。

宫崎家的几个孩子对厨房热情高涨，
一旦开始准备晚饭，便全部挤进来，各自找到事情做。

宫崎家的厨房允许任何人以任何形式参与，
在这里，我做过好几次中华炒饭，
甚至还做过一次贵州凉拌折耳根。

海士町的稻田图书馆，是 23 年前移住到这里的矶谷女士以一己之力打造的名所，如今在岛上拥有 28 个"分身"。

这间图书馆声名远扬，听说，最近甚至有人为了它而移住到小岛。

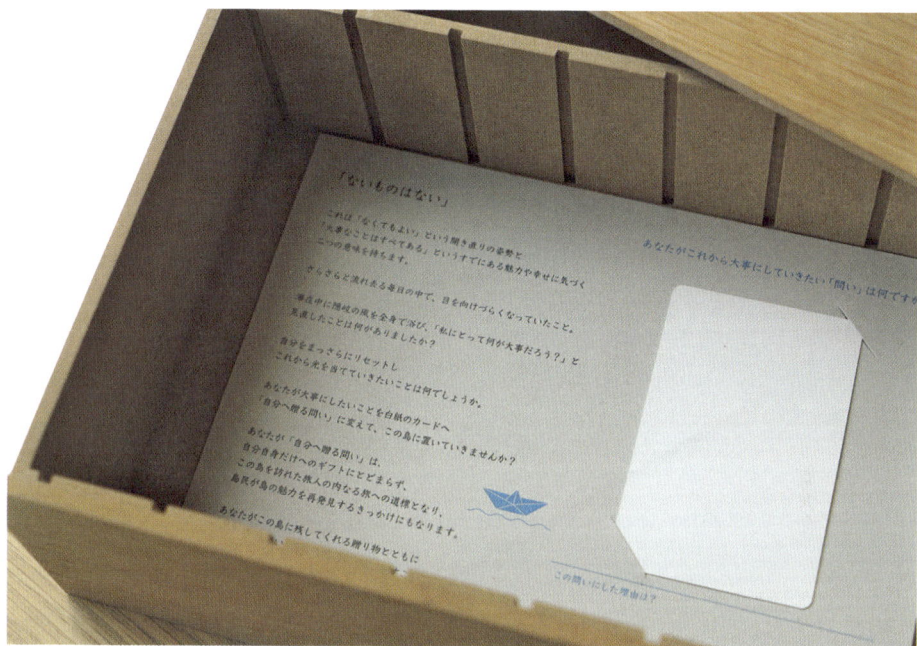

海士町酒店 Entô 的床头柜上，这张卡片请求我对自己提出一个问题，并写下提问的理由。一张感性的空白卡片，改变了我对高级酒店的偏见，也唤起了我对旅途和生命的思考。

同时，我终于理解了何谓离岛之旅：这是一趟鼓励旅人与自己对话的旅程。

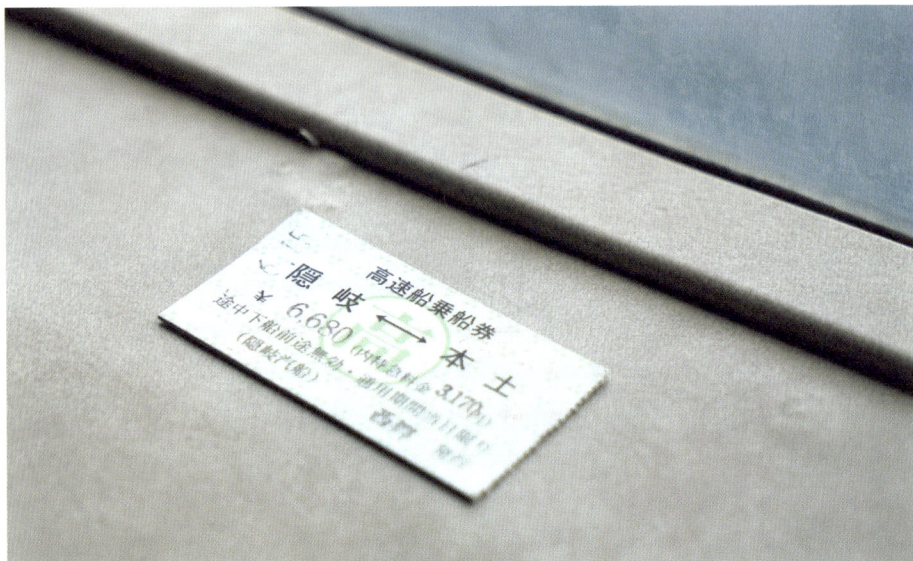

离开海士町那天，我乘船回到岛根县松江市。写着"隐岐—本土"的船票，再一次提醒着我离岛之偏僻。

然而，以海士町为契机，我开始对那些选择在偏僻之地生活的年轻人产生兴趣。我在海士町亲眼见证那些勇敢而热情的人们如何建设生活，重视自然与自我，不为任何机器和系统服务，只追求自己想要的人生。

这让我隐隐有个预感：离岛拥有无限未来。

离岛是人类的困境
离岛是人类的未来

2015 年，在一次前往冲绳的旅行中，我第一次接触到"离岛"这个概念。冲绳是深受日本年轻人欢迎的旅行目的地之一，但我发现，对他们来说，冲绳指的不是那霸（他们将那霸称为"冲绳本岛"）。他们会直接飞到更南边的石垣岛，以这个小岛为中心的八重山群岛，是他们热爱的可以潜水和度假的"冲绳离岛"。

当我把冲绳的离岛全都去过一遍之后，就大概懂得了日本人对离岛的浪漫想象。它意味着透明的大海、丰裕的自然、美味的海鲜以及一种与世隔绝的理想生活——悠闲缓慢，自给自足……总之，在游客的认知里，离岛是城市生活的正反面，当生活在城市里的人们想要逃跑的时候，他们总是去离岛喘一口气。离岛是世外桃源。

离岛，从概念上来说，是指那些远离本土的岛屿。

今天我们谈论日本的时候，通常指的是其本土由北至南的五个主岛：北海道、本州、四国、九州和冲绳，即在世界地图中一目了然的日本部分。事实上，日本之所以称为岛国，是因为它是一个由众多岛屿组成的国家。主岛之外还有更多的岛。根据日本国土交通省的分类，除了上述 5 个主岛之外，其余的岛屿被称为"离岛"。多数离岛处于无人岛状态，但即便是少数的有人居住的离岛，如今也仍有 400 多个。

前些年，日本诞生了一份名叫《离岛经济新闻》的免费报纸，专门为已经生活在或是想要移住到离岛上的人们提供生活和工作情报（可见已经有相当的用户需求）。我在上面读到：离岛人口总数为 61 万余人，占据日本总人口的 0.5%——也即是说，每 200 个日本人中就有 1 个人生活在离岛。我对这些人感到好奇：他们为什么生活在离岛上？为什么没有离开？为什么还有新的人移住？冲绳的八重山群岛作为日本最著名的离岛目的地，毋庸置疑已经被高度观光化。可是，除它之外，在那些还没有太多游客涉足的离岛上，人们的生活又是怎样的？

我用了几年时间去了解离岛。离岛中较为著名的几个，在历史上曾是日本天皇和贵族的流放之地，这一罪名被称为"流刑"。政治斗争中的失败者，多数人在离岛上度过了郁郁的余生。离岛成为一处流放目的地，由它的地理位置而决定，如同它的名字中浓缩的意义：被隔离的岛。其偏僻的特性可想而知。但也正是它们在日本国土上的边缘性，使得这些小岛成为日本历史上最国际化的地方：它们曾是遣唐使前往大唐时告别日本的离岸之地，也是他们归来时登陆日本的第一站；它们曾经是亚洲海上繁盛的贸易港口，中国人和朝鲜人都在此留下了生活痕迹；它们还曾是江户禁教时期基督教徒的藏身之地，保存着完好的教堂建筑群……这些文化价值令它们在今天得到了世界范围的认可，甚至被列入了世界遗产名录。同时，又由于它们远离本土的封闭性，在明治之后的漫长时间里，较少遭受现代风潮的侵蚀，这令它们成为日本传统文化和传统艺能保存得最好的地方。

离岛存在着多元的价值、启示和可能性，同时也存在着很多维持人类活动时所面临的问题。在日本近代化的进程中，年轻人从农村涌向城市，传统农业和渔业衰落，农村集落解体，传统艺能因为后继无人而面临消失，都是离岛真实面临的困境。人口减少是离岛面临的最大问题，有数据显示：二战后至今，日本离岛人口的减少超过了 65%。

今天，离岛的少子高龄化状况是全日本最严重的，且多数地方的财政能力指数不到全国平均水平的一半。

如果离岛上的最后一个住民消失，那么它将从此变为无人岛，再无公共交通工具前往。为了阻止离岛可预见的无人化未来，日本在1953年制定了《离岛振兴法》，针对北海道、本州、四国、九州周边的离岛，通过国家承担大部分的交通、通信、供水、排水、电力等基础设施建设以及改善医疗和教育设施、帮助就业、帮助农林业和渔业等产业振兴等方式来对离岛进行经济和行政支援。到目前为止，这部法律已经被延长七次，从硬件建设到软件支持等方面，都进行了适应时代的更新。

《离岛振兴法》的幕后推手，是被日本人称为"离岛振兴法之父"的日本民俗学家宫本常一。他是现代日本最早号召和投身离岛振兴的学者，他也是"全国离岛振兴协议会"的第一代事务局局长，一生游走于日本各个离岛，留下了数量众多的著作，而它们也成为今天人们研究这些岛屿的宝贵资料。

早在半个世纪之前，宫本常一就说过：离岛是日本社会的缩影。从大的趋势上来说，这种缩影指的是在人口减少的社会中的少子化和高龄化，从更具体的方方面面来看，它也许还包括：海洋垃圾问题、气候变化问题、食品安全问题、传统文化破坏问题、宗教问题、教育问题、国际交流问题、贫穷和养老金不足问题、女性职场地位问题……事实上，一旦置身于离岛，你就会发现，离岛是一个问题的容器，所有将在日本各处遭遇的问题都正在这里加剧发生。

最近二十年，为了解决城市人口爆炸、资源不足，而农村却日益高龄化和少子化、人口过疏的问题，日本政府一直在积极倡导年轻人移住到地方和农村，并为此推行了许多优惠政策。离岛成为被政府大力提倡回归的重点目的地之一。于是，在离岛上发生的，又成了代表整个日本现状的另一幅缩略图：各个地方政府想出各种优惠政策来吸引年轻人。

多年来我一直关注着日本政府在 2009 年推出的"地域振兴协力队"制度，它以国家支付工资的方式，募集在城市生活的年轻人移住到人力短缺的地方和农村，进行诸如旅游业和农林水产业支援的振兴工作。这项制度虽然期限只有三年，动机却是让年轻人留在当地定居——参与者中 65% 的人确实在任期结束后留了下来，找到了各自的工作或是创业方向。参与这项制度的年轻人越来越多，根据 2022 年公布的数字，共有 6447 名地域振兴协力队队员在日本全国各地活动，其中不少是在离岛上。

与主流价值观背道而驰、不追求金钱与名望的年轻人，为什么选择了离岛？还是说，这在未来会成为一种主流的价值观？来到这里的年轻人正在做什么？他们如何建设生活？他们如何和当地人相处？世界遗产和历史文化之类的噱头，对他们的生活有帮助吗？当地人又如何在这些噱头下改变自己的生活困境？人们在理想和现实之间遭遇了什么？带着这些问题，我踏上了离岛之旅。

在岛上的日子里，我遇到了形色各异的人，他们成为这本书的主角。留在岛上的人各有各的困境，来到岛上的人也各有各的目的：有人确实是为了美丽的大海、丰裕的自然资源和安全的食物，有人在 3·11 大地震后失去了对东京的信任，有人对城市生活的价值观产生了巨大怀疑，有人从海外归来、开始寻找日本传统文化的源流，有人离开了岛屿又回来继承家业，有人环游世界归来仍然在岛上做一个公务员。

竟然也有来自全世界的人住在这里——一个美国人在当私人导游，一个法国人栽培葡萄准备酿造红酒，一个德国人种菜种得风生水起……离岛比我想象中更开放也更活泼，来自外部的人们为它找到了更现代化的世界性表达。在寻找理想生活和扎根于土地现实之间，在矛盾和冲突之后，他们的选择尤为有趣。

有人居住的每一个离岛都有其独特的文化、生活方式、产业和自然环境。如果把这些称为"离岛的宝藏"，那么支持这些宝藏的主体就是"岛民"。很显然，如今的岛民，不仅由原住民构成，新移民也占据着同样的比重——这些具有创造性和国际视野、想要建设自己理想生活的人们，正让离岛萌生新的种子。当他们对我说起"城市里没有生活，离岛上可以建造生活"的时候，我总有个隐隐的感觉：战后的日本就是这么长出来的——是拥有类似心态的一群人，最终将东京建成了一座国际化大都市。

只是，今天在离岛上建设生活的人们，更重视自然与自我，他们不为任何机器和系统服务，只追求自己想要的生活。离岛是一个宽容的容器，让生活长成他们想要的样子。这同样也体现了离岛的一种主流价值观：不是仅仅要"维持和扩大人口"，而是"即便人数很少，也要想办法过上充实的生活"。对于人口预测将在 2070 年减少至 8700 万人的日本来说，这也许将成为一种共通的价值观：未来隐秘的线索在离岛。

现代人对生活的追求，大抵是要"寻找更多可能性"；离岛的人们恰恰相反，他们选择在更少可能性、狭窄受限的环境中生活。在这本书里的一座离岛，有句在全日本都很著名的口号："没有的东西就是没有，重要的东西都在这里。"这里的人们让我知道：在一个没有便利店、麦当劳、电影院的地方，"重要的东西"是与自然朝夕相处的恩赐、自给自足的生活方式、人与人之间的紧密联系、完全被自己想做的事情填满的时间……对他们来说，这即是人类所需要的一切。

在城市里，我遇见很多飘在空中的人，而在离岛上，我遇见很多扎根于土地的人。他们让我看到一种充满养分的人生。在城市里，人们早已默认成为机器上的一枚齿轮，并且努力获取更多金钱和物质来适应生活，但在离岛上，人们从雏形和轮廓上改变生活，他们真的在建设一种"他们认为是正确"的生活。

最后一次从离岛回到本岛的飞机上，我从空中俯瞰漂浮在濑户内海上的小岛，突然意识到：我写作的是日本的离岛，但其实日本之于地球也是离岛，而地球对于宇宙来说，又何尝不是离岛？离岛不只是日本社会的缩影，也是人类社会的缩影。我们存在于宇宙的孤独时间之中，但它如何以无限广阔，承接我们短暂的一生？我想要借由在离岛遇见的人们，弄明白这一点。

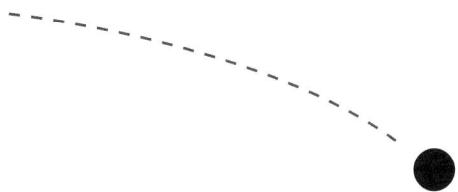

目 录

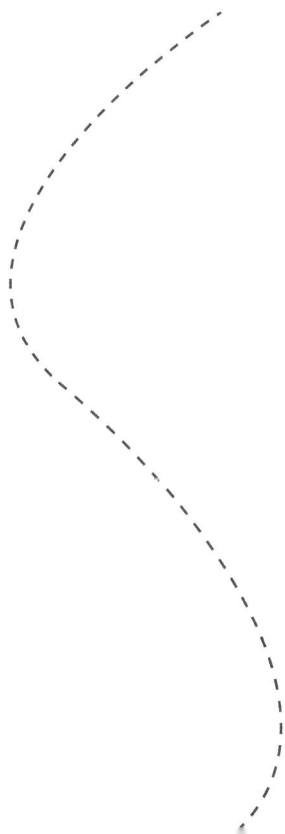

I

众神侧耳，聆听沉默
——五岛净土

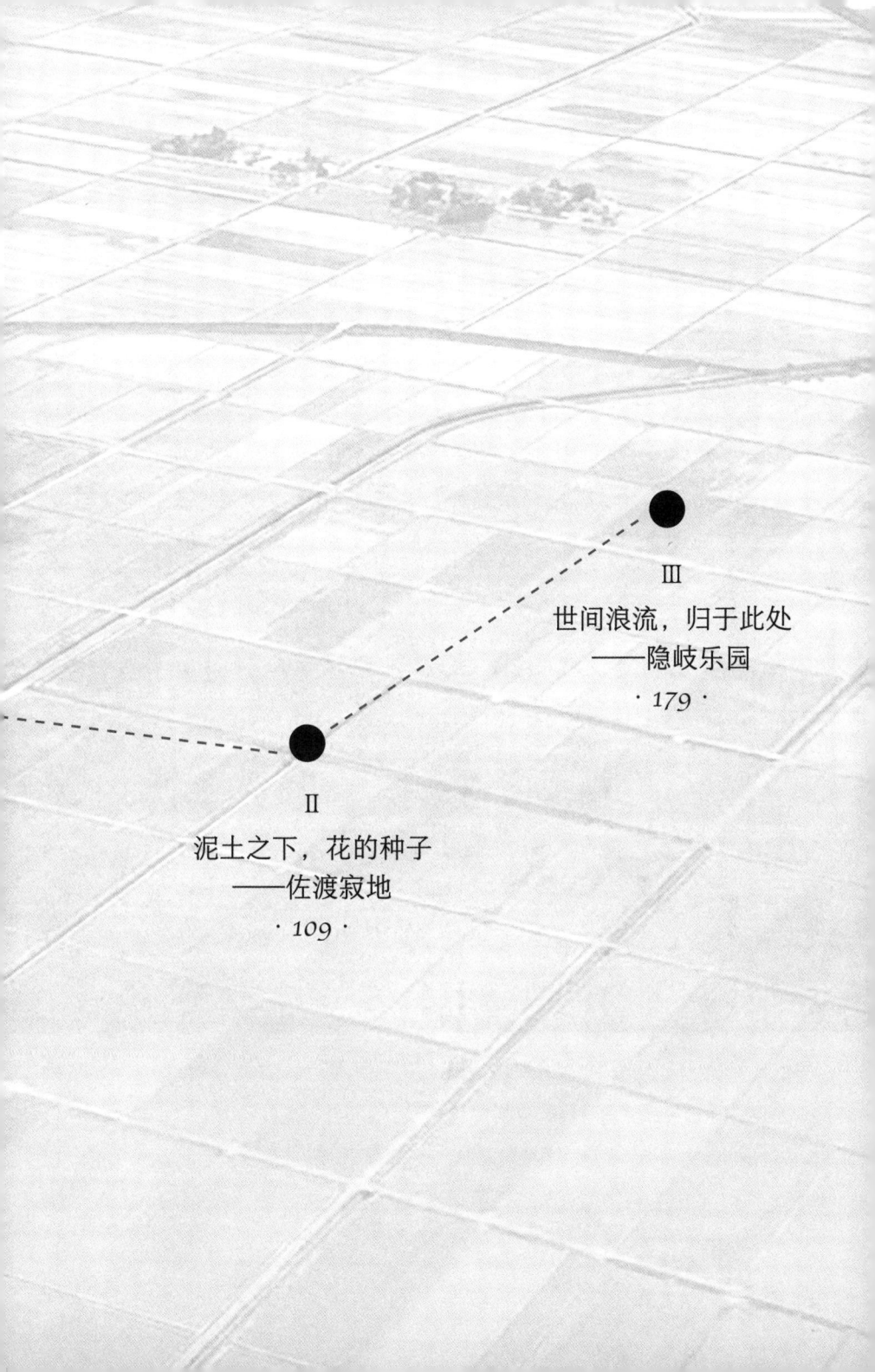

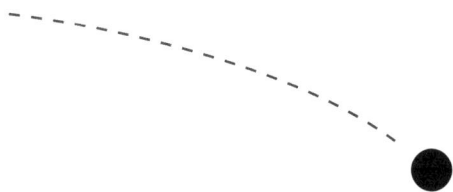

I

众神侧耳，聆听沉默
——五岛净土

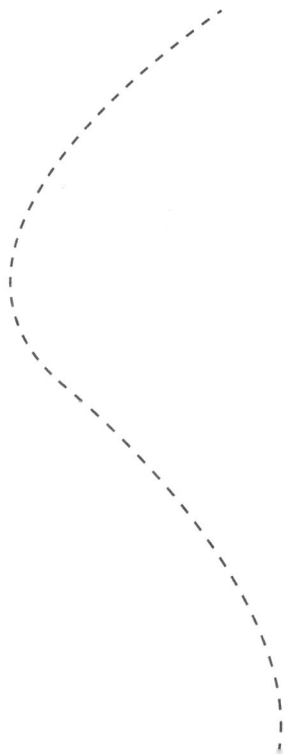

去五岛列岛是一个经年的愿望。几年前，有位日本电视台的摄影师从岛上归来，反复向我表达对此地的喜爱，说它"民风淳朴，人们从来不锁门"。我附和着点头，心想这种现象在日本并不多新鲜，住在京都郊外的友人，外出时也从来不落锁。"所有的人家都不锁门，"那位摄影师接着说，"所有的车也不锁门，有时钥匙甚至就插在车门上。"这就有意思了。

位于九州南部长崎县西海地区的五岛列岛，由大大小小 140 个岛屿组成，其中最主要的是从北至南的几个大岛：宇久岛、小值贺岛、中通岛、若松岛、奈留岛、久贺岛以及福江岛。数起来其实是七个岛，但当地人似乎并不把最北边的宇久岛和小值贺岛算在其中。他们把中通岛和若松岛划为"上五岛"，奈留岛、久贺岛和福江岛则属于"下五岛"。上下两岛的岛民自认风土习俗相差甚大，相互之间甚少往来。

那位摄影师向我极力推荐五岛列岛之时，它还是个毫无名气的地方，我虽然好奇，却也迟迟未动身。2016 年，美国导演马丁·斯科塞斯改编自日本作家远藤周作同名小说的电影《沉默》上映，五岛列岛作为其中的主要取景地，突然被全世界观众所知。也许这部电影贡献了部分功劳，2018 年，这里又作为"长崎与天草地方的潜伏基督徒相关遗产"的一部分，入选了日本第 22 个世界遗产名录。

我终于决定前往五岛列岛。另一个原因，出于听闻它正在成为城市年轻人之中的人气移住目的地，我从几本地域振兴杂志上看到：岛上许多老旧、废弃的街道和建筑，正渐渐被流行时尚的元素刷新。上岛之前，我试着联系了其中几个——

一家倡导地方体验型观光的新生旅游公司，总部位于东京，服务地域主要包含五岛列岛、岛根、鹿儿岛、山形、石川、北海道和冲绳几地，都是偏僻的乡村地带。体验项目各有特色，下五岛的最为简单，仅有自行车环岛观光。我给这家公司写了封预约邮件，便有一位姓"枥间"的男士给我打来电话。这并不是一个按惯例确认行程的死板电话。枥间很随意地和我闲聊着，中间还展示了几句中文，他说自己过去在全日本航空公司工作了十六年，因此有过在上海的一段生活经历。而我也通过这个电话知道了他无所事事的现状：这家公司原本是专门针对访日外国游客做团体生意的，疫情来了，才勉强改向本国游客提供个人项目。生意不太好，他甚至不用常驻东京，而是在福冈远程工作了两年。"我不会去下五岛，由我们当地的另一位同事接待你。"他大概许久没和客人聊天，半小时后才恋恋不舍地挂了电话。

一间经常出现在文化潮流杂志上的图书馆。几年前，一对东京的白领夫妇移住到岛上，改造了一幢已有八十年历史的旧民宅，成为当地唯一的民间图书馆。馆内不是什么书都有，而是由东京艺术大学的教授或知名的漫画家，又或是五岛当地的巴士导游和大叔大妈们捐赠的"人生中最好的三本书"。"人生的三册"成为受都市媒体欢迎的好噱头。我通过 Instagram 联系这间图书馆，有位自称叫"大岛"的人回复了我，告知：店主夫妇常年不生活在岛上，由他作为馆长在岛上管理着图书馆，但未来大半个月他将前往东京，因此图书馆暂时处于关闭状态。这让我意识到五岛移住风潮的另一面：它或许已成为城市人"岛创业"的优选目的地，但这些创业者依然生活在城市里。我在

Instagram 上追踪了一阵子大岛馆长的动态，渐渐得知 40 岁的他出生于神奈川，毕业于东京一所有名的美术大学，担任过高中美术老师，后来辞职周游世界，2016 年才移住到下五岛，目前正在图书馆里尝试贩卖自己烘焙的咖啡豆。他在社交媒体上发布的内容很吸引我——并不是一味地讴歌"岛生活"，恰恰相反，更多时候是一种讽刺和批判的论调。一天他说：这个封闭的岛屿，过于推崇旧的东西，又过于排斥新的东西；应该如何打破这样的禁锢，才是值得移住者思考和实践的课题。

尽管拜访图书馆的计划不能实现，我还是打算先前往它所在的福江岛，这个岛屿也是五岛列岛之中面积最大、人口最多的一个。从长崎市前往福江岛，搭乘高速船单程耗时 85 分钟。在四月的一个工作日里，船上几乎没有游客，从肤色和装扮能判断出多是岛民，还有几个身穿黑西装、手拎伴手礼的年轻男人，一看就是去岛上拜访客户的。前往离岛，只能靠船只。我还在港口的售票窗口发现了一些有趣的优惠："学生就职活动优惠"——岛上的初三或高三学生，若是去岛外找工作，可以享受船票半价优惠；同样地，岛上的小六、初三或高三生，如果去岛外参加升学考试，可以享受"升学考试优惠"。此外，还有针对大学生志愿者的优惠——岛上没有大学，此举是为了吸引各地的大学生前来岛上活跃经济……

尽管大岛称这里是"封闭的岛屿"，但从这些优惠措施来看，漂浮在茫茫大海上的离岛并非孤岛，它充满了人群的往来：离开和到来，往复在每一条航线上。

1

没有想到，我在福江岛认识的第一个人竟然是个美国人，还被他带进了洞窟。

四月的一个早晨，我从市中心搭乘公交车前往南边的海滨公园，与栉间的同事会合，考虑到体力，我只预约了一个四小时的短途骑行路线。直达南部的公交车每天仅有两班，且在周末、节假日和学校休息日停运，可见主要面对的群体是学生。可这天沿途上车的都是些老头老太太，熟络地拿着老年人乘车卡"滴"的一声。有位刚刚上车的老头，对着已经在车厢里坐了几站的老太太们寒暄："哎呀呀，又是你们三姐妹！"车厢俨然已成为一个日常社交空间，这是我在京都的城市生活中所不能想象的风景。我大概也成为他们意外的风景——漠然坐在公交车最后一排，是个疑点重重的人物。

为了搭上这班公交车，我比约定时间提前一个小时到达了碰头地点。春寒之时，海滨公园空荡荡，沿海种植着一排高大的椰子树，被前夜过境的台风刮下许多枝叶，还没来得及清扫——几十年前经济景气的时候，岛上的人们追求"夏威夷般的度假风情"，种下了不该属于此地的热带植物。如今的海滨如同日本的经济现状，如同周边高龄化的集落，冷清而寂寞，除了一个匆匆停下车来上厕所的大叔，我没有遇到第二个人。我走进那间厕所巡视了一圈，墙壁上贴着告示，表示清洁人员每周仅来打扫两次，若遇到故障请联系某个电话，落款是"空屋公园管理班"。我又在公园里来回走了几圈，终于出现一个年轻男人的身影，骑着自行车在我身边往返若干次，目不斜视。我确定他是在试车，走过去打了个招呼，他用不标准的日语作着自我介绍，说他名叫"Will",是个美国人,这两年住在福江岛上。

Will 为我准备了一辆电动变速自行车,特意换上了两个应付泥土小道的专用车轮。他首先带我穿过海边集落的石垣小巷,去看一棵百年榕树。那榕树长得十分巨大,扎根在一户废弃人家的院子中,枝叶厚重,几乎覆盖着整条道路,人站在下面感觉十分渺小。Will 为什么要专程带我看一棵树呢?大概是他觉得日益老去的集落里乏善可陈,唯有这棵榕树,显示出一种截然不同于人类生活状态的强大生命力。其实就连这棵榕树也差一点儿被砍掉,Will 说,几年前,居住在树下房子里的最后一位主人去世后,留下无人继承的空宅,当地政府便决定按照一贯措施,拆房砍树。Will 有位美国友人,比他早几年来到下五岛,在一间英语会话教室做老师,听闻砍树传言,慌忙买下这块地,才保住了榕树。土地是买下了,一时却想不出该如何利用,便闲置下来——在岛上,这样废弃的空宅并不值钱,据说那位友人只花了 100 万日元,但若是要维修或拆除原来的废屋,则又要另花一笔巨额费用。Will 还解答了我对沿途不见人烟的疑惑:福江岛上共有两个沿海水浴场而建的浜町集落,热闹的景象皆被封存在昔日时光里。这一地区如今虽然仍聚居着超过 300 户人家,但高龄者是主体,老人们逐渐死去,年轻人离开后不再回来,唯有空宅连年增加——受日本社会移住风潮的影响,这几年也有一些爱山爱海的城市人前来考察,但由于周边缺乏便利的生活配套设施,留下来的屈指可数。后来我们短暂停留在高台上,集落风景尽收眼底,才终于看到四个老年人正在打门球,是这一天见到最大规模的人群。

Will 打算带我去一些我独自到达不了的地方。我骑车跟在他身后,时而冲向大海,时而穿行在麦田和烟草田中,又经过许多洒下阴翳阳光的林荫道，处处都有分岔。这样的五岛风景是 Will 过去在美国未曾见过的，他称之为"日本原风景"。他在这里学会了日本人面对自然时一些奇怪的仪式感，例如对着近在眼前的一座名叫"鬼岳"的活火山鞠躬，感谢它给予这片土地恩惠、孕育了肥沃的农田——据说这座山已经两百年没有喷发了，岛民们都在心里默默祈祷它至少再坚持一百年。

"最后带你去我的秘密基地，"他又浮现出那种富有仪式感的神情，"在洞窟里我们交换 Instagram 吧。"

上岛前我不知道，福江岛上竟然有那么多烟草田。每片田里都撑起一个小棚子，浑身上下包裹严实、头戴遮阳帽的老人坐在其中，像是旧时韩国电影中的一个片段。还有几个月才进入收获季节，似乎并没有非得守在烟草田里的理由，但 Will 说，老人们待在家里也很无聊，土地是他们唯一能去的地方，是日常的归宿。他来到此地短短几年，一直在训练自己用当地人的思维和行为来生活。当我们经过被风刮飞的温室塑料布时，他总是停下车，小心地捡起来放回农田中去，说是便于农民们再使用——日常总是得到他们的照顾，便要时刻留意着回馈。

农民是福江岛上主要的岛民群体之一。岛上也有水田，但农业还是以旱地种植为主。由于气候温暖，近年来以西蓝花为代表，人们开始大规模种植各种季节性蔬菜，但烟草作为始于江户时代的传统产业，仍是支撑着岛屿经济的支柱型农作物。离岛四面无屏障，通风的环境造就了肥厚的烟草叶。优质的烟草在过去屡屡创下"日本第一"的单价纪录，五岛农民曾一度引以为豪。我后来在网上找到一个采访，有位烟草农家第三代的男人，出去闯荡了一圈又回到岛上种植烟草，他对记者说：烟草也许是岛上最安定的农作物，但其实不知未来何去何从，后继者不足是它面临的最大问题。他想把这种能展现五岛历史的传统作物，竭力留给后代。那篇文章中的数据显示：至 2017 年，五岛市的烟草农家只剩下 59 户，耕作面积约为 120 公顷。种植者高龄化、年轻人不愿继续从事农业固然是其衰落的一方面，日本社会的健康风潮和烟草税的高涨导致吸烟人口锐减、对烟草的需求量减少，也是令离岛上的烟草业未来不明朗的现实因素。

比起我对五岛农民未来走向的好奇，Will 则显得无所谓，他更喜欢对我说起那些浪漫的意象，例如岛上的林荫道是他心中理想的九州之路。他对日本最初的憧憬发生在 5 岁那年，外公在中国台湾的家里给他播放了一部中文字幕的《龙猫》，这部席卷全球的吉卜力代表作后来成为他人生中观看次数最多的一部动画片。令他反复沉迷的动画片中的日本风景，到了五岛才发现就是真实存在的日常，于是就算在不接待客人的日子，他也总是一个人骑车穿梭其间，享受令人怀念的儿时情绪，运气好的时候，还能开发一条新的游客线路。

"在这样的路上，就算什么也不发生，生活的压力也会随自然消散，"他从自行车上转头望向我，期待一个肯定的答案，"你不觉得是这样吗？"

这天的风很大——尽管 Will 一再向我强调，台风已经过境，我们身处每秒 9 米的风中，这是非常适宜骑车的环境——但我在风声呼啸中，仍要提高了嗓门才能与他交谈。幸好周遭没有别人，大声说话也不必担心会惊扰谁。于是我用在京都绝不可能放开的音量与他闲聊，得知了岛上一些琐碎秘密：例如渔师和农民的关系不佳，工作和生活方式的不同造就了他们各异的思维方式，双方经常发生纠纷，两者也通常聚居在不同的街区，鲜有往来，存在着厚厚的"壁"；例如福江岛的中心地曾在 20 世纪 60 年代发生过一场大火，街市中大半建筑被烧毁，唯独福江教堂毫发未损，当地人认为它是一个奇迹；例如岛上鲜有高级汽车，岛民们都开经济实用的轻型车，关键原因是乘船最便宜，前往长崎或者福冈只需花费 1 万日元——买车前要先考虑船，是离岛上才有的思维方式。

又例如，岛上的公共交通不便，出租车费用昂贵，Will 来到五岛之前，已经度过了五六年靠电车出行的生活。日本城市的公共交通便利，没有车也无妨，但离岛不一样，他刚来到岛上，便被迫买了辆便宜的二手车，翻出来闲置已久的驾照。因此岛上的驾驶培训学校是绝对有必要的。我们路过一个简陋的驾校练车场，看起来就是在荒地中随意圈出一块，但足够宽敞，我又得知：长崎市的人经常来福江岛考驾照，因为路上车辆稀少，练车方便，并且安全。

"岛上的老头老太太，许多人一辈子没在高速路上开过车，"Will 感叹说，"果然是离岛啊。"这很容易理解，岛上不可能存在高速公路。但岛外人前来考驾照还是十分令我费解：在车辆稀少、没有高速公路的离岛上拿到了驾照，回到城市里要怎么上路呢？这无异于往猛禽笼子里扔进了宠物。

我在最后一条穿过的林荫道上得知了 Will 的人生经历。他这年32 岁，曾在美国一所大学专攻亚洲研究和政治学，由此有了学习日语的契机，先后去了东京和关西，分别度过了半年的留学生活。大学毕业后，他决定到日本生活，先在熊本县当了两年英语老师，又转职到了福冈。在那里，有人给他介绍了如今这份向导工作——对这家面向海外游客的旅游公司来说，Will 符合完美的人才需求：他既拥有自行车专业资格，同时还擅长英语和日语。两年半前，他来到五岛，但也常常需要配合其他地区的路线开发。见到我的前一个星期，他在山口县骑行了一周。

　　道路的尽头，我们终于抵达了 Will 的秘密基地。他嘱咐我在隐蔽之处停好自行车，随即做出一个"嘘"的手势，低声道："这个入口，千万不要拍照，不能向任何人暴露它。"从那个所谓的入口走进林间，依稀能看出两条人们踩踏出来的分岔小路，一条更清晰的，Will 说是渔师的路，可以通往某个钓鱼场所；我们走向了反方向的另一条，不久后沿悬崖向下，抵达海边礁石之上。确实有一个宽敞的洞窟面朝大海。在岛上的老人们还年轻的时候，这里曾是他们日常的娱乐场所，后来他们年纪大了，不能再涉足危险的山路。而岛上的年轻人？年轻人再也不会对洞窟感兴趣，他们把自己关在房间中，沉迷于网络世界。洞窟荒废了几十年，被这个从美国来的青年偶然发现了，立刻唤醒了他身上关于探险与野外生存的细胞。那之后，他常常带着各种朋友来，也渐渐带着客人来。Will 一脚踏进洞窟之中，熟练地从杂乱的石头中挖出一捆劈得整齐的木材，甚至还有一套简陋的桌板，显然是他藏在那里的，而我看着洞口堆积成圆锥状的石头小山，觉得像是在海边神社常见的警示标志，提醒着我：此地是神域，禁止进入！

　　"不要害怕，那些是我带之前的客人玩的平衡游戏，没有什么特殊意义。"Will 看出了我的踌躇，一挥手便招呼我进去了。

　　进入洞窟之后，Will 立刻忙起来。他从木材中抽出三块，小心地把剩下的埋回去，得意地宣布："我要生火煮咖啡了！"像在宣布一个藏了许久的秘密。他的双肩包正是这个秘密的所在，从那里面，他依次掏出了打火石、热水壶、保温杯、磨豆机、手冲咖啡器具和一袋来自长崎市的咖啡豆。还有搭配咖啡的甜品，岛上一种名叫"甘古吕饼"

的乡土点心。另一件他认为值得向我炫耀的事是，他指了指我的手机："你计时，我可以在三分钟之内把火点燃。"诚如他所言，篝火很快就在洞窟里燃烧起来，而等到将水煮沸、过滤出一杯咖啡、将甘古吕饼烤至微焦，又是在我们闲聊了十几分钟之后的事情了。那杯咖啡的味道令我十分感动，尽管只是一包平庸的咖啡豆，但在我连续几天喝过酒店早餐里的速溶咖啡之后，它还是拥有相当慰藉人心的功效，加之，我还从来没有过像这样坐在一个山洞里，面朝大海生火煮咖啡的经历。那个甘古吕饼是由煮至半熟的红薯为原材料制成的，古时曾是岛上人们为过冬而储存的食物，如今也深受岛民喜爱，家家户户会在正月里制作，送给亲戚朋友，渐渐也衍生成为一种旅行伴手礼，在长崎县之外很难买到。甘古吕饼的味道不予置评，它已经是 Will 能够招待我的极限，若是带着朋友来洞窟里，他会在篝火上为他们制作烤三明治，问题是我的身份十分特殊，我此时是一个"客人"，按照旅行公司的规定，他被禁止在行程中给客人制作料理，只能提供一些熟食或成品。其实就连在洞窟里生火也是他偷偷带我来的，这家纯正日本血统的公司，时常提醒他不要做多余的事，尽可能严格执行常规流程上那些安全而又程序化的项目。

"我想改变日本人的旅行方式。"Will 又往我的保温杯里倒了些咖啡，他的思维方式完全是美国人的，十分不适应日本人这种死板的规定。他回忆起十多年前在日本留学的夏天，和另外两个美国同学一起去冲绳旅游，身上的钱不够，又不是可以通过互联网寻求便利的时代，最后三个人在沙滩上睡了三个晚上。一位朋友成天哪里也不去，终日坐在一棵树下，另一位朋友则不停地在沙滩上捡着贝壳。"不是只有跟着高价的旅行团参观世界遗产才是好的旅行。"他对那段在冲绳的时光充满怀念，想把那样的旅行方式在日本发扬光大，其核心是：在一个地方，有各种各样值得体验的生活方式。

"之前听一些来到岛上的客人谈起感想，他们被带去很多处世界遗产，感觉就只是看了教堂，然后听它们的故事而已。他们的全部旅行，只是'看'和'听'。"他觉得这样实在无趣，如果只是想要阅读历史资料，在谷歌上就能找到全部信息，肯定比从导游那里听到的更加详尽。"况且，现在五岛上这些被评为世界遗产的教堂，其实都是在明治时代之后修建的，过去的潜伏基督徒们生活的痕迹，和这些建筑完全没有关系。很多客人对此大失所望，说在这里什么都看不到。"Will 把他们带来洞窟，也像我与他的此时一样，为他们煮一杯咖啡，与他们分享自己的想象：藏身于五岛的潜伏基督徒，为了不被人发现举报，过着非常隐秘的生活，也许就是藏身于这样的洞窟之中。但就连在这里的生活也要十分小心，若是生火起了烟，立刻就会被周边的渔师发现，一旦告发到官府，就会遭受酷刑甚至夺去性命。他认为洞窟正是体会五岛这一段历史的最佳场所，如果用类似这样的方式让游客感受"潜伏基督徒的一天"，比起那些热门世界遗产教堂巡游的旅行团，是不是更能感受到这片土地的一种真实呢？

在岛上的两年多，Will 时常跳脱日本公司的条条框框，去探索和寻找新的地标和线路。日本人一心追求安全，缺乏冒险精神，但他要带他的客人们去不一样的地方。例如洞窟。听起来他也并不欣赏日本人那种"社畜"式的工作方式，他理所当然地对我总结他的工作态度："首先要我很享受，客人才能够享受。"与他的理想主义相对的，却是"五岛"这个名字在海外游客之间没有存在感的现状。就算是那些沉迷日本文化的欧美人，将东京和京都列入每年必去的目的地，也鲜少有人会长途跋涉跑到五岛这样的地方来——长崎已经不是那个唯一允许外国人登陆的口岸了，此地在日本进入现代后日益衰落，更不用说这些偏僻的离岛。大多数外国人从未听说过这个地方，少量的人气仅仅来自口耳相传。他因此更想把岛上这些他认为真正有独特魅力的东西展现给外国人看，而不只是去"看"和"听"教堂是怎么回事。

"就算对日本人的工作方式充满怨言，未来也打算一直待在日本吗？"我问他。

"是这么打算的，"他说，我还没来得及追问，他又道，"比起美国，在日本生活更容易。"

Will 的人生，不是一个常规的美国人的人生。在那个眺望着大海、逐渐被太阳照亮的洞窟里，我知道了 Will 的身世。他的母亲是一位中国台湾人，父亲则来自马来西亚，父母在美国相遇，结婚后经营着一家中餐厅。他出生在美国，若可以按照出生地简单归属身份，那么他应该算是一个纽约人。但现实情况很复杂。20 岁之前的日子，他几乎每天都困扰于"我究竟算是亚洲人还是美国人？"这种身份上的不确定性。在家里，父母告诉他：你是美国人；在外面，朋友或是其他美国人对他说：你是亚洲人。他总是陷入一种被称赞的尴尬，内容大同小异："你的英语说得可真好啊！"他莫名生出认为这一切不可理喻的心情："那不是当然的吗？我从生下来就在说英语了！"身为移民二代，他没有因为出生在这片土地而产生理所当然的归属感，恰恰相反，他感觉自己不属于任何一种人，被夹在两种文化的缝隙之中。诸如此类的种种细节，令他感到生活困难，并且疲倦。

"我厌倦了那种他人对我身份的期待，只要摆脱那种期待，一切就变得简单了。"在日本，他看上去很快乐——离开了祖国的流浪者，只拥有一个身份："我是一个外国人。"

Will 从 24 岁起来到日本，我们相遇时，已经是他在这个国家的第八年。我不知道他的日本生活是否真的如同他所说的那样容易而没有挫折与困难，或是他所感觉的轻松是否更多源于他在这里是一个美国人，于是我问他：在日本，当别人问你是哪里人的时候，你怎么回答？"我说我是美国人！"他说。尽管他拥有一张一目了然的亚洲人脸庞，但我想，我们作为长期生活在这个国家的外来者，多少都已经察觉到了：日本人在对待美国人和对待亚洲其他国家的人时，态度会产生明显的差别。

如果说自我介绍是"美国人"是 Will 为了容易生活可以钻的一个空子，那么在五岛这样的离岛上，这个空子就愈发大了。岛民间的交往也许充满各种保守陈旧的规则，这是自古以来的离岛环境和村落体制所造成的。但当他们遇见一个外国人，规则便不再适用于外来者，反而会展现出一种宽容，更何况，之前还从来没有一个美国人在这里生活过呢！甚至连美国游客都很少来。好奇心和新鲜感占据了上风，人人待他亲切而和善，当他表现得无法融入时，得到最多的是鼓励与安慰："不用想那么多也没有关系哦！"这正遂了他在美国时的愿望：使他完全从复杂的身份认同中抽离出来。他对我说起岛上的人们，说的是"这个地方的人们不像日本其他地方那样被规则束缚"，说的是"岛民热情，总要送我各种东西，不只是成为朋友的那些，不认识的人也会拿着新鲜蔬果来问：这个要不要呀？"前两天就有个邻居问他：柚子要不要呀？他不好意思拒绝，表示就要一些吧，结果获赠四十个。

如果一直没有生活的压力，Will 也许可以永远这样在岛上容易地生活下去。他每个月能得到 20 万日元的收入，岛上虽然油价高于日本各地，但生活费很低，经常能得到免费的食材，习惯了不买新衣服，二手车便宜，保险更加便宜……对于岛上的大多数人来说，一两万日元的房租是平均水平，他已经非常奢侈，用 4.5 万日元租了个三室一厅的大公寓。在这个岛上，他还交到了很多可以聊得很深的朋友，多是被日本人称为"U 型回转"（指因为升学或者就职离开故乡、在外地生活后又回到故乡的一种模式）的人群：生长在岛上的孩子，出去转了一圈之后，厌倦了城市生活的压力，还是觉得岛生活更好——仅是这一点，就令他和他们之间有了很多共同语言。

但人到中年，他最近开始产生一些焦虑。他已经好几年没有回过美国，几年前母亲生了病，情况不太妙，由父亲照顾着，他仍然没有回去。他不是因为客观条件不能回美国，而是主观上的心理原因，用他的话来说，是因为"觉得自己还没有变成一个真正强大的人"。"母亲一直是家里最强的，如果看到虚弱的母亲，这样的我恐怕立刻就会被击败。"他想要在日本再努力一些，等到工作更稳定一些，觉得可以向母亲交代了，再回美国去。

也许可以独立开一家旅行公司。利用他在日本公司学习到的知识与经验，填补他在这里发现的漏洞与空白。一个方向是：日本如今的大多数面向海外的旅行机构，都以六七十岁的老年人为顾客群体，行程方案都是针对这一年龄层设计的。这是日本人的保守而过时的思考方式，也是高龄化社会的一种结果，他认为，如果不吸引三四十岁的年轻人，日本的旅游业便没有未来。如果日本人暂时很难改变，那么他希望亲自打破那道墙，吸引年轻人到来。他还想培养像自己这样的年轻的导游，"日本人应该学会快乐工作"。

他认为吸引年轻人的旅行方式就是一种体验型的旅行，与当地人的交往是其中最重要的一点。近来由于他在岛外的工作繁忙，岛上游客又少，所以才将体验项目缩减至只有自行车观光这一种。其实他在岛上开发了十四个行程，除了洞窟之外，多是能与当地人接触与交流的活动，例如去当地人家里一起制作五岛的家庭料理，去体验制作甘古吕饼、椿茶或是羊羹……在福江岛上，很多从事这些活动的人都已年迈，与他们相处尤其能感到人情温暖。Will 也是在通过这样的事支援着当地人的生活，例如提供甘古吕饼体验的是一对年龄已经超过 70 岁的老年夫妇，由于这种乡土料理深受当地人喜爱，作坊的生意还算不错，但其实已经后继无人，这令他替他们怀抱着几分担忧。

"有趣的旅行，在网络上是检索不到的。"Will 说。我懂他的意思，你必须要亲自站在那里，才知道会遇见什么人，通过和这些人的交谈，才知道有什么故事，被这些人带去了一些意外的地方，才知道这片土地究竟是怎么回事。就像我来到下五岛，没想到遇见一个美国人，被他带到了一个洞窟里，这个人此刻坐在洞窟里对我缓缓道："真正的旅行，不只是观光，要把人们带进故事，自己也成为故事的一部分。"

Will 从他那个装满了秘密武器的背包里，最后掏出来一个简易垃圾桶。他将可燃的垃圾全部扔进篝火中，待它们烧成灰烬，又将不可燃垃圾全部装进垃圾桶中，我们起身，把洞窟伪装成无人的状态离开了。Will 最不愿意这个洞窟被外人发现的原因，并非吝啬分享、害怕它变成网红地标，而是一旦外人随意进来，就会乱扔垃圾，被政府的人知道，加以管制，他就失去秘密基地了。

2022 年的人类，在离开洞窟之前交换了社交账号，随后 Will 开车送我回到酒店，再次叮嘱我要保密——按照日本公司的规定，我们应该在那个海滨公园就挥手道别。在车上，他用一种索取表扬的口吻问我："你觉得我的秘密基地如何？"

"我觉得我来到了这个岛上最有趣的地方，"我说，"我怎么会想到，有人介绍一个岛的方式，是带我去洞窟！"

Will 真的很喜欢洞窟。他在洞窟里，短暂地打开手机看了几分钟俄乌战争的新闻，很快就忘记了。他当然关心世界上在发生什么，但是在五岛，有远比这更重要的事。这天他在世界兵荒马乱的清晨醒来，只有一个念头：心情很好，去洞窟吧！类似这样的洞窟，他已经在五岛上发现了五六个，于是立志要成为此地的洞窟专家。

2

去堂崎教堂有点儿麻烦。酒店的前台告诉我，开车过去只需要 15 分钟，问题是我没有车，倒是可以搭公交车去，但时隔三个小时才有一班回程的车——我可以参观一间教堂长达三个小时吗？不太确定，但只能试试。

矗立在福江岛北部奥浦湾的堂崎教堂是五岛列岛上一个必去地标。16 世纪，长崎县外海地区的基督徒为逃避江户幕府的追捕，移住到偏僻的五岛潜伏，最初就是聚居在这一地区。这也直接导致了在明治政府解除基督教禁令之后，堂崎教堂成为五岛地区最早建造的一间教堂。今天它已经不再作为日常教堂使用，内部改装成了一间"潜伏基督徒资料馆"。

恶劣的台风天让堂崎教堂显得格外冷清。大概也受到天气影响，门口售票处的一位女士显得心情不佳，漠然地数了数我递过去的三枚硬币，递回来一张薄薄的教堂简介，一声不吭。我走到教堂门前，从门口一排整齐的拖鞋判断，应该是要脱鞋才能进入。所谓的资料馆，无非就是摆了一圈陈列柜，通过各种物品介绍这间教堂的历史、基督教如何在五岛传播至乡众之间，以及禁教令解除之后，最初有两位法国神父来到这里担任牧师，此后便一直由当地人继承这一要务。在官方的介绍里，2018 年列入世界遗产名录的"长崎与天草地方的潜伏基督徒相关遗产"，是要向大众传达时间跨度超过两个世纪的禁教、镇压与复活的一段历史，它的"宽容"与"对话"层面的意义更甚于宗教上的意义，在今天日益紧张的世界形势下，似乎被认为很有启发价值。

陈列柜里的多数展品乏善可陈，不少是后来的复制品，真正有历史价值的一些，早就被送去了东京国立博物馆。在众多日常宗教用品之中，只有一个朴素的法螺贝引起了我的兴趣——五岛列岛的许多教堂面朝海滨而建，在陆地交通尚不发达的时代，周围的村民通常划着小船前来参加弥撒，而弥撒即将开始的信号，便是由教堂的工作人员吹响法螺贝。从一些展示的老照片中，我看到了堂崎教堂最辉煌的时期：海湾中停满了拥挤的小船，女人们牵着孩童朝岸上走去。

这种带着孩子参加弥撒的场景，在女性作为家庭妇女的时代是很常见的事情。这些姑且还算是圆满的家庭。另一些家庭里，充满了无暇照顾甚至不得不遗弃的孩童。日本的基督教禁教令解除后，外国神父在长崎县建造的基础设施不单单只是教堂，还包括了大量育儿设施和学校。堂崎教堂附近的高台上，一个名叫"奥浦慈惠院"的儿童托管设施就是其中之一，这里如今只剩一片空地，但作为历史遗迹，建造了两座神父怀抱孩童的石头雕像，他们面前的碑文写着简单介绍：自由和爱的使者——马尔芒德神父（Joseph Ferdinand Marmand）、佩卢神父（Albert Charles Arsene Pelu）和孩子们。

从前的"奥浦慈惠院"只剩下一片遗迹，但它没有从岛上消失，2006 年，创立一百二十六年后，它搬到了南边的另一所儿童福利设施的隔壁，变成了更现代的设施，日常可以收容四十人，不同于从前全是来自贫困家庭的弃婴，如今从婴幼儿到高中生均可接纳。今天的孩子们，在新的时代遭遇着新的困境，但慈惠院的宗旨一如既往，它在宣传语中说："希望陷入困境的孩子们，在身边就有一个可以求助的场所。"门前的招牌上，仍然写着一百二十六年前就被马尔芒德神父反复强调的那个句子："你要爱邻人，像爱自己一样。"至于这位神父，他永远地留在了日本。福江岛是他在这个东方国家的第一站，此后他又前往长崎县的伊王岛、鹿儿岛的奄美大岛和冲绳群岛，在各地都建造了教堂。1897 年，48 岁的他到达自己在日本的最后一站：位于长崎县北部的"黑岛"（现属佐世保市）。今天，他的墓地是写在黑岛观光网站上的一个地标。

如我所料，参观堂崎教堂用不了多久。附近开着门的仅有一间咖啡馆，绿荫中有着尖尖房顶的石头房子，供应自家烘焙的各种点心，店主给它取了个应景的名字：Oratio。这个词在日本几乎是个死语了。它过去流行在岛上的潜伏基督徒之间，源自拉丁语，意为"祈祷"，本意早在世代流传中变得模糊，也许是当时伪装成佛教徒或神道教徒的基督教徒们秘密唱诵的一种祷文。那些人们的身影亦已经模糊了。正如 Will 在洞窟里对我表达的疑惑：现代日本人视"世界遗产"为傲，但"潜伏基督徒"并不存在于今天的五岛列岛，随着明治时代禁教令的解除，他们中的多数人回到了本岛，回归了原本的身份，不必再伪装成其他信徒的外貌。拥有复杂的混血宗教基因的人群，在哪里都找不到了。风雨中的奥浦湾里依然有些村民的小船开来开去，但也早就失去了它们和教堂之间的联系。

离开咖啡馆后，我沿着风雨交加的奥浦湾一路走向公交车站，距离公交车的到来还有一个半小时。站牌立在高台之上，脚下有小小的渔村集落。我有些后悔刚才没有在教堂拜托工作人员帮我电召一辆出租车，眼前的马路上显然不可能有出租车经过，傻傻站在高台上也不是一个更好的选择。我扫了一眼谷歌地图，决定往渔村的反方向走一段，一站之外的地方似乎有个港口，没准能在那里找到出租车公司的电话。

沿海之路，风景如画，狂风很快就将我的透明雨伞吹了个稀烂。一些私家车偶尔从我身边经过，我犹豫着要不要招手搭个顺风车，然而就在犹豫的片刻，它们已经疾驰而去。五岛人可真冷漠啊，我想起在冲绳离岛和濑户内海小岛上的遭遇。若是在那些地方，一定会有岛民停下车来问一句：要不要载你一程？

港口也没有人影。几艘空空的小船靠岸停泊着，还有一间小小的候船室。我要搭乘的公交车在这里有一个停靠站，可站牌只有一块，而且是在反方向，我走过去研究了许久，直到远远地有个中年人牵着狗走下来。不能错过这个机会！我赶紧抓住他打听：我该站在哪边等车？他显然对我的问题措手不及，看上去从没有搭乘过岛上的公交车，"我想，哪边都行，"犹豫半晌，又道，"也许你应该对司机招招手？"

我不太确定这是不是一个靠谱的建议，一时半会儿也没有其他人再来，只好回到候船室里继续等待。不到 10 平方米的水泥屋子里，立着一个异常醒目的红色立牌，宣称此地是一部名叫《恶人》的电影的取景地。片中的女主角从偏僻岛屿上的派出所逃跑，这里就是那间派出所。与电影宣传相比，候船室里的其他元素确实毫无噱头：一些当地的活动宣传海报、公交车时刻表，竟然也真的有船的时刻表。这里并不是福江岛的主要港口，往复于长崎各地的岛屿都停靠在南边的福江港。我感到奇怪：谁会在这里乘船？

这个疑问没有困惑我太久。不久后，一艘只能容纳数人的小船停靠在岸边。有位看起来上了年纪的船长走下来，熟络地转进候船室里看了一眼，看到我，脸上露出意外的表情。他出门走了一圈，又折回来："你在等公交车？"

"是的，"我想，总算遇见第二个活人了。我赶紧指着门口那个站牌，"但不知道该站在马路的哪一边？"

"站在候船室门口就行，"他指了指贴在墙上一张打印在 A4 纸上的公交车时刻表，"到点了出去，朝司机挥手。这里的公交车不是每站都会停车，没有人的时候，哗的一下就开过去了。"我大概明白了，在人口稀疏的离岛上，经费只允许设置一个站牌，公交车司机以人作为停靠标准。招手这种最原始的搭车方式，比任何站牌都可靠。

"但是，"老船长瞥了一眼时刻表，"还有一个小时，你真的要在这里等着吗？"他听闻我在风雨中从堂崎教堂一路步行到此地，还搞不清楚怎么乘坐公交车，大概觉得虽然有趣，但也有点儿可怜。沉默片刻后，他提议道："我可以打电话帮你叫出租车，你要去哪里？"我报出酒店名。他思考了几秒："车费大约 1800 日元，你要坐吗？"我摇摇头，表示不赶时间，可以再等一会儿。他笑笑，大约觉得我真是不可思议，从房间里走出去了。我透过窗户注视着，看到他跳上了他的船，又跳了下来。

我抓住这个时机，走出去站在他身旁。我确实不赶时间回酒店，想和他再多聊几句。

"这艘船，是捕鱼的吗？"我指了指他那艘白色的小船。

"不是，"他指着船上的几个字，念出那个我头一回听说的词，"海上出租车。"

奥浦湾北方的海上，漂浮着下五岛地区另外两个重要的岛屿：久贺岛和奈留岛，两者都是世界遗产地的一部分。在这两个岛上，有原始的集落、教堂和纪念馆，有人生活，亦有人工作。福江岛作为五岛地区最大的居住岛屿，岛上人口达到3万，生活设施完善，便利店、超市和医院俱全。但只有几百人的小岛就不一样了：岛上生活十分不便，所以在小岛上工作的大多数人还是住在福江岛上，每天早晨从家里开车到港口，然后乘船去上班，下午5点下班再坐船回来，把港口的车开回家。若是通勤，从奥浦港出发，显然比从福江港出发要省时得多。于是奥浦湾有了每天运送人们上下班的通勤船。但这种船受严格的时刻表所限，如果有人误了船，或是临时有事，就需要呼叫海上出租车。

"这种时候，给我打个电话就行，"老船长说，"把它想象成在京都搭出租车，方式都一样，只不过在五岛地区，出租车行驶在海上。"作为特殊时刻的应急手段，这样的海上出租车显然收入有限，所以它还会经常接待一些小团体游客。几个人包一艘船，去北边的几个教堂，巡游半天或一天。

"你一个人来五岛观光？为什么一个人？不和朋友一起吗？"老船长说，在五岛，他很少遇到这样的情况。我老实回答了他：一半是工作目的，我需要在五岛上进行一些取材。

"哦，"他露出意味深长的笑容，似乎还有点儿嘲讽，"现在这个季节还很冷，海边没有人。到了七、八月，高滨海滩那边，全是你这样的人。从东京来的人们，成天窝在沙滩椅上，打开笔记本电脑拼命工作。"他三两步跳进船舱里，拿出来一份观光手册，翻到夏天的海滩照片，湛蓝透明。"你也去海滩吗？"他问我。

我猛地想起这些天在酒店大堂遇见的人们，大部分都是来出差的，维护岛上基本设施的人最多，其次是销售业和建筑业，都穿着整齐的白衬衣和黑西装。小部分用电脑远程工作，每天从早到晚坐在大堂的咖啡馆里，开视频会议，也都穿着不符合岛民风格的正装。我又想象了片刻，觉得一排黑西装躺在沙滩椅上的景象有点儿滑稽，忍不住笑了起来。

"很好笑吧？"他把观光手册塞到我手里，"送你了！"

"他们为什么要来五岛？"我没有那种浪漫的海滩梦想，只觉得待在家里吹着空调工作要舒服得多。

"还不是和你一样！"他哈哈大笑起来，"又想旅游，又要工作。"这几年往返于东京和长崎之间的航班比从前更多了，票价也越来越便宜，再加上网络发达，实现了人们远程办公的自由。租一辆车在岛上跑来跑去、每天借助互联网工作，在五岛地区，风靡着这样一群以"在旅行中工作"为口号的年轻人。五岛地区的观光部门似乎也获得了灵感，将宣传重点集中在了东京，经常在东京举办各种五岛美食美酒大会，或是五岛移住体验之类的交流活动。

老船长认为这些东京人来到五岛的目的之一是吃鱼。在东京可吃不到这么新鲜又美味的鱼。他说他前一天就接待了来自东京的四人组，和我住在同一家酒店，在岛上待了四天，每天都在酒店的意大利餐厅吃晚饭，愣是没吃到新鲜的刺身。他为他们深感遗憾。最终几个人在他的强烈建议下，临走前去超市里买了一大堆鲜鱼刺身，总算是吃过了五岛的鱼。

五岛的鱼想必真的不错。早晨我在市中心的商店街上等待公交车时，也有一位直不起腰的白发老太太，反复鼓励我要在岛上多吃鱼。我还被告知了当地最有名的一间海鲜居酒屋，准备晚上去试试。

听闻我要去居酒屋，老船长却显得不太乐意。"太贵了！"他认为这不是一个好主意，然后就像给东京来的客人建议的那样，他极力推荐我去福江港附近的一间大型连锁超市。他的双手比划起来，"走进入口，直走，在尽头左转，鱼柜就在那里，500 日元的寿司、600日元的刺身……你要吃岛上最好的鱼，全部都有！"说这话时，他的眼睛始终望向远方的海面，仿佛超市就在眼前。

事实上，他并不经常去那间超市。他就住在从港口可以看到的一幢崭新的沿海独栋住宅里，由于地价便宜，这附近的人们全都拥有这样奢侈的居住条件。依海而生的岛民们，得到了最多来自海的馈赠，在他家的餐桌上，永远摆满了渔师朋友们送来的最新鲜的鱼。

"那才是最好吃的鱼啊！"我羡慕极了。

"你知道五岛的鱼为什么好吃吗？"老船长三言两语就揭晓了谜底：在五岛捕获的鲜鱼，运送到福冈和大阪需要两天，运送到东京则需要四天。哪怕是同样的鱼，在岛上和在城市里吃到的也是截然不同的味道。

这一大找最终没能等到那辆公交车。下午 5 点过后，一艘大船从远处突突开来，在轰鸣声中靠了岸。船舱里吐出十几个穿戴整齐的人，他们纷纷走向停在港口周边的小车。我反应过来：这是在北边的小岛上通勤的人们下班了。

"喂喂！"老船长伸手向走在队尾的一个年轻男人打招呼。

"您辛苦了！"男人一边鞠躬一边朝他走来。

"你现在有时间吗？"老船长问。男人点点头，用好奇的眼光瞥了我一眼。老船长紧接着对他道："中国人，来旅行的，住在椿酒店，你要是不忙，把她送回去吧！"

一瞬间我有点疑惑，差点儿脱口而出：是你儿子吗？没来得及问，老船长就指向了那男孩，向我揭晓他的身份："对面岛上教堂的工作人员。"

男人欣然接受了老船长对他下达的命令，准备带我走向停车场。走到一半，又被已经道过别的老船长叫住。老船长自作主张地替我决定了这天的晚餐："你把她送到酒店附近的超市就行！她要去买生鱼刺身！"

五岛的人不太热情，实在是我的一个错误结论。

我坐在男人的黑色面包车上，知道了他姓"永松"，27 岁，在久贺岛上的世界遗产"旧五轮教堂"里工作。他称自己的职位为"教会守"，主要工作内容是日常维护教堂，并为来到教堂的游客讲解。永松也是一个外来者。他出生在福冈，高中毕业后前往东京上大学，学的是观光专业，研究"宗教设施和观光旅行的关联性"，这成为他与长崎结缘的开始——毕业论文他选择了长崎的教堂群作为研究主题，第一次实地考察来到了五岛。缘分本该就此终结，大学毕业后，一直到 2018 年春天，他都在羽田机场作为上班族工作着。也是在这一年，他论文里写过的教堂群入选了世界遗产，五岛地区的教堂突然有了工作岗位。有人向他推荐这份工作，他觉得是个好机会，可以在岛上继续自己的研究——便辞掉了东京的工作，移住到岛上。

我遇到永松时，他的五岛生活刚刚进入第三年。我对他说起前几天我去的那些无人看守的寺院和教堂。"因为大家还有别的工作吧！"他对我说，"要做家务，要种地种田，或许还有别的生意。"在这个远离陆地的小岛上，寺院和教堂的收入难以为继，人们各自有生活压力，于是寻求到了另外的谋生手段，不能专职守在其中。像永松这样的"教会守"，也要感谢"世界遗产"这一光环带来的岗位需求。当代年轻人想要摆脱上班族枯燥的生活，移住到自己喜欢的地方，过上向往的生活，需要突破重重困难关卡，难关之一便是缺乏稳定又高薪的工作机会。这也许是他们更愿意穿着西装窝在沙滩椅上，做一个不伦不类的游客的主要原因。我不知道一份名为"教会守"的工作能给永松带来多少收入，但肯定比不上在羽田机场的那份工作。当我问他是不是打算未来一直待在五岛的时候，他回答的是"暂时"，没有说"一直"。

永松依照老船长的叮嘱把我送到了超市门口，并且表示：里面的鱼真的很新鲜，而且价格一定会令京都人羡慕。我和他短暂地道过再见，约好两天后在久贺岛上见——我很早就报名了一个周末的下五岛教堂观光团，其中一站就是永松的教堂。

这时我才想起来问他："那位老船长，叫什么名字？"

"我也不知道，"他不好意思地笑起来，"都是叫他'船长'。我一直很受他照顾，之前有一次身体不好的时候，也是他开着海上出租车送我回来的。"

3

我在酒店大堂观察了几天，逐渐摸出规律：从早上9点开始，穿黑西装的人们会陆续占领这里，尤其在工作日，10点之后几乎座无虚席，所有人都打开笔记本电脑在工作。一大半的人不住在楼上的房间里，他们从外面走进来，要一杯咖啡，戴上耳机，加入网络会议。于是我也明白了，为什么这间酒店要求住客在早上8点半前结束早餐：它需要准时在早上9点从酒店大堂变身为对外营业的咖啡馆。

我是在一本时尚杂志上找到这间酒店的。几年前它和杂志的编辑部作过一次专题企划，邀请编辑和记者从东京来到岛上体验移住生活，还举行了热闹的分享活动。酒店的主人，一位30岁出头的男人，在采访中喊出了他的口号："创造一个相遇的场合。"眼下，一楼已经变成工作空间，看不到任何浪漫因子。而二楼，我暂住的那一层，由一个逼仄的电梯上去，走廊是不加修饰的钢筋混凝土，房间内的墙壁覆盖着一层艳丽的天蓝色油漆，极简利落的风格，造成一种现代的幻觉。这种都市幻觉同样笼罩在一楼，它的设计看上去和东京、大阪那些连锁咖啡馆并无二异，每个座位下都设有充电插头，桌上的立牌写着免费Wi-Fi密码。这里提供种类甚多的酒水以及注明产地的精品咖啡——在福江岛上，拥有此种标配的咖啡馆仅此一家，它是离岛上的星巴克平替品。

这间酒店作为我对福江岛的第一印象，令我从一开始就成功地误判了下五岛，认为离岛早已与时俱进，成为一个与外界接轨的小型都市。以至于在后来的几天里，我不断遭遇到各种冲击，被动地修正着对离岛的认知。

一个晚上，我在美食软件上找到当地评分最高的饮食店，一家以据说只有在岛上才能吃到的"五岛牛"为食材的牛排店，享用了一份价值4700日元的套餐。在岛上，这个价格就是豪华套餐了。我邻桌的两位中年男人，驾轻就熟地将菜单翻到最后几页，点了两份标价1300日元的炸猪扒套餐，续了两杯啤酒，一直坐到我离去。

我穿过岛上唯一的商店街走回酒店，街上所有的店铺都已经拉下卷帘门——白天我也经过了这里，即便在下午，也只有一半的店铺开着门——马路上鲜有汽车经过。在昏暗街灯下的寂静之中，我清晰地听见一阵脚步声急促地向我靠近，接着身后响起一个男性的声音："在旅游吗？"回头，一个头发蓬乱的男人跟在身后，深灰色厚外套下面露出居家服的痕迹，看起来是临时出门。我继续向前走，随口回答了他几个提问。他确实只是短暂地出个门，这个地区唯一一家罗森便利店在商店街的另一头，他去买两罐啤酒，要走十分钟的路。我在这十分钟的时间里，从他口中得知了以下信息：他刚换了一份夜班的工作，在公寓大楼里做保安，在这之前，他已经在岛上一家老年人看护机构工作了十几年。

"不辞职不行了，快被看护工作逼疯了，已经到了极限。"他毫不介意对我这个陌生人吐露心声。我不太意外，糟糕的职场环境是日本各地看护机构共同的现状，在一个高龄化日趋严重的社会，看护人手严重不足，工作量巨大，工资很低，还很难获得职场尊严。偶尔在新闻里，会看到崩溃的看护人员虐待甚至杀死老年人的残酷案件。

"福江岛的老年人很多吗？"我问他。

"很多，而且大多子女不在身边，"他说，"身体好的勉强一个人居住，身体不好的就住进看护机构。"

此人拒绝对我继续深入工作细节，很快转换了话题，主动提出次日可以带我在岛上转一转，在我谢绝之后，又道，星空也是离岛的美景之一，他现在就可以回家开车，带我去某个著名的星空观测地标。可惜我脑海里还有一些关于看护人员杀人事件的阴影挥之不去，不敢贸然前往，在便利店前与他挥手道别，带着一些"不知道是保住了性命还是错过了倾听离岛故事的机会"的挣扎，回到了酒店。

次日中午，我又经过商店街，遇见孤身一人的老人。那个老太太靠在公交站牌后一栋建筑的墙上，双手拎着行李，一只眼睛被白色纱布层层包裹住。我凑近公交站牌确认时刻表，被她轻轻叫住，客气地询问时间。我拿起手机扫了一眼，转达给她，她松了一口气，更加客气地连声道谢。我走到她身旁，感觉她全身上下流露出疲惫的气息，她感知到我的目光，主动解释说：站得有点儿久了，腰疼得难受。在一个高龄化严重的小岛上，人们不能不为这样的老年人多作考虑，其实在公交站牌下原本设置有两张长椅，我望向那里——早晨刚下过一场雨，上面积满了水。她又跟我多聊了几句，说自己88岁了，一辈子都住在福江岛上，不过是在岛的另一端。前阵子她在商店街上的一间眼科专门医院做了个手术，这天早上坐了一个多小时公交车来复查，正等着再坐一个小时车回去。她正是那些独居老人之中的一个。

不久后我们一起搭上那辆公交车，车里一如既往，寥寥几人，看上去和她年纪都差不多。老年人们大多在"五岛中央病院站"下车，这一站又涌上来更多的老年人——出于种种原因没有小型私家车或者不能独自驾驶的一群人，公交车成为他们的日常"通院车"。乘客数量有限，公交车班次更加有限，几个小时才有一班。财政经费也有限，能看出来车体已经几十年没有更新过，椅背上还搭着旧式的白色纱巾，每个座位前装有伸缩式烟灰缸——它来自一个还能在车厢里自由抽烟的时代。岛上的公交车，本不将游客作为主要受众，我依靠这种交通方式在岛上移动的日子，明显地遭遇了不便，或是受时刻表所困，或是车站距离目的地甚远。但在这样的不便之中，我也有限地体会到了岛上老年人生活的一个片段以及许多离岛难以解决的现实，在沿途的风景中，仍然察觉到这是一片困境重重的土地。

这天我在中途下车，又沿着乡间小道走了一公里多，到达了我要去的地方，一间岛上的网红料理店：外之间。

我是慕名而来。这间料理店是岛上地域振兴的代表案例。祖孙三代人在 2013 年前从大阪迁回老家的小岛，60 多岁的母亲着手经营这里，以岛上的蔬菜和鱼类为主要食材。曾经在大阪一家大型建筑公司工作的女儿，则接下了岛上的各类设计工作，店里开辟出一个角落贩卖各种五岛土特产，其中一些包装就是出自她之手……与此同时，外之间还作为一个交流的据点，为有意愿来到岛上的外来者提供移住咨询、工作和房产情报，在一间料理店之外，又具备了社区功能。我听说，这些年借由这家店移住到福江岛上的外来者，达到近百人。

我在店里遇到的现任店主桑田就是其中一位。桑田热情健谈，我怀疑没有人比他更了解这个岛上外来者的情报。例如我的自行车向导 Will，他们很早就认识；例如他只看了我几眼，就猜中了我住在哪一间酒店，理由是"看起来就是那种气质"。桑田身上表现出的种种，不可能是在偏僻离岛上形成的。他过去在东京为一家时尚品牌工作，几年前来到五岛旅游，偶然走进这间店，和店主老太太相谈甚欢，之后又每年都来，终于答应了老太太的邀约，移住到岛上，接手了店主的工作。桑田到来之后，这间店的风格多少发生了一些变化，例如在晚餐时段提供煎饺，有时候还做煎饺专场，这完全出自他本人对这种食物的热爱。店内醒目处摆放着书籍，一眼望过去，封皮上尽是"读饺子""饺子爱"之类的字样。

桑田在离岛上的探索，不满足于一间料理店或是一盘煎饺。商店街附近有一间名叫"sou"的酒店，我向他提起，说我感到好奇。它的风格比我住的酒店更加现代，钢筋混凝土上爬满绿植，内观看上去完全是性冷淡风，冷冰冰没有一点温度。我和Will，作为两个从外部世界来到五岛的旁观者，曾不约而同地对这个过于现代的酒店产生了质疑：太时尚了，不是想象中应该出现在五岛上的那种酒店。我，以一个中国人对日本偏僻岛屿的想象，认为五岛的旅馆应该充满乡土的体温与人情；而Will，以一个美国人对日本偏僻岛屿的想象，说："倒也不必到京都的旅馆那种地步，但木建筑才应该更有五岛的感觉吧。"

在离岛上，怎么会有一间这样时尚的酒店？谁愿意来到偏僻的岛屿上，还住进一个东京审美的房间？

但是桑田，作为一名新晋离岛岛民，拥有和我与Will完全不同的视角。"是为了外国游客才这么设计的！"他说。这不是妄测，sou就是他开的。桑田决定在岛上开一间小型酒店，是在五岛列岛成为世界遗产后不久，他坚信，这个国际化的标签必将为福江岛带来大量海外游客，可惜不凑巧，酒店刚开业就遭遇疫情，外国人无法进入日本，房间长久地空置着。但桑田丝毫没有受挫，他仍然对"世界遗产"带来的连锁效应心怀期待，等待着岛上好时光的到来。他绝不是一个人，而后一段时间，我又遇到了好几个雨后春笋一般冒头的崭新的现代建筑，在寂静冷清的小岛上暂时处于瘫痪状态。我因此意识到，日本远不止一个京都在等待海外游客归来。"观光立国"的国策在推行十五年后已经渗透到各个地方，就连这样的偏僻小岛，也有人寄希望于它成为另一个京都。事实上，桑田确实在京都也开了一间酒店，名字叫"dou"，和五岛上的这间是一个系列，出自同一个东京设计师之手。

来到下五岛的目的之一，是我想搞清楚这里受到东京创业者青睐的理由。从地图上看，它距离东京最远，几乎等同于去北海道。桑田给了我部分答案："世界遗产"几个字有一定贡献。这令我开始好奇它未来会成为什么样子，毕竟，在2022年的春天，"世界遗产"的魔法尚未在这座小岛上施展。这段日子，在商店街周遭那些萧条的喫茶店（日本传统的咖啡馆）和居酒屋里，我是唯一的外国客人。

商店街后面有一间喫茶店，因为呈现出老旧、沉寂、带着生锈的痕迹，成为我心中代表着岛时间的一个地方。长时间的旅途难免有被雨困住的时候，我是为了躲避清晨的暴雨才发现那家喫茶店的，它红色的砖墙外壁被绿色的常青藤爬满，我在店内吃到了老派的草莓奶油蛋糕和苦味浓郁的混合咖啡。店内的一角摆放着一个昭和风情的蛋糕柜，据说岛上很多人过生日时会在这里订蛋糕。我刚一进门，店里的老太太就推着小车出门买菜去了，她年轻的儿子给我端上来蛋糕，也一头扎进厨房没再出来，我大概能猜到他在干什么：浓郁的咖喱味正从那里源源不断飘出来，和深煎混合咖啡豆的香气混在一起，是标志性的喫茶店气味。传统的喫茶店应该拥有这样的功能：它要提供最苦的咖啡，供上班族打起精神，也要成为他们解决三餐的地方，便宜而且吃得饱，咖喱饭和拿坡里意面是首选。在京都的街道上，喫茶店正在被年轻的精品咖啡馆逐渐取代。而在这个小岛上，现代咖啡风潮尚未袭来，人们还坐在旧时光里。

我独自坐在吧台前，把面前的报纸和杂志翻了个遍。老式的喫茶店有它自己宣传离岛的方式，声音不必很大，但安静下来就会留意到。比如这些报纸和杂志，很多都是基于离岛和移住主题的。我读到一本2022年1月11日创刊的新杂志，名字就叫《日本之岛》，并且从其中得到了一些可靠数据：以离岛的面积来说，新潟县的佐渡岛最大，855平方公里，人口也最多，超过5万人；福江岛也算是一个大岛，面积排在第五，326平方公里，人口数位居第二，住了3.3万人……又读了一份名为《离岛经济新闻》的免费报纸，不定位为旅游，而是专门为离岛住民，尤其是移住人群提供生活指南。上面的内容更加现实，例如，在日本有人居住的离岛之中，九成处在人口加速减少的状况中；又例如，一个四口之家的离岛生活，每月开支至少需要30万日元。很多人倡导在离岛上过一种简朴的、断舍离的、自给自足的、摒弃物质的生活，但实际很难实现，例如孩子的教育、上医院看病、汽车的日常维护，仍需要一大笔开支。那篇文章里说，在今天的离岛上，有什么工作能实现这个收入呢？答案令人莞尔：公务员。

直到我离开，喫茶店也没有再进来第二个客人。买单的时候，我才终于又见到了店主，也才有机会指着墙上一块牌子问他："那是谁写的？"

"咖啡专门学校的老师。"他说。

"哪里的咖啡专门学校？"我想，离岛上不可能有这样的学校。

"我也不知道，"他不好意思地笑了笑，"四十年前开店时它就在那里了。"

我走出门去，老太太刚好推门进来，出门时空空的小车，已经装满了各种蔬菜。她热情地和我道别，招呼我有时间再来。我走在天色明亮起来的雨后，想着四十年的时间，大概也就是她从一个女孩变成老人的时间，又想着那块牌子上的字，我非常喜欢那句话：咖啡，甘苦与共，人生之味。

我把这句话拍照发给一位京都的友人，友人告诉我，他十几年前也来过五岛进行教堂巡礼，觉得教堂建筑真的很好，但当地也确实在衰退。到处都是被荒废的耕地，人们靠农业不能维持生活，物价也严重失衡，尤其是汽车的油价，高得离谱。难怪我这些天看到了许多电动汽车充电处的告示牌。

我于是愈发好奇了：这个岛上的农民，如今怎样生活？

获得答案的最快方法，就是去他们家里住一晚。福江岛确实有一些有条件的农民在提供此类住宿，作为增加日常收入的一种手段。我给下五岛观光协会写了封邮件，表达了我的需求，工作人员在周末后回复我，要求我填写一份电子申请表格，同时确认了我的疫苗接种情况，字里行间十分客气：在这样的非常时期，希望你能理解岛民对于外来者有点儿神经质的紧张心情。

这是岛上唯一一间观光协会，其实我已经无数次路过它。它位于商店街一角，日日紧闭着大门，我也从未见到有人光顾，只能从百叶窗下泄漏出的灯光判断里面有人。我不敢贸然闯入，在邮件里提出要求：想尽可能体验农业活动。工作人员确认了数日，向我列举了两个选项：一、摘野菜；二、喂鸡。喂鸡算什么农业活动？我心里嘀咕，最终还是妥协答应了。又过了几天，我收到最后一封邮件，告知已经替我安排好富江地区一户姓"下村"的人家以及我需要达到那里的具体时间。

对于要去的下村家，我得到的全部信息只有一个地址和一个座机号码。我试着在网上搜索了一下这个名字，信息很少，没有任何人分享过住宿体验，最后我找到一份 2013 年出版的《五岛农协报》，有一篇关于当地"第 12 回农产品加工大赛"的报道，下村家的女主人用一种鲹鱼的鱼肉加工制品参赛，获得了"五岛振兴局长赏"。还有一条公告显示，2015 年，下村家的男主人当选了富江地区的农协理事……看起来，应该是当地条件比较好的家庭。

约定时间的前一天，我拨通了那串座机号码。一个女人接起电话来，听过我自我介绍以后，并不告诉我她是谁，只是问我几点到达，我确定过时间，又问是不是打车直接到那个地址就行。"司机未必知道，而且五岛很多出租车也没有安装导航系统，"她犹豫着说，"你就告诉司机，沿着旧富江中学往前，有个罗森。"短短一句话，背后是当地的两种现实：少子化造成了中学废校；便利店是最醒目地标。

位于福江岛南部的富江地区是福江岛上最主要的集落之一，但不同于酒店所在的市中心，这一带在熔岩平原的地形上开辟了很多农田，是农业人口的主要聚居地，据说盛产一种名为"唐芋"的芋头品种。次日，从市中心驶出半个小时后，出租车司机把车停在罗森门前，前面没有路，我只得又给下村家打个电话，司机接过手机交流了两分钟，顺利地拐过一处精米处理所，在广阔的农田中，真的立着一户农家。

一位微胖的女人站在院墙前，快步朝着出租车走过来，应该是下村阿姨。

下村阿姨问我的第一句话是："打车花了多少钱？"我将出租车小票递到她眼前，她声调高了几分："4000 日元？也太贵了！"毕竟有 15 公里呢，我想，比京都便宜多了。我跟着她走进院子里，一幢木造的独栋住宅门前，已经停着四辆车，一辆小型货车，三辆小型面包车。

"大家已经喝上了。"下村阿姨径直将我带进玄关，拿出一个体温计，往我额头上"滴"了一声，又指了指柜子上的消毒酒精瓶子。

"还有别的客人吗？"我按了一下那个瓶子，里面是满的。

"不是什么客人，"她蹬掉雨鞋，将一双拖鞋放在我面前，"是大叔的朋友。"

我走进客厅去。六叠面积的榻榻米房间中央，放着一张木头长条桌，三个大叔各自占据一端，东倒西歪的，面前已经放了好几个空酒瓶子。桌上乱七八糟，几个盘子里装着切得很粗糙的红鱼刺身，一碗竹笋土佐煮，一碗意大利面沙拉，一碗芹菜魔芋竹笋拌饭，几乎都已经动过了，看上去并没有在等我。房间也是一片杂乱，没有半点儿象征性待客的意思。年纪最大的一位大叔依墙而坐，见我走进来，缓缓地喝了一口酒，语气惊异："你怎么长得那么高？"

我瞬间理解了，为什么下五岛观光协会的那个人一直向我强调：在农家的民泊，完全不同于民宿，要提前有个认知。此刻，我感觉自己像是无意中闯入了农村大叔们的酒局。他们一贯如此，下午5点捕鱼归来，便开始喝酒，至深夜醉倒，就爬上床睡觉。年纪最大的那位大叔，正是下村大叔。他把几个生鱼片盘子使劲往我面前推了推，说鱼是朋友下午刚钓上来的，非常新鲜，强烈要求我多吃一点儿。说实话我很头疼，作为一个在中国西南地区长大的山城人，我原本就最怕吃海鱼。再加上几分钟前我去厨房洗手，看到台子上只剩骨架的鱼尸体，一颗硕大的鱼头触目惊心地横在那里。但既然是我主动要求了解他们的生活，我想，就要入乡随俗，于是努力地将筷子伸向那几个盘子。幸好下村阿姨递给我一罐朝日啤酒，我才能强忍着恶心，借酒囫囵咽下一块块带着血丝的鱼片。也幸好还有竹笋。这种称为"土佐煮"的烹饪方式其实十分简单，就是用酱油加上味醂简单煮一煮，在下村家连鲣鱼花都省去了，但它毕竟是熟食。正值吃笋的季节，下村大叔颇为得意，说这竹笋也是他早晨亲自上山去挖的。

我的到来让几个大叔热情高涨，我似乎是他们完全没有交集的一种人。他们轮番向我提出问题，我意识到了自己令他们感到不解：为什么三十几岁了还不结婚？为什么一个女人在日本四处晃悠？做什么工作？像这样到处玩能养得活自己吗？还有……一个外国人，为什么对福江岛这样的农村产生兴趣？

"我只关心一个问题，"下村大叔问，"你是用父母的钱在玩吗？还是用自己的钱在玩？"得知是后者，我又一再强调是"在工作不是玩"之后，他即便没有完全打消疑虑，语气也变得温柔了许多。

我见缝插针地问着问题，大概得知了：富江集落同时居住着农民和渔师，住在中间地区的人们从事农业，几公里之外的海岸沿线的人们则从事着渔业。下村大叔和下村阿姨两人的父亲从事的都是渔业，到他们这一代渐渐有些变化。下村大叔 67 岁了，已经是拿养老金的年纪，他还拥有一座祖上传下来的小山。年轻的时候，下村大叔曾经作为派遣劳工去加拿大务农，在那里生活了两年半，那就是他去过的这颗星球上最远的地方，也已经是四十年前了。

下村家还有好几块稻田，以前会种植大米贩卖，如今夫妇两人年纪大了，大部分的田地都借给了朋友，只留下两块自己种植，供应自家餐桌。岛上的水稻收成分为两季，第一次是在八月的盂兰盆节期间，第二次和日本多数地区一样，在金秋十月。从插秧、收割到精制成白米，全部自己完成。收割是个体力活，需要招呼附近的朋友帮忙，作为感谢，就送给他们一些精米。

酒喝了一会儿，下村阿姨提出要带我去看她饲养的鸡，我们便穿过后院的几个蔬菜大棚走向鸡舍。这些大面积的塑料棚看起来闲置已久，杂草淹没了小腿。下村阿姨告诉我，她前些年在棚内种植各种蔬菜，放在岛上的商店里卖，一直持续到三年前。她做了个手术，植入了一块钢筋到腿里，此后只能放弃体力劳动。如今她小规模地栽种着一些西红柿或是青椒之类的，只能自给自足，然后就是养了几十只鸡。下村阿姨养的不是普通的鸡，而是我在日本第一次见到的乌骨鸡。养乌骨鸡是个爱好，她对此引以为傲。

下村阿姨做完腿部手术之后，下村大叔才回到这个家来。为了赚钱，他离开下五岛当过五年的货车司机，最远跑到了北海道，中途一次也没回来过。直到两年前，一场大型台风袭击福江岛，刮飞了下村家的屋顶，下村阿姨实在没辙，给下村大叔打了个电话，他不分昼夜地开了两天车，回到家里，修好了房子，没有再离开。

"其实这栋房子还是很牢固的，"下村大叔指着崭新的横梁，向我炫耀，"这些木头，全都是从我自己的山上砍的。"对他们来说，建造一栋房子的原材料几乎是零成本，建造费也基本可以省下来，因为修建这间屋子的，正是三个大叔中的另外一位：下村阿姨的弟弟，一位木匠师傅。尽管离岛上的工作极为有限，但围绕衣食住行的基本行业还是很吃得开，这位木匠建造了当地超过一百间房屋。

大叔们喝得更多一些，就开始口齿不清地聊起往事八卦来，夹杂着大量五岛方言。我在半懂不懂之中，有限地得知了一些木匠弟弟的故事：他手头有了钱，便开始沉迷于柏青哥，输了个精光，一度负债100万日元，直到两年前戒掉。最近欠款终于差不多还清了。在日本各地的农村，由于缺乏娱乐活动，这种小弹子球的赌博游戏特别受欢迎，一些具备生意头脑的人，只要开几间柏青哥店，就能迅速致富，而它带来的后果，并不轻于其他任何一项赌博，倾家荡产活不下去的例子比比皆是。

他们即便在喝高了的酒桌上聊起这类话题，也还是带着一种刻意压低了声音的隐秘。后来话题变得愈发深入，比如说附近的工厂里曾经来过几个打工的中国人，经常用各种借口找木匠蹭饭，但离开时竟然只送了一个用过的打火机作为礼物，让木匠长久地耿耿于怀，觉得中国人太吝啬。这位木匠看起来也有50多岁了，不知道为何关于他的八卦总是和金钱纠纷有关，比如说他还遭遇过一个来路不明女人的"仙人跳"，被敲诈了不少钱，最后惊动了警察。还聊到了下村家的孩子。下村家有一个在名古屋工作的儿子，只在正月之类的假期回来，这个家的走廊墙壁上贴满了两岁半的孙女照片。下村大叔的身后放着一箱子两升纸盒装的月桂冠清酒，一盒新开的酒喝到一半，他就说，其实原本还有一个稍大些的儿子，发生了各种事情，已经不在这个世界了。

这天的酒一如往日喝到深夜，下村大叔最先醉倒，嘟嘟囔囔去睡觉了。木匠弟弟接了个老婆打来的电话，语气心虚，不久后就被人开车接回去了。我帮下村阿姨收拾完客厅，她将木桌往墙角一推，从里间拽出来两床被褥，往地下一扔："你就睡在这里吧！"我心中咯噔一下。她又拉开一扇拉门之隔的里间，指了指那个更杂乱的空间："这个房间里有佛龛，所以我睡这里。"又催促我赶紧去泡澡。浴室里覆盖着一层薄薄的灰，浴缸里剩下下村大叔泡过的一缸洗澡水。我放弃了泡澡，飞快地淋了个浴，心想只能硬着头皮在客厅里撑一晚——我没有料到下五岛会是这样，几年前我在奈良的明日香村也有过民泊经验，那里一整套流程十分观光化，服务也无微不至。其实下五岛的民泊费用和明日香村差不多，9000日元，包含住宿和早晚两餐，但下村家几乎没有待客之道，就连睡觉的地方，也似乎是匆忙凑合出来的。我怀疑下村家也许是第一次接待游客，但有一些东西似乎又是专门为外人打造，比如一个和这栋房子格格不入的超大洗脸台。这个晚上，半夜下起了暴雨，木造房子隔音不好，雨声夹杂着从走廊另一头房间里传来的下村大叔高低起伏的呼噜声，响彻整夜。我在疑惑与忐忑之中，睁眼听到了天明。

我听见下村阿姨5点就起床了，她从里间走出来，蹑手蹑脚地绕开我，走进浴室，又走到厨房里去。片刻，下村大叔也起来了，拉开玄关门，走到外面去了。大约又过了一个小时，下村阿姨才再度走进来，大声催促我："快去捡鸡蛋！你不是要吃生鸡蛋拌饭吗？鸡已经在哇哇哇叫了！"前一晚临睡前，她特意来问我：早餐要吃米饭还是面包？并且表示家里还有速溶咖啡。我因为见过了鸡舍，又还从来没吃过乌骨鸡蛋，便表示想吃生鸡蛋拌饭，她高兴极了："这个最简单！"我草草刷牙洗脸，从下村阿姨手里接过塑料篮子，跑到鸡舍里捡回六个鸡蛋。从蔬菜大棚出来遇到下村大叔，又在他的指导下，摘了两个香菇。

乌骨鸡蛋比一般的鸡蛋个头更小，我还是第一次把尚存余温的鸡蛋打在米饭上，微微腥味在空气中散开来。下村阿姨递给我一瓶酱油，也是我第一次见到的透明无色酱油。她连同酱油的宣传单一并递给我，上面写着：这是一种专门为生鸡蛋拌饭开发的酱油，售价1000日元。她当然舍不得买那么贵的酱油，这是儿媳妇正月回来时特意买给她的礼物。

生鸡蛋拌饭还没吃完，下村大叔便催促着我出门，他要带我上山挖竹笋，这也是我们前一晚商量好的事情。坐上那辆白色小货车之前，他对我的着装提出了异议，认为穿着牛仔裤和球鞋上山很不靠谱，扔给我一套蓝色作业服和一双长筒雨鞋，似乎在沉默地告诫我：做好干体力活的准备吧！

下村家的小货车先去集落里的另一户人家，接上了下村大叔日常一起挖竹笋的伙伴，然后才一路拐进了山里，在一侧紧挨山壁、一侧面临深渊，也仅仅只能容纳一辆小货车的弯绕泥土路上转来转去，一个小时后，终于停了下来。两位大叔跳下车，每人拖着一条麻袋，便往山上攀登去，看起来没有什么入口，只是选了个熟悉的位置，也不用交入山费。这座山属于两人的另一位朋友，彼此之间早就默认了此种做法，连事先的招呼都不用打。我从下村大叔那里得到了劳动工具：一把简陋的锄头。跟在他身后大约走了七八分钟，就进入了茂密的竹林，林间果然点布着冒出头来的粗壮竹笋，他抡起锄头，三两下就挖出一个来，坐在地上剥光了外壳，直至剩下洁白的笋肉，这才扔进麻袋里。

"看明白了吧？"他转头对我说，又指了指不远处，"那里有一个，你去挖过来！"

在挖竹笋这件事上，我没有任何经验，起初几锄头下去就中途腰斩了。下村大叔对残次品感到不满，又向我示意了几个角度，我渐渐也能挖出完整的来了。后来我俩配合默契，我负责挖笋，他负责跟在身后剥笋壳，只是这项劳动比想象中更耗费体力，竹笋装了半条麻袋我就挖不动了，重新换下村大叔上阵，我跟在他身后拍照。两个年龄超过65岁的大叔，体力比我好多了，在林间走得飞快，锄头抡得稳准狠，直到两人的麻袋都装得满满的，才终于停下来歇了口气，转身走下山去。

"这一袋有多重啊？"我气喘吁吁地跟在下村大叔身后。

"二十公斤，"他说，每次进山，都要挖足这个分量，又笑我，"你们这些城市里的人啊，只知道夸竹笋好吃，哪里知道后面的辛苦。"数不清这是下村大叔在这个春天的第几次进山，他计划过几天来最后一次，再之后挖竹笋的季节就过去了。其实竹林中已经有许多高高探出头来的，因为长过了头，不宜再食用。它们具有超乎寻常的生长力，下村大叔说，明年这个时候，这些竹笋就都会长成小小的竹林。

下村大叔的一条处世之道，是挖到的竹笋要分给朋友。回程的路上，他没有直接回家，而是在集落里兜兜转转，在一些人家门口探头看一眼，院子里空空的，就知道没人在家，院子里停着车的，就下车捡几个竹笋送进去，再拎着一些回礼归来。下村大叔的小货车上很少出现新鲜面孔，因此每到一户人家，都要炫耀地、兴致勃勃地把我向对方介绍一次。这些人都是他交往了三四十年的朋友和亲戚，年轻时从事着农业、建筑、伐木之类的工作，日子一成不变，如今都是老人了，突然闯进来像我这样对他们的生活感兴趣的年轻人，令他们感到新鲜。送竹笋活动持续了很久，最后我们经过一片菜地，有位直不起腰来的老太太正在地里干活，下村大叔也跳下车去，塞了几个在她手里。"这个人是个好人吧？懂人情而且温柔。"老太太指着下村大叔对我说。

终于回到家，下村大叔没有停歇，又在院子里生起柴火来。一个简陋铁桶炉，架上一口超大的铁锅，待到开水沸腾，就将麻袋里大半竹笋扔进去，煮一个小时，再捞出来，用冷水洗净，以盐腌制，最后放进冰箱里，成为一整年的存粮。这是当地人最常见的竹笋食用方式。

剩下的一小半，要趁着新鲜吃，例如前一晚我吃的土佐煮，或者更简单，切成片，就是竹笋刺身。

早上9点，我坐在玄关前，在下村阿姨的命令下切了一整盆青菜，作为这天的鸡饲料。而后就长久地注视着忙碌的下村大叔，听着噼里啪啦的柴火燃烧声。下五岛天气晴朗，我觉得心情很好。这样悠闲的心情没有持续多久，下村大叔很快忙完了，又走过去发动小货车，远远地对我高喊："去山里了！搞快点！"

我再次套上作业服和雨鞋，跳上了下村大叔的小货车。这一次，我见到了下村家的一些私人财产：两片稻田，前一周刚插上秧，眼下一片绿油油的，生机勃勃。稻田之上就是下村大叔的山。在日本，很多山林属于私人所有，且可以自由出售。我曾在京都的一间居酒屋里，听闻店主准备买一座山，价格只要500万日元，我好奇于要买一座山来干什么，"就是玩一玩"，那位店主说。不过，很少有人跑到下五岛这么偏僻的岛上来买山。

我很想知道这些代代相传的山林还有什么用途，下村大叔给了我一种可能。他带着我走进山腹，我抱着一个竹筐，他提着一把镰刀，然后割起野菜来。我认识了一些从未见过的野菜，款冬、大吴风草或是野芹菜，装满了好几个竹筐，木耳还要再过两三天才会成熟，水芹不在山里，我们在稻田旁边的水沟里又收割了两筐。原来这就是靠山吃山，我想。等到秋天，下村大叔说，还能捡栗子。

负责采摘野菜的是下村大叔，我只是抱着竹筐在一旁观摩，却也被太阳晒出了一身汗。原来就连这种事也需要一定的体力。我问他："儿子回来的时候，也会跟你一起吗？"

"他对此毫无兴趣，也就是偶尔在山里玩一玩。"下村大叔说。从岛上走出去的年轻人很少再回来，如今儿子已经在城市里扎根，这座山毫无未来可言。

最后我当然又跟着下村大叔去送了一次菜，渐渐体会到这是一种约定俗成的"岛人情"：当地人还在过着一种物物交换的原始生活。渔师将新鲜的鱼送给从事农业的朋友，农民则用大米和蔬菜赠予渔业的朋友。在下村家的餐桌上，由始至终没有出现过猪肉或是牛肉。因为养了鸡，鸡蛋倒是每天都有。除了一些基本的调味料，或者，更多的是酒，下村阿姨几乎不去超市购物。

但这种物物交换的做法不能产生经济价值。下村夫妇每月各自能领到一笔养老金，在日本，农业人口的养老金与公务员和大企业的员工不能相比，他们即便在退休之后，仍要再做一些其他工作，才能维持基本生活。很少有人选择继续从事农业活动，最大原因是年纪大了体力下降，其次是现代社会有远比农业更赚钱的事情。接待外来游客即是手段之一。下村家是这个地区最早做民泊的家庭，始于一个偶然机会，明治大学有位教授带着学生在下村家住了几晚，自此开启了长达八年的民泊事业。据说当时的学生中还有一位打进了甲子园大赛，在下村家留下了一个签名的棒球作为礼物，摆放在电视机前的醒目位置。但民泊带来的收入并不稳定，因为疫情还暂停了一阵子。我是两年来的第一位客人，连体温计都是新买的。我突然想通了：为什么做了八年民泊的下村家，只能勉强将我安排在客厅睡觉，原来是因为之前下村大叔都不住在这个家里。下村大叔回来后，找到了稳定收入的另一种来源，他专程带我去看了他的一台小型起重机，这是他最亲密的工作伙伴。岛上经常有施工和建筑工程，有了这台机器，他便不愁没有工作。

回去的路上，下村大叔把车窗摇下来，和煦的春风温柔地灌进来，让刚刚出过一身汗的人感到尤为舒服。他在车上又缓缓点起一根烟来，这是在偏僻之地的好处，没人会禁止你在车内抽烟。农村的男人们身处这样的日常之中，每天抽一包烟、喝一升酒，是常见的生活方式。我委婉地询问下村大叔：为了身体考虑，不尝试戒烟吗？

"为什么要戒烟？"他说，"这么短暂的人生，剩下的时间更短。要尽情！"

"那还有什么其他人生愿望吗？"

"还想再去一次加拿大，"他说，又摇摇头，"没可能了，没钱。"

"拜托儿子看看呢？"

"儿子更没钱！"

这就是下村大叔留给我的最后一句话。回家独自吃过饭，几个朋友找上门来，他们便一起出海捕鱼了。他原本也想带我一起出海，但我的行程在中午就将结束。下村阿姨也给我准备了午餐，昨晚那个血腥的鱼头，变成了一盆硕大的酱油煮鱼头放在我眼前，面目狰狞地与我对峙着。我确信我会永远记得它，它成为我人生中吃得最艰难的一顿午餐，而且我竟然真的鼓起勇气吃光了它。

下村阿姨觉得出租车费太贵，主动提出要开车送我回酒店。在那之前，我们绕到了集落里一间门口转动着红蓝白灯牌的理发店，她请我喝了一杯店里提供的速溶咖啡。经营理发店的母女两人，是下村阿姨在这个小岛上最好的朋友。女儿是这个地区民泊事业的统筹人，就是她安排我住到下村阿姨家，原因听起来十分好笑，据她说，得知我想要体验农业活动，她立刻就想到了乌骨鸡。这个女人长得很好看，看不出已经47岁的年纪，她告诉我，她的父亲从前在冲绳工作，退伍后就回到了故乡下五岛，她出生在岛上，年轻时也曾离开，在大阪工作过，但20岁那年就回来和当地一位高中同学结了婚。这段婚姻只维持了两年，离婚后她便独自一人抚养着儿子。命运给她在每一个关口安排了路障，二十几岁的儿子如今待在大阪一间残障人士收容机构，生活不太能自理。前阵子她接他回家住了一段时间，一个人开车去的，往返1400公里。这间理发店最早由她的外婆创办，她一开始不想接手，但后来想到：哪里还有比自家的理发店更稳定的工作呢？只要集落里还有人，就永远不会失业。但其实这一带的居民越来越少，她还要再做一些副业才能保证收入，她帮忙安排民泊的人家，又考取了护理师资格证——就算人生的路障接二连三，也总能靠着勤劳活下去，她很朴素地想。

理发店的女人送给我一个她亲手制作的月饼，她非常迷恋这种中国点心，在网上搜到食谱，做了一冰箱冷藏起来。而下村阿姨则十分欣喜地与她分享了一个对我的观察："她吃了好多鱼！起初我还担心她吃不惯，结果没想到有这么爱吃鱼的人！"

也许我在吃鱼这件事上付出的努力，深深博得了下村阿姨的欢心，所以她愿意把我带到她的秘密基地来。这间理发店是她日常生活中的重要存在，尽管提供的只是速溶咖啡，对她来说却是日常生活中仅有的能够喘一口气的地方。后来，在送我回酒店的车上，她对我说起她的人生，说父母很早就去世了，理发店的母女俩让她总是有家人的感觉。又说她每个月能拿到6万日元退休金，这是农业人口的平均数字，按照规定每两个月领一次。她还要一周去一次养老院打工，从下午6点工作到次日早晨9点，照料十几个老人，每个月能得到5万日元收入。两份钱加在一起才勉强算是够了，还能给岛外的孙女每个月1万日元的零花钱。"女人必须拥有自己的收入"，她说下村大叔去年挣了400万日元，算得上是一大笔钱了，但那终归是丈夫的钱，不是她自己的，她坚持要工作。

这些天我接触到的下村大叔，像所有典型的日本男人一样，爱面子、话不多，不喝酒的时候多在沉默，在出海之前甚至没有与我告别。也许他有藏在内里的一面，如那位收到竹笋的老太太所说，是个温柔的人。他在山上默默跟在身后捡起被我不小心遗忘的锄头，出门时在副驾驶的车门上放一瓶冷藏过的瓶装茶，在满头大汗的时候提醒我喝。但和这样的男人的婚姻可能不太会幸福，我想，下村阿姨对我得到一瓶茶很意外，就像看见下村大叔做了一件千年不遇的事情——他的体贴非常偶然，是只属于一些外来者享受的特优待遇，不提供给家人，特别是结婚几十年的妻子。

下村阿姨面对的是这样一个丈夫：一出门便五年不归，家里的大小事务都由她独自解决，要挣钱维持生计，就连手术也是一个人做的。这样的丈夫终于回来以后，家里突然多了很多闲杂人等，每天晚上跑来喝酒，她要准备饭菜，常常在深夜被差遣去便利店买啤酒……忍耐到了极限，她渐渐学会发火，把醉鬼们统统轰回去，但依照这位丈夫的性格，没几天又会招揽一堆人来。她做的一切在周围的人看来是一个妻子理所应当的事。丈夫每天回到家里，坐下来就吃饭，喝醉了就去睡，他能够了解她什么呢？连单独交谈的时间都没有。前一个晚上，她从电视机旁拿出一盒手工折叠的纸鹤给我看，说是手术之后一个人躺在病床上，为了转移对疼痛的注意力叠的。而下村大叔，短暂地瞥了一眼那个盒子，嘟囔了两句："我们家还有这样的东西？第一次见。"于是，尽管在酒桌上下村大叔无数次向我灌输"你要早点儿结婚，女人有了男人才完整存在于这个世界上"，下村阿姨还是在只剩我们两人的时候，喃喃地对我说："我觉得一个人比较好。"她对我提起她的一个女性亲戚，五十几岁还是单身，如今一个人生活在大阪，看起来挺好的——她不只是在说起那个人，更像是在说起自己错过的人生，一些永远失去了的可能性。

"世界遗产"这几个字和下五岛的农民发生关系吗？至少在下村家暂时还没有。下村阿姨一次也没有对我提起这四个字，那些教堂她一间也没去过，那段历史背后存在什么意义，她从来没有思考过。她的人生里思考不过来的事情已经够多了。

下村阿姨把我送到酒店，那间据说在东京都很著名的酒店，她找了很久才找到。她可能都没有住过酒店。在我办理入住手续的时候，她主动问前台人员："登记了之后，我还能再带她出门吗？"在下五岛，一些人和另一些人的生活是割裂的。

下村阿姨还想带我回家吃晚饭，我因为次日一早要乘船离开，抱歉地感谢了她的好意。她又邀约我盂兰盆节来一起收割稻米，刚收获的大米当场用精米机加工，晚上就能吃到新米煮的饭。"你来，吃最好吃的大米，想住几天都行。"她说，又提醒我，到时候就不要通过观光协会了，那里会抽成一大笔钱，不如直接给她打电话。

我再也没有给下村阿姨打过电话。那些带着血丝的生鱼片，农村大叔们的酒桌以及他们对于一个不结婚的女性的质疑，还有铺满灰尘的浴室和隔音不好的客厅地铺，都让我很难鼓起勇气体验第二次。而这些都并非我真的不能面对。我心里很清楚，我真正害怕的，是下村阿姨对我说起她作为一个女人的命运。

"我想挣属于自己的钱，至少能自己买一条自己喜欢的裤子。我还想为自己再存一些养老钱。"她说她用一生得出了结论，"夫妇的本质是外人。"

她说起这些的时候，我一句话也说不上来。

4

我是在一个名叫"'潜伏基督徒物语'纵断周游观光船"的当地旅行团里遇见古贺先生的。这个一日行程把福江岛北边的久贺岛、奈留岛和若松岛上几处世界遗产地标作为目的地，在岛和岛之间租赁了单独的"海上出租车"专门往来，上岸之后各地都有小型面包车接驳。从早上9点到下午5点，就能快速参观完五个世界遗产——若我自行前往，恐怕要花上两三天时间。

古贺先生是这个行程的导游。他的出现，像所有同行那样，从自我介绍开始：他原本也是岛外人，年轻时在东京、京都和北海道生活过，三十年前移住到福江岛，随妻子回到老家。他说三十年前的福江岛物资匮乏，和今天完全是天壤之别。为了佐证这一事实，他手舞足蹈地说了一个小故事，从熟练的语气和表情来看，应该是常常说起。

"我刚一来到岛上，就跑到寿司店去了，心中满怀期待：在海岛上，一定能吃到数不清种类的新鲜生鱼！在店里坐下，点了个寿司拼盘，端上来却只有两种：鲷鱼和鲕鱼。我以为搞错了，把寿司师傅叫过来，说我点的是个拼盘，师傅理直气壮，说这就是拼盘。"原来在当时，五岛近海只能捕捞到这两种鱼，因为正值当季的缘故，确实新鲜美味，但每个季节最多也就只能吃到两种鱼。如今大不一样了，古贺先生说，寿司店通常提供五种类或七种类的拼盘，除了岛上不同季节捕捞的时令鱼，随着物流和冷冻技术的进步，一些五岛海域没有的鱼类也出现了。他毫不留情地点评着我在居酒屋吃到的刺身拼盘："三文鱼和三文鱼籽，冷冻的外来品种；鱿鱼和章鱼，外来的冷冻品种；海胆，外来的冷冻品种……"但无论如何，外来品种的入侵侧面印证了五岛生活变得越来越便利。岛上先是有了大型超市，然后是连锁便利店，接着亚马逊网购也流行起来。从前他受不了长崎的刺身酱油，觉得齁甜，总是拜托关东的朋友帮忙购买和邮寄咸味偏重的另一种。如今亚马逊取代了朋友，随时到达，不收运费。这个岛上具备了缩略版的都市机能，虽然有限，但基本设施完善：学校、医院和购物中心都有了，日常的生活就不成问题，一个人就能够在这里度过一生。如果非要买些岛上没有的东西，便每个月去一次长崎市。从前四五个小时的船程，如今已缩短到一个半小时。

但是五岛真正的好，不在于便利。古贺先生说，比起从前居住的东京和京都，他本人无疑更喜欢在福江岛上的生活。他向我列举了三点原因：没有压力，空气很好，自然丰裕。"在五岛上，不管你在哪里深呼吸，空气都很美味。"离岛上的人们喜欢用"美味"来形容空气，这个词也是古贺先生对五岛空气的唯一结论，仿佛他真的在一呼一吸之间，认真享用过后，才任由它们进入体内。作为一个导游，他的定期观光行程之一是带游客去爬岛上那座名叫"鬼岳"的活火山。在山上他有一个得意举动，就是对那些来自岛外的人们说："来，在这里使劲深呼吸吧！都市浑浊的空气充斥着你们的肺，就在这里全部吐出来，用五岛的新鲜的干净的空气替换它们。"

在从事这类导游工作时，出于一种日本人对时间的按部就班，古贺先生需要不时抬起手表确认出发和到达时间。在离岛上，台风、海浪和坏天气都来得很随机，行程临时被取消或是回到本岛的船停运，是每年会发生好几次的正常现象，这时有些客人会对他发脾气，说自己不在某个"死线"前赶回去可不行，会耽误工作，然后埋怨五岛人不遵守时间。在离岛上生活了四十年之后，古贺先生身处这样的场景中时难免觉得有点好笑：他们在对不可控的自然发脾气吗？同时他又在庆幸：都市人对时间可真是焦虑啊，还好自己来到了岛上。在日常生活中，东京人朝夕相处的是分秒无差的电车时刻表，人们追着时间走，也被时间追着走；而五岛人随时要应对的是无常的自然，自然随时在变化，不断打破时间表，因此就没有严格制订计划的必要。因此，除了在做导游工作时，古贺先生从不看表，时间对他没有意义。不如说整个五岛人对时间都很淡漠，如果他们约定在下午 5 点见面，大概率不是要在 5 点到达碰头地点，而是 5 点才准备出门。

我跟随古贺先生去的第一站即是奥浦湾北面的久贺岛。从福江港出发，航程大约 20 分钟，船在久贺岛的港口靠岸后，还要换乘陆地交通工具，小型面包车从柏油马路行驶至山道，最后停在山间高处，往后道路变窄，汽车不能通行，需要步行前往山下的海边教堂。如此艰难的地形，对两百多年前的人们来说，更是经过长途跋涉才能抵达的目的地。也正因如此，"潜伏基督徒"这一词，才真正具备了它"潜伏"的意味：为了不被外人发现，他们有意居住在这样不能轻易到达的地方。

我留意到，古贺先生说起那一段历史时，最高频出现的一个词是"残酷"。他并非专业历史研究者出身，手里全程拿着厚厚一叠资料，不断地翻阅确认着。他直到退休后才开始了这份导游工作，为此学习了五岛世界遗产的相关历史知识。这之前的二十几年里，"潜伏基督徒"与古贺先生的生活毫无交集，他对此一无所知。

基督教传入日本是在 16 世纪，其背景是大航海时代的全球扩张。1549 年，有位西班牙传教士第一次把基督教带到了战国时代的日本。此后，基督教在这片土地上经过织田信长时代的蓬勃发展、丰臣秀吉时代的逐步镇压，一直到德川家康的江户幕府颁布禁教令，此后被围剿长达 250 年，要到两个世纪后的明治六年，也就是 1873 年，官方才宣布解禁。

禁教令时期的日本，为了躲避官方的搜查，基督徒们不得不隐藏身份，伪装成佛教徒生活。在长崎县，他们之中的一些从本岛逃向五岛列岛，偷偷生活在这些更为隐蔽的离岛上。漂浮在上五岛与下五岛之间的久贺岛就是其中一个聚居地。

如今，尽管久贺岛整体都被认定为世界遗产，但大多数人来到这里只是为了看一间海边教堂：旧五轮教堂。它是五岛列岛上现存五十多座教堂中最古老的之一，在长崎县内的历史仅次于长崎市的大浦天主教堂。旧五轮教堂的前身是久贺岛上建造于 1881 年的滨胁教堂，1931 年，木造的滨胁教堂被改建为钢筋混凝土材质的现代教堂，旧教堂在解体时得到了当地佛教徒的保护，将拆卸的材料运到海边的五轮地区，又变成这间融合了东西风情的旧五轮教堂。

据说旧五轮教堂与众不同的样式，在众多红砖墙教堂中显得尤为突出，是珍贵的日本教堂遗产，然而出现在我眼前的，只是一所朴素的海边小木屋，斑驳地、静寂地、与世无争地矗立在一个海边温煦的春日午后。海岸上曾经家屋林立的这个集落里，常住人口日渐稀疏，如今只剩下两户人家。事实上，在整个久贺岛上，加起来总共也只有

300 位住民。

在旧五轮教堂里，我如约与永松再次相见。这里就是他工作的场所。在分开的几天里，我已经知道了全名"永松翼"的他在当地是个小有名气的人，许多杂志和电视节目都采访过他，我在 Youtube 上看了其中一个，标题是"世界遗产的岛屿上年轻的教会守"。这个节目记录了他一天的生活：早上 7 点，离开福江岛上的出租屋，自驾到港口，换乘船到久贺岛，他搞到一辆二手摩托车，下船后先是沿海骑行 20 分钟，然后一转弯登上山路，最后沿着我们走的那条山间小道步行 10 分钟，才能抵达工作场所。水陆交通都用上了，还要依靠双腿，走进教堂是在早上 8 点半。过去属于潜伏基督徒的生活道路，如今是教会守永松的通勤路。这是一条完全不同于城市上班族的通勤路，我猜测着，当初他初来乍到，沿山道而下，穿越森林，眼前突然出现一座古老的教堂矗立于海边，内心是不是感动的？

"你真的来了！"永松悄悄走到我身边，低声打了个招呼，然后便站到人群前，介绍起这间教堂的历史来了。这是他的日常工作，旺季的时候，同样的一段解说，每天要说上十来次。淡季没有参观者，他就待在教堂旁的一间临时办公室里，只有四叠半的小屋里摆满了他的学习书籍和参考资料，以及简陋的毛毯和几桶方便面——后者是应急物资，以防突然到来的台风和坏天气将他困在岛上。每天中午过后，附近几位潜伏基督徒的后代会来到这里，和永松一起打扫教堂卫生，他不会放过任何一个和他们聊天的机会，对他正在进行的研究来说，这些是不可多得的人，是他最好的老师。在只有三百人的久贺岛上，如今只剩下一个和永松同龄的年轻人，其余的全是被留下的老年人。年轻的永松仿佛外界注入老人们生活的一股新鲜活力，他主动跑去参加高龄者运动会，定期到一些人家里做客，当岛上遭遇台风时，积极参与各种修复工作……无论多少，他确实慰藉了一些此地老人的寂寞。

旧五轮教堂是五岛列岛上唯一设置有"教会守"这个职位的教堂，由于不再作为日常祈祷使用，室内撤去了椅子，空荡荡的。它也得以成为列岛上唯一一间允许室内拍照的世界遗产教堂。永松同时也看到，当它成为世界遗产之后，有一些问题正在变得复杂：例如受到台风损害需要修复，不能由教会守直接进行这一工作，而是必须上报到市里，由相关部门制定经费预算表，确定由市、县和国家分别具体承担多少比例的金额——修复文化财产的经费来自国民税金，必须小心谨慎地判断——这注定了它是一个复杂而繁琐的过程，经过层层审批之后，真正动工也许要到几年后了。

同行者纷纷离开，永松站在教堂中央和我说起这些话。我也很快要与他告别前往下一程了。

"你那天时候问我这间教堂是不是很美，如你此刻所见。"他说。

我说，天晴了，透过窗户看到的中午的海最美。

他于是走过去，推开两扇面朝大海的窗户："那就看得再清楚一点吧！"经年的木造的窗户发出"吱啦"的声响，蓝色的天空和更加蔚蓝的海水涌了进来，我意识到：在经过了一个多世纪的褪色的时间里，唯有大海崭新如昨。我原本计划询问永松终日独自待在这样无人的地方会不会感到寂寞，这时候也觉得不必再问了。

从久贺岛搭乘海上出租车继续前往的，是在北边大约 10 分钟船程的奈留岛。因为岛屿形状酷似一块生姜，古贺先生执意向游客介绍它是"生姜之岛"。从地图上来看，这个小岛恰好位于五岛列岛的正中央。和久贺岛一样，岛上最初的潜伏基督徒也来自长崎县外海地区，他们与原住民分而居之，在沿海地带形成了独自的集落。1954 年出版的《昭和时代的潜伏基督徒》一书指出："无论潜伏基督徒的密度还是数量，奈留岛都是五岛列岛中的第一大岛。"按照书中记载，二战后，岛上超过一半的人，都属于潜伏基督徒。

潜伏基督徒在 1918 年建造了一座"江上天主教堂"，资金来自当时岛上的近 50 户渔师之家，据说是他们捕猎银带鲱所得的全部收入。这座建造在防风林中的木造教堂出自日本最著名的教堂建筑师铁川与助之手，奶油色的墙壁、水蓝色的窗户、朴素的镂空十字架雕刻，处处流露出一种可爱，和他的其他那些大气稳重的作品不同。尽管这么做的主要原因是资金不足，却意外使这座教堂得到了最多参观者的喜爱，认为它的外观像童话里的小木屋一般。但古贺先生说，江上天主教堂最大的建筑价值不在于此，而在于考虑到岛上地形容易积水、湿度很大，故意将楼板垫高了一层。这种在日本寺院中常见的"高床式"建筑法，运用到教堂建筑中，日本仅此一例。

跟着古贺先生参观下五岛的教堂时，他对我提及了很多次铁川与助的名字。这个出生在上五岛官府御用木匠世家的男人，在 22 岁时受到前来邻村修建教堂的法国神父影响，成了最早探索日本教堂建筑的日本人。他一生总共建造了三十多间教堂，其中五间在今天已经被指定为日本重要文化财产。在铁川的众多事迹中，有一个事实令古贺先生感到最不可思议：他明明是一个佛教徒，却建造了那么多教堂！

巧合的是，我在五岛列岛旅行的这年夏天，铁川的孙女出版了一本讲述爷爷生平故事的书。我在书中读到，铁川经常提及最感动自己的一件事，是某间教堂的人们在向自己支付报酬时，使用的全都是一元的纸币，不难看出是一张一张攒起来的。铁川就是从一件又一件这样的小事中，用人类理解人类的角度，用理解苦难和自由的角度，去理解隐忍生存的弱者，理解建造教堂这份工作。晚年的铁川搬到了长崎居住，他最后一次来到五岛，是在去世的前一年。看到当地的教徒们居住在干净明亮的家屋中，他表现得十分开心——他这一生因为工作接触的人们，总是把教堂放在首位，优先于自己的家。铁川用一生来修建教堂，是为这些经历了苦难的人们建造一个对他们来说最重要的空间，这是他的职业态度，无关个人宗教信仰。

仅从江上天主教堂旁边闭校的小学就可以看出，奈留岛的人口现状同样不容乐观。20世纪60年代居住着超过9000人的岛屿，到了2019年锐减到2000余人，少子化更是严重，以至于小学和中学终于合并为一所，如今是"五岛市立奈留小中学校"。岛上唯一的高中"长崎县里奈留高等学校"，当地人称它为"奈留高中"。一个几十年来被岛民津津乐道的故事，就和这所学校有些渊源。

在奈留岛渔村集落的沿海道路上，古贺先生在车里放起一首歌，但凡听过日本流行音乐的人都会很熟悉它。而关于这首从少女时代就挚爱的歌曲，我是到了偏僻的离岛上才听说了它背后的故事：1974年，奈留高中某位女生在电台里听到了一位刚走红的女歌手主持的节目，便给电台写了封信，表示自己的学校还没有校歌，能不能请女歌手创作一首？原本只是抱着试试看的态度，没想到女歌手真的寄来一首歌。即便她一次也没来过五岛，也在歌词里想象了一个遥远的海岛以及发生在岛上的离别与想念。这首歌后来因为"不符合校歌规范"而未被校方采用，不久后却意外在电视上走红，再后来，女歌手结了婚，将名字从荒井由实改为松任谷由实，成了国民歌姬，她创作的这首《闭上双眼》，至今仍是 KTV 里百唱不衰的流行金曲。一首不符合校歌规范的歌曲，如今成为这个小岛上仅次于世界遗产的宣传噱头，近半个世纪来始终是岛民们的热唱金曲：在欢迎岛外的老师和医生前来赴任、又在三五年后再送他们离开时，在举行入学式、毕业典礼和运动会时，在举行结婚典礼时……人们一次又一次唱起：

> 已赴远方的朋友啊
> 为了再一次把波涛声传送给你
> 现在
> 闭上双眼吧。

1988 年，奈留高中在校园里建造了一块刻着歌词的石碑，古贺先生从他厚厚的资料夹里翻出一页来，上面的照片是松任谷由实来到岛上参加揭幕式时，正和奈留高中的学生们一起合唱的场景。

这天与我一起来到奈留岛的同行者，没有一位不会哼唱这首歌的。中午我们在岛上一家老铺料理店里吃午饭，我稍微了解到对"潜伏基督徒物语"感兴趣的都是什么人：一对来岛上住两天的夫妇，他们偶然在网上看到一个便宜的机票酒店套餐，才动了心思下五岛；一位来自福冈的年轻女孩，几年前总是周游世界，由于疫情不能出国，才想起来看看这个日本的未知之地；一位来自栃木县的中年女人，她连连向我感叹五岛的民风实在亲切，说自己在上岛的船上偶遇了一位岛民，对方后来整天驾车带她巡回教堂，还邀请她去自家吃了顿早餐。我问她为何对五岛产生兴趣，"这么说可能有点儿不合适，"她说，"过去的许多年，我一直忙于看护我的父母和丈夫的父母，这两年他们相继去世，我终于得到自己出门旅游的时间了。"为了照顾老家的父母，这些年她一直往返于枥木县和北海道之间，攒下了不少航空公司的积分，这次来到下五岛，是用积分兑换的免费机票。她对五岛的旅程兴致勃勃，只有一个瞬间，才对我流露出一点点伤感。当时我们一起坐在海上出租车的甲板上，四月的海风把人吹得凌乱，她在风中一字一句地对我说："我的母亲从前在北海道一个小岛上从事观光业工作，她离开之后，我开始想了解岛。"

海上出租车飞驰在奈留岛北边的海面上，此地属于另一个名叫若松岛的岛屿领地，入选世界遗产的是一处"潜伏基督徒洞窟"。若不参加旅行团，另一个参观它的方式是租赁岛上一些旅馆经营的观光船。日本从进入明治时期到宣布解除禁教令，其间经历了六年时间，在这六年里，明治政府延续着江户幕府的做法，通过举报、关押与拷问等手段对基督徒进行严酷镇压。这一时期发生在五岛的大规模举报和迫害活动，后来被称为"五岛崩塌"。久贺岛上有一处当时用来拷问基督徒的牢屋，不到 20 平方米的空间里硬是塞进去近 200 名男女老少，有人被踩踏致死，有人遭受酷刑，最终死者达到 42 人。这里如今成了一间纪念馆。为了逃离恐怖的"五岛崩塌"，若松岛上三个潜伏基督徒家庭偷偷划着小船来到海上的洞窟，度过了四个月的隐匿生活，但最终还是被煮饭时飘出的白烟暴露了行踪，遭到当地人举报后被捕，难逃被拷打的厄运。岛上的潜伏者在获得自由后，很长一段时间里把这个洞窟视为朝圣地标，有时还会在洞窟里举行弥撒，1967 年，他们在洞窟入口处建造了耶稣十字架石像，于荒崖之上举起的一只手，仿佛面朝茫茫海原的召唤。

我和那对夫妇，还有枥木县来的女人一起走到甲板上拍照，海上出租车的船长从船舱走出来巡视一圈，给了我们一个放风的机会："天气挺暖和的，你们就坐那儿吧！"尔后一路加速前行。女人对我说她想了解岛的事情，可我作为一个无神论者，又该如何去了解这座以苦难写就信仰的小岛呢？有一段时间，我短暂地思考起关于海的事情来。因为长崎县拥有闭关锁国时期日本唯一对外开放的港口，很多西洋的新鲜事物都是从这里进入的日本——例如咖啡——因此基督教才得以从这里向全日本扩散。而更早之前，这里还曾是遣唐使船从日本前往中国的最后一个靠岸地，一些如今已深深渗透日本社会的中国文化最早也是从此地登陆的。海是一种联结，将外来的文化带来，令这片土地开化。但我又想起那些搭乘小船漂泊在大海上、不断逃离和躲避的人们的心情，他们并不知道海的尽头会出现什么，但在随时刮起的风暴和不确定的危险之中，海成为他们的暂时栖身之地。海是一种逃离，让内心有信仰的人得到保护。海充满寓意，无所不能。

很多年前我第一次来到长崎，偶然被一辆公交车带去了外海地区的远藤周作的纪念馆，在那里目睹了不似在人间的美丽海上落日景象，也第一次看到了远藤周作那句名言：人类是如此悲哀，大海却异常蔚蓝。彼时那部名叫《沉默》的电影尚未上映，我还不知道这句话背后是一个群体长达两个世纪的悲惨命运，只是简单地觉得从语感到隐喻都很美丽，带回了一张名句的复制品挂在家中。直到那句话成为我七年里每天目睹的日常。我坐在五岛列岛的大海上，在强烈的狂风中感到心情畅快，才终于被赋予了理解它的想象力：身处苦难之中的人们，在身体与精神双重难挨的痛苦之中，也许已经到了极限，也许下一秒厄运就会降临，也许明天就会遭遇死亡，但他们仍在痛苦之中，无意地看了一眼海，如此刻一般阳光下蔚蓝的大海，会令人觉得像是看到了天堂的景象吧？会稍稍给予一些他们继续活下去的勇气吗？大海是如此美丽，公平地给予每一个苦难的灵魂。

这天的旅行团在若松岛就解散了，一些人要留在岛上，一些人要往北边的上五岛去。我和古贺先生一起，在候船室等待一班回到福江岛的定期船。他已经下班了，所以可以跟我聊得更主观、更私人一点儿，他反复向我强调：潜伏基督徒是一个特殊群体，他们在今天的下五岛已经不存在了，只有上五岛也许还剩几位。他的意思是，潜伏基督徒不是完全的基督徒，他们拥有的实际上是一种诸派融合的信仰，他们既是基督徒，又是佛教徒，也许还是神道教徒。

古贺先生向我提起五岛地区一种特殊造型的墓碑，整体是佛教墓碑的样式，顶上却插着一个十字架。这就是潜伏基督徒的墓了。他们在伪装成佛教徒的生活之中，经过了漫长的二百五十年，关于佛教与基督教的信仰渐渐混合在一起，不能区别对待，也正是因为这样的特殊性，才使它成为世界遗产。

玛利亚观音像是另一个例子。我是在五岛观光历史资料馆第一次看到这种特殊的白瓷像的，后来在堂崎教堂的资料馆又见到了几个。它乍一看是普通的观音像，细看之下才会察觉其女性特征，原来是抱着幼子的圣母玛利亚。它是潜伏基督徒智慧的结晶，当时，景德镇制造的白瓷送子观音随着唐船进入长崎，给了他们启发。于是基督徒们在地下秘密制造，将玛利亚伪装成观音。平民之作虽然粗糙，却被置于家中重要位置，担负着他们神圣的祈祷活动。

"在这样一尊像里，既存在玛利亚，也存在观音，日复一日对着它祈祷，心中怎么可能完全无视观音？"古贺先生是这么想的。人类的情感不可能那么泾渭分明，在不知不觉中，人们在对着玛利亚合掌的同时，也是在对着观音合掌了。

"你的意思是，这些潜伏基督徒，即便在禁教令解除之后，也没有回归基督教？"我问他。

"不是主动选择不回归，而是已经回不去了。"古贺先生说。以下纯属他个人的想象："日本是一个多神论的国家，因此潜伏基督徒可以既信仰耶稣，也信仰佛陀，但基督教是一神论的宗教，如果回去了，必将要舍弃他们对佛教的信仰。日本佛教有一个很重要的特征，将供奉先祖视为最重要的事，那些在家里设置了佛坛、每天小心供奉先祖的人，不可能放弃佛教信仰。潜伏基督教徒形成了杂糅的宗教信仰，他们再也回不到单一信徒的身份了。"

5

我是古贺先生遇到的一个奇怪的客人。他在世界遗产教堂群做导游，我却私下向他打听：能不能带我去看看遣唐使走过的路？

这是五岛列岛另一段让我感兴趣的历史。在潜伏基督徒流离到此地的近一个世纪前，从日本前往中国学习唐文化的遣唐使们，就已经在旅途中经过这个岛屿。如今，福江岛被称作"遣唐使船离开日本前的最后一个靠岸地"。官方看起来非常重视与这段历史产生的交集，在福江岛的历史资料馆里，专门为它开辟出一个展厅，终日滚动播出着影像资料，还制作了一艘遣唐使船模型。

关于遣唐使和遣唐使船的考证，资料馆里的一块牌子写道：

遣唐使是从公元 630 年到 894 年之间，跨越奈良时代到平安时代，日本向唐派遣的外交使节团。它的前身是圣德太子的遣隋使。向当时的繁荣大国唐派遣使节，始于 630 年的犬上御田锹等人，此后两个世纪里，总共进行了十八次派遣计划，其中三次被终止，实际上派遣了十五次。

关于遣唐使船的具体构造，可考据的资料有限，是古代史上的谜题之一。为了解开这个谜，以太平洋学会和古代船研究团体为首，加上本领域的最高权威者们的历史考证，进行了现可考证的最高精度的遣唐使船的初次复原。

往返了两个多世纪的遣唐使，把当时最辉煌的唐朝文化和制度带回了日本，渗透进社会生活的方方面面，尤其对日本佛教的发展产生了巨大影响。这段历史如今深受五岛官方宣传部门的青睐，尽管其实最早的遣唐使船并不经过这里。

遣唐使船的航海路径总共有三条。最开始，这些船只从大阪的难波津出发，经过濑户内海到达福冈的那津港，此后路线便开始逐渐变化：第一个时期，公元 6 世纪，它们先行至北九州的壹岐和对马，此后沿朝鲜半岛西海岸行驶，经过辽东半岛的南海岸，最终到达山东半岛上的登州，这在当时是一条最安全的路线，被称为"北路"；第二个时期，由于日本和新罗关系恶化，遣唐使船从 7 世纪起开始改变航路，从福冈来到五岛列岛，此后横渡东海直达中国，终点是现在的江苏扬州或浙江宁波，这条路被称为"南路"，一直沿用到公元 838 年；还有一条航线被称为"南岛路"，它是被较少使用的绕远路，在船只受到风向影响偏离"南路"之时，它们先到达鹿儿岛南端，然后横渡东海到达扬州。

五岛列岛只存在于遣唐使船的"南路"这一条线上，它之所以能够成为观光噱头，很大程度上是因为日本佛教史上两个重要的人物都从这里出发前往中国：公元804年，遣唐使船在福江岛靠岸进行物资补给，30岁的空海和38岁的最澄就坐在船上，这两人后来顺利抵达中国，又把在那里学习到的佛教知识带回日本，分别建立了真言宗和天台宗两大宗派。

空海比最澄晚一年回到日本，他在中国待了两年之后，第一站也是回到了福江岛。有资料显示他当时暂住在岛上一间寺院里，还为它取名为"明星庵"。如今这里改名为"明星院"，是福江岛上现存最古老的木造建筑，交通尚算方便。我在几天前去过一次，门前立着崭新的景点介绍牌，分别有日中韩英四国语言，可见它的一种国际化野心。只是寺院里仍然空无一人，别说是游客，连住持都不在家。内部倒是完全开放的，可以自行进入。我参观了一番，见过院子里一个弘法大师的石碑，又坐在本堂里阅读寺院的事迹：原来寺里有一尊秘佛，轻易不示人，不过在2013年新的住持上任时，曾对外公开过几日。年轻的新住持在前任住持去世后接下了这份工作，他在一个采访里说出了离岛上寺院的困境：这个岛在一年内人口减少了1000人，明星院的生存也很艰难，尽可能地守护这间寺院，就是在守护小岛。

后来古贺先生对我的错过感到遗憾，他告诉我，明星院住持的妻子（日本僧人可以结婚生子）能言善道，能滔滔不绝地说上几个小时空海的故事。他又提议我搭一辆五岛观光巴士，也许能去一些不能去的地方。我立刻在网上搜索到那个号称可以体验"五岛的自然、历史和教堂"的观光团，发现它只前往教堂、灯塔、熔岩海岸和海滨胜地，却没有任何一处与遣唐使有关，可见这段历史是多么受到游客冷落。

在从若松岛开回福江岛的定期船上，我拿出一张地图，圈出岛上西北端的几个地标，询问古贺先生是否能开车带我去这些地方。这天晚上，我收到他从 LINE 上发来的行程，他说，全部参观完这些地方需要五至六个小时，他收费每小时 1500 日元，我还需要再负担油费。

次日早晨 10 点，古贺先生按照约定到酒店大堂接我。一见面，他就塞给我一叠观光资料，许是觉得遣唐使地标太过乏味，他试图把海滨浴场和温泉街也加入其中。但我心意已决："我们就进行一天的遣唐使寻访。"

我们最先去的是北边的鱼津崎公园，这里有一块"遣唐使船日本最后的靠岸地之碑"，但与遣唐使有关的仅此而已，海崖上的公园里人烟寂寥。古贺先生坚信这种冷清是因为我们错过了花期：公园里二月有油菜花盛开，六月变成绣球花，八月和十月又更替为向日葵和大波斯菊……这些时候它都会成为福江岛人周末出行的热门地标。古贺先生试图让我理解那种景象："这里就相当于五岛人的迪士尼乐园！"

我看不见古贺先生描述的热闹，从公园里眺望到的五岛海湾，群山密布，春寒料峭，更显得孤寂。"遣唐使从这里上岸，进行水和食粮的补给，维护船只，然后就是等待在顺风的日子出发。"古贺先生说。关于这一段经历，史料只留下略略几笔，无法深究详情。

遣唐使在岛上待了多久？与岛上的人发生过什么交流？又是带着怎样的心情告别日本、穿越海原？全凭想象。他们在岛上居住过的遗迹一处也没留下。唯一还能找到的，是海湾对岸的集落里的一块石头。我们随后去看了那块石头，它被放置在一间小小的祠堂里，当地人传说，它曾用于系住遣唐使船的牵引绳，后来被集落里的渔师祭祀起来。

听起来有些滑稽，谁能想到，千年前的留学生还能分管渔业丰收和海上安全呢？但这项业务也许相当轻松：前来祈愿的人越来越少，我们在集落里转悠了一圈，大部分是荒芜的空屋，只余四十几户人家仍生活在这里。

鱼津崎公园被视为遣唐使船的靠岸之地，而再稍微往东一些，大概十公里之外的三井乐地区，则被称为遣唐使船最后的离岸之地。这里有另一个冷清的公园，古贺先生称它为"遣唐使公园"，我在公园里见到了一个巨大的遣唐使船模型。和资料馆里那个力求精确的展示模型不同，这艘船一看就建造得相当随意，只有红白两色的搭配符合描述，处处细节皆没有尊重任何历史资料，但古贺先生把我带上了船，笃定地说："遣唐使船差不多就是这个大小了！"它看起来很崭新，建造时间不会太久，船下的一个牌子显示，出资的是五岛市文化协会。这个文化协会的副会长是把自己的名字写在牌子上的"的野"先生。古贺先生说，此人写了好几本关于五岛历史文化的书，他自己不久前也加入了这个协会，会费换取的赠礼就是其中一本。

的野在牌子上写下了抒情的文字：

> 为了吸收先进的中国文化，派遣至唐的后期遣唐使船，在五岛列岛上经历了日本最后的等风来。当时我国的造船和航海技术还不成熟，经常发生遭难事故，前往中国的旅程，须抱有死的觉悟。
>
> 顺风吹拂之时，终于要出港了。经过三井乐西北端的柏岬之后，将是茫茫无边的海原。四只遣唐使船上的大使和学问僧等加起来，总共超过五百人的船员，也许是今生最后一次见到

的日本的土地。他们一定深深将三井乐洁白的沙滩和绿色岛影刻在心里，在百感交集中，驶向了东海之中吧！

在遣唐使公园不远处，我又见到了第三只遣唐使船模型。这只船相对来说严谨一些了，关于它的介绍里说，模型参考了中日文献、后世绘画资料以及中国宋代的一艘发掘船。

这第三只船展示在一个名叫"道之驿 遣唐使故乡馆"的大厅里。"道之驿"是日本始于三十多年前的一种公路沿线设施，如今遍布全国各地。它最早类似高速公路休息站，供司机和乘客停留，后渐渐演变成集各地蔬菜、水果、土特产及用餐为一体的综合设施，更高级的还设置有温泉。福江岛上没有高速公路，但不妨碍它拥有一间"道之驿"，还口气很大地冠以"遣唐使故乡馆"的名义。旅行团总是被带到这里购物。我和古贺先生在中午到达，门口已经停着三辆观光大巴。古贺先生走进去就撞见了他的同事，一位看上去 50 多岁的女性，脸上带着精致的妆容，她正带着一个来自关西二十人旅行团在购物，我扫了一眼，都是些拎着满满篮子的老年人。古贺先生向我介绍她是"五岛第一巴士导游"，她从古贺先生口中听闻我正在探访遣唐使史迹，脸上一瞬流露出了诧异的神色，和前一天古贺先生听到我的询问时的反应一模一样。

来到五岛列岛的旅行团，就像我眼下见到的这样，如同古贺先生最常见的客人们，几乎都是老年人。他向我解释其中缘由：从东京来到五岛，两天三夜的行程，包含交通食宿费，大概在 10 万到 20 万日元之间。不为时间和经费所困的，只有那些领着丰裕退休金的老年人。

遣唐使故乡馆里最接近中国的一样东西，我万万没想到，竟然是餐厅里提供的蛋炒饭套餐，非常正宗的中国味道，只要500日元。定价是经过精心计算的，古贺先生说，面向大批游客的地方，如果不能提供性价比超高的食物，就很难大量卖出，达不到预期盈利。吃完这份炒饭，我和古贺先生又去了岛上另一处：的野在石碑上提到的"三井乐西北端的柏岬"。

这一处有个意味深长的名字：辞本涯。听起来也像是为遣唐使量身定制，是要在这里"告别日本国土"。刻着"辞本涯"三个字的石碑不出意外是新的，矗立在旁边的一尊空海像也是新的，还没来得及经受海风的侵蚀。每个地方都有描述一个人的角度。我去过许多次和歌山县的高野山，那里作为真言宗的总本山、空海的圆寂之地，呈现出的空海完全是"弘法大师"的佛教大师形象。而福江岛上的空海还十分年轻，他刚刚30岁，身世没有过人之处，以至于后世在对他的入唐经历进行研究时，认为资历平平的他能与一众有身份地位的人一同被派往中国是件怪事。也许福江岛也可以被视作空海的人生转折地，离开时他寂寂无名，回来之后就踏上了飞升之路。辞本涯的空海像看起来比30岁还年轻得多，一副少年留学生的样子，不知福江岛人对他的印象是不是就是如此，总之古贺先生评价起来，带着一种微妙的长辈语气："他原本被派去中国二十年，但只用两年就回来了，可真是头脑聪慧啊！"

从辞本涯渡过东海达到中国大陆的一段海上直线距离，被认为是日本与中国之间最近的一条路。与此同时，也是异常危险的一段航程。空海一行四只遣唐使船，两只遭难，空海乘坐的第一船也因为遭遇海上暴风雨而偏离了航向，没能像最澄搭乘的第二船那样按照计划在宁波上岸，最终登陆的是南方的福州。由于过去没有遣唐使船到来的先例，上岸后，空海一行先被当地政府作为海贼关押了五十天，得到放行后又经过了将近两个月的陆路，才抵达目的地长安。

"空海离开这里的时候，大概也曾想过，也许永远回不来了吧？"古贺先生和我一起站在辞本涯的尽头，望向辽阔无边的东海，天色有些阴暗，海也变得狂暴起来，在这片正在变得越来越观光化的土地上，我们一起想象了一会儿关于旅行和旅居的原始意义，它充满危险，性命攸关，毫不浪漫。"比如你，现在能够自由地从中国来到日本，以前的人们是不能这么来的，"古贺先生说，"比如你，现在能够从关西来到五岛，以前的人们也是要赌上性命的。"是不是在那样的时候，人对故土，对未知的土地，才会产生更深刻的感情呢？

到达长安之后，空海从长安青龙寺的惠果和尚处习得密教，公元806年8月，惠果和尚入寂八个月后，他在宁波登上了一艘回日本的船。这只船再次在途中遭遇了暴风雨，冥冥之中，他又在福江岛南端玉之浦地区的大宝港靠了岸。我和古贺先生的遣唐使寻访最后一站，便是从北至南，来到了大宝港旁的一间大宝寺。寺院入口也立着一块"西之高野山"的石碑，表明当地人对它地位的认可：空海把中国佛教带回日本，最初是在这间寺院开宗，然后才前往高野山的——这里才是真言密教登陆日本之地。大宝寺被认为是五岛列岛上现存最古老的寺院，但寺内所藏的贵重资料不对外展示，我所看到的大宝寺，像一个佛教主题乐园，庭院各处展示着杂糅存在的佛像：小沙弥像、观音像、地藏菩萨像、七福神像……我第一次见到了一尊抱着婴儿的空海像，当地人说可以求子和保佑安产；又有一尊金灿灿的观音像，刚立起来不久，让人相信此地确实香火很旺。在大宝寺里，住持同样不在家，只有自称是住持女儿的一位年轻女子，沿台阶而下，勤勉地拾捡着院内的落叶。

最后，古贺先生还是把我带去了一个行程表上没有的地标：在电影《恶人》中出现过的大濑崎灯台。这个白色灯塔在影片里是陷入爱情的女主角和杀人犯男友的逃亡目的地，它孤伶伶地立在海崖之上，从侧面印证了这个岛屿的地理位置，是流亡者可以获得一席容身之所的偏僻之地。我在灯塔展望台上遇见两位警察，他们告诉我，在这一带定期巡逻是他们重要的工作。

"搜寻逃犯吗？"听到他们的话，我感觉血液沸腾起来：五岛果然是世界尽头！

"你电影看多了！"他们笑起来，"只是看看是不是有钓鱼的人晕倒，或者游客去了灯塔回不来。"走向悬崖尽头的一段路，深受一些徒步爱好者青睐，悬崖尽头也是钓鱼客的秘密基地，但受到岛上无常的天气影响，有人会中暑，有人会被暴雨所困，还要担心会不会有人掉到海里……现实中警察操心的事情，没有那么刺激。

"灯塔里有工作人员吗？"我对灯塔兴趣有限，只打算远远地看它一眼，完全不想步行前往。

"有一位灯塔守。"他们说。在岛上，还保留着这样旧式的称呼，守护教会的人叫"教会守"，守护灯塔的人叫"灯塔守"。还有一些这样的人，守护着一些不能移动的事物。

我和古贺先生的这一天，聊起了遣唐使船开往中国的航路，也聊起了基督徒从上五岛来到下五岛的潜伏路线，路过许多中国风的航海船模型，也路过许多完全西洋化的教堂……他还讲起他接待过一位从韩国来的教授，对老照片中五岛地区的圆形耕地形态感到惊讶，因为它们和济州的耕地一模一样。

所谓离岛，总给人一种封闭孤立的印象，但直到置身于其中，我才意识到：五岛列岛也许是日本古代最开放的地方之一，东洋和西洋的外来文化都早早进入了这里，使它比东京和京都更早地成为一处国际化之地。对于遣唐使来说，这是一个出发之地，对于基督徒来说，这是一个潜伏之地。离岛在远洋交通上的便利性和它相对于本岛陆地的偏僻性，既使它有契机接受到外来事物，又使它在此后漫长的时间里得到封闭的庇护，完好地将这种融合文化保存至今。在我看来，这便是离岛的魅力。

6

下五岛地区总共有三个导游组织，全部的导游加起来不到三十人，实际上真正活跃在第一线、向游客讲解世界遗产历史故事的，只有十来人。这几个组织侧重点各有不同：着重讲解历史文化的，以学校里的退休老师为主，通常参与一些更专业更深度的行程；像古贺先生这样的，更侧重于轻松愉悦的观光活动。无论在哪一个组织，这些导游都属于兼职打工身份，他们不是正式雇员，几乎全是老年人，平均年龄接近 70 岁。对于年轻人来说，这份工作的工资待遇完全没有吸引力，不足以支撑生活，而这些老年人，他们则是因为退休工资不足以支撑生活，才需要这一份兼职。他们导游工作的区域仅限于下五岛，五岛列岛的导游业有一个不成文的规定：下五岛的人不能去上五岛当导游，上五岛的人也不能到下五岛当导游。贸然前往，只会激怒彼此。

古贺先生也是在退休之后才开始这份工作的，他已经 71 岁了，却处处向我流露出一种更甚于年轻人的热情。以我这些年在日本的观察，这些七八十岁的老年人，他们年轻时作为日本战后复兴的主要力量，老了以后仍然是全日本最具有干劲的一群人，而今天的年轻人们，成长于温和丰裕的环境，反而明显缺乏战斗力。这虽然是一个武断的结论，却能在现实中找到比比皆是的例子。当我的京都朋友对我诉苦说上初中的儿子不愿去学校、每天窝在家里打游戏的时候，福江岛上的古贺先生对我说的是："我能够自由操控自己的大脑和身体进行工作的时间，最多还有十年。在这最后的十年里，我想用尽全力地尝试各种事情，努力地生活下去。"

因此尽管古贺先生只需要向他的老年人旅行团提供轻松愉悦的观光体验即可，他还是能够对五岛上的历史故事侃侃而谈，解答了我许多疑惑。这些知识完全是自学的，他每天都在学习，在遣唐使故乡馆里遇到的他的同事，对我称赞说"古贺先生是学习家！"他觉得即便在退休之后，也应该保持大脑的随时运转，不能让其闲置，在工作之外，又加入了很多岛上的同好会：导游交流会、图书馆的"友之会"、捡垃圾志愿者会等等。

捡垃圾志愿者会，一个主要关注海岸和公园垃圾的 NPO 组织，其诞生的背景是日本全国离岛的环境问题。一千多年前，遣唐使船把中国的先进文化经过海洋带到日本，而今天沿着同样路径漂到福江岛的，是大量印着中文、韩文的塑料垃圾。古贺先生所在的志愿者会，两个月举行一次活动，一个半小时在海岸上捡垃圾，一个小时对垃圾进行分类，再将垃圾进行回收处理……持续一整天，对于老年人们来说是个体力活。有时候他们也和附近其他离岛进行交流活动，比如乘船前往壹岐和对马，一天时间在海岸上捡垃圾，剩下的时间顺便旅个游——比起纯粹的观光，这种形式显然有意义得多。

　　古贺先生回忆起他年轻的时候，当时地球上还没有这么多垃圾，商品不一定要有包装，超市里不提供塑料袋，他清楚地记得一个细节："那时候去买豆腐，都是自己带着饭盒去装的。"如今不需要这么麻烦了，人们在日渐便利的现代生活中，加速生产着垃圾。"便利会变成垃圾，"这是古贺先生一个有趣的结论，"为了地球的环境，人类应该在日常生活中稍微忍耐一些不便。"人类的生活习惯与海洋息息相关，他看过一个纪录片，一滴洗洁精就能让鱼类死去，因此受到了冲击，后来尽量不使用洗涤剂，也不再用肥皂洗澡。他在成为志愿者之后，再也没有使用过塑料袋。人类施与环境的，最终会返还给人类，地球上的所有生物紧紧相连：当漂流到海里的微塑料被鱼类吃掉，它们将会一直留在这些鱼的体内，然后经过人类的渔业活动，回到人类的餐桌，最后进入人类的身体。垃圾产于人类，并最终归于人类。

　　我又从古贺先生那里得知，下村阿姨种植的蔬菜在当地小有名气，是那种会在包装上贴上"下村家"的标签、放在各个超市里贩卖的产品，还会做成腌菜。我提起几天前看到的那个荒废的大棚，他表示理解："毕竟年纪大了啊。"这个岛上最主要的两种产业类型，农业和渔业，相对来说后者更不稳定。丰渔还是少渔全靠运气，每年气候不同，受到台风和风暴的影响，收入的差距也甚大，而农业则是更稳定的，能大致预测每年的收入，无论怎么努力，相差不会超过 1.5 倍——与此同时，农业利润较低，不会有渔业那样运气好的时候就达到二四倍收入的情况。当地人因为收入不佳而放弃农业，也是可以想象的事情。

　　像在我住的酒店看到的那样，如今的五岛确实有很多商务人士到访，但他们暂时还不能对离岛的产业构成造成影响。古贺先生告诉我一个数字：福江岛如今的农业产值约为 16 亿日元，渔业产值也是 16 亿日元。农业和渔业依然是岛上的两大产业，第三位则是近年来的快速增值产业：观光业。与人口高龄化不断导致的农业和渔业不断衰落相反，福江岛的观光业产值持续递增，已经达到了 10 亿日元。在这一点上，"世界遗产"几个字确实功不可没——日本观光厅从 2015 年也开始推出一个"日本遗产"评选，五岛列岛出现在第一批名单中，但这一标签毫无效果，几乎没带来经济效益。

"在五岛上，有从事农业依然获得丰厚收入的人吗？"我观察了好几天，始终未能得出结论。

"当然是有的，"古贺先生给了我一个肯定的答案，"尤其这些年，农业人口能从国家拿到一定的补贴，大概是成本的三成左右，其实状况是远远好于从前了。"顺便一提，让我感觉"收入有限"的海上出租车，同样也能拿到国家补贴。福江岛上的海上出租车分别属于两个民营公司，它们的收入其实很可观，以从福江岛到若松岛为例，一个小时的船程，定期船的票价是 1700 日元，而海上出租车则收费 2 万—3 万日元，除了像古贺先生这样的观光团，还经常用于岛民运动会、官方的勘定工作等等，用途广泛。

但目前福江岛上的农业个体户处于困境之中。不单是在这个小岛上，可以说全日本的农业个体户的处境都不轻松。一个原因是现代机器种植取代了过去的人工种植，机器带来高效率，但按照行情，一台插秧和收割水稻的机器售价在 3000 万—5000 万日元之间，这个价格足以让福江岛的农家购买三台小货车，不是每个家庭都能负担得起。银行为他们提供零利率贷款，但还贷十分吃力。很多人因此放弃了农业，寻找更能赚钱的工作。另一个原因，福江岛的农业正处于世代更替阶段，六七十岁的老年人逐渐没有体力继续从事农业，下一代中又几乎没有继承者，于是只能将农地闲置，任其长满荒草。

在我住的酒店旁边，有一处江户时代的福江城遗迹，县立五岛高等学校就建在城池之中，建筑风格上也与城堡保持了一致，颇具时代风情。在当地人的口中，这所学校偏差值很高，国立大学的升学率达到 70%，虽不到常常能考进东京大学或京都大学这样顶尖大学的程度，但每年都有好几位考上长崎县立大学，还有一些学生考到福冈、大阪或是京都的大学。下五岛的教育设施只到高中为止，考上大学离开小岛的年轻人，100 人之中大约 98 人不会再回来。这就是为什么，这个岛上的高龄化程度远远高于其他地方。按照日本全国的平均数据，65 岁以上的高龄者比率占据 26%，而在五岛市这个数字则超过了 37%——也就是说，当你走在这个小岛上，遇到的 10 个人之中，就有 4 个是 65 岁以上的老年人。

但也正如我上岛之前听说的那样，这里的移住者数量也名列日本前茅。2022 年年初，宝岛社旗下一本《农村生活之书》的杂志推出了"最想居住的农村排行榜"，在常住人口 3 万—5 万人的地区之中，五岛市得到了"年轻人和单身者最想居住的地区"第六名和"育儿家庭最想居住的地区"的第七名。它也是这个排行榜上唯一上榜的离岛。五岛市官方提供的数据显示：从 2016 年到 2020 年的五年间，共有 784 人移住到五岛，其中七成是 30 岁以下的年轻人。

为什么年轻人想移住到五岛？在古贺先生看来，一方面是出于浪漫的想象：五岛具备都市的年轻人向往和憧憬的元素，他们想在自然充裕、没有压力、不受通勤所苦的地方自由地、自给自足地生活，何况五岛还有海。另一方面则是现实的优惠政策：政府提供的补贴。在福江岛，移住者能拿到三种补贴：国家补贴、县补贴和市补贴。这无疑给移住生活带来了巨大的吸引力。

为了吸引年轻人的到来，当地政府亲切号召：要不要先来试住一下？并为他们提供来岛交通费和三个月的免费房屋居住。这种做法称为"试移住"。试移住者只需要负担日常水电费和饮食费。岛上本来就有很多荒废已久的空屋，对于经过试移住后决定移住到岛上的人，政府还会提供最高 200 万日元的房屋修缮补贴。

"也就是说，对于移住者，直到正式在岛上开始生活为止，几乎都不需要花钱。这些钱从哪里来呢？岛民们的税金。"古贺先生说，对于岛上的纳税人来说，年轻人能到来当然是好事一件，但结果非常不乐观，移住体验者之中的大部分，在半年或一年后，就会认清自己根本无法在岛上生活这一现实，纷纷又都回去了。还有另一种更糟糕的情况，由于日本各地都在积极推动地域振兴，便有人利用这一政策，在全国各地免费居住，结束一个试住期，就前往下一个地方试住，"简直是税金小偷！"根据古贺先生的观察，来到岛上的试移住者，100人之中有 70 人会离开。即使这看起来是一件很不划算的事情，五岛市仍然大声号召外来者来试住，将"移住者增加"视为骄傲的政绩。此举背后恐怕还有一个不可忽视的原因：在日本，常住人口达到 3 万以上的地区才能被划分为"市"，五岛市的人口高峰出现在 20 世纪 50年代，当时有超过 9 万人居住于此，此后连年减少，到了 2022 年春天只剩下 3.4 万人——这是一个危险的信号，随着高龄者去世，一旦人口减少到 3 万人以下，这里就将失去"市"的地位，降级为"町"，随之丧失一些作为市的政策福利。

"移住者无法在岛上长期居住，最大的原因是没有工作吗？"

"这只是其中一方面。另一方面，他们从一开始就没有下定决心要在这里努力生活。"三十年前古贺先生来到岛上的时候，移住还没有成为一股全国自上而下的风潮，他没有得到任何来自政府的帮助，所有的一切都必须由自己主动创造，从房子到工作，都是一个从无到有的过程。"如果不是抱有非常强烈的决心，是不可能移住到这里的，我也是出于喜欢，才付出了艰辛的努力。但今天的年轻人完全不是如此。政府帮他们安排好了一切，还给他们倒贴钱，导致他们从一开始就没有觉悟。"古贺先生对五岛的移住者表现出一种冷漠旁观的态度，这也许代表了大多数岛民对移住政策的看法，"我认为这不是一个好方式。"

我短暂地走神了几秒，如果我愿意努力生活，移住到岛上能够从事什么工作？农业或渔业，一个毫无经验的城市人，能够有机会参与其中吗？

我把我的想法告诉了古贺先生，他说，为了给移住者创造工作机会，同时振兴岛上衰落的传统产业，五岛市在十几年前推出了一个叫作"农业研修生"的激励政策，它面向那些"60 岁以下的有志于从事农业"的人群，合格者可以在当地农家进行最长两年的农业研修，每个月固定得到 12 万日元收入以及享受每月最高 2 万日元的租房补助。这个制度每年接收五六组研修生，但最好的结果也就是留下两人继续在五岛从事农业。古贺先生，作为一个前城市人，从未想过要从事农业，他认为此种打算过于天真："城市人想象中的农业跟实际的农业完全不是一回事。拥有自己的土地，这样的梦想当然很好，但同时也要知道，自然这个工作伙伴是非常难搞的。城市人带着幻觉来从事农业，最终都会失败。"

后来，我在五岛市的官方信息中，发现和"农业研修生"同时推行的还有"渔业研修生"，后者的条件更加严格：要求年纪在45岁以下，还须"身体健康，拥有承受渔业劳动的体力"。早些年，当地渔业团体曾经前往东京、福冈和大阪参加一个"渔业就业支援展览会"，接受全国各地有意从事渔业人群的咨询。近年不知出于什么缘故，它们的名字从出展名单上消失了。

这也许能解释为什么今天那些从大城市来到五岛的移住者，多数不会选择农业和渔业。他们延续着一种城市思维，在岛上尝试开咖啡馆、餐饮店和酒店，他们为小岛带来了新鲜的外界潮流，但我又有猜测：他们会不会难以融入原住民的人际关系呢？外来者的身份是否会为他们的岛生活带来困难呢？

古贺先生证实了我的这一猜测，他表示，尽管本地政府在宣传广告中将五岛营造成一种热烈欢迎外来者的友善氛围，但这只是表面，传统而封闭的村落意识仍在今天的岛上根深蒂固地保留着，在社区生活中排斥外来者的情况确实存在。

"表面看起来欢迎一切，一旦试图深入其中，就会体验到它的排外性。对于移住者来说，这会造成生活上的困难，也是他们离开的原因之一。"

"这种情况有可能在未来改变吗？"

"非常难。岛的特性就是这样。"在日本，自明治时期起就有一个流行了至少一百年的观念，称为"岛国根性"。这种观念认为，由于岛的天然属性，与外国交往甚少，因而视野狭窄，对他者缺乏包容力，气量褊狭。一个国家的"岛国根性"，在更加狭小偏僻的离岛之上，只会表现得愈发明显。"这种封闭性是岛生活的一种必要，在不与外界发生交集的情况下，所有的生活都在这个区域内形成闭环。身处闭环内部的人们，农业也好，渔业也好，都要靠互助才能生活，这在岛民之间形成一种非常坚固的团结力。这种本来是出于生存目的的团结性在进入现代社会之后，遇到外来力量试图进入时，会表现出一种顽固的排斥力。团结力越强的地方，外来者越难以进入。"

古贺先生认为这种现状在五岛上暂时不会改变，他又提起了下村家。那种让我感到温情的物物交换形式，本质就是从过去传承下来的一种生活互助，这种习俗在今天五岛的日常生活中仍然存在，从另一方面证明了它难以被攻破。

尽管岛上的人际关系充满了内部潜规则，但福江岛上的生活确实变得便利了。像福江岛这样与本岛之间有直接航线的岛屿，在日本被称为"一次离岛"。其实在五岛列岛地区，还存在大大小小的一百多个"二次离岛"，这些小岛没有从本岛直接前往的交通工具，需要在一次离岛上换乘一次。福江岛作为一个一次离岛，岛上拥有医院、学校、超市、便利店之类齐全的生活设施，但二次离岛就没那么幸运了，岛上没有学校，没有商店，条件好一些的，一周能有一次医生前来诊疗所出差，条件不好的那些，岛上连自来水都没有，需要从岛外购买大量储存饮用水。这样的离岛，才是全日本人口减少最急剧的地方，一旦踏入其中，就能理解当地年轻人们迫切希望离开、一辈子不再回来的心情。这些岛的最终命运，如同正在发生的那样，在最后一个住民消失后，就会从有人岛变成无人岛。

如果从古贺先生的工作来看，他会觉得"世界遗产"给福江岛带来了极大变化。游客增加了，很多相关的基础设施也随之完善：拓宽的车道，新建的桥、隧道和道路，都是显而易见的。更明显的一个例子是厕所。几乎所有"世界遗产"的厕所都推翻重建，变得现代而高级，但也仅限于此。更深层次的，比如当地人就业岗位的增加，还没有展现出任何苗头。尤其对于农民和渔师来说，这四个字更是与他们的生活完全不产生交集，因此他们多数漠然，像我在下村家感受到的那样，表现出一种毫不关心。

"如果你向当地人询问世界遗产的正式名称，我想几乎没有人能准确说出'长崎与天草地方的潜伏基督徒相关遗产'这一长串词来。"古贺先生说。

"世界遗产会带来经济增长，改善生活条件，当地人有这种期待吗？"

"几乎没有，而且岛上的基督徒最早是反对入选世界遗产的。"这个事实令我意外，最初也令古贺先生意外。但很快我就理解了：对于教徒来说，教堂不是观光景点，而是祈祷的场所。大批游客一窝蜂涌进教堂参观，大声说话，拿出手机和相机不停拍照，临走前借用一下厕所，留下的只有垃圾。在推动五岛地区入选世界遗产的过程中，当地政府做了不少游说工作，允诺改善教堂设施和条件，保证当教堂变得更有名之后，也能拥有长久存续下去的资金保障。世界遗产内部禁止拍照也是其中之一，当地政府向信徒承诺：要求游客遵从礼仪、不触摸教堂内物品、不在教堂内部拍照……才终于说服了大多数人。

古贺先生一开始摇旗呐喊地拥护世界遗产，但当他听过教徒的声音后，也变得沉默了。这些年来他还看到了另一个负面的变化：为了吸引游客，无论修建什么，必定要破坏自然。世界遗产的目标是将对人类具有"突出的普世价值"的自然风光和文化传给后世子孙，但这一初衷正在日本各地发生微妙的扭曲，政府将振兴观光产业和经济作为目的，拼命地想得到一个"世界遗产"的名号。在古贺先生成为导游的几年后，他告诉我，将这种现实告知给慕名前来世界遗产的游客们，是他对于地球的一种义务和责任。

我想，古贺先生该是感谢世界遗产的那一个，毕竟他的老年生活借此得到了一定经济收入，又为他打开了退休之后更广阔的视野。我一度认为，比起福江岛上的大多数人，古贺先生的境遇看上去要幸运得多：他的儿子如今和夫妇二人生活在一起。但这只是一种表面上的幸运。在我将要和古贺先生告别时，才听他缓缓道出：他的儿子曾经以体育特长生的身份考入福冈一间高中，毕业后留在那里从事按摩师的工作，但不久后便遭遇职场暴力，患上严重的抑郁症，很长一段时间住在医院里。儿子出院后不能继续城市生活，于是回到了福江岛，一度也在岛上一间养老机构里给老人们做按摩，但他纤细敏感的神经既使他患上抑郁症，也使他在处理老人排泄物时不断呕吐、迟迟无法适应，这份工作终于也做不下去了。如今，他常年待在家里，偶尔出去打打零工，主要的开销还是由父母二人承担。

所以古贺家还有一栋民宿。夫妇二人从 2006 年起就开始经营民宿了，因为妻子有过在英国留学的经历，能够顺畅地接待外国人，在当地口碑很好。他们更多还是在接待一些修学旅行的学生团体——城市里的孩子们被海蟑螂吓得哇哇大叫、讨厌生鱼片、强烈要求吃炸鸡和汉堡……都令他觉得很有趣。但五岛的鱼很新鲜，他们只要吃过一次，就会忘记麦当劳，古贺先生说。接着邀请我去他家吃鱼，我已经和他足足待了七个小时，人际交往到了极限，于是表示下次再去。"下次就住在我家，"古贺先生替我策划起来，"含早餐的住宿每天只要 5500 日元。"

过了三个月，我确实一度想要再次前往福江岛。我给永松写了一封邮件，询问能不能跟他体验一天"教会守"的工作。永松在回信里突兀地向我道歉，说他马上就要回东京了。永松离开后，我关注的五轮教堂的社交主页也随之注销，久贺岛的日常风景从我眼前消失了踪影。我试图猜测永松离开的原因，想起来他在聊天中的只言片语，例如在岛上遇到的困难：一来是岛民的思维方式和城市人的思维方式存在差别，很多时候他会被排除在外；二来他自己不信基督教，在向教徒讲解的时候，偶尔会遭到质疑。永松给我的最后一封回信写得客客气气，我最终也不知道发生了什么。事情的发展总是难以预料，留不住人的小岛不是理想主义的彼岸。

　　倒是始终没有见上面的图书馆馆长大岛，虽然常常"流窜"在岛外，却一直将驻地留在了五岛。在我离开五岛一年后，又到了春季四月，这是日本新旧交替的月份，学校的毕业季和公司的入职仪式都在此时。这一天，大岛更新了一条"这个季节常见的事情"的动态，提到了两件事：此时，一些自愿移居到岛上的人，生活了一两年后，发表着"谢谢大家"的感言离开了；此时，新来的移住者为了传播岛上的日常生活，开始创建新的 Instagram 账号。

　　"这两种行为本身并不应该被批判，但希望那些选择在岛上生活或是在社交媒体上更新的人，一旦开始了就好好坚持下去。如果真的要离开这座岛，至少要解释一句到底是怎么回事，才能使人信服。如果只是在社交媒体上介绍景点和咖啡馆，那有什么意义呢？事实上已经有超过一百个这样的账号了！"他继续写道，"这些话不针对特定的某个人，在岛上生活的六七年里，这种现象就像风物诗一样，每年到了此时就会发生，每次看到都有种'又来了……'的感觉。我如今在这个岛上的态度是'来者不拒，去者不追'，尽可能地不想那么轻易地与人建立良好的关系。"

下五岛的人们来来去去，离开和告别，正如到来和相遇，在这个离岛上从来不是什么稀奇事。

7

从福江岛前往上五岛，30分钟的船程不过转眼之间，问题在于上五岛有五个港口，从最南边的奈良尾港到最北边的有川港，还需换乘岛上的交通工具。南北贯穿的公交车是没有的，于是为了便于岛民出行，设置了一辆免费的穿梭小巴，一般在船到达后的5分钟内出发，我很快就在港口找到了它——这项业务的前途看上去令人担忧，除了排在我前面一位身着正装的年轻女性，身后再没来人，差点儿就成了包车。小巴准点出发，一路向北，横穿整个岛屿，半程之后果真只剩下我一人，司机便不再顾忌和我闲聊几句，表示可以把我送到离目的地最近的地方——40分钟之后，他直接绕开了公车站，把车停在了我要去的旅馆门口。

上五岛民风淳朴，人情远胜于下五岛。福江岛的古贺先生对我这么说过，我明白了他的意思。

距离入住时间还有四个半小时，名叫"ぼれ"的旅馆里空无一人。我用 LINE 给老板发了条消息，很快得到回复：可以使用公共空间，每小时收费 300 日元。这不是一间传统的日式旅馆，公共空间里摆着一张沙发、两组桌椅，还有一个开放式厨房，角落里的书架上一整排都是《走遍全球》和世界各地旅行手册，风格颇似海外青年旅馆。事实上它的住宿空间设计也跟它们一样：仅有两个单间，其余皆是上下铺床位，价格低廉。

我翻了翻几本放在书架上的本地观光手册，同样的一本册子，分别有日文、中文、英文和韩文四个版本，其中三分之一的内容是教堂信息。上五岛是这么冷清的地方，我原本在网上报名参加了上午和下午两个教堂巡礼，计划在当地向导的带领下，用一天时间参观最有代表性的五六个著名的教堂建筑。可我的计划落空了。两天前，上五岛观光协会一位职员给我发来邮件，写道："抱歉，关于您申请的两个项目，由于没有其他人报名，无法成行，已经被取消。"他带着一种尽职尽责的热情，建议道："作为代替方案，向您推荐以下一个人也能成行的项目：参观海产品养殖工厂，或是体验用海胆壳制作工艺品，您意下如何？"我对养殖事业和手工活动兴趣索然，便谢绝了他的好意。

我在观光手册上圈出几个目的地之后，一位大叔来到了ぽれ，提前为我办理了入住，把我带到单间里。他看上去60来岁，精力充沛，神采奕奕，表示等他打扫完卫生之后，会带我去周边转一转，在那之前，如果我愿意，可以租借门口的骑行车，骑去两公里之外的超市弄点儿吃的。我接受了他的提议，在他把床单扔进洗衣机的时候，骑车一路向超市的方向而去。这附近地形简单，很快我就把几个主要地标溜达了一圈：有川港的港口大厅，很多前往周边离岛的船都从这里出发；旁边有一个用鲸鱼命名的设施——鲸宾馆；还有一间海童神社，门口的鸟居非同一般，由两根弯曲洁白的鲸鱼颌骨组成；对面是观光协会所在地，兼营着一间土特产商店，并提供自行车租赁服务；隔壁一间乌冬面专卖店。乌冬面是岛上最著名的代表美食之一，店内还提供代表美食之二：鲸鱼刺身。上五岛所拥有的观光资源是如此有限，三个小时后，我坐在大叔的面包车上，他重点向我指出的也是这几个地方。

"上五岛人现在还有吃鲸鱼的习惯吗？"在我的印象里，今天的日本，只有和歌山县南部还保留着捕鲸和日常食用鲸鱼的传统。对于在上五岛也能遇到这么多鲸鱼元素，甚至在超市的食品专柜里摆放着鲸鱼刺身的景象，我感到意外。

"吃，但吃的都是从外地运来的鲸鱼了，"大叔说，"各种鱼类都是如此，上五岛的渔业衰落已久，附近的海里捕捞不到鱼类，运来的反而更便宜。"

上五岛渔业衰落的现状，后来我在鲸宾馆一楼的公告牌上窥到了一个片段：那个牌子上贴着一张小型海报，印着岛上两家废弃船只处理所的联系方式，"长久闲置的旧船会发生漏油等状况，污染海洋环境"，海报上的文字忧心忡忡。

名叫鲸宾馆的地方，其实不是一间宾馆，而是一个公共活动中心，一楼设置了观光中心和博物馆，简单介绍了上五岛从古至今的发展历程，简单分为四个阶段：古代，国境之岛；中世，地域势力抬头；近世，捕鲸繁盛；近现代，基督教复活。鲸鱼确实被当地人视为一种骄傲，在那间博物馆里，陈列着过去使用过的各种捕鲸工具，一个同比大鲸鱼模型，甚至还有如假包换的鲸鱼骨骼标本。

有川地区的捕鲸历史距今已有四百年。江户时期，有川湾里频频出现洄游而来的鲸鱼，渔师由此为契机前往和歌山学习捕鲸技术，培养出一批专业捕鲸者，创建了名为"有川捕鲸组"的组织。1698年，有川地区在一年内捕获了 83 头鲸鱼，缔造史上最高纪录。有川的捕鲸者，声名远扬至 600 公里以外的濑户内海群岛上，他们中的一些，一度作为捕鲸指导者每年前往濑户内出差。进入明治时期后，西洋先进的捕鲸炮传到日本并被广泛使用，直接导致了有川湾内洄游的鲸鱼越来越少——尽管在 1903 年，有川地区成立了现代捕鲸公司，但依然不能减少颓势——1911 年，鲸鱼的身姿完全消失后，上五岛的捕鲸时代画上了句号。

离岛的封闭性减缓了时间流速，尽管过去了一百多年，上五岛人仍然把和鲸鱼的这一段历史视为对外展示的重点。鲸宾馆对面还有一座鲸见山，如今开辟出散步小道，据说过去人们就在山上监视鲸鱼活动状况，山顶如今还保留着有川捕鲸组在此建造的"鲸供养碑"，为从 1691 年到 1712 年之间捕获的 1312 头鲸鱼慰灵。一位当地人对我说：多亏了捕鲸，过去的上五岛人才能够维系生活，得以代代延续，对此种动物的感恩之情不可忘。

位于鲸见山脚下的海童神社，那两根鲸鱼颌骨的鸟居却不是来自有川湾，而是在有川地区废弃捕鲸业六十多年后，活动在东北地区的"日东捕鲸会社"于 1973 年供奉的。日东捕鲸会社在 20 世纪六七十年代的日本十分活跃，但当 1986 年国际捕鲸委员会禁止商业捕鲸后，它也不得不退出了历史舞台，只留下这个鸟居，成为日本商业捕鲸曾经辉煌的一个标志。为何要在遥远的上五岛供奉两根鲸鱼颌骨？此事也变成一个谜。

8

我对上五岛的印象，起初只有一间酒造。

我家附近有一间开在公寓楼底层的"河岸咖啡"，因临近鸭川而得名。严格说来它不是一间咖啡馆，而是一个共享创业企划，将这个空间分为一周七天、每天早中晚三个时段，用优惠的价格租给不同的人，经营各自的饮食店。种类丰富多样，早餐时段有时是日式饭团，有时是自家烘焙咖啡，午餐时段有时是意大利料理，有时是斯里兰卡咖喱，晚餐时段有时是中国台湾卤肉饭，有时是韩国炸鸡……对很多拥有开店梦却缺乏经验的年轻人来说，这是一种很好的试水方式，京都市内有好几家新生代饮食店都是从这里毕业的。

一个周三晚上，我走进河岸咖啡，这天开的是一家"五岛吧"，提供来自上五岛的烧酒和日本各地的手工啤酒——后者是京都这两年的流行风潮，前者我却是头一回听说。五岛吧的老板是一个年轻的女孩，我猜她还不到 30 岁，活泼健谈，坐在吧台前的大叔们轮流和她聊着天，她站在厨房里，热络地伸出手来和他们碰杯。女孩推荐我喝一种名叫"五岛滩"的烧酒，说她出生在上五岛，这种酒来自当地唯一的酒造，市面上鲜少流通。我喝了两杯，味道醇厚，甚是喜爱。她又拿出一册"新上五岛镇观光手册"塞给我，竟然是繁体中文版！翻到"五岛滩"酒造社长登场那一页，令人意外，社长看上去很年轻。

"这是年轻人开的酒造！上五岛从前一间酒造也没有，年轻人回来了，于是有了自己的酒。"她再三向我推荐，"如果去上五岛旅行，请一定到酒造看看。"

我通过上五岛观光协会联系到了五岛滩酒造，骑着一辆电动自行车，朝着山间去了。三角形屋顶的白色建筑，静静矗立在绿意盎然的山脚，春天还没来得及种下萨摩红薯的土地一片空旷——我便是在这片土地前第一次见到了田本佳史，他笑起来有些拘谨，说现在同时从事着农业和酿酒两种工作，从种植红薯到蒸馏成酒，全部亲自上阵。

他称这种方式为"农酿合一"。每年二月开始，就要耕耘土地，同时在温室里进行育苗工作，四月底到五月进入繁忙期，要把红薯苗全部种到地里，直至九、十月收获之前，都要小心进行日常管理、除草施肥，秋天收获红薯的同时进入新酒酿造环节。他带我在工厂里走一圈，每个环节都有专业机器管理，要保证在年末之前完成全部发酵和蒸馏工序，才能赶上利用九州地区冬天的自然寒冷将蒸馏酒过滤，保证醇厚口感，此后进入储存和发酵过程。这是一间小规模的酒造，加上担任社长的田本的母亲，总共只有三个社员，每年种植两吨红薯，产量有限，但对田本来说已经非常繁忙：一年到头，他只在新年过后可以休息几天，比从前那份建筑现场的施工管理工作，还要耗费更多精力。

开一间酒造，起初并不是田本的愿望，他年轻时连一口烧酒也不喝，像很多同龄人那样只热爱啤酒。

开一间酒造，起初是田本父亲的梦想。"我的父亲一直有个观点：人类的原点是农业。但这个小岛的土地面积很小，和下五岛丰富的农业环境不同，上五岛几乎没有经营农业的农家。后来国家开始对上五岛施行一些优惠政策，父亲便考虑利用上五岛的土特产品红薯来制造烧酒，如此既能从事农业，又能开发本地特产。"2006年，五岛列岛地区以"振兴地域经济"为目的，开展了一系列业务，田本父亲的酒造计划作为其中一个环节，开始了筹备工作。经过一年时间，选好酒造地址，成立了公司，就在申请酒造资格证的过程中，父亲却突然去世了。

父亲去世时，26 岁的田本身在 170 公里以外的福冈市。他的人生，起初是一条岛上年轻人的常见路线：在父母身边一直待到高中毕业，然后离开小岛，去附近陆地的城市上大学，然后去更大的城市工作，找到立足之地，再也不回归小岛。田本没有上大学，他进入了福冈一间工科专门学校，毕业后前往东京的建筑公司担任施工管理工作，2006 年再度转职回到福冈，继续着建筑业的工作。到此为止，都是预料之中。不料父亲突然去世，扔下进行到一半的酒造事业，他的脑子里一片混乱，感到一种急迫的压力："不回去收拾烂摊子可不行。"回到故乡之后，才发现酒造已经不只是父亲一个人的事了，作为地域振兴的一个环节，它得到了许多岛上人们的帮助，难以轻易中断。只犹豫了几天，田本就决定辞掉在福冈的工作，接过了父亲未完成的酒造，将酿酒继续了下来。

他从鹿儿岛请来一位有过酿酒经验的专业人士，起初几年把制作烧酒的工作全权委托给对方，自己负责营业环节。后来，他渐渐不满足于此，一边在现场跟着做，一边在网上学习酿造知识，至少有三年时间，他是手忙脚乱的，最大的问题源于味道不稳定："即便是同样的红薯，也很难做出同样的味道来。"他又前往日本各地的酒造学习、考察，日子久了也摸出一些门道来。如今的五岛滩在他的反复试验下，不断改良配方，已经形成了完全不同于最初的稳定的专属味道。而在这个过程中，烧酒也变成了田本最爱喝的酒。

五岛滩的招牌烧酒，原料主要是自己栽培的两大红薯品种：红萨摩和黄金千贯。两者都是酿造日本芋烧的常见品种。我在京都的"五岛吧"喝到的那两杯，是另一款叫"明治之芋"的酒，它也是近年来五岛滩在一些酒客中声名鹊起的原因。

继承酒造的第二年，田本偶然听说了一种名叫"金木瓜"的红薯品种。这种红薯早在一百年前的明治时期就在上五岛地区栽培，后不知为何消失了踪迹，成了只存在于传说中的灭绝品种。田本得知了"金木瓜"的存在，便想利用这种稀少的原料来酿造上五岛独有的烧酒，他花了三年时间，到处寻觅，终于从一个农家的土地里得到了八个代代延续下来的"金木瓜"块根。"金木瓜"确实更适合酿造烧酒，它与一般的红薯相比，淀粉量更少，糖度更高，造就了醇厚的口感，拥有沉静的味觉体验，但它难以量产化。这个品种对土壤的品质要求极高，一旦兼容性不合，整片土地的红薯都将死去。第一年，田本只收获了 400 公斤成果，产量不足以制造烧酒，又花了三年时间，才终于增产到 1600 公斤。2016 年，第一批利用"金木瓜"酿造的"五岛滩 明治之芋"终于正式贩卖。这款酒如今在每年九月上市，但产量极为有限，只供应 900 瓶一升瓶装，在上五岛之外的地方难得一见。

另一款只能在上五岛喝到的酒，名叫"五星"，这也是田本父亲的遗物，酒造正门的白色墙壁上还留着父亲手写下的这几个字。田本想将之继承下来，然而就在进行商标申请时，发现主打"星星系列"的北海道札幌啤酒厂早就将从一星到十星的商标全都抢注了。田本给札幌啤酒写了信，表达了无论如何都想继承父亲遗志的心情，对方竟然没有彻底拒绝他：如果每年生产 2000 瓶，且只在岛内贩卖，那么请做吧！

作为上五岛唯一的本地酒，因为产量有限，不足以支撑进入日本各地的居酒屋和超市，那么如何才能更好地推广上五岛的烧酒品牌？

田本思考了很久，最终决定不像大型酒厂那样通过代理商，而是自己直接联系到各地的小规模日本酒专门店，保证在每个都道府县里至少有一间商店里放着五岛滩的酒。如今酒造每年生产大约 1.5 万瓶一升装的烧酒，田本还计划着稍微再增加一点产量，但最多也就是比现在多一倍，再多就不是他的体力可以胜任的了。

田本从父亲那里继承下来的恐怕还不只是一个酒造、一款酒的名字那么简单，十五年来持续在故乡的土地上栽培红薯、酿造本土风味的烧酒，他渐渐产生了和父亲在世时一样的"想要为小岛做点儿什么"的回馈之情。前些年，他参加了五岛列岛一个支援计划，开发了名叫"越鸟南枝"的特供烧酒，将销售额的一部分捐献给当地教堂群和文化景观的保护工程。越鸟南枝，这个充满了思乡之情的中国典故原本也是父亲的创意，在时间的变迁中，渐渐变成了属于田本自己的心境。

"其实直到去年为止，我都是拒绝对外开放参观的，担心外来者会带来细菌，影响酿造工作。"田本说，去年上五岛观光协会找到他，他才考虑到当地物产振兴的需求，答应了在管理谨慎的前提下可以开放参观。40 岁之后，他开始有了这种与土地联结的乡情，知道开酒造工作不只是酿造酒和贩卖酒，为自己赖以生存的土地做点儿什么，也是一种责任："这个岛只有靠我们了。"在观光协会提出的方案里，要向每个参观者收取 1200 日元的费用，双方各自分成一半，田本起初想拒绝，后来决定将自己收到的一半兑现成伴手礼，赠送给参观者。

于是在离开之前，我从田本那里得到了两瓶迷你装的五岛滩。他悄悄分享给我最近流行的烧酒喝法：以 3:7 或者 4:6 的比例，兑上苏打水，很"夏天"，也适合搭配酱油系食物。这是一种在十年前还会被各种酒造拒绝的喝法，如今已经根植于日本年轻人的饮酒文化了。

"本来该邀请你试饮的，但你骑着自行车来，就算了。"田本说，有点儿羞涩，又带着点儿抱歉。

"对哦，"我才想起来，"在日本这属于酒后驾车了。"

"如果给你喝了，我会被抓起来，"他笑，"搞不好酒造的资格也会被取消。"

我当时以为，不能一次性在酒造里尝试五岛滩的各个种类也没有关系，回到京都，也还能每周三在楼下的"五岛吧"喝一杯。但那个独自从上五岛到京都打拼的年轻女孩，就在两个月后，突然宣布：开了六年的"五岛吧"决定关门了！我再也没有见到过那个女孩，她不知去向，周三的晚上很快就被一个来自斯里兰卡的店主取代了。五岛滩的烧酒，就这么从京都的夜晚消失了踪影，成了记忆里充满旅途怀恋的红薯香气。

9

五岛滩酒造的田本和ぽれ的老板福本是好朋友，用田本的话来说："福本君是我的钓鱼老师。"他毫不吝啬使用"老师"这个词，尽管福本比他还要小 4 岁。在上五岛，像他们这样拥有外部视野的年轻人并不太多，两人很是投缘。"喝醉的时候，我经常睡在ぽれ呢！"田本对此甚感满意。

前一天在ぽれ，我很遗憾没能见到福本。事实上，我是因为他才来到ぽれ的。福本是上五岛的名人，我在旅行杂志上看过他的故事：

2007 年，23 岁的他利用工作假期开始了环游世界之旅，以 2016 年 1 月的最后一站古巴为句点，耗时 202 天完成了这一计划。在地球上转了一圈。当视线回到上五岛，他意识到来到小岛的年轻旅行者逐年增加，而岛上竟然没有一家青年旅馆——于是在 2017 年春天，ぽれ诞生，很快就成了上五岛备受瞩目的地标。

而就在和田本告别后的晚上，我才得知，前晚那个在厨房里进进出出、用手机连上蓝牙音箱放了整夜流行歌曲的小青年，就是传说中的福本，而不是我擅自猜测中来打工的大学生——在这个岛上，根本没有大学。我也才知道，开着面包车带我在岛上转悠的大叔，也并不是我以为的退休后打工挣点儿生活费的孤苦老人，他是福本的爸爸。

2016 年，31 岁的福本想在上五岛开一间国际化的青年旅馆，但他不能亲自操作这件事：他有一份在政府的正式工作，工作内容是上五岛的观光宣传。公务员不能同时经营旅馆，他当然也不可能辞掉这份工作——在岛上，没有比公务员更稳定更抢手更令人向往的工作了。况且，开旅馆要贷款，福本没有信心单靠旅馆的收入能够同时生活和还贷。在这个岛上，养育一项爱好，需要其他更稳定的经济来源支撑。ぽれ是以福本爸爸的身份经营的，每天早上，他来到旅馆，给客人办理退房手续，中午开车回家吃午饭，下午和妻子再一同前来，打扫卫生，给新到的客人办理入住手续……为了配合旅馆节奏，他固定在每天在 11 点吃午饭，下午 4 点吃晚饭，晚饭过后便和下班归来的儿子交班。福本在ぽれ拥有一个单独的房间，从傍晚一直待到次日清晨去上班，旅馆就是他的家。

这天，下班回家的福本，给我倒了一杯五岛滩，我按照田本推荐的方法，兑上了苏打水。ぽれ也贩卖一些上五岛的伴手礼，来自五岛滩酒造的是一款叫作"教会之岛"的烧酒，装在只有 300 毫升的迷你瓶里。淡蓝色的玻璃拥有和上五岛的海水一样透明的颜色，这是田本的创意，它看上去像一个漂流瓶，将心愿写在小纸条上塞进去。"所以啊，"福本指着瓶身上的文字游戏给我看，"写作'教会之岛'（kyoukai no shima），读音却是'祈愿之岛'（inori no shima）。"

这款酒最近在ぽれ卖得不是太好。疫情笼罩的两年里，游客几乎从上五岛消失了踪影，尽管福本的理想是打造一个国际化的交流场所，其实在疫情之前来到上五岛的外国人也并不那么多。

"不是入选了世界遗产吗？"我有点儿惊讶。我曾经目睹了外国游客在高野山掀起的经济热潮，认定欧美人对日本的世界遗产充满了热情。

"五岛列岛入选世界遗产的教堂建筑群，在长崎和熊本也有很多，本岛的交通更便利，更容易成为外国游客目的地。"福本说，这是他的那份公务员工作同样遭遇的困境。还有一个原因是，五岛列岛教堂建筑群直到 2018 年夏天才正式入选世界遗产，一年半之后便发生了疫情，外国人还没来得及发现这里。

至少在 2022 年春天，坐在ぽれ喝五岛滩的那个晚上，我是唯一的外国人。此时，选择这间旅馆的一大半是出差的人们。一起喝酒的有两位来自佐世保公交车公司总部的青年，他们定期来到上五岛出差，对岛上总共不到四十台公交车进行点检和维护，并导入新的软件系统。此项工作并不太费事，三天两夜便可以结束，还可以抽空参观几个教堂。还有一位姓"市川"的年轻女孩，她在爱知县丰田汽车公司担任设计工作，同来的前辈们住在规格更高的酒店，房间数量不够，她年纪最小，主动提议住在便宜的ぽれ，占领了一个单间。日本的大型汽车厂商正想尽办法在偏僻之地开展新型业务，上五岛的观光协会门前停着几台小型电动车，以每小时 1500 日元的价格向游客提供租赁——这种功率比自行车高、驾驶难度比汽车低、一次仅能容纳一人的简易车型，便是丰田汽车为此定制的最新产品。但五台电动车闲置已久，问津者寥寥，主要原因是缺乏宣传推广，游客大多不知道如何预约。市川此次前来便是为了解决这一问题，她要亲自驾驶它环岛一周，试图设计出几条最优观光路线，在五月黄金周来临前推送给游客。这是她第一次来到上五岛，对一切充满好奇和惊喜，认为许许多多都是"不到岛上就不知道的事情"，就连ぽれ的存在也是如此，这是她人生中第一次住在青年旅馆。

福本就完全不一样了，他住过全世界的青年旅馆，终于在故乡把旅馆变成了自己的家。书架上那一排翻旧了的《走遍全球》都是他去过的地方。公务员拥有固定的假期，他固定的旅行计划便在每年一月的新年假期、五月的黄金周和八月的盂兰盆节。但福本也已经很久没有出门旅行了，疫情前最后一次离开日本，经过成都去了色达，此后便长久地被困在上五岛。从日本各地来到ぽれ的住客们，投缘的那些经常一起坐在公共空间里喝酒至深夜，这是福本在任何地方都钟爱的生活状态，是他与世界亲密接触时体感最佳的方式。这个晚上，他端着一碗自己做的、不太正宗的麻婆豆腐，蹲在一张木椅子上，谈起他的下一个旅行计划：等到世界重新开放的那一天，首先要再去一次印度。

丰富的环球旅行经验，令福本成了上五岛难得的观光人才，也确实帮助了他的工作。当我指着白天翻阅的观光手册告诉他，我曾经在京都得到了一册繁体中文版时，他表现出一种欣喜若狂，说那就是他做的。他显然没有料到这本观光手册已经流通到上五岛以外的地方。他又告诉我，唯有日文版的手册推出了进阶版，更新了封面，中英韩文版因为"还在滞销中"，暂时没机会替换为更新的设计——如何吸引外国游客的到来，仍是未来小岛上一个长期而迫切的难题。

到了五月的黄金周，福本依然哪里都去不了。但有一个好消息，ぽれ的生意可能会好一点儿了：日本政府没有像前两年那样继续宣布"紧急事态"，日本人拥有了久违的长假旅行，像五岛这样的避世海岛，当然是初夏的最佳选择之一。听闻黄金周期间ぽれ的床位几乎都预约满了，福本爸爸立刻预感到了腰痛发作的危险，他一个劲儿对接单的儿子说："差不多得了！差不多得了！"

"客人增加就意味着大叔的工作量要增加，"福本爸爸对我连连摇头，"大叔大婶的年龄都大了，每天接待十几个人，身体就会痛得不行。年轻的时候工作过头了，现在老了，差不多就行了。"

白天福本去上班的时候，我拥有大把和福本爸爸聊天的时间。这个早晨，岛上从黎明便开始下起雨来，雨势越来越大，终于演变成哪里也去不了的架势。我坐在公共空间里喝一杯速溶咖啡，在等待客人退房离开的一段时间里，福本爸爸对我说了一些他自己的故事——

他的父亲出生在下五岛中的福江岛，是一个农民之家的第五个孩子，彼时从事农业几乎挣不了钱，生活无以为继，父亲便独自来到上五岛从事更赚钱的渔业，每月将收入寄回家给父母。福本爸爸出生在上五岛，到了他高中毕业那年，大多数同学都选择了搭上渔船出海，当时正是上五岛远洋渔业的黄金期，出去一趟就能赚到几十万日元，更专业的渔师甚至每个月能挣超过百万。但父亲判断：上五岛已经严重捕捞过度，渔师这份职业必不能长久，最好另寻一份稳定的、终生不会被解雇的工作。他运气很好，上五岛正要组建消防局，便前去应聘，如此便从 18 岁到 60 岁，度过了安安稳稳的四十二年。那些从事渔业的朋友们，果然后来都失去了收入，而最初月收入只有 4 万日元、完全不受欢迎的公务员，如今竟然成为岛上最抢手的香饽饽。

儿子福本走的便是被岛上的人们视为"精英"的路，他高中毕业后，也曾经在岛外求学，后来进入一间公务员学校培训，考回了岛上的政府机构。这件事难度挺大，大多数人无法实现：岛上的公务员职位极为有限，报名的人一年比一年多，录取的人一年比一年少，很多职位由于在泡沫经济时期招聘过多，如今每年只有人退休，但不再招聘新职员。更多出生在岛上的人们，如果不得不回到故乡，大多也只有超市或者便利店收银员这样的零工可以选择。

我向福本爸爸提起田本的酒造。在这样的小岛上，也许不去寻找一份容量有限的工作，而是创造一种过去没有的事业，反而更可能实现。

"这么小的一个离岛，如果出来一大堆酒造，就赚不到钱了呀！只有一间的话，想想办法还能够继续下去。"福本爸爸停顿了一会儿，"除非是那种把自己的工作带到哪里都可以做的人，也许可以住到上五岛。"但远程工作会带来其他问题，"如果有什么急事就糟了，不可能立刻赶回去，船的班次很少，还要受天气支配，去哪里都不方便，又很遥远。"

工作问题困扰着今天离岛上的人们，交通、教育和医疗问题同样限制住了这个偏僻之地。对于养育孩子的家庭来说，移住需要决心，毕竟岛上幼儿园和中小学有限，教育条件也远不能与大城市相提并论；

对于要考虑养老的人们来说，岛上只有唯一的一间综合性医院，还要考虑到日常交通问题。福本爸爸从前在消防局工作时，目睹了荒谬的现象：日本的消防车同时要担当灭火和急救的职能。国家新出台了消防车数量基准，规定"每10万人配置一台急救车"，可在上五岛，全部人口只有3万。岛屿狭长，一台急救车上了路，就只能默默祈祷几个小时内不要发生其他事件。制定国家政策的人们生活在东京，福本爸爸认为他们根本不了解岛上的困境，听说东京的消防局接到119的急救电话后，赶到现场的平均时间是9分钟，他觉得这种引以为豪的效率宣传简直是个笑话：在上五岛，接到119的电话，开去最远的地方，路上要花一个小时，如果再送到上五岛医院，又要一个半小时，耗时两个半小时，已经不能称之为急救了。

这天早晨的大雨中，有两位老夫妇用雨衣雨帽全副武装，骑着重型摩托车离开了，他们正在进行为期一周的环五岛列岛骑行。我常常见到这样退休后纵情享受人生的老人，他们像一个印证着日本曾经经济辉煌的标志，年轻时拥有丰厚的收入，年老后也能拿到不错的退休金，可以随心生活。这种生活对今天的年轻人来说无疑是奢侈的，经济衰退的社会和不再享受终生雇佣的年轻人们，在生存的压力下，无论工作还是生活，都失去了从容与浪漫。

老夫妇离开后，福本爸爸便开始拆下床单扔进洗衣机，打扫起房间的卫生来。我继续喝着咖啡，和来自神户的POCHI闲聊着，她正在等待一班早上10点开往港口的公交车。

POCHI的旅途正是今天那些日本上班族的代表。两天前，她从关西机场搭乘一班廉价航空的飞机，飞到长崎机场，然后坐一个小时的机场大巴到佐世保，在经济型酒店里住一晚，次日清晨乘坐最早一班船来到上五岛，到达之后随即租一辆车，经历六个小时的周游，把观光手册上的重点项目溜达一圈，在ぽれ住一晚，再辗转一天回到神户。三天两夜的行程、七八万日元的旅费，是她对一趟旅行最大的时间和金钱预算。

POCHI 拿着手机向我展示她前一天去过的教堂，其中好几间都没有开门，只拍到了建筑外观。"不做弥撒的时候，岛上的教堂就不会开门，"福本爸爸凑过来看了一眼，"其实旁边有个小小的出入口，从那里是可以进去的。"这似乎是岛民之间的一种默认的规矩。福本爸爸抬头看了一眼墙上的挂钟，才刚刚 9 点，于是他说，POCHI 只拍了外观的那间鲷之浦教堂，可以开车带她进去看一眼，然后再送她去港口坐船。

"要去鲷之浦教堂的人举手！"福本爸爸环视屋内。正在走进来的市川闻声举起手来，距离她出门工作还有一个小时。我也举起手来，前一天我晨跑归来，福本爸爸认为我跑错了方向，应该往反方向跑 2 公里，就可以到达鲷之浦教堂。大雨打破了我的晨跑计划，不能再让我错过参观教堂。

鲷之浦教堂如同预料中的大门紧闭。这栋明治风格的红色砖瓦建筑如今已经不再用于做弥撒，前些年在旁边修建了另一栋白色现代风的新建筑，人们转移至那里进行日常活动。福本爸爸走向侧面紧闭的小木门，上面果然写着"出入口"几个字，他推门进去，径直走向最前方，把两侧的电灯一一打开，教堂里瞬间光明起来。室内打扫得很干净，两侧立着书架，塞满了各种图书，我扫了一眼书脊，大多和宗教没有什么关系。这里如今被作为公民会馆使用，也是向孩子开放的小型图书馆，还可以举办婚礼——后者的使用场合日益减少，福本爸爸无奈："最近都没有年轻人结婚了！"

像五岛列岛上大多数有点儿历史的教堂一样，鲷之浦教堂里也设置了几个玻璃展示柜，陈列着那些不够资格被收藏进博物馆、但具有一定科普价值的潜伏基督教徒相关资料。我在其中看到了好几个踏绘的复制品，和在电影《沉默》中看到的一模一样。

2016 年马丁·斯科塞斯导演的英语电影《沉默》，让很多欧美人第一次知道了五岛列岛和潜伏基督教徒的存在，它的原作是日本国民作家远藤周作在半个世纪前出版的同名小说。前一晚我在ぽれ重温了一遍这部电影，因为下五岛的古贺先生一次次向我提起它，说这是他人生中观看次数最多的一部影片，前后看了十几遍。古贺先生有一个观感：身为美国人的马丁·斯科塞斯为何会如此懂得日本人的心？令他产生这个念头的是片中那个不断叛教又不断忏悔的懦弱的男主角吉次郎，他认为这个人物身上充满了日本人特有的矛盾性和暧昧性，如果不是这部电影，连身为日本人的他都难以察觉到这一点。这个角色甚至改变了古贺先生对演员洼冢洋介的看法。他以前认为这位私生活离奇的男星就是个小混混，如今却坚信他复杂的身世带给了理解角色的能力，令他成为一位伟大的演员。

踏绘，这是一个写进日本中学教科书的名词。江户禁教时期，为了找出那些潜伏基督教徒，长崎奉行制作了一种雕刻有耶稣像或圣母玛利亚像的踏板，人们要想证明自己的清白，就必须毫不犹豫地踩踏上去。一旦拒绝，就会被送进监狱，遭受酷刑。正如电影《沉默》中呈现的那样：当时的潜伏基督教徒，在踩过踏绘之后，会进行强烈的忏悔，甚至将踏过圣像后的洗脚水喝掉，然而下一次，还是会照样踩踏上去。

激发远藤周作创作这个故事的契机，也是一块踏绘。他在 1971 年出版的散文集《潜伏基督教的故乡》中，收录有一篇《从一块踏绘开始》，记录了 1964 年的初夏，他前往陌生的城市长崎旅行，偶然在名为"十六番馆"的建筑中见到了一块踏绘的故事。那是一块在木头中镶嵌着铜版的踏绘，铜版上雕刻着圣母玛利亚怀抱死去的耶稣——是米开朗琪罗在五百年前就雕刻过的著名的"圣母怜子"的著名故事。这不是远藤周作第一次见到踏绘，但和过去见到的那些干干净净的文物不同，这块木板上布满了踩踏过的黑色脚趾痕迹，看上去不止一两个人的脚印，肯定是数量众多的人们留下的。这种景象令他产生了一种奇妙的联想：留下了黑色脚印的人们都是谁？那些并非出于自我意愿、却因为害怕拷问而不得不踩踏上去的潜伏基督教徒们，当时内心在想些什么？此后，他开始不断前往长崎搜集资料，进行实地考察，过去只存在于枯燥历史中的人们渐渐活了过来，真实的生命里充满了真实的恐惧。两年后，他完成了日本文学史上最好的关于潜伏基督教徒历史的作品。

远藤周作在这部小说中传达的价值观，穿越了时间与空间，被美国人马丁·斯科塞斯所理解，又被这位美国人传达给更像古贺先生这样的日本观众。根据远藤周作自己的总结，这部作品表达的是"弱者的生存"。禁教时期的日本，产生了许许多多的殉教者，拒绝踩上踏绘的教徒们，最终被处以酷刑，在痛苦中死去——从远藤周作的眼光来看，这些"华丽的殉教者"是拥有坚定内心的"强者"一方，因此不惧怕拷问与死亡；而那些因为恐惧肉体的折磨与痛苦而弃教的人们，是内心胆小怯弱的"弱者"一方。他得出了一个过去没有人得出过的结论：潜伏基督教徒这一段历史，是弱者的历史，是苟活的历史。

这种崭新的关于"强者与弱者"的思考，贯穿在此后远藤周作几乎所有的文学作品中。

将近四百年后，当今天的外国人试图用踏绘来理解日本文化和日本人的性格时，他们又看到了一些超乎远藤周作"强者与弱者"价值观之外的更有趣之处。在五岛的旅途中，我读到了一本小书，是美国当代艺术家藤村诚在 2017 年写的《沉默与美：远藤周作、心灵创伤和踏绘文化》。他在书中提出了一个有趣的观点：在德川幕府的禁教令之下，日本各个地域的村民之间形成了监视集团，以近邻之间的五人为一组，相互观察彼此之间是否存在潜伏的基督教徒，这种互相监视的"五人组"，是日本文化自古根深蒂固的集团主义的一个缩影。"我认为，可以把日本文化称为踏绘文化，"藤村在书中写道，"也即是一种集团思考文化，一种欺负和镇压不合群者的文化。"踏绘文化的本质不只是排除基督教，它拒绝一切个人信仰和思考自由，在今天的日本社会依然心照不宣地存在。

离开鲷之浦教堂后，我们送 POCHI 去港口，虽在暴雨之中，幸好船只还能照常出航。福本爸爸在回程小心地减慢车速，向我们总结道：需要时刻关注船的运行时间，时刻关注天气变化状况，这就是岛上观光的特征。他对这个小岛观光业的未来有自己的看法，认为不同于其他地方的观光，人们来到这里，如同我花了很长一段时间去理解踏绘文化那样，应该是一种"学习型观光"。

对我来说，天气没有福本爸爸说的那么重要，暴雨丝毫没有影响我在上五岛闲逛的心情。中午过后，我转了一班公交车，去了一处水边的教堂。初夏的杜鹃和菖蒲在雨中绽放出最艳丽的色彩，教堂前有一面湖水，终年将整个建筑倒映其中，被人们称为"水之镜"，这时也被不断落入的雨点磨花了镜面，留下一片模糊。教堂大门紧紧关闭着，但我已经知道了秘密潜入的方法，推开小门走进去，独享了空无一人的静寂时光。它是在五岛列岛许多教堂之中我最喜欢的一间，也是众多著名的教堂之中不那么著名的一间，内部的白色墙壁上绽放着无数盛开的红色野蔷薇。这间静谧的小小的教堂，不同于那些越来越商业化的世界遗产教堂，只是周边居民一种习惯的延续。这种信仰在进入现代社会后越来越淡薄，教徒越来越少，有时甚至需要依靠募捐来维系日常，但它仍然以最小的体量默默存在着。我在离开之时，小心地关上了门——门上贴着一张简陋的A4纸，上面的手写字迹告诉我：关门不是要把外人拒之门外，而是担心小鸟误入其中。

在ぽれ最后的早晨，我独自一人坐在公共空间里吃早餐，几个小时前，福本和市川跟我道别，两人一同出门上班去了，我收拾好行李，等待中午开往港口的公交车。10点，福本爸爸出现了，等到洗衣机转动的声音响起来之后，他走出来对我说："今天暂时没有别的客人要来，我带你去大曾教堂吧！"又吩咐我带上行李，说港口也在顺路。

前一天在鲷之浦教堂，我第一次听说了大曾教堂的存在——福本爸爸掏出两张教堂的纪念卡片，名片大小，正面印着教堂外观的照片，阳光洒在红砖建筑上，天空中悬挂着一道逆彩虹，背面则是一段语录，每张各不一样。

福本爸爸是个温柔的人。这种温柔，属于上一代日本男人刻意隐藏的内心，是在安宁寂静的小岛上被埋藏于深海之下的温柔，这种温柔很难被年轻的人们所察觉，如果不是因为这个早上坐在小面包车里，他对我说的那句话，我也将毫无察觉地结束我在上五岛的旅途，错过了那份温柔。

"昨天那两张卡片，不是给了 POCHI 和市川吗？"福本爸爸说，"当时没有给你，原因是我想着今天也许可以带你去。"分配卡片时我正忙着拍照，并没有太介意自己被忽视了这件事，福本爸爸接着又道，"但是昨天不知道今天会发生什么，万一有什么突发状况呢？所以没有当场跟你约定。"

我一直想知道，是什么造就了人类内心温柔的品质，例如在这个岛上，是否与自然风土存在一定关系。福本爸爸却说，那只是他当消防员时培养出来的一种职业习惯。我们在前往大曾教堂的车上路过那个冷清的消防站，福本爸爸过去在那里受到了这样的职业训练：消防员在现场，最重要的是判断和预知未来的状况。救火最好的方式是冲进火场、直接用水灭掉火源，但在那之前，要根据现场的烟雾颜色等因素，判断火势到了什么程度、建筑的毁坏情况如何、是否有时间以及还有多少时间可以进入其中。人们以为消防员的工作只是一种体力劳动，事实上对他们来说，需要大量的脑力判断。一个不谨慎的判断就会威胁到自己和同事的生命。他们很多时候不在火场，而是在急救现场，但准则也是一样：还有多久能到达医院？这个人还能坚持多久？不提前预判未来，就不能拯救人的性命。四十年来，思维模式日复一日，工作习惯影响了生活习惯，养成了福本爸爸凡事提前预知的性格，就连带我去教堂也是如此。他不作没有把握的约定，只是在心里默默计划着时间和路线，一直到这个早晨的最后一秒，等他把所有的床单和被套都扔进洗衣机之后，他才开口对我说："带你去大曾教堂吧！"

消防员的工作也令福本爸爸成了一个滴酒不沾的人。在这样的小岛上做消防员，即便是在家休息，一个电话来了也要立即去救人，所以从年轻时开始，他就必须时刻保持警惕，杜绝因为喝醉而不能迅速行动的状况发生。我无法想象那份工作的繁忙程度，但想起了前一天他说起和儿子的轮班制，原则是自己绝不住在旅馆里："大叔做消防员的时候总是不能回家，凭什么退休了还不能回家睡觉啊！"

我跟在福本爸爸身后，沿着海边陡峭的阶梯走向高台上的大曾教堂。从高台上望下去的海港上，有一个醒目的巨大的高炉，它一度也是上五岛上重要的产业之一：岛上拥有大量的高品质石材，开采的石头通过船只运送到这里，加工成水泥，再用货车运向日本各地。几只黑鸢盘旋在教堂周围，最终停留在一株低矮的树上，灿烂的杜鹃花开得到处都是——在这个岛上，黑鸢和乌鸦总是无处不在。

"我昨天也遇见了好几只乌鸦，在退潮后的海滩上迟迟不肯离开。"

"它们在寻找食物，"福本爸爸说，"被海水冲上来的鱼的尸体，晒干后成为带着盐味的碎片，是它们的晚餐。"我试图想象了一下，觉得上五岛的乌鸦比别处都幸福，它们在城市里只能乱翻垃圾袋，还要被人类想出各种对策来阻止，在海岛上却可以成天吃咸鱼。丰裕的觅食环境，让大量繁衍的乌鸦对岛民们造成了一些小小的麻烦，更大的困扰来自其他大型生物：晚上开车出去，道路上随时窜上来野鹿和野猪。人口日益减少，野生动物繁殖过快，成为岛上物种失衡的一个现状。

备受道路上的野生动物困扰的是那些独居的高龄者们。日本没有规定驾照的年龄上限，岛上不乏有一些年过80岁还经常独自开车出门的老人，尽管从理智上知道这是一件很危险的事情，但在不便的交通环境下，很多人不这么做就没办法随时去医院，也不便去超市购买食材，基本的生活需求令他们依然驾车出行。

我想，福本爸爸的未来应该会比他们幸运得多，他的身边至少有一个儿子，不出意外这种状况不会改变。但当他用一种岛上安稳生活的基准来衡量儿子时，又开始担忧起来：他要这样玩到什么时候呢？什么时候才能结婚？其实福本爸爸还有一个儿子，留在上五岛的是长子，次子在长崎市工作，早就让他抱上了孙子。在他这一代日本人传统的观念中，虽然不会成天围着孙子转，但仍然觉得男人就应该有个妻子，有个家庭，彼此分担压力，再生个孩子，然后懂得什么是责任。

"大叔的儿子就是因为没有结婚，才可以这样在旅馆里和陌生人喝酒到深夜，30多岁了还能在椅子上跳来跳去啊！"我其实很羡慕福本的状态，看到他身上还保存完好中年人少有的童心与活力，试图告诉福本爸爸这种状态是多么难得。

福本爸爸苦笑："老了以后会很寂寞的哦！"

"寂寞的时候，像我这样出来旅行就好了啊。来到ぽれ，遇见大叔，不是很有趣的事情吗？"我想，福本肯定就是在世界上各个角落里遇见了这样的人和事，才拥有了一颗自由的心。

福本爸爸和满世界乱跑的儿子是截然不同的两种人。他和妻子偶尔会去长崎看孙子，就算是长途旅行了，再远一点儿去到福冈，就是极限。他这辈子只去过一次京都，四十年前也去过一次东京："那么拥挤！根本不是适合人类居住的地方！"

"大叔我啊，在人多的地方就会犯晕，眼花缭乱，还是不要出去比较好。我就是个哪里都不想去的人，"他笑着说，又对儿子的人生半认命地摇摇头，"去看世界的欲望，大概三人份都给了儿子了。"

大曾教堂仍被教徒日常所用，门口立着一块牌子，上面列有每天的扫除值班人员。它看上去比我之前去的几间教堂人气兴旺，光是清扫人员就分配了五个小组。教徒日程繁忙：周日是固定的弥撒时间，平日还有墓地清扫和病人访问之类的工作。福本爸爸照例带我从一扇侧门进入教堂。这天天气很好，不必开灯，太阳光透过彩色玻璃照射进室内，在桌椅和地面上投下绚烂斑驳的光影。

醒目处有一张桌子，上面摆放着一盒来访纪念卡片，我们来到此处似乎就是为了这唯一的目的。像在神社抽签似的，我和福本爸爸各自拿起一枚，低头读起印在背面的句子来。

"想要把这一枚送给那些此刻正在发动战争的人呢！"半晌，福本爸爸一脸严肃地对我说。上五岛的汽油价格原本就高于日本各地，受到近来俄乌战争的影响，又涨了一些，我在新闻里看到：日本政府正在想尽办法对各地进行油费补助。于是我凑过去看福本爸爸手上的那一枚，上面写着："爱你们的敌人，善待憎恨你们的人。"

福本爸爸不信仰任何宗教，每次来到这个教堂确实也只是为了拿几张卡片，这些随机的句子又都会送到偶然来到ぽれ的客人手中。于是我们都很期待：这一枚会送到怎样的一双手里呢？会送到一个真正意义上爱好和平的人的手里吗？

II

泥土之下，花的种子
——佐渡寂地

"我要去佐渡！"花道教室里讨论夏天的旅行计划时，我说。上五岛的福本爸爸对我说过，想了解离岛生态，就得去看看日本最大的离岛。然而，当我说出"佐渡"二字，花道教室陷入一片寂静。良久，才响起几声捧场的"咦？"，上扬的语调中带着疑惑。

"佐渡啊，很不方便哦！"众人默契的附和声中，终于有一位在京都上大学的男生发表了诚恳意见。这位男生正巧来自新潟县，老家距离佐渡岛只有30公里船程，但他说自己一次也没去过那座"附近的岛"。"很不方便哦！"这个论断之后他重复了三次。

佐渡毋庸置疑是有名的，在这间京都的花道教室里，每个人都能说出它作为"日本最大的离岛"的存在感来。但要再继续说下去，还能说得上来什么的人就很少了，既没人关心这座漂浮在日本海上的离岛究竟是"H"形、"S"形还是"Z"形，也没人计较它的面积足足等于1.4个东京23区、常住人口却不到5万人——要知道在前者，来自世界各地的971万人正密集地挤在一起。

我在前往佐渡的船上发现一本旅行杂志，没发现什么有价值的信息。倒是有篇专栏提到了太宰治笔下的东北小城津轻。说起来也有趣，描写佐渡岛最著名的当代游记，正是这位大作家写的。太宰治只活了39岁的一生，游记写得不多，其中广为流传的两篇，一篇是他的故乡津轻，另一篇正是毫无血缘关系的佐渡——这更加令佐渡显得地位非凡。

太宰治在一个寒冷的冬日乘坐名叫"OKESA 丸"的大船来到佐渡。按照游记所写，起因是他被邀请前往新潟市一间高中进行演讲，次日便顺路来了佐渡。作家的旅行充满怪奇执念，这座离岛是什么打动了太宰治呢？他写道："听闻佐渡是一个寂静到死的地方，我从以前开始就惦记着这里。相比天堂，我对地狱更加念念不忘……寂静到死的地方，这很好。"刚上船时的太宰治一切都好，但出发没多久，他便暴露本性，变得病唧唧起来，到了佐渡岛上，愈加牢骚满腹，一会儿嫌厌此岛大得无边无际，简直跟内陆一模一样，一会儿吐槽料亭里堆积如山的食物，和置身于东京郊外没什么区别，一会儿又觉得："一无所有的佐渡，委实让人空虚不安。"结果，在岛上待了没两天，太宰治就跑了。这肯定不是一篇让佐渡观光局满意的游记，我确信不会有太多人因为太宰治的抱怨，就跑去看看一无所有的佐渡。

但今天的佐渡已是一个移住大岛，按照官方近年公布的数据，每年有超过 500 人移住到这里。当地政府专门开设了一个移住支援网站，多为外来者提供各种优惠政策和服务信息，也分享一些真实的移住经验。有篇文章提醒人们要作好心理准备，不要对离岛抱有天真幻想："你必须知道，佐渡岛上没有这十样东西。"往下一一列举：没有大型商业设施，没有综合型影院，没有星巴克、麦当劳、优衣库、无印良品、NITORI（日本最大的家居连锁店），没有越南、泰国、印度和墨西哥料理，没有动物园，没有都市银行，没有高速公路，没有保龄球场（过去有过，不幸全都倒闭了），没有电车，没有大学……对于城市人来说，以上皆为不提醒就会忽略其存在感的日常生活标配，而在离岛上，也诚然都是异想天开的"非必要不存在"。不过，这篇文章的用意并非在于吓退外来者，后半段话锋一转：那么，佐渡岛上有什么呢？有很多幼儿园、小学和医院。在这里，没有排队上不了幼儿园的"待机儿童"，也没有到了医院发现没有病床的老年人，要说医院的人均占有率，佐渡的数字比东京还高！这一点确实具有吸引力。住房福利、生育和育儿福利、医疗养老福利——当下日本地方政府积极争夺年轻人，用的皆是这几招杀手锏。

去佐渡之前，我偶然发现了一本当地中学生制作的小书，名为《生活在佐渡的我》，比太宰治的抱怨有趣多了，是中学生们社会实践课的成果。他们采访和拍摄了生活在佐渡岛上各种职业的人：钢琴教室老师、高中老师、养老院护理师、理发师、农业个体户、建筑工人、鱼店老板、渔师、公务员、消防员、邮递员、饮食店打工者……业种构成和一般的城镇差别不大。这些支撑着佐渡社会运转的人们，围绕着工作内容展开自述，难免也谈及一些放之四海皆准的离岛现实：好处是拥有山与海的丰裕自然，四季能吃到便宜美味的海鲜，风光明媚，人情敦厚；坏处是人口高龄化、年轻人外流、产业不足、缺乏新鲜刺激……还有一种不加掩饰的焦虑：观光业连年不振，游客持续减少，申请世界遗产迫在眉睫。

我去佐渡的时候，这座离岛正因"申遗"陷入一场国际争议之中。

佐渡的世界遗产溯源要从自古以来的"黄金传说"开始。日本平安时代末期编纂的《今昔物语集》中记载了这个故事：听闻遥远的佐渡国拥有盛开黄金之花的土地，北陆能登地区的一位矿工被指派前去，后带回千两黄金。这一传说奠定了佐渡岛在日本人心中"黄金之岛"的印象，并且在江户时期变成了现实：1601 年，德川幕府在佐渡岛北部的相川地区发现一座金银矿山，拉开了延续近四百年的开采序幕，共挖掘出 78 吨金矿石和 2330 吨银矿石，一度曾是全世界最大规模黄金产量的"金山"，也是长期支撑江户幕府的财政来源——一种说法是，因为有佐渡金山稳定产出的金银供应作为保障，才使幕府有底气长期实行闭关锁国政策。鼎盛时期的相川矿区，总共生活着超过 5 万人——比今天佐渡岛上的全部居民加起来还要多。

佐渡金山在明治维新之后仍在继续开采，直到进入平成的那一年（1989 年）才因枯竭而宣告结束使命。一座不能再生产黄金的金山，在新时代又被赋予了它的经济价值：当地政府将金山内部改造成观光设施，并于 2021 年宣布向联合国提交"佐渡金山"的世界文化遗产申请书，理由是它具有"反映江户时期生产技术和体制的文化价值"。

想攀上世界遗产高枝的佐渡金山立刻就遭到了抗议。反对的声音来自邻居韩国。韩国官方发言称："第二次世界大战期间，日本通过不正当手段将朝鲜半岛劳工带往佐渡金山进行强制劳动。"有韩国媒体称，被强制在佐渡金山劳动的朝鲜人超过 1300 人，他们遭受的是高强度的劳动和被拖欠工资的生活，频频出现逃跑甚至死亡事件，更多的人患上终生不能治愈的肺病——这样阴暗的历史，韩国人认为，佐渡金山不宜成为人类文明遗产。

佐渡金山，一无所有的佐渡岛上最著名的地标，因此成为日本和韩国之间诸多"历史战"条目之一。这场"战争"仍在继续。2022 年 2 月，联合国教科文组织以"部分遗迹说明不够完善"为由，暂停了佐渡金山的世界遗产审查，一年之后，日本政府再次提交了修改后的申请书，目标是在 2024 年让佐渡金山顺利加冕世界遗产。来自韩国的抗议未能奏效，日本世界遗产研究所的某位发言人甚至还搬出了西班牙曾经的殖民地波托西银矿，指出"拥有黑暗历史的世界遗产从来都不稀奇"。

事实上，我刚一踏上佐渡岛的土地，就看见港口大厅里挂的到处都是为申请世界遗产造势宣传的横幅和海报，眼下这就是岛上的头等大事。四周的墙面上，绘制着湛蓝的大海、新绿的水稻以及飞翔在天空中红白相间的鸟类。伴手礼商店的一些当地原创产品泄漏了它们的名字，在一个帆布袋上，画着同样的一些鸟儿，旁边写着一句玩笑话：不要把朱鹮带回家！

朱鹮，佐渡岛上另一个勉强可以冠上"国际化"的代表物。比起备受争议的佐渡金山，它的故事要和平友爱得多，甚至还和中国有一些关系：朱鹮曾是遍布日本各地的野生鸟类，受农业现代化影响，农药和化肥严重破坏了它们的饮食生态，数量锐减，1970 年之后，全日本仅在佐渡岛上能找到它们生息踪迹。2003 年，随着佐渡岛上最后一只朱鹮死去，正式宣告了这种鸟类在日本灭绝。让佐渡岛朱鹮"复活"的契机，来自中国在 1999 年赠送的一对养殖朱鹮，它们在岛上经过人工繁殖产下后代，并于 2008 年回归自然，自由飞翔在佐渡的天空上。此后，佐渡官方每年都会向外界公布岛上的朱鹮数量，2022 年的最新数据已经达到 480 只。它们被一些人视为日本的国鸟，另一些人在谈及中日友好成果之时，也屡屡将它作为象征。

如果去佐渡，就想亲眼去看一看朱鹮！我曾听到一些老一辈的日本人感叹。如果到了岛上，他们一定不会失望，尽管野生的朱鹮在佐渡广阔的自然里不太容易目睹，但岛屿中心处如今有一间朱鹮主题公园，人工饲养的朱鹮成天站在巨型笼子中央，随时满足人类愿望。

我对矿山和朱鹮兴趣寥寥，我来到佐渡另有目的。一年前开始，我在京都的一间私立大学里修了一门关于日本传统文化的课程，由此接触到日本第一项当选世界无形文化遗产的艺术：能剧。日本历史上最著名的能剧大成者、创造了"秘则为花"美学观的世阿弥，自幼是室町幕府将军的宠儿，却在 71 岁的高龄被流放到佐渡岛，创作完成了最后一部短谣曲集《金岛书》，之后消息不明，推测是度过最后十年的晚年生活后，死在了离岛上。

世阿弥来到佐渡岛并不是一个意外。大半个世纪前的日本，佐渡岛由于它远离都城的偏僻地理位置，加上冬日暴雪严寒的生活环境，被钦点为那些因政治和宗教关系失去立足之地的人们的流放目的地。世阿弥可以视作一个失败艺术家的代表。早于他的二百年前，有一个失败的掌权者，在承久之乱中失败的顺德天皇，也被流放到佐渡岛，至 46 岁去世，他被囚禁在岛上二十二年，再也没有越过茫茫大海。那之后还有一个宗教人物来到此岛，日莲宗的宗祖日莲圣人，但这位的运气比前两位好多了，不甚严重的言论过失，不过三年就被赦免回归了……类似这样，从奈良时期到室町时期流放到佐渡岛上的失势者，有记载的就超过 70 人。

失败者被流放的残酷命运，意外地为偏僻的小岛带来融合的契机。无论艺术家、掌权者还是宗教人物，来到佐渡岛的贵族们带来了彼时繁荣的中央文化，让京都文化逐渐在佐渡生根，成为"流人文化"的副产物。日本的传统艺术和工艺在离岛上蓬勃发展，又被大海隔绝了外界的侵蚀，完好地保存至今。在今天的佐渡，数得上来的民间艺能多达十几种，几乎是一幅日本传统艺能的缩略图。

我来到佐渡岛，便是为了看能剧。全日本的能剧演出舞台，超过三分之一在佐渡。岛上的演出剧目，七成是世阿弥留下的。这不算什么新奇事，日本各地皆是如此。在京都的平安神宫附近也有一间能剧会馆，一年到头排满了演出，但佐渡岛的特别之处，在于每年从五月到十月期间，会举行在城市里难得一见的"薪能"演出。我看过一些现场视频，不同于在剧场里庄严观看的高深氛围。佐渡的舞台全部建在神社里，人们在户外观看，四周点燃篝火，浓浓烟雾笼罩之下，仿佛夏天夜晚的篝火晚会一般，伴随着谣曲的吟唱声和笛子与鼓的伴奏声，呈现出一种恍若隔世的神秘感——那是了解日本文化的本质必须懂得的"幽玄"之境，我的老师这么说。

我动了去佐渡观看薪能的心思，经过一番研究，确信六月是最好的日子。此月最热闹，岛上各处几乎每周都有演出，几个有着百年历史的神社舞台，也都安排了著名的剧目。在岛上长住不是问题，只是交通有些折腾：佐渡岛无愧于它作为"日本最大离岛"的盛名，从南到北开车需要一个小时，公交车路线范围有限，通常只在部分区域循环，要找到契合的转车时刻表十分困难。幸而六月演出密集，当地观光协会为了那些不能自驾的人们开设了一班"薪能穿梭巴士"，可从市中心的公交总站乘车，单程车票500日元，但每场演出只有一班车，仅可容纳40人，先到先得。我在三月里打电话到佐渡交通公司预约，总算都约上了，一个男人在电话里确认过我预订的旅馆地址之后，再三提醒我："演出本身也要预约，你可别忘了！"这个离岛上的大多数事物，暂时还没接入网络时代的便捷，不同神社的薪能演出由各自集落的组委会负责，需要一个接一个打电话去询问，有一些立刻接受了预约，有一些对方也搞不清楚状况，又辗转打了更多电话确认。"视疫情的情况，没准也可能随时取消。"还有人记下了我的姓名和电话后说："一旦有变化，马上通知你。"

1

从轮船靠岸的两津港前往相川地区，由最东至最西，要横穿佐渡岛的心脏地带。船程不过一小时，公交车也要一小时，车费随路程增加，我下车前确认了一眼：840日元，不算便宜。一位头发快要掉光的老头走在我前面，胡乱在口袋里抓了一把扔进投币箱。司机难得是位女性，着急地叫住他："车费不够！"他举起一只手摆了摆，没有停住脚步的意思，在司机无奈的笑容中，悠然下车了。

今天的相川地区只居住着佐渡岛上十分之一的人口，但由于靠近金山，便于观光，不少酒店和旅馆扎堆于此。佐渡岛上最有人气的一间青年旅馆也开在这里，就在公交站牌后面，我一眼就看见了它：一栋两层的小楼，看起来并不崭新，应该是由旧民宅改造而成的。内饰倒是很新式：中间一个木制长条吧台，摆放着长长一排精品咖啡豆，又有几台生啤机器。吧台里的两个年轻女孩接待了我，要求我填写好入住信息，带我到厨房、浴室和洗衣房转了一圈，才终于走上二楼打开房门——这栋房子里，所有住宿的房间都在二楼，但房间简陋，不过打出一个稍高的台子，放了两床榻榻米，几个衣架随意地挂在墙上，像那种桑拿房专设的休憩室。二楼更大的空间，被改造成一个共享办公区，电脑、打印机和投影仪等会议设备配置齐全，还与时俱进地为直播博主们准备了蓝牙麦克、录音器、摄影灯和单反相机，不只针对住客，只要900日元，谁都可以使用一整天。这样的空间，据说佐渡岛上仅此一家。至于一楼，外人也可以随时走进来，坐在吧台前喝一杯咖啡或者啤酒，住客还可以窝在开放式厨房的起居室里，聚餐或是聊天。

重新坐在一楼的吧台前时，我得知了这一设计的用意。接待我的其中一位年轻女孩说，旅馆的老板伊藤，一位 41 岁的本地男性，原本是个料理人，有天意识到佐渡岛上都是些面向老年人、早晚餐全包的日式传统旅馆，竟然找不到让年轻人轻松入住的便捷住宿，于是在 2018 年改造了一幢七十年前建造的老旅馆，变成了眼下这个旅馆。他给这里取名为"Perch"，意为让鸟儿在飞翔间隙得以短暂停留的"栖木"。

年轻的人们来到佐渡栖息，目的各有不同，时间或长或短，但有一点共性：无论在经济还是生活上，他们之中的多数都不太自由富裕，需要在旅途中随时工作，或者说来到佐渡就是为了工作，因此一个共享办公区是非常必要的。同时，选择住在旅馆里的年轻人们应该也渴望交流，和旅行者交流，也和本地人交流。

"那边去年修了一个桑拿房，"女孩指了指一楼深处，"下午 3 点之后开门，你要是有兴趣，可以试一试。"

桑拿房？我短暂地陷入疑惑。女孩拿过一本佐渡观光杂志，翻至某页递到我眼前，果然，照片上有几个男人裹着毛巾，正斜靠在一个木头房间里，旁边有行字："佐渡唯一一个正宗芬兰式桑拿房。"接着我看到了老板伊藤的脸，他被压缩成一个头像，对杂志记者说："佐渡岛上虽然也有一些温泉有桑拿房，但在我看来，那些都不是真的桑拿。在北欧，桑拿是成年人的社交场，我想试一试，能不能也在佐渡岛上为客人和本地人之间，打造这样一个交流的场所？"

我不打算刚到佐渡就去感受芬兰，还是想先看看这个岛上留下了些什么。我之所以在这时上岛，也是因为从一张观光海报上得知，这天傍晚 7 点，在金山下的商店街有一场夏日祭典。这个祭典号称从江户时期延续至今，人们会身着传统服饰，手持纸灯笼，一边演奏传统乐器，一边跳舞前进。佐渡人称之为"宵乃舞"。

我向女孩打听去祭典的方式，得知一个"噩耗"：佐渡的出租车全靠电召，不能妄想在街上挥挥手就有车停下来的情况，事实上，在大街上，极大可能连一辆出租车都遇不到。并且，她强调：出租车公司在晚上8点准时下班。这意味着，我研究着手机上的公交车时刻表，我要乘坐祭典的接驳车在8点半之前回到金山下的公交车站，然后搭乘末班车回来，一旦错过这班车，极大可能要露宿街头。

佐渡的交通是如此不便，观光业也没有做好周全的应对手段。就在我和前台女孩说话时，一位男性住客拖着行李箱走出了Perch，不到5分钟又折了回来，他脸上带着万念俱灰的笑容："没有公交车班次了。"

女孩对我要去参加祭典这个想法表示诧异，她自从几年前来到佐渡，一次都没去过祭典，也并不真的想去。祭典的话题在我们之间引发了短暂的冷场，为了打破沉默，她建议我来一杯生啤，声称全佐渡岛上只有这里能喝到这些酒。我凑近看了看吧台上那些酒桶，并不是居酒屋常见的朝日或者麒麟之类的大众品牌，三款啤酒，一款是我非常熟悉的"京都酿造"，还有两款来自北海道的上富良野地区……"手工地啤"蔚然成风，城市里的年轻人之间也正在流行。老板伊藤是热爱者中的一员，因此Perch的吧台成为一个日本全国地啤的展示台，不定期更替种类，产地多为东京、大阪、奈良、宫城和山形，有几款来自新潟县的十日町，还有一款产自佐渡。

"佐渡岛上也有自酿啤酒？"我感到新奇。

"去年新开的一间啤酒酿造所，还没有正式推出市贩品，除了在酿造所，只在这里能喝到，"女孩说，"那位社长是北海道人，听说就是因为佐渡岛上没有本地啤酒才来的，不过他平时住在新潟市内，周末和节假日才来佐渡开店。"

我很想喝喝看佐渡岛上年轻人的尝试，不过未能如愿。"昨天卖光了，新货还没到。"为了证明此言属实，女孩带我去看了看堆在 Perch 门口的几个不锈钢空桶，依稀从上面能辨认出几个字符：t0ki。佐渡岛的地产啤酒名叫"朱鹮"，这很合理。最终，我喝了一杯来自北海道的啤酒，为了赶上第一班开往祭典的公交车，准确地说，其实只喝了半杯。

在前台女孩对我表示诧异的时候，我就应该猜到，佐渡的夏日祭典有多么冷清，在一辆接驳巴士上的游客，加上我也不过四五个人，其余全是赶往会场的表演者，从他们的大声聊天中可以判断，都是自发参加的本地住民。因此祭典的游行和舞蹈也很随意，不同的团体组成一个小队，依次登场巡游，多是来自当地几个民谣组织，也有商工会和高中社团组织之类的，就像是傍晚的广场舞一般随意。难得的让这场祭典显得正式的两个地方，一是某位代表在开场发言中称"今年，让我们为了祈愿世界遗产而舞吧！"并且号召到场者为金山的观光设施建设而捐款；二是演出者的和服衣领上都印着"佐渡金山，朝向世界遗产"一行大字，无时无刻不在提醒人们：世界遗产，是当下佐渡岛上的头等大事。

我按计划在晚上 9 点回到 Perch，立刻被前台的女孩叫住，从冰箱里拿出我以为已经被倒掉的半杯啤酒，瓶口覆盖着一层薄薄的保鲜膜。于是我坐下来，继续和她闲聊：祭典没什么意思，不去也不会有任何遗憾，以及我来到佐渡岛的目的其实是观看薪能。

"薪能？"她再一次没能掩饰诧异，摇摇头，"你的兴趣可真是够古典的！"

次日，我便在佐渡岛看了第一场薪能。穿梭巴士在傍晚6点从公交总站出发，穿过无人的山部地带，沿途停靠在几家温泉旅馆门前，一站一站接上人，一个小时之后才抵达目的地。这也是六月佐渡的第一场薪能演出，演出场地位于两津地区的椎崎诹访神社内：一个建于明治时期的木造能剧舞台，距今已有一百二十年历史。据说它还是佐渡岛上演出次数最多的舞台，每年五月到十月（八月除外）上旬的周六，总是在演出之中。

神社里的薪能演出像一场老式露天电影。面朝舞台的空地上摆满了长椅，挤着上百人，天色暗淡下来以后，便有两位身着白衣红裙的年轻巫女举着火把登场，点燃舞台前方的两个篝火架，在噼里啪啦的木柴燃烧声中，笛子声悠扬响起，众演员款步登场。这场演的是一个名为《巴》的剧目，故事大概是平安时代的一位旅行僧，在旅途中遇见流泪不止的美丽女人，原来是平安时代著名武将木曾义仲的女武者，她一路陪伴主君至战败阵亡，内心对爱情的执念无法消解，变成了幽灵久久徘徊于此地。对于能剧爱好者来说，这出剧目并不陌生，木曾义仲作为日本历史上的著名悲剧英雄，是在大河剧里也常常登场的人物。大众已经非常熟悉。然而只有在这个舞台上，将军只存在于口述之中，它彻底变成了一个哀切的女性人生故事——在"神·男·女·狂·鬼"的能剧世界观里，执念未了的女幽灵，也是最常见的设定。

我心中惦记着所谓"幽玄之境"，但很难通过仅仅一场演出就领悟它，只是在佐渡岛上，我隐隐察觉到：与从前在剧院里观看能剧相比，此时的世界确实有那么一些微妙的不同，兴许是台上戴着面具的幽灵女子在吟唱踏步之时，她的头顶照耀着真实的弯月，在火光摇曳之中，又有微寒的海风掠过；兴许是现场并不全然沉浸于架空世界的寂静，总有孩童在观众席上跑来跑去，远远的街市偶尔传来救护车驶过的声音；兴许是观众席的后方架着"长枪短炮"，台上却久久唱着悠扬的歌。一个全然生活化的艺术世界，只有在亲临现场之时，才能因为那份真假难辨的交错而微微震动。

晚上回去时，我也是这么与前台的年轻女孩说的："非常不错，比起昨天的宵乃舞，就更不错了。"这天是周六，Perch 里多了一个意外之客：传说中那位年轻的啤酒酿造师。原来，他还没有摸索到用这门事业养活自己的办法，于是周一到周五还在新潟市内的一间公司做朝九晚五的上班族，周末才来到佐渡岛酿造和贩卖啤酒，他在岛上没有房子，就总是住在这里。

年轻的酿酒师在傍晚关上啤酒酿造所的大门，驾车一小时回到 Perch，此刻因为过度疲倦，瘫在沙发上，没有心思再应付我。与我一同坐在吧台前的是与他同样 25 岁的妻子，大阪人，在北海道上了四年大学，然后前往东京就职，工作了四年，因为丈夫说想来佐渡岛酿造啤酒，便辞掉工作跟着来了。为什么一个北海道人要跑到遥远的佐渡岛来酿造啤酒呢？原因过于简单：丈夫当时就职的那家公司，社长就是佐渡人，对方偶然提起"佐渡岛上一间啤酒酿造所都没有，不如你来做做看呢？"就真的动心了。这对年轻的夫妇正尽情享受着年轻赋予他们的自由与随心所欲。丈夫完全没有酿造啤酒的经验，就跑到千叶县一家啤酒酿造所修行了几个月，算是入了门，此后两人来到佐渡岛上，租了个场地，开始了试错的实验。如今，位于两津港口附近的酿造所里，已经能稳定提供三个种类的手工啤酒，还在积极尝试其他各种大胆的口味。

"我今天下午就去那边喝啤酒了！"坐在吧台前的另一位中年男人说。前一晚我看到他也坐在这里，他自称姓"斋藤"，是土生土长的佐渡人，家就在附近，因此没事的时候总是泡在 Perch。斋藤和酿造啤酒的夫妇早就成了熟人，又谈论起另一些我不知道名字的人来。

晚上 11 点过后，前台的女孩准备下班，大厅就要熄灯，年轻的啤酒酿造师才终于动了动，缓慢地从沙发上拔身出来。他邀约我次日前往酿造所喝一杯，我很心动，但分身乏力。六月是佐渡的薪能月，我不能错过任何一场演出。

周日的演出就在 Perch 几公里之外的大膳神社，神社内有佐渡岛上现存最古老的能剧舞台，建于江户时期，距今已超过一百七十年历史。这间神社位于一片田园风光之中，四周皆是大片绿盈盈的初夏稻田。不同于京都庭园草木的绿，佐渡岛上的新绿，是刚插秧的水稻的绿，平坦，摇曳，泛着一闪而过的水光。与这般自然风景融为一体的是神社内的能剧舞台，屋顶不再是前一日所见那般由瓦片铺成，而是三角形的厚重茅草屋顶。也不同于佐渡岛上大多数设有遮风挡板的能剧舞台，这个木造茅草舞台终日敞开，向人展示着中央木壁上一幅朴素的画——一株翠绿的老松斜上方，悬挂着一轮红白的太阳，是典型而传统的大和印象。在舞台屋顶上还有两个从前留下的圆孔，是为演出能剧代表剧目《道明寺》时，挂上那口重要的道具大钟的。

我走进大膳神社时，舞台上已经很热闹了。作为能剧演出的预热，两个身着乡土服装的女人正在说着狂言，其中一位抓耳挠腮地模仿着猴子的神态，底下笑成一片。底下的人，也不似前一日那样坐在长椅上。舞台前的草地上铺着几张竹席，人们便纷纷蹬掉鞋子，盘着腿席

124

地而坐，青草的香气夹杂着篝火燃烧的烟味，令它像是一场盛夏的消暑活动。之后上演的能剧剧目，也不再是凄婉的幽灵故事，而是一出十分欢乐的《猩猩》，登场主角是一只在人类梦中出现的红色的猩猩，热爱纵情喝酒，在醉意中狂舞，还会赠予酒伴可以让世代繁荣的酒壶。佐渡的人们看起来更喜欢这样的演出，在猩猩的快乐醉态之中，不断有人鼓起掌来。

在大膳神社的猩猩面前，我才觉得离佐渡的能剧近了一点。无论是在课堂上学习到的能剧知识，还是坐在剧院里观看的能剧演出，无一不在提醒我：能剧是艰深、晦涩、高高在上的，是需要安静观赏的高雅艺术。其实京都的平安神宫每年也会举行一两场露天薪能演出，已经是延续了半个世纪的夏日活动。我曾慕名看过一次，现场挂着"严禁拍照"的告示，观众们正襟危坐，有人穿着最正式的和服前来，有人手上捧着一本《能剧辞典》，不断对照翻阅，令我这样一个入门者感到压力倍增。佐渡岛的能剧不同于我以往看过的任何一种，大膳神社的演出，人们可以随时进来，随时坐下，可以闲聊或鼓掌，打开手机录像，似乎每一个环节都在昭示：能剧是开放、没有门槛、平易近人的。它才是佐渡岛上真正的庶民祭典。

那天，我听到了这样的说法："虽然如今已经很少见，但直到几十年前，还能看到人们在演出时饮食喝酒的热闹景象！佐渡岛上的薪能，最早是岛民们在春季的插秧和农活告一段落后，为了祈愿五谷丰收而供奉神佛的一种仪式，因此每逢此时，村民们就会从各地带着便当和酒前来，像庆祝祭典那样聚集在一起，拍手和欢呼也是理所当然的。直到大正时期，还有激动过头的观众在演出时冲上舞台去的插曲！"

告诉我这些话的，是当我在演出结束后回到 Perch 时，依然坐在吧台前的斋藤。他面前有一瓶佐渡产的日本酒，已经喝了一半，热情地邀请我一起喝完剩下的半瓶，说是对我表示感谢。我感到奇怪，又回想起来：下午出门遇到他时，他就对我说过"谢谢！"我不过才来佐渡第三天，有什么值得他郑重道谢的？

"因为啊，"斋藤神秘一笑，"你昨天去看的那场演出，那位'巴'的演出者，是我妈妈。"

这确实出乎我的意料了：能剧在佐渡岛上如此盛行，随便就能遇到演员的家属吗？

"我妈妈……不能称之为'演员'吧。也许在东京和京都的能剧舞台上都是专业演员，但佐渡完全不是那么一回事，"斋藤说，努力搜寻着准确的措辞，"我妈妈虽然学习了一辈子能剧，现在也在教其他人表演，但她有自己的本职工作，并不是专业的能剧演员。说是爱好，也不太准确。总之，在佐渡岛的能剧舞台上，大多数人都不以能剧为生。"

来到佐渡之前，我已有的概念是：能剧自古是日本特权阶级的娱乐，孕育出众多流派，一些传统流派的生命线延长至今，培育出各自专业的演出团体，其中不乏明星大腕。如今，尤其当它成为日本传统文化的代表之后，能剧正在变得越来越清高，让普通人望而却步。却未曾想到：佐渡岛的能剧是庶民的舞台。据斋藤所说，佐渡岛的能剧在江户时期进入鼎盛期，每个小小的集落都拥有自己的能剧舞台，彼时在宴席和庆典上，人们也总能随时表演起来。这在全日本都是罕见的，甚而还衍生出一种说法："京都人讲究穿，大阪人讲究吃，佐渡人讲究舞。"直至昭和时期，利用农业劳动的空余时间练习能剧，在岛民之间还是非常普遍的现象。我试图想象了一下：一个干完农活排演京剧的农民？或是结婚典礼上的客人随口就是一出《贵妃醉酒》？确信这实在不可思议。

"佐渡的能剧，就是你看到的这样，有人称它是'民众能'，又或者'庶民的能'，"斋藤又举了个例子，"今天你去看《猩猩》了吧？那出戏里也全都是业余的本地人，演猩猩那位女孩，刚从高中毕业。"

事实如此，在佐渡岛上，能剧不仅是庶民的，还是女性的。在日本传统艺术的舞台上，这非常难以想象。无论能剧、歌舞伎还是文乐，自江户时期被挂上"女人禁止入内"的门牌之后，几百年来都沿袭着这一心照不宣的行业准则。当然剧本的主角总有女性登场，但女性长久地失去了扮演女性的权利，这使得那些在舞台上专门扮演女性的男性，例如在歌舞伎中衍生出的"女形"演员，可以得到"精湛演技"的评价，甚至获得"人间国宝"的殊荣。有一种观点认为，要想了解日本社会男女不平等的真实状况，就去看一看传统艺术的世界——女性置身于其中的生存状况，是全日本女性地位的缩影。现代日本人讨论社会进步，喜欢谈及明治维新、全盘西化带来的开放，但其实直到1948年的战后复兴阶段，日本才诞生了第一位女性能乐师。同一时期，日本的茶道和花道流派也开始大量招收女性学生，将其称为"女性的婚前修行"——为了挽救日益冷清的传统文化，女性市场确实潜力无穷。但对于女性，"谢谢参与"便足够了，各个传统文化领域的代表者和发言人，还得是男性。日本的歌舞伎至今仍是专属于男人的艺术，女性的最高地位是成为替这些男人解决日常琐事的"梨园之妻"。能剧不如歌舞伎大众化，也没有那般壁垒森严，但在当下仍只提供给女性很小的容身空间：根据能乐协会的数据，登记在册的1000多个会员之中，仅有160多人是女性。且为了加以区别对待，将她们主演的舞台称为"女流能"，还有一些传统流派，至今坚持着

"传男不传女"的作风。

我未曾亲眼见过"女流能"，因此无论看到"巴"还是看到"猩猩"，都没有想到：夸张面具和厚重戏服下的竟然是一位女性。斋藤对我的奇怪感到奇怪，他自小耳濡目染：在佐渡岛上，女性的剧目，自然是要由女性来演的。

这是一个值得玩味的现象，在人们心中偏僻和落后的离岛之上，竟然有着对于传统艺术的宽容环境和进步的性别观念。我后来看到一篇采访，佐渡有一个能剧推广组织，发言人将岛上这种"无论是庶民还是女性，都被允许登上能剧舞台"的做法，称为"治外法权"，认为恰恰要归功于被茫茫海洋隔绝的封闭环境，才使它得到一张赦免书。

此说固然有一定道理，但我同时还意识到，身份和性别门槛的湮灭，还出于在这个人口不断减少的岛屿上，为了让一门传统艺术不至于走向消亡的妥协之举。佐渡岛上如今保存有三十五个能剧舞台，占据了全日本总数的三分之一，可以说是舞台密度最高的土地，但其实在鼎盛时期，岛上的舞台甚至超过两百个。传统的舞台随着人口减少和经济的衰败不断消失，现存的三十五个舞台之中，作为定期演出的不过也只有八个，其余的因为建筑老朽化、缺乏资金维护等原因，已不能再使用。佐渡的能剧舞台归属于每个集落，由于它祭神的初衷，基本建在神社或寺院之中，其中规模最小的舞台，位于千年历史的安养寺羽黑神社内，如今集落里只剩下 16 户人家，平均年龄超过 80 岁，由这些独居的空巢老人来管理，可想而知是多么吃力的一件事。听斋藤说，安养寺自三十年前开始举办薪能演出，近年已经停止，而需要两三年更新一次的舞台的茅草屋顶，经费也成了问题，目前暂时靠人们募捐支撑着，前途让人感到悲观。少子高龄化的现实蚕食着佐渡的传统艺术，后继者不足的问题随之而来：别说是表演能剧的年轻人越来越少，就连神社的巫女也渐渐不够用了。

"你没想过学习能剧吗？"我问斋藤。

其实他小时候学过，母亲自他童年时便登台演出，难免也想把他带入那个世界，但没过两年，他就拒绝再练习了。那段时光对斋藤来说只剩下淡薄的回忆，他的童年赶上了日本经济高速发展的时期，轮船带来了岛外的流行事物，电视机或者游戏机，他的兴趣很快就转移到这些新奇有趣的东西之上，至于能剧？对一个小孩来说，太没劲了。

如今斋藤已经年过三十，更加没有意愿继承母亲的兴趣，"传统艺术"几个字在他的认知里，无非是上一代人的过时的爱好，他的生活里全部和能剧相关的事，就是在母亲演出的时候，到现场为她拍几张照，再发到社交网络上。斋藤，如同童年时期沉浸于轮船带来的外来事物那样，在中年之后仍然对岛外的文化表现出近似痴迷的热情，只是，当下来到佐渡岛的新事物，不再以机器为载体，而是以人为介质。他每周去喝一两次北海道人酿造的佐渡啤酒，在 Perch 享受纯正的芬兰桑拿，也热爱去日本人开的港式茶餐厅吃西多士……一些国际化的混搭成果正在佐渡岛的土地上长出来。

这种国际化，同样随时发生在 Perch，它是外国人在岛上最青睐的住宿地点。"疫情结束之后，外国游客也该回来了，"前台的女孩对我展望未来，"我差不多也该走了。"

"接下来要去哪里？"我问她。

"去国外吧，"她第一次主动和我说起她的私事，"其实我是埼玉人，18 岁就去了澳大利亚留学，刚回日本就来了佐渡。"

四年，是她能够停留在佐渡岛上的最长时间。她对于开发离岛兴致不高，在岛上的前三年，甚至因为不会开车，几乎没有离开这片街区。她当然不愿意年纪轻轻就被固定在这样一个地方。为了让我深刻理解那份"佐渡一无所有"的心情，她建议我：不如你也住到佐渡来，就会了解了。

"不行，"我给了她一个最现实的拒绝理由，"我不会开车。"

2

傍晚 7 点我来到了 La Barque de Dionysos。在佐渡岛上，鲜有人能准确说出这个法式餐厅名字的发音，人们只是简单地用片假名将之音译，不会深究它的意思其实是"狄俄尼索斯之舟"，也不知道店主的用意是在致敬古希腊神话中的葡萄酒之神。不过因为它很有名，岛民都知道：这是一间与葡萄酒渊源深厚的餐厅，主人是移住到岛上的一对跨国婚姻夫妇，妻子是日本人，丈夫是法国人，并且还是在法国小有名气的自然派酿酒师呢。

让-马克·布里格诺（Jean-Marc Brignot）和妻子聪美是这些年日本观光和生活类杂志上的常客，他们作为佐渡移住者的一个代表案例，经常被关心如何在这个离岛上一边从事农业劳动，一边种植葡萄，一边经营餐厅，实践着自给自足的生活方式。而来自法国的酿酒大师将要在佐渡酿造一款岛葡萄酒，这实在令人期待。

在六月里，夫妇俩照例每周只营业三四天，且仅在晚餐时段。我沿着海湾走向海岸的民家集落时，一轮红日正从海面缓缓落下，世界染上一层薄薄的玫瑰色。集落寂静无声，不见居民身影，La Barque de

Dionysos 是附近唯一的料理店——海边的木造独栋，外观看起来与普通民宅并无二异，只能通过挂在门前的名牌和比一般人家稍大些的玻璃窗里流露出的昏黄灯光，判断出它正在营业。有一只黑白杂色的小猫蹲在门口，像是等候多时，见我走近，热络地围上来直打转，带着我沿门前的小径朝里走去。聪美在屋内。屋内也是一样昏黄的色彩，坐下之前，我和她一起站在那扇窗户前远眺着最后的落日沉入大海之中，她说，她在岛上寻觅多时，终于定下此处，就是看中了能够这样随时眺望大海，这让她感受到某种类似于乡愁的情绪。

"佐渡比我想象中大多了。"我对聪美寒暄道，为了吃上这餐饭，我搬到了附近一家民宿里，这样才能保证晚上喝过酒之后，我还能步行回去。于是聪美对我的佐渡之旅的第一句评价便是：所以你要靠公交车在岛上行动，是很困难的一件事啊。

"我只是临时待在这里，因此多少能够克服，也算是一种新奇体验。要是生活下去，不自己开车可不行。"对于日本的离岛，我多少已经有了些概念：它的第一张通行证，名为驾照。

这是聪美在佐渡岛居住的第十年。这天没有别的客人，店内成为我俩的专属空间，她一边转悠在开放式厨房里准备料理，一边高声向我说起她的岛生活。她和丈夫是在 2012 年的冬天来到佐渡的，带着 11 个月大的儿子和四个大行李箱，就是全部家当。那之前她已经离开日本很久了。她出生在东京北边的茨城县，高中毕业即前往法国留学，毕业后在巴黎工作了十年，在那里邂逅了如今的丈夫。丈夫自小受生活环境影响，憧憬葡萄酒职人的自然派生活方式，年轻时便辗转于法国各地的酒庄修行，2004 年在瑞士和法国勃艮第之间的汝拉山脚下购入一片土地，开始独立酿造葡萄酒。聪美与丈夫因葡萄酒结缘，不久后她也辞掉在巴黎的工作，移居到那个小乡村一起酿起酒来。五年后，两人的第一个孩子出生，聪美心里冒出个想法：想让孩子在日本文化环境里成长。恰巧丈夫也一直有个想法：想去法国以外的地方挑战酿造葡萄酒。两人只谈了一次，一拍即合：那么，就去日本吧！

回到日本，是在3·11东日本大地震的几个月后，如同很多年轻人在那之后撤离了东京一样，聪美也深感关东地区的居住环境缺少安全感。他们铺开一张日本地图，寻找哪里有既安全、又适宜从事农业的土地。他们想在日本继续从前在法国乡村的那种自然派生活方式。就在那张地图上，聪美看到了日本海上一座醒目的离岛，出现在她一次也没去过的新潟县海域，她和丈夫的心思再一次不谋而合：这个岛，看起来很有趣！

两人都从未有过在小岛生活的经验，而"佐渡是个岛"，成为他们来到这里至关重要的原因。此后又作了一番调查，得知岛上有朱鹮生息，猜测当地自然环境应该不错，适合进行农业劳动，一切都符合理想。后来，那位法国酿酒师在一本杂志上说："光是'岛'这一点就非常好。对于在大陆生活的法国人来说，岛是童年时期憧憬的冒险意向，岛是去探险的地方。虽然提起岛，人们总是想起'限制'，但在我看来，这种限制是正面的。欧洲是一种大陆文化，而日本是一个岛国，与其他国家交流较少，因此道德和文化才能得以保持。某种程度上，我认为佐渡是日本的缩影。"

如今，两人顺利地从事着农业劳动，当初那个11个月大的婴儿也已经是五年级的小学生了。聪美给我准备料理的时候，也替他做了一份晚餐，他从二楼走下来，大声地朝我打招呼。日本文化在这个少年体内埋下什么种子，尚未明晰，但他身上显然洋溢着一种不同于城市少年的、山野之间的活泼气息，聪美也留意到了这一点：对于孩子来说，生活在这样的岛上会很快乐——他们既拥有山，又拥有海。

移住到佐渡的第二年，La Barque de Dionysos 开业了，再三权衡之下，夫妇俩决定每周四天在地里劳作，三天在店里营业。这家店实行完全预约制，一般在周四、周五和周六接受预约，遇上没人预约的时候，也就不营业了。一切都显得随意，餐厅定位却是深思熟虑过的：精选日本少见的法国葡萄酒以及来自山与海的馈赠——佐渡时令食材做成的料理。蔬菜几乎全是聪美自己种植的，鱼类也是佐渡当下季节的渔获物，保证刚"出水"不久。这天我吃到的是一种佐渡鲹鱼，大约再过一周，主菜就会变成章鱼——在我居住的城市，章鱼四季可见，但佐渡岛上仅视春、夏为章鱼时节，此时它们个头巨大、肉质紧实。

不过，近来聪美又发现，早春之前，超市里尽是些来自摩洛哥的章鱼。新闻里早就有报道，自 20 世纪 70 年代起，日本的章鱼渔获量不断减少，如今一半以上依靠进口，人们在寿司店里吃到的章鱼，极大可能来自摩洛哥或者毛里塔尼亚。这些非洲沿海国家由于没有食用章鱼的饮食传统，所有的章鱼都被出口到了海外，支撑着全世界的日本料理店。从前人们对离岛抱有的封闭或是落后的印象，今天已经甚少体现在佐渡，超市里的鱼柜陈列品来自全国各地，有时还很国际化。聪美第一次意识到这一点，是一眼瞥见了"挪威产醋腌青花鱼"的标签，她觉得不可以思议，心想"谁会买这种东西呢？"可令她意外的是，那个专柜几乎每天都卖空。后来，才有一位佐渡人告诉她：这是因为佐渡近海的青花鱼是秋天的产物，捕捞一年里最为脂肪肥厚的青花鱼，以盐腌制食用，也是秋天才能享用的美食，在秋天以外的季节，佐渡青花鱼则肉质枯瘦，不受渔师欢迎。挪威产的青花鱼就不一样了，它们终年挂着厚厚的脂肪，因此在佐渡的青花鱼季节以外，远渡重洋而来的挪威青花鱼，就成了岛上老头老太们亲切的日常食材。

我询问聪美有没有吃过佐渡岛上的摩洛哥章鱼或是挪威青花鱼，她表现得像一只被踩到尾巴的猫，声调高昂："当然没有！"我认为这很有趣，建议她不如试试，她严词拒绝："不要！太奇怪了！"

"要说对季节变化的感知，也许城市人更敏感，因为超市里摆放着来自全国各地的产物，全国各地最先上市的食材，总是第一时间出现在东京的超市里。"聪美说，这一现代化的生活方式不可避免地波及到佐渡，但她和岛上的老年人们不同，并不享受这件事。在物质充足、流通便利的时代，聪美愿意参与其中的生活方式，是看起来最简单的，实际上却处处考验着现代人的耐心：耐心等待自己土地里长出来的东西成熟，耐心等待大海里的东西进入刚好的季节，在每一个季节里实践这个季节应有的生存方式。这种自给自足的风潮，过去很容易被认为是日本人特有的对季节的敏锐感知使然，但聪美给了我另一种答案："所谓日本人的季节感，是凡事总爱追求抢先一步。各地的料理店不是很流行'初物'这种说法吗？料理人们挖空心思在全国搜寻最早上市的食材，而不关心自己的土地里正在生长什么。"聪美被法国的乡村生活培养出对后者的耐心，来到佐渡岛之后，受到青花鱼和章鱼的警醒，又被培养出一种小心：山菜在什么季节采摘，竹笋在什么季节冒头，想吃到应季的食材，就要随时留心，否则一不小心就会上了"冒牌货"的当。

实践一种简单的生活方式，常会被人断章取义地认为十分容易，事实上，在一个选择过剩的现代社会，它充满了舍弃的困难。如同舍弃了永远保鲜的食材那样，聪美还舍弃了许多便利化的现代手段。例如电话，店里没有预约电话，客人只能在 Facebook 上发消息预约。其实最初她也学习其他饮食店的做法，在店里装上了固定电话，不料纷扰接踵而至：当她在地里劳作或是在做其他工作的时候，电话里塞满了客人的留言信息，都要一一回复过去，还经常遇到打不通或者无人接听的情况……类似的繁琐事项多了，她决定拆掉电话。文字信息就很好，随时看见，随时回复，也不需要那么多礼仪。

"讨厌这种方式的客人就不会来了，也没关系，"她又自嘲地笑起来，"好像不是一间亲切的店呢！"简单的生活就意味着要放弃这些客人，聪美觉得她和那些更喜欢使用电话的人，也许就不是一类人。

如果一间店要符合店主对简单生活的想象，例如不接受电话预约，不进行推广宣传，只接受现金付款，每周还只营业三天，那就意味着它同时要承受来自现实的压力，最直接的是：赚不到什么钱。这间餐厅确实不能成为聪美夫妇的生活来源，他们还要做一些别的工作，才能维持在佐渡岛上的日常生活开销。

这种困境不只是一间任性的店才会遇到的，实际上，外来者如果想在佐渡这样的离岛上经营一间饮食店，多数人都会遇到类似的问题：岛上的人口仅有 5 万，除掉小孩和高龄者，多少人能成为一间店的客源？不用算也知道，和东京、大阪的数字远不能比。在佐渡岛上，那些可以维持生计的饮食店，最多是一些大众化、价格低、速度快、为当地人日常三餐服务的定食店。一间潇洒、时尚、倡导自然生活的法国料理店？门槛太高了。比起岛上的居民，光顾 La Barque de Dionysos 的其实更多是游客，他们随季节更替而变得不稳定：来到佐渡的游客集中在每年的四月至十月期间，冬天的离岛酷寒，不是人们心中理想的旅行地，只能吸引寥寥几个猎奇者。

佐渡岛的冬天给人造成的寒冷印象，其实和气温关系不大，岛上最冷的时候，也不过只到零下五度，比北海道差远了。人们认为佐渡岛冬天寒冷，一来是因为岛上冬日积雪，白雪皑皑的景象，不太符合一贯对热带海岛的想象。二来则是海风使然，强劲海风席卷起来，确实会显著降低体感温度，让人觉得严寒难耐。天气糟糕的冬天，聪美成天待在家里，哪儿都去不了，农业活动也只能暂停。但窝在家里也绝非安逸生活，一家人简直提心吊胆：这栋木房子从前是一间和服店，建筑时间已经超过九十年，他们接手过来，只是换了屋顶，把内部重新装修过一遍，没有再进行加固工程，一年中的大多数时候倒也相安无事，只是进入冬天，它就会被海风吹得轻轻摇晃，每天都发出"咔哒咔哒"的响声。"幸好台风不来，"每个冬天过后，聪美都会产生一种劫后余生般的庆幸，"台风要是来了，应该马上就会倒掉吧。"

固然冬天如此，聪美还是认为佐渡好，比农业发达的北海道更好。就算有天气恶劣的日子，岛上的冬天还是可以种植农作物的，例如萝卜、白菜和大葱。绿叶蔬菜能够在冬天存活这一点，令她觉得佐渡是环境优越的岛。北海道也曾是聪美考虑的移住目的地之一，那里是公认的物产丰裕的土地，但她曾在一个冬天前去考察，发现当季的农作物只有胡萝卜、土豆和南瓜，绿叶蔬菜无法在寒冷中生存，全都需要从本岛运过去，价格十分高昂，于是果断放弃了北海道。佐渡更接近自然，更充满了一种"自力更生"的精神，她想。

生活在佐渡岛的第十年，聪美尝试种植了各种蔬菜，丈夫仍在继续培育葡萄树。佐渡岛上没有过种植葡萄的历史，这个法国男人凭借着"有很多长在山上的野葡萄"的观察结果，认为"酿酒用的葡萄也有极高可能在佐渡生长，这是一片远超预期的优渥的土地"。只是，虽然夫妇二人很想尽快在佐渡酿造葡萄酒，但葡萄这类果树不同于蔬菜，也不同于大米，并非种下就能立刻收获的快捷农作物，培育它们慢慢从土地上结出果实，需要非常有耐心，耗上十年或者更久。在培育佐渡葡萄的漫长时间里，法国酿酒师没有闲着，他在 2017 年找到北海道一家酒庄，利用当地种植的尼亚加拉葡萄酿造一款名为"熊可乐"的白葡萄酒，每年推出，但产量极少，迅速售罄，成了一些人口中的"幻之酒"。

葡萄酒爱好者们专程来到 La Barque de Dionysos。有位长居日本的中国香港人是这里的常客，先后来了三次，最近一次来，向聪美征询意见：我也差不多该认真考虑移住到佐渡了吧？客人们对她那种自给自足的生活心生向往，认为岛生活是一种对抗现代文明的方式。佐渡岛上有一个移住者支援中心，聪美不时会受邀前去交流分享，对于已经实践这种生活长达十年的她来说，从事体力劳动的艰辛程度，远超心血来潮的城市人所能想象。她问那位中国香港的客人，这也是她一直以来向那些移住咨询者提出的问题：首先要想清楚的是，来到佐渡，你靠什么吃饭？找到一份稳定的工作，是岛生活的前提。最近两年，佐渡的移住风潮达到了一个小高峰，每年有超过 500 人搬到岛上来。过去的移住者只能选择务农或是公务员之类的传统职业，这两年渐渐发生了一些变化：疫情加速了日本社会的信息化，一些人开始在哪里都能工作，尤其是作家、艺术家和 IT 从业者，佐渡岛上出现了很多类似的身影。

聪美在佐渡岛交际圈中的多数便是这类移住者：画家、料理人、英语老师、网页设计师……其中还有不少是外国人，她数了起来："法国人有 4 个，意大利人有 2 个，巴西人有 1 个，加拿大人有 1 个……

5 万人的小岛上，住着 30 多个外国人，不觉得多了点儿吗？"外国人是察觉到佐渡的什么魅力来到岛上的呢？她一言蔽之："尽是些奇怪的人。"

今天在佐渡岛上生活时间最长的外国人，是一位已经年近七旬的加拿大老先生。此人的职业是画家，妻子是东京人，他是因为想要学习制作日本传统的东洋人偶，也即佐渡岛上的另一项非物质文化遗产——人形戏中的"文弥人形"，才来到岛上的，此后一住就是四十年。"四十年前，在一个外国人都没有的离岛上生活，到底是什么感觉呢？"聪美摇摇头，表示不可思议，"他现在一口佐渡方言，我经常完全听不懂他在说些什么。"

住在佐渡岛上的外国人，似乎多少都对日本文化有些憧憬。例如那唯一的巴西人，其实是第三代日裔，他痴迷于传统的竹太鼓，如今在岛上以竹为生，制作各种竹制工艺品与造景，还帮人管理竹林、挖掘竹笋……听说他经营着一家公司，只要与竹子有关的业务，全部承接。

日本的传统文化在这些外国人身上施展的魔力，同样发生在聪美身上，她主动告诉我，次日她要去参加能剧练习。岛上一个专业的能剧演员是她的老师，从两年前开始，她每周去他家里练习三次。在佐渡岛上，谁都能参加这种能剧学习，平时是老师和学生一对一练习，到了老师判断可以登台的程度，便会和众人一起为演出排练。得知我是来岛上看薪能的，聪美表现得很欣喜，因为接下来我计划观看的某场演出，她也会上台，不过不是演主角，而是坐在舞台一侧吹奏笛子——她很擅长这个，在法国时她学的就是长笛吹奏。尽管在能剧的世界里只是个外行，她也从未因为登台而忐忑，在能剧教室里，尽是些和她一样的业余学生。

"这就是佐渡岛的特别之处，"聪美道，"在东京，也有在业余时间跟着专业老师学习能剧的情况，很多人以这种方式练习了几十年，但在东京，绝对不可能有像我们这样完全是一张白纸的普通人登上了舞台。"

佐渡岛的本地人们，如同不久之前斋藤对我说的那样，从很早之前起，就有用业余时间练习能剧、然后在薪能舞台上演出的传统。斋藤没有见过那时的盛景，聪美当然也不可能见到，但她时常有耳闻——她的能剧教室里，还有一些七八十岁的老年人，老头老太太们总是对她回忆往昔，说在他们年轻的时候，薪能是岛上人气最高的娱乐活动之一，约上朋友去神社看演出在那时深受欢迎。

聪美对此有点儿遗憾："在娱乐不发达的时候，佐渡岛的人们把薪能作为日常娱乐，现在反而没有那么亲近了，完全变成了正式演出。"

我在过去的短短几天，也有了一些自己的看法：即便是今天，比起京都，佐渡岛上的薪能也更有一种祭典氛围。大膳神社里坐在草地上观看的人们，令我觉得很难忘。

聪美于是向我提起岛的另一头，有一间湖畔神社，周遭许多温泉旅馆，她认为有些风景还是消失了："从前的游客就直接穿着旅馆准备的浴衣和木屐，傍晚蹓跶去神社看能剧演出，一手拎着纸灯笼，一手抓着冰啤酒。"

我想在佐渡岛上寻找的世阿弥留下的能剧的本质是什么呢？我在岛上的博物馆和资料馆都未能得到解答，却在和斋藤及聪美的聊天之后，似乎有了一些线索，那或许是：佐渡能剧根植于日常生活中，保留了起初的原貌，和每一个时代的人们一同成长和变迁。在佐渡，每一个能剧舞台都与民众的生活密切相关，它们不只是历史建筑物，也是日常生活交流的介质与场所，是当下和未来。

我对聪美提起斋藤。佐渡果然是个内向型的岛屿，她立刻想起来那是谁，惊喜地说："你遇见了斋藤老师的儿子啊！"我对她说起斋藤对能剧的态度，以及我由此得出的一个判断："你是因为长期生活在海外，反而对日本的传统文化产生了兴趣吗？"她同意很大原因确是如此，毕竟，在去法国之前，她和身边的同龄人们一样，轻易将传统视为过时，感受不到其中的丝毫吸引力，从未想过要接近。在巴黎的日子，聪美才第一次接触了日本的花道，跟随一位草月流的老师学习了五年。

她没有对我这样一个专程跑到佐渡来看薪能的外国人感到惊讶，就像我在 Perch 遭遇到的那样，因为她认识的那些来日本观光或是生活在东京的法国人，已经有许多人表现过比我更甚的热情，在佐渡岛上，聪美看到一个通用于日本皆准的事实：在三四十岁的人群中，外国人比日本人对日本的传统文化更感兴趣。

可是，传统文化的处境在哪里不是一样呢？从前她以一个日本人的身份，前往法国学习传统长笛，异乡人的不安很快消散而去，因为她班里的同学，来自比利时、荷兰、美国或是日本，外来者远远多于法国人。也许这才是传统文化的未来希望，终将借由外人新鲜的视线得以新生。佐渡是一个幸运的案例，离岛的封闭性让传统文化极小地受到冲击，得以用原始的面貌延续至今。同时，离岛的开放性又让外人到来，先是京都人，接着是东京人，然后是世界各地的人们……岛是如此复杂精密，它充满了限制，又无所不连接。

在佐渡岛上，聪美成为传统文化的日常参与者。她再也不打算离开这个小岛，尽管她热爱全世界旅行，但最终还是会回到这里。人一旦置身于这样的生活，就很难再回归城市，偶尔她会为了出差或访友前往东京待几天，但与东京的交集到此为止。在东京生活一年？人会变得奇怪的吧！她对东京最直观的感受，是那里"疲倦的人实在太多了"。更何况，今天的离岛上什么都不缺，就算没有的东西，快递从东京寄来，第二天就能收到。

我是得益于离岛的开放性和便利性而出现在这里的外来者，又多亏了一个因为身体不适而临时取消预约的客人，得到和聪美共度的一晚。我坐在这间法式餐厅里，感觉更像是坐在某户人家的起居室，对于长久生活在城市里的人来说，这种氛围过于珍贵。也许还多亏了那只猫。替我带过路之后，它便大胆地跳到我的腿上，自作主张地趴着不动一整夜。我很少见到这样亲近陌生人的猫，不知是否也是离岛环境使然。聪美说，为了防止有客人对猫毛过敏，接待客人的时候其实都会把它赶出门，但它太聪明了，总是会找准时机讨客人欢心，最后还是回到屋子里来。在我表示过毫不介意之后，聪美也就任由它坐在我身上，只是每端上来一道菜，尤其是那些鱼肉料理和奶油蛋糕的时候，都要提醒一句："当心猫！"一家能整夜抱着猫吃饭的店，这也是佐渡岛的气质。

这晚我离开时，已是满世界蛙声，道过了再见，又被聪美叫住，示意我抬头——半轮清明的月亮正挂在空中，散发出无限耀眼的光芒。

"佐渡的月亮确实比京都的更明亮。"我道出了几天来一直的感受。

"是因为四周完全没有照明的缘故，"聪美说，"而且空气清澈。"

这世界上也许不存在哪里比哪里的月亮更圆的道理，我想，但确实有某地的月亮更明亮、更清净、更永恒，满溢着无声轮回的生命力。在佐渡岛上，这样的月亮照耀着正在重建生活的人们。

3

我在佐渡岛的环岛旅程，之后又换了好几个住宿，这些住宿定位不同，各具特色。有一间叫"长滨庄"的民宿，因为性价比超高的海鲜盖饭上了电视，我也去住了一晚，房费 8800 日元，包含早晚两餐，晚餐端上来份量巨大的寿司、刺身和各种鱼贝料理，甚至还有一只水煮螃蟹——我感叹在京都一个月也吃不了这么多海鲜，而京都的朋友，看过我发的照片之后表示担忧：能盈利吗？真的没有在做亏本生意？岛民们依靠山与海的馈赠过着超乎想象的低成本的生活，对遥远的都市人来说不能理解。

我原本还打算预约一个种植葡萄的民宿，也是一对在几年前移住到岛上、正在栽培酿酒用葡萄的年轻夫妇经营的：他们改装了一栋古民宅，每天限定接待一组客人，并且精心准备家庭料理。可惜这间民宿是佐渡岛上的网红，提前几个月就被预约满了，我在六月里等待有人临时取消，一个也没有等到。岛的南边还有一位理发师，在自己家开辟出一个房间，租给停留半个月以上的久住者——在佐渡岛上，长期住宿比短期住宿更有需求，它提供给那些前来考察和体验生活的计划移住者，岛上很多这种定位的民宿，可以连续住上几个月，每月五六万日元，比东京的房租便宜多了。我还在佐渡市中心找到一家刚开业半年的公寓，40 平方米的三居室，装修得简约时尚，基础家电一应俱全，柜子里塞满了影碟和唱片，如果住半个月以上，每天只要5500 日元，我一个人住在那里，感觉到舒适与奢侈。这个公寓的名字暴露了它的定位："Stay & Work 佐渡"——为那些在佐渡长住的外来者提供和在城市里同等条件的居住场所，融入当地生活又具备私密性，是这个日本第一大离岛上的新鲜事物。

还有一间在 airbnb 上预约到的民宿，位于金山脚下的海滨公园附近，这一带曾是相川地区最繁华的街区，警察局、消防局、幼儿园都集中在此，还有一间罗森便利店。只是从商店街上那些大门紧闭、锈迹斑斑的饮食店里，能看出来这个地区衰落已久。商店街附近有佐渡岛上最有名的一家隐秘的烧鸟店，我在傍晚推门进去，店内笼罩在腾起的烟雾之中，吧台前坐满了人，头上绑着一条白色毛巾的店主拒绝了我等位的请求，礼貌地表示：今天晚上都不会有空位。我没有因为被拒绝而感觉受到歧视，因为关于这家店流传最广的一个故事是：日本大明星福山雅治想要包场，也被委婉拒绝了。"拒绝福山雅治的烧鸟店"，佐渡人得意洋洋地谈论它，似乎在这个说法里，蕴含着一种佐渡品格，又或是一种离岛态度。

从烧鸟店出来我饥肠辘辘，最后去了商店街上唯一一家亮着灯的饮食店，卖的同样是烤串，只是因为那家烧鸟店太出名了，令它显得像是一个高仿店，尽管写在黑板上的当日菜式众多，可无论烤虾还是牛肉串都平淡无味，烤青椒更是苦得无法下咽，唯有一道微焦的烤卷心菜，我吃完了半颗，又追加了半颗。当然，在佐渡岛，一家味道不怎么样的烤串店，并不意味着它就不是一个好去处。这家店的店主很健谈，对岛上一切所知甚详，与吧台前一位小青年相谈甚欢。那人一个半月前被派遣到佐渡工作，对离岛生活颇为满意，几杯酒之后，絮絮叨叨地谈论起他心中的佐渡的魅力，第一名是岛上的山路飙起摩托车来特别有挑战性。晚些时候，又走进来了一位店主的熟人，坐下没几分钟就朝我递来名片，自称姓"原田"，在附近经营着一间夜店，这天正好是休息日。

"这位原田，只要是佐渡岛上的流行事物，什么都知道。"店主道，并极力怂恿他向我推荐几个佐渡去处。原田并不推辞，首先建议我爬山，其次建议我海钓，还说我应该去看看瀑布，他表示有位朋友近来正在负责这项观光业务，深受城市来的年轻人欢迎，随后打开Instagram向我展示各种图文，表示如果我有兴趣，他可以向我介绍。听闻我此行目的并不在自然风光，而是来看薪能之后，他又有了新的想法："说起佐渡的传统艺能，你听说过鬼太鼓吗？岛上有一个名叫'鼓童'的太鼓团，很出名，每年在全世界巡演。"

这是我第一次听到"鼓童"的名字。按照烤串店店主的补充，他们才是佐渡岛上最有名的专业演出团体，不局限于岛内，在国际上都有很名。"我还是个小学生的时候，就看过鼓童的演出了，今年我49岁，所以能够确定：佐渡鼓童已经有四十年以上的历史。"店主说，在他童年时的鼓童演出，还只是单一朴素的太鼓演奏，随着时代的变迁，已经进化成一种包含演唱和舞蹈、符合现代审美的综合舞台艺术。

原田自称是鼓童的粉丝，有几位演出者是他的偶像，他强烈建议我八月再来佐渡，届时岛上将有为期三天的鼓童演出，比祭典热闹多了。"你绝对来看看比较好！"他说，鼓童的演出者之中，既有年轻人，也有老人，带着一种拉我入伙的热情，特别强调说："还有很多帅哥！"

原田又道，由于佐渡鼓童实在太有名，吸引了来自全国各地的爱好者想加入。这些慕名来到佐渡的人们，首先要参加研修，过着一种没有手机、每天早上5点起床开始排练的生活，还被安排了每天十公里的跑步训练，三餐也要自己动手制作。成为研修者有门槛，需要通过面试，成为鼓童的门槛更高，研修结束后有严格的考核，十个人里面经常一个都进入不了正式的演出团体。

除非我八月里来到佐渡，否则在岛上很难见到鼓童的身影，原田说，这些人两个月前刚结束了世界巡演，眼下正在进行全国巡演。这番话让那位刚被派遣到佐渡岛上的小青年恍然大悟："我十年前就在电视上看到过鼓童演出，一直想着要现场看一次，但是来了佐渡岛上，发现根本没有演出！"

虽然我在六月里遇不上鼓童的演出，但原田建议说，岛上有一间太鼓体验交流馆，是鼓童活动的据点，终年对外营业，在那里也许能得到一些有趣的讯息。

鼓童如此有名，烤串店里每个人都知道，确实令我产生了一些兴趣。但在那之前，我已经计划好要去另一所交流馆：朱鹮交流会馆。

在我对着长滨庄一桌子吃不完的生鱼发愁的那个晚上，电视里播放着佐渡岛上的大新闻：六月，14 只人工繁殖的朱鹮被放归野外。在佐渡岛上，每年都会举行两次这样的放飞活动，这已经是第二十六次。新闻里还说，如今在佐渡自然中繁衍的野生朱鹮数量，已经远远超过人工放飞存活下来的数量。

朱鹮交流会馆是新潟大学和相关 NPO 组织为了保护朱鹮而在佐渡岛上设立的基地，我从一个日本人的 Youtube 视频里得知这个地方，那人说它是佐渡秘密的住宿场所，很少有人知道，但很便宜，条件也不错，就临时起意想去看看。会馆远离街市，距离最近的公交车站还要再步行一公里，四周皆是山林与稻田，我沿着一条小路朝它走去，随时可见有苍鹭伫立于稻田中央，悠然地梳理着翅膀——如果要见识佐渡静谧原始的自然，我认为此地最好。

朱鹮交流会馆的大厅里，展示着许多关于朱鹮保护活动的照片和资料，又陈列有不少专业书籍，确实是一个可以快速了解佐渡岛朱鹮物语的方式。会馆门口圈出了一块特别区域，在一些特定的时间里，站在那里可以观测不远处树林里朱鹮活动的身影。可惜我没赶上时候，会馆里也根本没有几个人。

这是一个简陋至极的住宿设施，空荡荡的大房间一无所有，只有柜子里堆积着地垫和被褥，临睡前需要自己拿出来铺在地上。我看过大厅里的资料，已经明白了这里的用意：它主要提供给那些来修学旅行或是企业研修的团体，对于学生们来说，十来个人在这个房间里并排躺下都不成问题，而在没有团体接待的淡季，出于一种盈利需要，就开放给游客预约。我在走廊上的另一个房间里，还看到摆放整齐的作业服、长筒靴、铲子和水桶，是为了户外体验项目而准备：会馆后面有一片独立的山林，人们可以在这里体验诸如植树之类的山林保护工作，也可以在稻田里参与生态池的建造和田间步道的修复工作，从而了解朱鹮生息的自然环境。

如果能参加自然保护活动也挺好的，可惜我独自一人，不值得人们大费周章，而且这间会馆似乎人手不足，只有一个接待人员白天孤零零坐在前台。但来到这里也不是没有收获，我最感兴趣的朱鹮放生过程，从大厅的那些资料里得到了清晰的解答。日本人对于朱鹮的救助与保护，可谓谨慎小心，国家每年投入 1 亿日元，而它也早已不局限于佐渡岛，而是依托整个日本社会的合力。人工繁殖的朱鹮幼鸟，为了防止大型感染事故导致群灭，除了饲养在佐渡朱鹮保护中心、野化放归基地和朱鹮交流会馆的岛上三地之外，还被送至东京都多摩动物公园、石川县立动物园、岛根县出云市的饲育中心等处，确保它们在多地存活。至于长大的朱鹮，在被放生之前，还要在岛上的专门设施进行三个月的野生适应训练，它们不只要学会长距离飞行，还要学会捕食和逃避天敌之类在残酷自然界的生存手段，然后才能从笼中回归野外。回归自然的朱鹮，脚上挂着特殊标记，两名专门派来的自然巡查官负责调查它们的栖生状况，NPO组织和民间志愿者也会对它们进行长期的追踪和观察，关注着它们在自然界中的生存境遇。

为一种鸟的生存煞费苦心，佐渡岛也许是全日本唯一一个这样的地方。为了让这种鸟不再遭遇二次灭绝的命运，岛上从朱鹮复归的那一天就开始推行环境保护型农业，至关重要的一点是栽培不使用农药，其次是在稻田中修建鱼道和生态池，目的是为朱鹮的食物——诸如泥鳅、青蛙和田螺之类——营造宜居宜繁衍的环境。为了一种鸟类的生存而改善更多生物的环境，佐渡岛的选择为这个小岛带来了更大的名声：2011年，联合国粮食及农业组织将这里认定为"全球重要农业文化遗产"。

从佐渡回到京都之后，我在网上购买了佐渡产越光米。这是一种被标记为"与朱鹮共生之乡"的认证米，近年来成长为一个品牌，在东京首都圈尤其受欢迎。尽管五公斤装大米的售价达到3850日元，比普通大米贵很多，但丝毫没有妨碍它的人气，人们认为：这是一种安全安心的大米。原因是，在佐渡岛上，并非所有的大米都可以挂上"与朱鹮共生之乡"的称号，官方公开的认证标准明确规定它应该符合以下所有要求：栽培在佐渡岛上、采用"生物多样性农法"、每年进行两次生物调查、减少五成以上农药和化学肥料以及水稻田周边没有喷洒除草剂。

日本各地的不少幼儿园和小学，将校餐使用的大米换成了佐渡米，一来是追求食品安全，二来也是为了让孩子们以这种方式参与日本的环境保护。北陆地区有一家著名的酒藏，也将被认证的佐渡米作为唯一酿酒用米，它的价格更高，但产量有限，酿酒师很是以此为傲。即便从未到过佐渡，也能以各自的方式和离岛发生关系，表达对离岛价值观的支持，在日本，这样的事情发生在最普通的人们身上。

朱鹮交流会馆门前那条小路，有一个下午我沿着它往更深处走去，这一带不愧是朱鹮的生息地区，到处是初夏碧绿的稻田，经过一片杉树林，又经过一片柿子园，终于在天色昏暗下来之前，到达了一间名叫"茂佐卫门"的荞麦面店，它由一幢旧民宅改建而成，孤单地矗立在广大的自然之中，从经营的角度来说，选址不算好。

这里是聪美告诉我的店。在我们聊起佐渡食材的时候，她突然询问我是否爱吃荞麦面，说有位朋友在岛上开了间荞麦面专卖店，不是常见的简单的荞麦面，而是略为高级的"荞麦怀石"套餐。我得知店就开在朱鹮交流会馆附近，认为可以顺路去试试，聪美便给了我它的联系方式，我发了条消息过去，次日收到回复，向我确认：要预约4000日元还是6000日元的套餐？

事实上，在去荞麦面店的前一天，我已经先见过了它的女主人。这晚我照例去神社看薪能，果然看见聪美坐在舞台一侧吹笛子，在她旁边的是同一个能剧教室里的佳子女士，也就是茂佐卫门的店主。

我第二次见到佳子，她正半蹲着向一桌年轻小情侣介绍一款日本酒，他们比我早一些来到店里，看起来已经喝了不少，对荞麦面和日本酒的搭配赞不绝口。荞麦面是佐渡传统的手打荞麦面搭配浓口蘸汁，酒却不局限于岛上，精选了数十种日本各地的地酒。这间店固然很有佐渡特色，料理的食材从佐渡的土地上长出来，桌椅也都由佐渡木材打造，但却又融合了所有聪美喜欢的外来元素：这个晚上萦绕在店内的音乐，始终是欢快的冲绳民谣。

佳子是众多佐渡岛移民中的一位。她是神户人，年轻时在东京工作，结婚生子，丈夫出生在佐渡岛上的两津地区，岛上没有大学，高中毕业便随着人潮去了东京，也在那个国际大都市里顺利就职，却总想着有一天要回到故乡。两人在 2014 年一同回到佐渡，同年夏天茂佐卫门开业，店名来得不费力气：买下的这幢民宅，原来的屋主就是这个名号。

因为已经从聪美那里听说过我的事情，佳子便提前准备好了一册剧本，我刚坐下她便递过来。一册已经翻旧了的名为《半蔀》的宝生流剧本，她说是最近在教室里排练的一出戏，内里记载着故事脉络、台词、道具、姿势等等，完全用草书写成，我只能读个大概，她说她也是学习了很久以后，才能完全了解其中意义。

也是在能剧教室里许久之后，佳子才恍然大悟：说起岛上的能剧，也许外来者会轻易想起流放的世阿弥，但其实真正形成今天佐渡能剧的，是在他死去一百年之后、被江户幕府派来管理佐渡岛的德川家家臣大久保长安。大久保出生在一个猿乐师的艺术之家，本人也是宝生流的能剧演员，对能剧理解深刻，当他前来佐渡赴任时，带上了阵容齐全的能剧演员，此后在岛上各个神社和寺院演出能乐以供奉神佛——此举不仅让宝生流成为延续至今的佐渡最大能剧流派，也大力推动了能剧在岛上的庶民化热潮。盛况从江户一直持续到明治时期。1906 年，一位名叫长冢节的诗人来到佐渡并写下游记《佐渡之岛》，文章中便提到他在岛屿南部的赤泊村观看能剧的场景：观众里有农民、渔师和小孩，演员则是桶屋店主、石屋店主和旅馆老板等等。

佳子接触到能剧是个偶然，儿子升上了岛上的中学，课程安排中有一项：每年二十个小时的能剧学习。全日本只有佐渡的中学生被要求学习能剧，这是离岛煞费苦心地让年轻人了解本土传统文化的教育法，负责在中学里教授这门课的是岛上一位宝生流专业演员，后来成了佳子和聪美的老师。

这位老师的人生也是一个离岛回归故事。他的祖母据说是佐渡第一位女性能乐演员，他因此自小被带入能剧的世界，后来离开小岛去东京上大学，大学毕业后回到新潟县的长冈市，成为一名高中老师。能乐作为业余爱好，一直没有间断，他在40岁那年与佐渡岛上一位能剧大师相遇，决心回到岛上，全身心投入能剧世界，到了54岁那年，他终于取得宝生流的师范资格。从2008年起，他开始在岛上的中学教授学生们能剧，同时开设私人教室，来者不拒。如今，他已经拥有三十多位从零开始的弟子，各个年龄段都有，很多人和佳子、聪美一样是移住者，甚至还有一位中国人——这些外来者对佐渡能剧表现出更甚于岛民的强烈的热情，是过去的岛上未曾出现过的新现象，或许也能给未来的佐渡能剧带来某种启示。

趁接待客人的空闲，佳子见缝插针地对我说着这些佐渡能剧故事。我准备离开时，天色早已黑透。"你真的准备走回去吗？"她不放心地问。我其实心里有点儿打鼓，似乎记得在当地政府网站上那篇"佐渡没有"的文章里提到过一句，说岛上是没有野猪和熊的，那便也不用太害怕，但我探身看了一眼，外面的世界黑黢黢一片，别说是路灯了，连半点儿星光也没有。这个时间这个地点的佐渡，出租车肯定也是叫不到的，我再一次深深感受到：在这个岛上，如果不自己开车，随时会陷入寸步难行的困境。

最后，佳子决定送我回去。当她驾驶着小型面包车驶上林间小路，我看着伸手不见五指的窗外，才后知后觉地庆幸没有步行回去。我感到有点儿抱歉，她表示不必介意："反正今天店里的工作也结束了。"不同于街市里那些翻台率很高、营业至深夜的荞麦面店，这里是偏僻的山间，提供的是"荞麦怀石"，此时又是观光淡季，每天晚上也就接待两三组客人而已。我小心地询问起她的生活状况，她毫不介意地说，因为中午也在营业，还做着一些别的工作，基本可以支撑三人家庭的基本生活。

在佳子身边我又一次想起世阿弥来，尽管佐渡岛上的人们多数时候仅仅把他当作一个过去时代的著名人物来谈论，鲜少提及他的艺术理论。但此刻，我兀地想起他那句著名的"知道花"的名言来，严格说来这是一个艺术理论："花"指的是在艺术领域精湛的表演技巧，拥有这种能力，可以视为"持有花之种子"。然而，持有花之种子的人，未必知道该如何让其真正开花，知道如何让种子开花的人，才是"知道花"的人。要让花开花，就必须让自己在一生中积累的所有东西都能够随时表现出来。并且，演技的成败也被生物规律所左右，一个人即使经过充分训练，演出的成败也受运势影响——在这种情况下，需要适应自然命运的起伏，并且不断地努力，等待成功，这就是所谓的"知道因果之花"的人。世阿弥晚年的"知道花"理论，其实说明了一个很重要的真相：艺术的完成和演出的成功是两件不同的事情。

我在佐渡岛上遇见的人们，比如佳子和聪美，我仅仅只看过一次她们的演出，不能对她们的艺术造诣妄加评论，但比起艺术本身，我感受到她们正在生活中也努力寻求着另一层面的"花"的意义。他们一边摸索着生存的方法，一边寻找着精神上的归宿，对物质金钱的需求是"刚刚好"，因此看起来对眼下的生活感到满意。艺术的完成和演出的成功是两件不同的事情，生活的完成和金钱上的成功也是完全不同的两件事情。适应自然命运的起伏、并且不断努力实践的人们正生活在这里，从这个角度来说，我想，佐渡倒也不是一个什么都没有、寂静到死的地方。

4

六月里在佐渡岛上遇见的每一个当地人，都用一种机不可失的口吻问我："去看过大野龟了吗？"这座岛上的观光景点乏善可陈，最北边悬崖地带的乌龟形状巨大岩石，是难得的当地人也会在周末前往的地方：这里在初夏时节盛开一种名叫"飞岛萱草"的黄色野花，据说全国仅有佐渡岛和更北边山形县的飞岛两地能够目睹它的风姿。大野龟被认为是日本最大规模的飞岛萱草群生集落，数量达到 50 万株，当地人又称它为"鱼告花"：它的花期预告了日本海鱼类产卵季节的到来，由此进入最佳捕鱼期。如果不是因为疫情，每年这里还会举办"佐渡萱草祭"，上演鬼太鼓和民谣之类的代表性民俗活动，终日热闹。

作为日本最大的离岛，佐渡岛和其他小岛给人的体感不太一样，多数时候你很难意识到它是一座岛屿。人们描述它的"大"，通常用的说法是：面积是东京 23 区的 1.4 倍，伊豆大岛的 10 倍。又因在岛屿中心有山地隔开，诸如海风拂面、浪声袭来之类的感受，在佐渡岛上并不会随时出现。只有前往海岸沿线，在环岛一圈的"佐渡一周线"道路上，海景随时映入眼帘，才能肯定自己的确置身于岛屿之上——这条长达 167.2 公里的县道，也是现今日本最长的地方道路。

佐渡岛是这么大的一个岛。大野龟距离市中心将近 50 公里，岛上公交车班次又少，未必能当日往返。我打开地图，沿着"佐渡一周线"在大野龟附近搜寻，最终在南部几公里之外的海边找到一间民宿，网页上只留下一个孤零零的电话号码，再无其他信息，无法窥得内里样貌。电话打通了，一个苍老的男性声音接起来，表示仍有空房，报了一个比想象中要低的房价，接受了我住一晚的预约。

到达名叫"山佐庄"的民宿，是在次日两个小时的公交车旅途之后。下车时车厢里只剩下我一个乘客，司机在扬长离去前把我叫住，询问过归程时间后，果断扔给我一张宣传单，道："周末搭乘公交车需要打电话预约，否则车可能不来。"我再一次确认了此地的偏僻。这条被当地人称为"内海府线"的公交路线，从 2022 年 6 月开始，部分区间在周末和节假日变成了事前预约制，要在前一天下午 5 点之前致电交通营业所，若无人预约，公交车便不再通行。人口持续减少给这个岛屿造成日益深刻的经济困扰，预约制的公交车就是代表现象。附近村落里的居住者多是高龄者，随着他们的离世，废弃的房屋越来越多，公交车站被废弃也只是早晚问题。

我站在山佐庄门前喊了好几声，才有一个老头从厨房里走出来，他身材精瘦，看上去很精神，但始终拖着一条腿，因此走得很慢。这座海边的双层小楼，在日本海的海风侵蚀中变得破旧，玄关前散落着几双雨鞋和一些杂乱的钓具，老头递过来一张纸来让我填写入住信息，也不是那么规范的一张登记表。在这间民宿，一切都很随意、很临时、很生活，它显然不是那种游客会首选的目的地，那么谁又会住在这里呢？填好表格后，老头将我领到二楼，六叠大小的房间里连一张地桌也没有，倒是有一扇面朝日本海的窗户，框进一幅晴好的海景，傍晚时分还会框进一幅海上日落。老头在转身下楼前叮嘱的几句话，解除了我对这间民宿的疑惑——"你最好早点儿去洗澡，"他说，"今天的客人都去钓鱼了，会在下午 4 点回来，到时你恐怕抢不到浴室，"他顿了一顿，接着说，"今天的客人都是男性，就你一个女的。"

我能在这天的山佐庄得到一个房间纯属运气，下午 4 点过后，每个房间里都挤进了好几个客人。我是他们之中的一个奇怪的存在：不钓鱼，还是个女的。晚饭时间，一楼餐厅里仅有的一张长条桌两端坐满了人，我因此不得不和三个来自茨城县的大叔拼了桌，他们难以掩饰诧异，不打算保持礼貌的社交距离，我刚一坐下时便被提问："你是怎么找到这里的？"他们从五年前开始住在这间民宿，没遇见过我这样的客人。更早以前，至少持续了二十多年，他们每年结伴来佐渡岛钓鱼，连续三天，从早上 4 点到下午 4 点之间待在岩石上，目的地始终是这里名叫北鹈岛的村落。

我对他们同样充满不解。在我看来，日本显然有更多比佐渡更知名、更热闹的钓鱼胜地，这个岛上的鱼类并不那么出名，至少不具备吸引人连续二十年不断到来的魅力。

从他们口中，我得到了一个最现实的理由：主要是近。从茨城县开车到新潟的港口，耗时三小时，人和车一起上船，经过两个半小时的船程，就能抵达佐渡岛港口，自驾至外海府地区，再花上 40 分钟。他们通常在清晨出发，下午就能到达民宿。还有另一个原因：在佐渡岛，尤其是北鹈岛一带，正因钓鱼客没有蜂拥而至，海里的鱼很多，他们总是能满载而归。这几个人都在工厂工作，是最普通的工薪阶层，钓鱼可以成为一种爱好，却不能成为一种奢华的爱好——他们也有前往九州的海钓计划，最终都因为"又远又费钱"而作罢。

佐渡岛是他们最经济合算的目的地。钓鱼客不同于游客，他们也许了解在佐渡岛钓上来的每一种鱼，甚至能够在鱼竿被拽动时就立刻喊出那鱼的名字，但除此之外对岛上其他一切所知甚少，好些人甚至连正在申请世界遗产的佐渡金山也没有去过，只是不断往返于海岸民宿和海上岩石之间。

钓鱼客们设备齐全，汽车后备箱里有好几个保冷箱，供他们将战利品带走——从佐渡岛回去之后的一周里，这些鱼每天都会出现在家里的餐桌上。三人中最年轻的一位，看起来刚刚 40 岁出头，翻了半天手机相册，向我展示了一张怀抱大鱼的照片，称那是他在七年或者八年前钓到的一条真鲷，长达 90 厘米，比墙上一张大型真鲷海报的体积还要大。"只有这一条，太大了实在装不进水箱。"他说，最后只能借用民宿的厨房肢解了，分给众人带回去。

类似于这样巨大的收获，在业余的钓鱼客们看来，人生有一次就是辉煌了，可以炫耀一辈子。"钓鱼这种事，属于自然的恩惠，有的时候来都来了，可遇上坏天气，两手空空就回去了。"三人中年纪最大的一位，自称是那位年轻人的师父，再过两年就要从工厂退休了，感慨自己就从来没有过这样的运气。他试图灌输给我一些钓鱼这件事的哲理性，例如："徒弟跟着我，学习的不光是钓鱼，还有人生。钓鱼是修行，人生也是修行，两者是共通的。"

"在早上 4 点出发，也是一种修行吗？"我问他。

他笑："是因为鱼在那个时间刚刚醒来，肚子很饿，这时一定能钓到很多。"又抱歉起来，"所以明天会从一早就很吵，大叔们一窝蜂爬起来，一窝蜂冲出去，可能会吵醒你。"

钓鱼客们要前往岩石钓鱼，需要搭乘海上交通工具。早上 4 点，由民宿的老头开船将他们送去，下午 4 点，老头再开船去将他们接回来。虽然并不太远，不过 10 分钟的船程，但对于独自经营民宿的老头来说，这是很艰苦的日常：要负责船的接送，制作早晚餐，打扫房间卫生，有时候还要从事农业活动。民宿的老头，也就是他们口中的"北村先生"，我这才第一次知道了他的名字，同时得到了一个意外的情报："北村先生可是个超级名人！像他这样的人，全日本只有两个，经常上电视的！"

我听从三人的指示，起身去观看在餐厅的墙上挂了一周的照片，拍的都是一些水稻插秧的景象。和我脑海里的插秧活动稍微有一点儿不一样，首先那是一块不规则形状的水田，其次田里共有三个人在插秧——都是身穿当地民俗服装的女性，最奇怪的是：她们并没有站成一排，而是在水田中央站成了一个三角形，仿佛在进行一种宗教仪式。北村先生出现在照片里，不在她们中间，而是在田坎上，正拿着一壶酒缓缓注入水田中。一些照片里，不规则水田里已经插满了秧苗，人们围坐在田坎上，喝酒吃饭团，看起来很热闹。又有一张可爱的小画，写有一首"插秧之歌"，似乎是在伴随着这一活动时总要唱的一首歌。我最后还找到一张剪报，介绍的是：在佐渡岛北端的北鹈岛村落，至今还残留着日本最原始的水稻耕种仪式，即北村先生继承的这一种，名为"车田植"。

要了解北村先生的身世并不太难。日落之后，我窝在信号不佳的房间里搜寻网络资料，他甚至出现在维基百科的词条之中，只不过在那里，他不是以本名"北村佐市"，而是以"北村家"这一代号出现的。"北村家"传承的这种车田植形式，其实是古代人们祈愿丰收的一种民俗活动，它随着现代文明进入日本而逐渐消亡，如今只剩下佐渡岛和岐阜县还残留一二。北村家是佐渡岛车田植的唯一传承者，因它作为一种古代日本民间神道和农耕信仰的日常仪式，得到了文化意义上的肯定，在1979年被认定为日本的"国家重要无形民俗文化财产"，此后每年到了插秧时节，北鹈岛的北村家总会出现在新闻里。网络上的最新一条新闻时间是2022年5月20日——在面积200平方米的稻田里，北村先生如往年一样朝水田里注入神酒，被称为"早乙女"（这个词的本意指专门从事插秧活动的"植女"）的三名女性从稻田中央向四周倒退着插秧，田坎上还有另一位女性在高唱"插秧之歌"——今年一起合唱"插秧之歌"的，还有七名中小学生，他们是内海府地区全部的在校学生。

偏僻的北鹈岛究竟是一个怎样的存在？1958年，51岁的日本民俗学家宫本常一来到了佐渡岛，后来他在《我的日本地图：佐渡》一书中提及北鹈岛，当时这个地区还没有修建道路，他经历了翻山越岭从一个村落途经另一个村落的艰苦之旅，写下这样的句子："北鹈岛虽以渔业为生活手段，但山地斜坡上的水田也很广阔。然而从山下爬上来种田，辛苦程度几乎要折断骨头，因此人们在田畔修建了散落的野外小屋，在进行水田劳作的时候，他们就住在这里。"宫本常一也观察到了此地独有的车田植形态，总结它是"一种从中央向周围插秧的漩涡状种植方式"，在他当时的考据中，"这种圆形的种植稻田的方式在全日本只有佐渡的北鹈岛一地残留着。但根据1955年的报告书，除了被称为'车田植''车植'之类的名字以外，在能登半岛、飞驒和土佐等地也都有圆形种植的稻田"。

在宫本常一之前，日本最著名的民俗学者柳田国男也注意到了北鹈岛的车田植活动，他专程对北村家的插秧活动进行了记录，观察得更为细致，并且指出了它在仪式上的意义，说它"将一枝楢树插在三束秧苗的中间，并在种植时歌唱，以此让田神降临在楢枝之上""北村家以三束秧苗为中心的车田植做法，是为了树立一个明显的标识，便于神明从天而降"。

柳田国男去世十多年后，北村家的车田植才成为民俗文化财产，一时间变得热闹起来。最初的几年，从地方电视台到 NHK 都拍摄了相关纪录片——只可惜，那些影像资料因为年代久远，无法在网络上观看。

我了解北村家故事的那个晚上，日本海的狂风将民宿摇晃了一夜，房间几乎不具备隔音功能，海浪撞击海岸的浪涛声夹杂着四周此起彼伏的呼噜声，持续了半夜，临近清晨，又连续传来拉门声，走廊上有人咚咚跑了起来，我便知道：是海钓的人们要出发了。那之后世界终于寂静下来，我才拥有了短暂的睡眠。早上 8 点过后，当我坐在一楼吃早餐时，整栋房子就只剩下我和北村先生了。

"昨晚睡得好吗？"北村先生端了一碗海草味噌汤出来，桌上已经摆好了烤鱼和咸菜，"昨晚风太大了，房子嘎拉嘎拉的。"

"挺好的。"我并不太介意前一晚的喧哗，在我想象中，一间海边民宿的生活形态就应该是这样。我接过北村先生手里的汤，抬头间看见厨房门口贴着一张手写告示：承接各类宴会。民宿里的早餐和晚餐都很简单朴素，但北村先生以一己之力制作十几个人的份量，想来也并不是一件容易的事情。

如果新闻里的数据无误，北村先生今年已经 68 岁了，一条腿不知是什么时候坏掉的，增添了他进行每一项活动的难度。在他拖着腿收拾钓鱼客们留下的餐具的间隙，我试图打听一些车田植的事情，他显然因为我对此的兴趣而愣了半响，没有直接回答我的提问，缓缓走了出去，几分钟后拿来一张影碟，道："先放个纪录片给你看看吧？看过之后如果还有想问我的话，我再回答你。"

碟片看起来年代久远，北村先生应该也很久不操作那台老式 DVD 机器了，捣鼓了很久，电视里才终于出现了画面。长达 40 分钟的影片是一个堆满了灰尘的时间胶囊，北村先生从中跳出来，长着一张年轻的脸庞，他也已经说不上来那是他的三十岁或是四十岁了，对着镜头侃侃而谈，想要将一门传统文化传承下去，眼睛里飞扬着意气风发的神采。

北村家传承下来的车田植仪式，至少已经有一千年历史。这一祭祀田神的环节在古代日本人种植水稻的活动中不可缺少。今天，北村家造型不规范的 200 平方米车田被视为"神田"，种植的不是白米，而是糯米——这一做法也源自日本古代传说，糯米是稻灵的宿所，带着神性。北村家种植的是一种名叫"赤糯米"的古代米，因是神田，即便进入现代农业阶段也拒绝机器种植，禁止使用肥料和农药之类化学药品。至于车田植的时间，要选择在五月中旬旧历上标注着"大安"的这个日子。根据从古代中国传入日本的"六曜"历法，"大安"被视为万事皆宜的大吉之日，直至现代社会仍被沿用，在没有农耕活动的城市里，人们仍会首选这一天作为结婚之日。

到了车田植当天，身为"田主"的北村先生就要起个大早。从早上 7 点就要正式开始仪式，第一站不是稻田，而是家里的神棚。装饰在"床之间"的神棚，是传统日式住宅中不可或缺的存在，也是日本人在日常生活中与神明共处的一个重要证据。这天早上，北村先生要将三束事先准备好的秧苗和三个白米饭团一起供奉在装饰着天照大神挂轴的神棚前，然后进行祈愿，内容千年不变，念的是"五谷丰登"。

进行过家中仪式后，才开始车田植仪式。经过祭祀的三束秧苗，随后被北村先生带往车田，早上9点，他站在田坎上，缓缓向田中注入装在一升瓶里的神酒，再一次祈愿过后，才将三束秧苗分给三名早乙女，她们随后从三个方向进入车田，聚集到中央点，开始沿着顺时针方向插秧。还有一名专门负责演唱的女性坐在田坎上，唱那首民歌曲调的"插秧之歌"，简单的歌词里描述的也是车田植景象。由于车田面积并不大，北村家的插秧活动不到两小时便能结束，但车田植仪式还未结束，在最后一个重要环节里，劳动者和参观者一起坐在田畔上，召开酒肴会，下酒菜也是来自稻田神明的馈赠：朴素的白米饭团或者赤米饭团。由于参观者众多，北村家要从这天早上5点就开始捏饭团，至少准备一百个，还要制作一些诸如腌渍萝卜干、盐煮乌贼之类的小菜，以不失礼节地招待来客——农业活动之后人们聚集在一起喝酒，也是从前祭典中的惯常做法，尽管我只是从北村先生播放的影像中看到，也能感受到那份快乐。

北村先生从年轻时开始车田植仪式，已经持续了三十多年，从未间断。"为什么要做这件事呢？"我问他。

"因为从前人们就是这么做的。"他只有这一个简单的答案。

而事实上，北村先生本人也并未亲眼见过"从前"的完整样貌，在他出生的时候，整个佐渡岛上就已经只剩北村一家在孤独地继续着"车田植"这项被时代淘汰的仪式了。

日本农业的巨大转折发生在明治时代。日本政府自1900年开始实施《耕地整理法》，根据这一法律，原本分散、小面积、不规则的稻田被统一整备为规则的方形，且出于增产目的，家家户户都扩大了稻田面积，种植方式也从时针式的"车田植"变成了直线式的"正条植"。佐渡原始形态的车田，正是在这一时期纷纷被改造为规则的方形。传统的种植形态遭遇的另一个毁灭性打击发生在昭和时期，进入高度经济增长期后，即便在佐渡这样的离岛上，农业机械也迅速普及，机器种植令插秧和收获都变得轻松高效，能够赚到更多的钱——方形的稻田更便于机器种植，原始形状的车田于是为人们所弃。

我好奇的是：北村先生为什么没有加入新时代的风潮？

"我也只留下了一块车田而已。"北村先生摇摇头。北村家总共留下来 1 公顷稻田，只有五十分之一保留了车田的原始形态，其余的也不可避免地规整为方形，和当地的大多数农民一样，每年春天用小型机器进行种植，秋天收获新米后就交给当地农协贩卖——每年生产130 公斤大米带来的收入，明显不能维持北村先生的生活，于是他还要同时做一些林业和渔业工作，都是岛上最传统的工种。四十年前佐渡岛上一度游客激增，他又开始经营这间民宿，在泡沫经济下的游客风潮中红火过一阵，如今也如同它的外观那样，渐渐衰落，靠那些钓鱼客的定期到来勉强维持生计。

待我看完纪录片，北村先生也收拾干净了餐桌。送走几位提前离开的钓鱼客之后，他提议带我去看一看车田。北村家世世代代依土地而生，那些稻田就位于村落背部的山间地带，山体距离村子并不遥远，却十分陡峭——一如同宫本常一在六十多年前所描述的那样。北村先生开一辆小货车，几分钟后停在稻田入口处，那里由当地政府立起两块牌子，一块解释何为车田，一块标记着作为"国家重要无形民俗文化财产"的车田植活动，很显然，这里已经被官方认定为佐渡一个重要的观光景点。北村家的稻田全部位于此地，不规则的车田被包围在规整的方形稻田中央。这些日子北村先生忙于接待钓鱼客，几块稻田里水已干涸，一个月前刚插下的秧苗在烈日中奄奄一息，他指着尽头一条蜿蜒的小路，示意我爬上后方的高台，那里可以俯视车田的真实形态，他自己又拖着一条腿，去给稻田放水去了。

到了高台我才意识到，原本我以为是一个扭曲圆形的车田，其实是更加复杂的形状。它前方后圆，原来是一个古代坟墓的形态——这令它的祭祀意味又增加了几分：如今能在奈良一带看到的最古老的天皇古坟样式，和它的造型一模一样。我久久地眺望着那个古坟图形，因这种神秘的隐喻感到震动，同时感叹着此地景致绝佳。在北鹈岛村落，山腹稻田面朝遥遥无尽的日本海。初夏时节，新绿与淡蓝组合在一起，撞击海岸的浪涛声也与清晨的鸟叫声混杂在一起，对于我这样来自岛外的人来说，这里确实可以成为一个景点，它拥有某种都市人正在追求的疗愈与避世特质——可以是乌托邦，也可以是桃花源。

然而它并不真的如此。当我从高台走下来，再度站在北村先生身旁，他有意无意地向我讲起了车田的困境。如今进行着车田植活动的只剩下五名成员：以"田主"身份主办仪式的北村先生，三名居住在村里负责耕种的早乙女，还有一名女性专门负责唱歌——从前歌者至少有两三人，但随着当地人口减少，最近一直是由北村先生年迈的姐姐在扮演这一角色。这五人如今都是超过 60 岁的高龄者了，姐姐更是已经 88 岁，由于找不到后继者，她从 75 岁一直唱到了现在，前两年身体不好，唱得十分艰苦，但她坚持只要自己活着就不能断了这项仪式。歌者也好，早乙女也好，都要拥有一定技能，因此不只是在插秧活动这一天，她们还要在冬天不断进行练习，以日渐衰老的肉体维系着这一项文化财产。在北鹈岛村这样的地方，随着老人离世，未来或许连公交车站都会消失，再也没有住民，更别说是能够继承一项传统活动的年轻人了。

北村家活在北鹈岛村落的一个尾声。在北村先生还很年轻的时候，他曾经搭船离开岛屿，跑到东京去工作。在那个时代，水路还不发达，这是一场路途遥远的逃离，是异想天开缤纷绚烂的城市梦，当时有许多小地方的年轻人，便是通过这样的"上京"之路，开辟出崭新的人生。但北村先生的逃离极为短暂，为了照顾年迈的父母，他在一年后就回到了佐渡，为父母送终之后，再也没有离开。成为车田植的继承人，是冥冥中宿命的安排，如果他那时在东京扎下根来，这项传统活动也许会更早从佐渡岛上消失，但他回来了，用了一生在坚持一件只有他还在继续做的、没有任何经济收益的事情。

"车田植毕竟是一项国家民俗文化财产，在这样的光环之下，也没有年轻人愿意继承吗？"

北村先生再次摇摇头，认为我这种想法过于天真，越是在这样偏僻贫瘠的地区，人们对于金钱和物质的认知才会愈发现实。村落里的年轻人都离开了，外来的年轻人也不会对又累又不赚钱的农业活动产生兴趣，他叹了一口气："人们还是愿意做更赚钱的工作，买更好的车……现在是这样的世道了。"电视台和报纸每年来采访，在全日本却找不到一个继承者，这是一个尴尬的现实。

佐渡岛的车田植只有一个可见的并不明媚的未来：如果北村先生死了，这项仪式就会彻底从地球上消失。北村先生认定这是必然会发生的事情，只是早晚问题。他没有孩子，因此北村家代代相传的传统活动，没有下一代继承者。这不能完全归咎于他的人生选择，就算有了两三个孩子，缺乏继承人的现象在今天的传统文化中仍然比比皆是——很多事物都是这样消失的。

离开北鹈岛那天，我坐在玄关口等一辆预约的公交车到来。钓鱼客们还滞留在海上的岩石之上，北村先生在二楼打扫房间，吸尘器的声音轰隆作响。他偶尔走下楼来一会儿，和我说两句话，在礼貌性闲聊的话语中，我还是听出了他的一些惋惜。

他开玩笑说："车田植，你要来做做看吗？"

"不行，我五音不全。"我用玩笑回应了他。

这或许根本不是一个玩笑，我们心里都清楚，这件事我做不了，很多人都做不了，尤其是外来者更加做不了。一年一次的农业活动，不可能成为一种经济来源，我在离岛上遇到的那些移住者，无一例外在考虑着严峻的生存问题。在岛上能做什么工作呢？北村先生不能成为一个参考答案。他一生从事的农业林业和渔业，无一不是外来者无法胜任的技术活。生活已经够费力了，谁还有余力去保护一项民俗活动呢？

"我虽然帮不上什么忙，但明年车田植的时候，我想来看一看。"我确实很想亲眼看一看即将消失的活动。这项活动里存在我对乡土的想象，而我最关心的问题是："现在大家还一起坐在田坎上喝酒吗？"

"就只是插秧而已，"北村先生第三次摇了摇头，"现在大家都是开车去田里，如果喝了酒，会被警察抓的。"

5

我最后还是去了太鼓体验交流馆。岛的南部有一个小木港，曾是佐渡重要的金银输送港口，江户至明治时期活跃在日本海上的商业船只"北前船"停靠于此，如今已不作为主要港口使用，从前繁荣的集落成为观光景区，在六月里十分寂静，有几家住户将用船板搭建的房屋作为"每天只接待一组客人"的特色民宿经营，但生意似乎并不理想，游人寥寥。这里受欢迎的是一种"木桶船"，乘坐传统洗衣桶改造成的小船，是社交媒体上最常见的佐渡观光照。在烤串店遇到的原田对我提起的佐渡太鼓体验交流馆就在附近，路线公交专门在它正门口设置了一个停靠站，可见将此地作为观光地标的用心。

两层楼建筑的体验交流馆免费对外开放，如果付 500 日元，还可以得到 15 分钟的太鼓体验，因而它还有个别名：打鼓馆。我走进去的时候，馆内没有别的游客，一位 20 岁刚出头的青年接待了我，向我示范该如何正确敲击会馆中央那个巨木制成的太鼓——当鼓棒撞击到鼓面上不同位置时，发出的声音各不相同，太鼓的演奏便基于此——他深呼吸了一次，抡起鼓棒重重地敲上去，旋即从太鼓腹部传来悠远而绵长的回响。我是一个外行，敲过两次便意识到力量不够，且十分耗费体力，我朝会馆的另一端望去，那里有几十个小太鼓围成一个半圆形，看起来应该省力得多。青年告诉我，这个下午，来自岛外的修学旅行的小学生们已预约前来体验，到时候他将站在那个圆弧中央，带领他们一起进行太鼓合奏——这是他一年中的大半工作，来自全国各地的中小学生是这个设施的主要接待对象，我这样心血来潮的散客只是少数。

据这位青年介绍，佐渡太鼓体验交流馆已经开放了十五年，运营它的是一个名为"鼓童文化财团"的公益财团。鼓童的历史比这幢建筑久得多，如烤串店老板的推算，眼下正在进行的已是四十周年全国巡回。这一年他们的行程排得满满的：年初重新启动了因为疫情中断两年的欧洲公演，回国后又在佐渡岛上进行十场连轴演出。佐渡岛的鼓童们，一年里有三分之一的时间在海外演出，三分之一的时间在日本各地演出，剩余三分之一的时间才会出现在佐渡岛上。

佐渡鼓童在日本的演出，有时候甚至一票难求，原田是这么说的。其实他们在国际上的人气并不逊色于在本国，自从 1981 年在柏林艺术节上进行首秀之后，鼓童就设定了一个目标：将融合各种文化和生活方式的地球称为自己的目的地，并在世界各地进行巡回演出，命名为"一个地球之旅"（One Earth Tour）。如今，鼓童已在全球 53 个国家和地区进行了超过 6500 场公演，是海外公演最多的日本演出团体之一。我找到一篇 2016 年他们在巴西演出时的新闻报道，标题毫不掩饰感情："在地球旅行的'鼓童'，身体之美令人疯狂！肉体美和充满汗水的惊艳表演，桑巴之乡巴西也为之沸腾！"海报上是裸露上半身的男性群像，在阴翳的光影里抡起鼓棒的肢体动作，凸显出轮廓分明的肌肉曲线——难怪每天要进行体能训练，我在那一刻明白了意图：展现肉体之美也是综合舞台艺术的一部分。

那次演出之所以受到追捧，原因之一是鼓童时隔八年终于重新来到巴西，但更主要的原因，是因为演出的导演是歌舞伎最著名的女形演员坂东玉三郎。进入新时代之后，鼓童的演出以"发掘以太鼓为中心的传统音乐的无限可能性"为出发点，不仅聘请坂东玉三郎担任艺术总监，又排练歌舞伎的剧目作为大阪歌舞伎座一百周年的纪念演出，还积极与各种类型的艺术家尝试跨界合作，从古典、爵士、摇滚到舞蹈，甚至还与虚拟歌姬初音未来举办互动专场。专场的宣传语里写着："太古以来传承至今的传统音乐与数字技术孕育的未来音乐，日本引以为傲的两种音乐互相融合。"只要能够推广太鼓文化，便不拘泥于形式，佐渡鼓童正在作着这样的示范，它摆脱了日本大多数传统文化在规则上的束缚，以一种完全开放、完全自由的态度，玩得风生水起。

今天的鼓童团体内共有超过三十位专业演员。"你以为都是佐渡人吗？不是的，多数是从岛外来的。"小青年说，"过去还有过外国人成为研修生的案例。"看来原田的情报无误，鼓童的研修生计划深受欢迎，它也不像其他传统艺术那样保守地只传授给有限的特定出身的人，而是完全开放性的、选拔式的，近年队伍里还加入了几位女性。

我从青年口中得知了一些鼓童的秘密。例如，在目前的演出班底中，年纪最大的一位已经70岁，他从五十年前就开始演奏太鼓，是鼓童的象征性人物，是场场巡演都有粉丝追随的"超级巨星"。又如，"封神"实在具有偶然性，能够通过研修生选拔、顺利成为鼓童、最后再成为明星的那些，可以说是凤毛麟角，不比逐梦演艺圈轻松简单。再或者，鼓童的一天异常辛苦：夏天在早上5点起床（冬天延长到5点半），以一个拍子木的敲击声为起床标志（在日本传统舞台上，这种乐器被用来宣布表演开始），一直到晚上10点准时就寝，一天之中的十七个小时被严格划分日程，其中练习时间包括四个分段，共计六个半小时，在练习与练习之间，穿插着体能训练、准备三餐和扫除工作。太鼓的技能练习包括：发音、表演、舞蹈、歌唱、击鼓、吹笛子等等，同时还要进行能剧、茶道和俳句等其他日本传统文化的学习。农业活动也是研修中重要的一部分，积极参加岛上的农作业，比如种植和收割水稻，同样是鼓童的义务，很多时候，他们还要填补岛上祭典活动的人手紧缺。

鼓童研修生的招生规定年龄上限为25岁，实际上这些来自世界各地的年轻人中，最主要的是一些高中毕业生，年龄集中在19岁到

20 岁之间。他们生活在体验交流馆附近的"鼓童村"基地里，占地13.2 万平方米的土地上，有配套齐全的练习馆、工坊、录音棚、宿舍和食堂等设施。完成研修的年轻人们不一定能成为鼓童。两年的培训结束后，将进行"准成员"的选考，合格者可以参加巡回演出和各种公演，积累经验，一年之后，他们将参加最终选考，成绩优异者才会被聘为"正式成员"。

眼前这位青年曾经也是鼓童研修生之一。他来自九州熊本县，在电视上看过鼓童的表演，觉得这种舞台艺术很炫酷，便在高中毕业后来到了佐渡岛。他的目标本来是站上舞台，然而在两年的研修结束后，从选考中落败，最终没能成为鼓童。但他运气不算太差，没有远离鼓童的事业，成了这间交流馆的工作人员，也即佐渡岛上独有的"太鼓讲师"职业，在这里，他已经教授了超过六万名外来体验者。

在向我介绍鼓童的发展历程时，我明显感觉到青年受过培训，有几个清晰的讲解重点。首先是名字，他说"鼓童"这个名字是从人类心脏跳动的节奏中而来，发音为"KODO"，而太鼓的声音被借喻为新生命在母亲的子宫内听到的第一个声音；"童"这个字，则是寄予鼓童们"像儿童一样心无旁骛地演奏太鼓而不被任何事物所拘束"的厚望。其次是溯源，佐渡岛之所以诞生"鼓童"这一团体，是因为传统文化中的"鬼太鼓"非常有名，如今仍是岛上团结着集落里家家户户的乡土艺能，在一年四季的祭典中登场，鼓童在成为鼓童之前，它的前身正是长达十年的"鬼太鼓座"。

就在我来到体验交流馆的不久前，工作人员在整理资料时，发现了一封宫本常一写给"鬼太鼓座"成员的信，当时这些成员刚刚结束在法国巴黎皮尔·卡丹剧院的几场演出。信里写着这样的话："现代社会变得过于便利，佐渡和巴黎之间的距离也极大地缩小。然而，我们仍然感到巨大的疏离和脱节，感知上也存在着隔阂。我认为现在最重要的事情，是消除不同民族之间的这种隔阂感……为了消除战争，我们一直在思考需要付出多少努力，我认为各位敲响太鼓，也是怀抱同样的希望。"宫本的这个理念，在佐渡岛的"鬼太鼓座"解散后又被如今的鼓童所继承，这些敲响太鼓的人们认为，交通便利和信息流通的进步并不能消除民族间的隔阂感，但是，数千万甚至数亿的普通人们，在国家的框架之外，每个人都有自己的日常生活，他们微不足道的无法用理论或言语解释的喜悦或悲伤，不受种族或国界影响，通过祭典、艺能和音乐等方式被联结在一起。这也是鼓童将巡演命名为"一个地球之旅"的原因。一位鼓童的成员在博客上晒出了宫本常一的手写信，并且评论道："我们相信，创造出基于太鼓共鸣的'共感共同体'，可以成为对四十七年前宫本先生那封信的答案。我们相信人类的心灵可以打败疾病和冲突带来的恐惧，互相分享微笑，因此我们将享受太鼓和艺能，将这项活动继续下去。"

宫本常一是现代最早号召和投身离岛振兴的人。从1958年到去世前一年的1980年，宫本在二十二年里先后来过几十次佐渡，推动岛上的各种振兴活动。佐渡人至今视宫本为恩师，有一天，我去佐渡博物馆寻找世阿弥的历史资料，偶遇名为"宫本常一和佐渡"的特别展，展出了一大批这位民俗学者镜头下的佐渡景象，主办方在序言里如此评价宫本之于佐渡岛的意义：

> 宫本不仅通过获得国家补助来改建道路和港口，更呼吁人们要确立自身的文化和生活。那么，宫本所说的"自身的文化"

是什么呢？

20世纪70年代，佐渡开始吸引大量游客，大型酒店和纪念品商店不断增加。宫本提倡的是，不要通过发展和观光化来"赶上城市"，而要珍视自己的生活，通过改善自己的生活方式来发展。

他并不依赖城市的标准或权威，而是认为人们应该了解自己的生活，并考虑"佐渡人应该如何存在？"换句话说，自身的生活和文化，不应该被他人的价值观贬低，而应该由自己来决定。这就是他所传达的信息。他把这个信息交给了佐渡的年轻人。

在过去的六年中，我们一直在思考宫本常一在佐渡拍摄的照片中所见到的各种佐渡面貌。在这次照片展中，我们将回顾宫本模糊构想的"自身的文化"，并结合他所写下的文字来进行探讨。

在这场展览的留言本上，有许多人写下了感想，我花了一些时间翻阅它们，对其中一个远道而来的人印象深刻，他写道："几年前，我前去拜祭宫本老师的墓地，遇到了很多来自离岛的人。我知道老师曾多次来到佐渡，通过他拍下的照片，我可以慢慢地看到佐渡从我小时候直到成年后的样子。关于佐渡，果然有很多不了解它的人，看到宫本老师在岛上做的这些事情，真的很好。非常感谢。"

"了解"，这两个字醒目地映入我的视线。在展厅里，宫本说的另一句话被放成大字："岛之所以落后，是因为不了解岛。"说的还是"了解"。

为了让佐渡人确立自身的文化，为了让生活者和外来者了解离岛，宫本做了些什么呢？在这个岛上，他主导建设公民馆活动，农业振兴、"鬼太鼓座"的设立、小木民俗博物馆的开馆和市镇史编……今天仍持续发挥着价值。1971 年成立的"佐渡之国鬼太鼓座",源于音乐家田耕和宫本的相识,他们决定通过在佐渡创建一个四年制大学"日本海大学"以及学习日本民俗艺能和工艺品的"职人村",重建由北前船传播的文化,并为此筹集资金。"鬼太鼓座"在成立之初,就决定创作一种全新的现代太鼓音乐,这个理念得到活跃在欧洲的日本音乐家的支持,很快使太鼓这种乐器响彻全球,并引发太鼓热潮,以至于在日本人的语境中,要特意为其加上一个充满文化自豪感的定语,称为"和太鼓"。只是,由于"鬼太鼓座"成员和主导者田耕之间的一些矛盾,导致仅十年之后,成员集体从"鬼太鼓座"出走,成立了以佐渡为基地的"鼓童"。

佐渡鼓童的国际化之路是如此成功,以至于从 20 世纪 80 年代到 90 年代之间,日本各地如雨后春笋般冒出许多太鼓团体。同时,一位从"鬼太鼓座"独立出来的成员,不久后成为日本第一位太鼓独奏家,活跃在世界舞台上。在海外,也新生了许多日本太鼓和西方乐器组合的音乐类型,在美国甚至还成立了"旧金山太鼓道场"……对众多前路渺茫的日本传统文化来说,佐渡太鼓,具有让人羡慕的榜样性力量。

我没能在佐渡岛上亲眼观看一场鼓童演出,却意外地见到了两个鼓童研修生。体验交流馆的青年告诉我,第二天我要去看的一场薪能演出人员里,有鼓童研修生参与演出,请我务必留心。太鼓的研修也包括学习能剧,能剧专业的气息和发声方式,在太鼓演出中会派上用场。在佐渡岛上,事物的开放性无处不在,这在传统艺术的世界里像一阵清风,令我觉得实在新鲜,也富有希望。

那天的薪能在气质古朴的草苅神社里举行，这间神社地处葱郁森林之中，一条河流从门前蜿蜒而过，横穿集落的中心地带，有历史记载，这里从 1863 年起就开始上演能剧了，如今在每年 6 月 15 日神社举行例行祭典的晚上，会以薪能演出来祭神。其实草苅神社的祭典会持续一整天，白天，戴着假面的人们手持神似男性生殖器的木棒，从神社游行到集落，跳着露骨的舞蹈。这种演出是佐渡当地祈求五谷丰登的传统习俗，除了草苅神社所在的羽茂村山集落以外，还有其他三个集落里也残留着这一做法，它们一起成为新潟县的无形民俗文化财产。像这样直白、大胆的祭典在全国并不是唯一，能数得上名来的至少有十几个，一些民俗爱好者称之为"奇祭"。看多了京都端庄豪华的祇园祭，我也想见识一下佐渡岛上充满乡土气息的奇祭，可惜天公不作美，从清晨便开始下雨，游行静静地取消了，我整个下午被困在神社无人的本殿前，心中感到不安：晚上的薪能还举不举行呢？

这天运气不太好，大雨到了傍晚也没有停下来的势头，横铺在草地上的十几条简陋木板，彻底被雨水打湿。但来看薪能的人们，还是灵机一动将木板翻了个面，在干燥的一面坐了下来。演出的是名为《蝴蝶》的剧目，两位鼓童果然登场了，他们没出现在正式剧目里，而是担任开场前热身，表演了一曲能剧舞蹈，也挺像样——草苅神社里薪能和鼓童的合作，是十年前就开始的惯例，现场有个人告诉我，他们总是这样献上舞蹈，一方面也算是能剧研修的成果汇报。演出一直持续到 9 点过后，后来大雨演变成暴雨，又听说往年的观剧者总有上百人，这天不过几十人，但人们在暴雨中也看到了最后，献上了终场的掌声，缤纷的雨伞挤在一起，实在令人感叹佐渡的能剧热情。

三天后，我又见到一个和雨有关的能面。佐渡岛上唯一一场不是在神社举办而是在寺院表演的能剧，是每年 6 月 18 日在正法寺举办的"蜡烛能"。顾名思义，是在蜡烛的火光之中演出的能剧。正法寺是岛上和世阿弥渊源深厚的地标之一，史料显示，当他被流放到佐渡时，先是到了万福寺，然后被移送到正法寺。传说他曾在旱灾时戴上一个漆黑面具表演能剧祭天，果真求来一场大雨，这个漆黑的面具因此被称为"乞雨面"，从此珍藏在正法寺，只在蜡烛能的这一天对外人公开。受到疫情影响两年未在正法寺举行的蜡烛能这天挤进来 170 多名观众，坐在我周围的几位皆是欧美面孔，很难不让人怀疑是主办方故意把外国人安排在了一起。这些外国人看得极为专注，后来还拿起椅子上的传单研究起捐款的流程来。

在佐渡岛上，似乎每一场薪能都要靠募捐才能继续下去。好像也不只是薪能如此，所有的传统艺能都不得不依靠民间互助得以存续，哪怕是在国际上炙手可热的鼓童。我看到了一份它的公开财报，上面显示：在 2021 年，这个团体得到了将近 2500 万日元的社会捐款。但 2500 万，同样是其他传统艺能望尘莫及的一个数字。

严格说来，鼓童演出的太鼓已经是一种崭新的现代舞台艺术，得以不与传统艺能共命运，真正的传统太鼓的处境，可以看看岛上的鬼太鼓团体。鬼太鼓是佐渡岛上重要的民俗祭典活动，演出者戴上鬼面具，在太鼓的敲击声中以独特的动作舞蹈，祈求丰收和驱凶避邪。这种仪式在佐渡岛的起源很模糊，没有明确时间记载，但可考据的有它们登场的文献资料最早是 1746 年的《相川例祭绘卷》，绘图中有一个单脚站立打鼓的鬼，这被认为是鬼太鼓的原型；而在 1772 年的《町年寄伊藤氏日记》中，也有一条文字记载，大意是：当时有个重要人物去世，禁止敲鼓演奏乐器，但佐渡金山的工匠们偷偷地打着鬼太鼓。

今天的鬼太鼓，更像是承担着岛上的一种社区功能。聪美对我说过，鬼太鼓属于每个集落，在集落里最重要的祭典中登场，她所在的集落有 500 户人家，有的集落只有 30 户人家，无关大小，都有自己的鬼太鼓团体。事实上，佐渡现存的 260 个集落中，超过 120 个集落的节日里，都会出现鬼太鼓表演，他们在家家户户门口跳起舞蹈，联结了整个社区。每个佐渡人都以自己地区的鬼太鼓表演为傲，每个地区的鬼面具、服装和舞蹈动作各有差别，在佐渡人口中"不存在两个完全一样的鬼太鼓"。对于佐渡人来说，无论是世界遗产的薪能，还是享誉全球的鼓童，没有一个比得上鬼太鼓，鬼太鼓才是佐渡最受喜爱的传统艺能，男女老少皆宜。

既然鬼太鼓如此日常，就应该随时发生。我竟然真的偶遇了佐渡的鬼太鼓演出。朱鹮交流会馆附近有一间历史悠久的牛尾神社，我住在那里的几天，这里正在举行创建 1230 年的祭典，我去观看前夜祭，先是演了一出薪能，接着便是长达 45 分钟的鬼太鼓。和薪能不同，鬼太鼓没有故事情节，光靠节奏和舞蹈引人入胜，确实平易近人，当"鬼"登场时，那些随父母前来的小孩立刻就热闹了起来。第二天早上我又去参加正式祭典，同样的鬼太鼓在神社门前的草地上继续演出，人们在周遭围成一圈，不时发出叫好声，我始终注意到：远处还有一位坐在轮椅上的老太太，寂静而专注地观看了全场。我觉得在她的身上，似乎看到了佐渡人对于鬼太鼓的感情缩影。祭典结束后，我到附近一间湖畔餐厅吃饭，邻桌有位女士过来向我打招呼，说，我们刚刚在神社见过了吧？原来她和朋友也站在不久前观看鬼太鼓的人群中。她俩是佐渡本地人，住在岛的另一端，这天专程开了一个多小时的车来看祭典，听闻我是在旅途中偶然来到这里，真挚地感叹："那你运气真的很好，遇上了1230年的祭典！"

我也是通过和她短暂的聊天才知道，牛尾神社的鬼太鼓大有来头，它是岛上唯一一个受到能剧经验者指导、吸取了能剧元素的鬼太鼓表演：从江户时代开始，这里的鬼太鼓开始得到当地宝生流老师的指导，因此它的鬼舞带着能剧特有的幽静与典雅特质，越来越受欢迎，逐渐演变成了一个流派，今天佐渡人称它为"潟上流"。

无论多么受欢迎，由于是集落内部的活动，舞台也仅限于集落内部，这种"内部"的先天性，注定了鬼太鼓截然不同于鼓童的命运：当鼓童的研修生经历着残酷的淘汰机制的时候，鬼太鼓面临的是由于人口减少和高龄化带来的表演者不足的危机。鬼太鼓的存续成为一个严峻问题，集落里的演出团体们，开始寻找各自的自救之道。在祭典时邀请外出的年轻人回到岛上帮忙或是从邻近地区请求援助，是最常见的手段，但这样的方式不可持续。最近一个较为成功的案例出现在两津港的凑地区，三四十岁的青年们聚集在一起，成立名为"若松会"的组织，他们将重心放在当地儿童身上，小学生也可以成为鬼太鼓成员。这是一种具有未来性的眼光，他们正在尽力将传统文化准确地传承给下一代。公助与自救同时进行，岛外也出现了一些支援佐渡传统艺能的力量，新潟大学的学生们从几年前开始定期前往佐渡进行学习鬼太鼓的集训，并在祭典时前来助演——这种关系正在受到日本地方振兴的欢迎：关系在流动人群与固定地方之间发生，外来者既非定住，也非观光，而是介于这两者之间，与某个地方产生长期的多样性关系，而这种关系可以一定程度解决当地的少子高龄化问题。

当传统艺能陷入危机之中，最好的解决办法是彻底开放，这是我在佐渡岛上意识到的，开放到何种程度，也决定了它未来的走向。在鬼太鼓的世界里，我看到，首先是彻底开放年龄限制，从 6 岁的小学生到 80 岁的高龄者，都可以成为鬼太鼓的成员；其次是彻底开放空间限制，不局限于集落里的居民，岛外的人们也可以参加，有一些地区的鬼太鼓团体，甚至还招揽美国人来学习，这个人后来参加了岛上的祭典，还回到美国成立了一个鬼太鼓团体；它也彻底开放了性别限制，在传统的规定中，女性是不能参与鬼太鼓表演的，但在 2008 年，有一个集落诞生了首位女性鬼舞者，那位年轻的女孩在采访中说，自小看父亲跳鬼舞，渴望尝试的心情越来越强烈，于是向集落里的人们倾诉了自己的想法，终于如愿以偿，如今通过跳鬼舞，产生了"不想输给其他鬼，不想输给其他集落"的想法以及"想变得更好、想获得周围人的认可"的热情。

我十分喜爱佐渡的鬼太鼓，因为表演鬼太鼓的佐渡人，并不是在保护什么意义深远的传统文化，而是在努力确保代代相传的日常生活的一部分。这样的由艺能担任的日常，构成了佐渡人独一无二的精神。离开佐渡的那个早晨，我在一家只提供生鸡蛋拌饭的小店里吃早餐，桌上摆着一本手工制作的观光小册子，其中写着这样的话：

> 现在，世界正处于非常严峻的形势下。气候异常和地壳变动导致灾害加剧，还存在病毒和国家之间的冲突以及由此带来的经济混乱、粮食危机和民心荒废等等。佐渡一直与都会的虚荣与富裕关系疏远，因此年轻人的外流导致人口减少和衰退，然而，未来的佐渡可以摆脱上述情况，成为真正能够享受精神繁荣的岛屿。
>
> 直至昭和初期，人们还没有执着于金钱、燃料或是资源，

相反充满了娱乐、爱好和生活方式的精神上的成长。可惜现在，岛民也渐渐沉迷于虚荣的富足之中，心灵和感性正在退化。在这个艰难的时代，佐渡有机会重新恢复其精神文化。佐渡本来就是由流亡者、北前船和金山等文化高度融合而形成的岛屿，这将是一个重振精神文化的好机会。

这段话和年轻的女性鬼舞者的话混合在一起，令我意识到：尽管这个岛上尽是些看起来快要消失的东西，但佐渡人不会让它们消失。无论是朱鹮、薪能、鼓童还是鬼太鼓，周遭皆是在努力保护和延续它们的人。文化无一不在暗涌的生机之中。让我感到忧心的北村先生和车田植，也许在下一次我来到佐渡的时候，就有了意外的生机——在这个寂静的离岛上遇到的一切，给予我这样的微小的希望。

由于这些微小的希望，我便再也无法赞同太宰治的意见，认为佐渡是个一无所有的地方。事实上，即便是在被人们认为是一无所有的地方，也必然是有些什么的。从佐渡回来之后，我偶然得知，南边的隐岐群岛之中，有一个名叫海士町的地方，口气很大地高喊着"没有的东西就是没有！"的口号。这很有趣，我想。

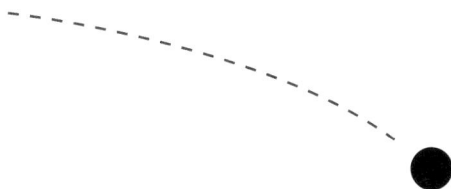

III

世间浪流，归于此处
——隐岐乐园

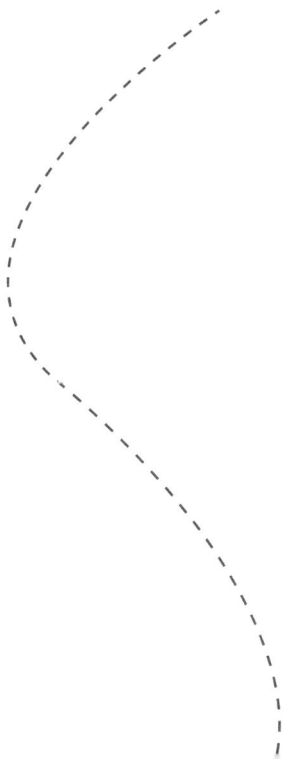

过去人们在形容这个国家的偏僻之地时，常用的一种表述是：甚至连传教士都未曾到达。同样的处境如今有了更生动形象的现代化表达：该地甚至连一间便利店都没有。在山阴地区岛根半岛北部约 60 公里的日本海上，漂浮着隐岐群岛，就是这样一个人们口中的"过去没有传教士，如今也没有便利店"的地方。

第一个书写此地的外国人是后来归化了日本国籍的英国人小泉八云。1892 年，来到日本的第三年，在岛根县松江市担任中学英语教师的小泉八云开启前往隐岐群岛的旅程，他在后来的游记中阐释其动机："甚至连传教士也从未去过隐岐岛……这已足以成为前往该地的充分理由，但更强有力的理由是，连日本人都对隐岐岛一无所知。"

今天的日本人不能说对隐岐岛一无所知，但仍然所知甚少。2023 年，我只能从网上得到前往隐岐的一些忠告，例如，群岛中有一个名为中之岛的，它在行政地区上的正式名称为"海士町"，该岛的观光协会善意地提醒外来者：在这个岛上，没有遍布日本的便利店，没有深夜营业的店铺，杂货店和小商店通常会在周日休息，必要的个人物品请自备。又及，即便岛上有几家居酒屋，也不会营业到很晚，而早晨你可能会被鸡叫声或公共广播报时声吵醒，因此推荐游客和岛上的人们作息一致，早睡早起。

隐岐是如此神秘，我甚至未曾遇到过一个隐岐人。直至动身前往的一周前，才终于遇到了某位去过隐岐的游客。那是一位年过七旬的京都老太太，退休后在本地一间历史资料馆做志愿者，她最孜孜不倦的旅行路线是中国的古代都城之旅，而在国内，她只进行一种主题巡礼：追寻失落的天皇足迹。在日本，把在政治斗争中失势的天皇和贵族驱逐出都城，这一处罚方式被称为"岛流放"。老太太主动向我提起隐岐，日本历史上有两位天皇——后鸟羽天皇和后醍醐天皇，都曾被流放到这个离岛，前者在岛上生活了十九年后死去，始终未能逃离，可证它的偏僻。

需要特别一提的是，尽管千百年来的人们开口闭口提及"隐岐"，现代日本地图上却没有一个岛屿叫作"隐岐岛"。今天的隐岐群岛由"岛前"和"岛后"两个区域的四个离岛构成，靠近本岛的地区被称为"岛前"，由西之岛、中之岛和知夫里岛三个小岛组成，东北侧一个面积最大的岛屿则被独立称为"岛后"。每个小岛上都有群山耸立，只剩很小一部分土地用于耕种，岛民的主要收入来源于渔业。

现在隐岐已经成为一个乘坐飞机就可以到达的地方，但它唯一的机场位于岛后，若前往岛前，需要再换乘一次船。乘船方式也还延续着旧式做派，每个人需要先填写一张"乘船名簿"，登记姓名、年龄、家庭住址、目的地、乘船时间和目的，才能到窗口购票。近年来顺应时代发展，也推出了网络预约，但实际上毫无用处，窗口的工作人员没有要确定预约信息的意思，指了指那张"乘船名簿"对我道："开船前 20 分钟开始售票！"岛后与岛前的船舶班次十分有限，这就意味着：在交通便利的现在，我前往中之岛仍要花上一整天时间。

周长 89.1 公里、面积 33.46 平方公里的中之岛，是离岛中少见的"一岛一町"自治体。比起中之岛，"海士町"这个名字显然更有辨识度，当地人也更喜欢这么称呼它。海士町人并不对周边任何一个小岛心存向往，他们骄傲于自己岛上丰富的地下水资源，使之成为隐岐群岛中唯一一个能够实现半农半渔、自给自足生活方式的地方。然而，就像发生在所有离岛之上的现实那样，战后飞速发展的城市化进程卷走了海士町的人口：至 2023 年，岛上人口已减少至 20 世纪 50 年代高峰期的三分之一，仅有 2198 人。大部分年轻人在高中毕业后都会离开小岛，导致岛上 20 岁至 30 岁的年轻人极少，高龄化率一度高达 41%。

海士町，却不像这些数字表面透露的那样衰老、没落而又希望渺茫。

到达海士町的次日清晨，我被推荐去一个海岸上的市集。这个市集只在每月第一个周六的早晨举办，不到十个小摊一字排开，售卖商品包括手工面包、炸鲨鱼汉堡、自家烘焙咖啡、蔬菜的种子和幼苗……对于经常在城市里参加大型活动的人来说，场景难免显得简陋，但令我意外的是，市集上人声鼎沸，参加者众多，且几乎全是年轻人——穿着白衬衫的高中生们三两成群，20 岁刚出头的时尚女孩们坐在海边闲聊，年轻的父母推着崭新的婴儿车，稍微年长的夫妇则多有两三个孩子围绕在身边——幻觉一般的人类乐园景象。日本政府忧心忡忡的少子化问题似乎在这里根本不存在。在海岸上跑来跑去的孩子中间，我第一次感受到了：此地前途无量。

这种前途无量，就是日本人印象中的海士町，一个被称为"离岛奇迹"的地方。曾经因为高龄化和人口外流逐渐走向死亡的小岛，因为外来者的到来正在重新焕发生机：走在这个岛上，会遇见比其他各地更多的年轻的移住者，据说有五百位外来者正同时生活在这里，占据岛上总人口的 20%；其中不少移住者是带着小孩来的，他们正在或计划在岛上多生几个孩子，这种现象为小岛的儿童教育方式带来了变革；而岛上的高中，在不到十年时间里，学生人数翻了一倍……我在周末市集看见的年轻人们，除了日本随处可见的"移住者"这一身份之外，更多的人拥有专属于这个岛屿的标签："岛留学生""成人的岛留学生""岛体验者"……身份各异的年轻人因为不同的契机来到这里，令海士町成了日本广为人知的移住政策领跑者。

我对外来者在这个岛上经历的变迁感到好奇。八百年前从京都被流放至此的后鸟羽天皇成为岛上观光业的中心，可以说他是这个岛上有史以来最著名的人物。而一百三十年前来到此地的外国人小泉八云，我怀疑他是今天岛上仅次于天皇的知名人士，因为人们甚至为他在岛中央建立了一个广场，取名为"八云广场"，照片展览区讲述着他和世界各地的海之间的故事。广场旁边的小公园里，立着小泉和妻子的铜像，介绍说这里曾是冈崎旅馆的旧址，小泉夫妇来旅游时，在这家旅馆住了九天。而小泉，也在他的隐岐游记里，记录了因为自己是第一个来到岛前地区的外国人，遭遇人山人海的围观，人们在马路上浩浩荡荡地尾随身后，当他坐进房间里的时候，男人和男孩们爬上屋檐，三面窗户上挤满了人脸，最后，屋檐被压塌了，引起了警察的骚动。

今天的隐岐，已经没有人会再为了外来者的到来而大惊小怪。几百年前的外来者成为这个岛上最知名的人物，而新的外来者又成了日本的地方移住代表，每个月都有典型案例登上全国各类地域振兴杂志：在高中首次引进留学制度的教育者、开设海参加工厂并将产品卖到海外的创业者、打造了离岛未曾有过的高级酒店形态的酒店经营者、利用业余时间进行咖啡豆烘焙和蔬菜种植的夫妇……外来者正在取代原住民发声，成为媒体上常常登场的"移住者明星"。我最近一次看到他们的身影，是 *Discover Japan* 在 2023 年春天推出的一期"人们聚集在隐岐的理由"的专题报道上，文中写道："位于隐岐群岛的小镇海士町，没有购物中心、便利店和电影院。尽管如此，全国各地的人们仍然搬到这里居住，使它成为地域振兴的榜样，充满希望。"不光是日本人，今天的海士町，还住着美国人、德国人、牙买加人、菲律宾人——它再也不是那个因为外国人的到来而挤塌了房顶的、没见过世面的小岛了。

就在海士町的移住者成为杂志常客的同时，日本人的生活观念也正随着城市日渐暴露的不安全感而发生着巨大变化：2011 年东日本大地震后，东京首都圈的一些年轻人选择离开城市，开始向地方和农村移住；而在疫情的几年里，东京的人口开始减少，历史性地实现了迁出人口大于迁入人口——有数据显示，2021 年，日本全国的移住咨询超过了 32 万件，达到史上高峰。如果城市对年轻人愈发失去吸引力，那么未来的海士町，势必将会迎来新一波热潮。是的，它看起来确实前途无量。

这就是我决定前往隐岐的初衷，我的内心充满了好奇：人们为什么选择住在海士町？让人抛弃了城市生活的小岛上究竟有些什么？这渐渐成了一个不亲自去看看就无法得知真相的谜题。

1

我记错了公交车时间。中午，我在岛上一家隐岐牛专门店吃了烤肉套餐，喝了两大杯生啤，再走去公交车站，发现车已经在五分钟前开走了，下一班车要等到一个半小时后。我只好走进港口大厅去求助观光协会，工作人员替我打了个电话给出租车公司，几分钟后来了辆车，司机是位老先生，途中向我科普：整个海士町只有两家出租车公司，他所在的这家共有两台出租车，但司机只有一位。另一家只有一台出租车，只为岛民所用，不面向游客。

"这样就够用了，多数时候没有需求。"他说，来到岛上的有限的游客，不会选择搭乘出租车，他们要么租一辆车自驾，要么租一辆电动自行车——隐岐的观光协会目前正在大力推广后者。

我成为一个罕见的出租车乘客，因为我和福田约好了在隐岐神社门口见面。为了快速了解这个小岛的历史，我决定让福田成为我在海士町第一个去见的人。今年39岁的他在岛上一家自然机构工作，主业是研究隐岐昆虫，也会负责一些历史和自然生态的导游工作。虽然对我来说，这个岛上缺乏具有吸引力的观光景点，但我还是打算请福田带我去几个他推荐的地方。他表示可以先去隐岐神社，岛上最具代表性的历史地标。

如同那位京都老太太告诉我的一样，被流放到隐岐的天皇有两位，一位是后醍醐天皇，但他仅在西之岛过了一年艰苦日子，便逃离小岛回到京都，并且推翻了当时掌权的镰仓幕府。早于后醍醐天皇一百年来到隐岐的后鸟羽天皇，就没有那么好运了，1221 年，他也同样试图推翻镰仓幕府，该事件成为日本历史教科书上浓墨重彩的一笔：承久之乱。后鸟羽天皇在这场战争中不幸失败，被流放到中之岛，此后十九年一直被囚禁于岛上，直到 60 岁高龄死去。

八百年时间漫漫，今天的海士町没有留下任何关于后鸟羽天皇的日常记录，无法得知他度过了怎样具体的生活，但岛上的人们在讲起他的时候，总会习惯性地省略掉"天皇"这一高高在上的头衔，用一种生活化的语气称他为"后鸟羽大人"。隐岐神社里展示着后鸟羽天皇的火葬场（遗骨已于后世运回京都）以及他曾经生活过的寺院遗迹。这个神社如今也是岛民举办各种日常活动的据点，它拥有一条被高大的樱花树覆盖的参道，在初夏弥漫着铺天盖地的绿意，福田告诉我：春天樱花盛开时，树下处处坐着人，海士町的人们热爱在此赏花饮酒。

我随着福田在神社里走了一遭，后鸟羽天皇生活过的那间寺院早已不复存在。它在这个小岛上经历了漫长的时间，还是在明治时期掀起的废佛毁释运动中未能幸免，被付之一炬。曾经的寺院连一块砖瓦也未留下。当地人仍象征性地在遗迹处圈起栅栏，栅栏外有一处小水塘，福田特意带我去看它，池水浑浊，飘满落叶，不足以成为一个观光景点。但福田把他厚厚的资料夹翻到中间一页，向我展示了一张从前寺院境内构造的历史图，图上有一个注明为"胜田池"的池塘。

"后鸟羽大人在这里留下了一个有趣的故事。以前池塘周围种有许多松树，到了夜晚，松涛阵阵，蛙鸣喧嚣，于是他写了一首和歌抱怨这件事。那之后，松涛消逝了，蛙鸣也停止了……"这个岛上虽然没有留下任何后鸟羽天皇的生活记录，但他创作了许多和歌，流传至今。这个故事便有一首和歌为证。福田笑着说，不必把传说当真，但至少可以得出一个结论：流放到这个岛上的人们，野心抱负无处实现，余生无事可做，只好每天吟诗作对。但福田并不对被流放到隐岐的后鸟羽天皇的命运抱有特别的同情，他研究过：历史上被流放到离岛的人们，多数因受到重挫或压力过大，两三年后便郁郁而终。"但后鸟羽大人 41 岁来到岛上，活到 60 岁才去世，要知道，当时日本人的寿命平均不到 50 岁，他是如此长寿地生活在这个岛上。"福田说，他结合自己在海士町的生活体验，得出了一个穿越时空的肯定结论，"我想是因为隐岐的自然丰裕，可以缓解压力吧！"

福田并非专业的历史人士，这些关于后鸟羽天皇的故事是他来到岛上之后自学的。出生于九州福冈县的福田，是岛上众多移住者中的一位，但他不是赶着最近的风潮来的，这已经是他在岛上生活的第十年。在他到达隐岐之前，甚至连这个地名也没有听说过。当时，他想要在日本国内寻求一个和自然相关的工作职位，意外地发现机会寥寥，几乎没有。

"导游岗位有很多空缺，但是调查动物和植物几乎没有人做，除了大学里的研究机构。有一些组织以调查为趣味，但没有收入，不能算作谋生手段。"福田清晰地回忆起自己当时的心情，"现在的日本怎么回事！我为此非常生气。"

受到这样的文化冲击，必然是因为有差异和对比。那一年，福田刚刚从澳大利亚回到日本，他在塔斯马尼亚岛上读大学，学的是自然保护专业，切身感受到了当地人是如何热爱自然，以自然为中心的教育和工作又是如何欣欣向荣。他原本以为回到日本也能找到类似的工作，最后却在失望与愤怒之中，得到了唯一的机会：有一个在2006年作为私人组织成立，并于2012年成为非营利组织的名叫"隐岐自然村"的机构，正在招收从事"自然环境教育、生态旅游活动、野生动植物调查"的工作人员。

来到隐岐自然村的第十年，福田对我说，如今的日本也渐渐发生了变化，与自然相关的工作机会正在增加。我向他追问其中原因，他露出微妙的笑容："不是有了SDGs（可持续发展目标）吗？"自2015年起，日本政府开始大力倡导这一目标，并提供各种补贴与激励制度，各地也增加了相关工作岗位，但一切还在探索阶段，从业者依然十分有限。

福田所在的自然村，如今只有四个正式员工，其中在生物调查之余从事导游工作的人，只有两个。事实上，这里并不是一个观光的岛屿——在 2022 年，整个隐岐群岛的游客数量仅有 10 万人，如果单独计算海士町，数字要减少到 3 万人。有限的游客们绝不会在冬天到来。岛上的冬天风强浪大，船舶时常会连续几天停运，即便旅行团也不愿意涉足。因此，福田必须配合季节的变迁，调整工作内容：在夏天完成更多的导游工作，其他季节还要做一些别的工作——在这个岛上，很多人都要靠同时从事好几份工作才得以生存。

这两年，福田也会去给岛上的学生们授课。在日本的中小学里，会有一些关于当地自然教育的教学要求，但学校里的老师们全都来自岛外，且多数待上三五年就会离开，对岛上的事物一无所知，这时学校就会来拜托福田这样的专业人士，请他讲一讲岛上的生物知识，例如蒲公英或是昆虫。类似这样的学校自然教育，以我从前所见，在日本许多地方都会推行，但在隐岐，它不是由学校，而是由一个成立于2022 年的"隐岐群岛地质公园推进机构"的地方组织主导并资助的，学校不必再为此支付费用。

我和福田准备前往下一站，就在我伸手要拉开副驾驶车门的时候，被他制止了，他示意我坐到后座去。这使我在沿途不得不一直费力地直起身和他说话。我费力地跟着面包车穿过整个岛屿的心脏地带，经过小学、市政府和图书馆，在住宅区里，他指着一个崭新而现代的住宅群向我介绍，这是由政府建造的移住者专用的独栋住宅，附带庭院和花园，面向育儿家庭，价格十分低廉。如今这里已经成为新的移住者聚集区，共有 20 户人家、超过 50 人居住在这里，由于总有小孩跑来跑去，日常十分热闹。至于那些单身的移住者，在另外的地区有一些崭新的小户型公寓，一室一厅附加厨房和厕所的设计，和城市里的单身公寓并无二异。

移住者在这个岛上是如此无处不在，福田说，他的老板，那个自然村的创建者，也是二十五年前移住到岛上的。我想我或许曾经在哪个新闻报道里见过这位老板。我们又聊起另外一些名字，全都是这个岛上无人不知的移住者名人。

"我从昨天就一直在想，在海士町，无论过去还是现在，名人全都是外来者。过去是天皇，现在是移住者先锋……包括你，一个向我讲述这个岛屿历史的人，也是一个外来者。"我对福田说出了我的疑惑，"岛上的原住民在干什么呢？"我意识不到他们的存在。

福田思考了一会儿。"岛上的人，大概没有外来者身上的生存意识吧，他们不想变得有名，也不需要努力寻找一种方式在岛上立足。他们只要静静生活就好了。"他又继续想了一会儿，"不过，这个岛上的人从很早以前就意识到了，外来者能带来很多新的东西，知识也好，资金也好，和外来者一同生活，能得到很多好处。原住民早早有了这种意识，于是自古就孕育了接纳外来者的文化，这种文化也是我认为这个岛最好的地方。"

刚到海士町没两天，我确实也隐约意识到了它不同于其他离岛的地方。离岛，由于其地理环境的孤立，内部通常十分顽固，对于完全地接纳外人天生具有抗拒。但我所见所闻的海士町，完全接纳一切，为外来者提供援助，任由他们建设甚至改造这个小岛。

隐岐之所以形成今天这样的开放感，在都城的天皇被流放至此之前，已经有了契机。福田从历史书中读到，五百万年前岛上火山频频喷发，使这里自石器时期起就孕育了贵重的黑曜石，后世成为闻名日本的黑曜石产地，兴起了和本岛之间高频的贸易活动。随着贸易的发展，隐岐的海产品也被运往本岛，受到天皇和贵族的喜爱。那些专程前来进行黑曜石和海产品贸易的本岛人，成为活跃在隐岐的第一批外来者，从很早之前，岛上的原住民就从他们那里获取经济利益，同时得到岛外的资讯和情报。而在被流放的天皇死去五百年后，江户时期后半段至明治时期，活跃在日本海中的商船"北前船"也会停靠隐岐群岛。这些船只往复在日本海的各个海岸进行商业贸易活动，隐岐的海产品被运到长崎一带售出，再载着盐、糖、米等珍稀物品回到岛上。在进行贸易活动的同时，商船也将各种文化带到了这个小岛上，岛上的女性与船上的外来者之间的恋爱和婚姻关系，从那时起便常有发生。

福田的面包车停在一个名叫"明屋海岸"的悬崖上，他领着我沿台阶而下，走过沿海小径，去看漂浮在茫茫海面上的一颗心。如果不用浪漫主义的手法描述它，那它其实只是海上岩石被海水浸蚀出的一个洞，从某一个角度看会呈现出类似桃心的形状。福田说，来到岛上旅游的高中女生们，每一个都会对着这颗心哇哇乱叫，接着合掌许愿。他执意认定我也会为它感到惊喜，不断催促我："你不求个良缘吗？"

比起那颗在另一个角度看起来更像是米奇老鼠的桃心（谁会对着米奇老鼠祈求良缘呢？），我对海岸上的一个巨型介绍牌更感兴趣，那上面有一张隐岐岛的地图——只有岛前三岛，岛后并不在其中。尽管都是隐岐群岛的一部分，可是岛前人和岛后人是如此一致地认为，他们与对方并不属于同一个地域。

"岛后是都市哦！"就连福田也这么脱口而出。生活十年之后，他已经拥有一个岛前人的思维：岛后有超市、有药妆店，那些是典型的都市设施。在岛前，只有从前延续下来的住宅区里的个人小商店，它们作为岛上唯一的购物场所，每一家店都被塞满了各种类型的商品。

不仅是岛前人这么觉得，岛后人也充满了身为"都市人"的自觉。福田用一种揶揄的口气谈论起他们："在岛前，我们每个岛都有名字，叫中之岛、西之岛或者知夫里岛，但岛后就叫岛后，只有地域名，没有岛的名字。如果去问岛后人为什么，他们一定会告诉你：因为我们不觉得这里是岛！"作为一个岛来说，除了生活设施机能齐备，岛后还拥有超过 1.3 万相对巨大的人口基数——而岛前三个岛的人口加起来，也只有它的三分之一。

因此，尽管每天都有船舶往返，但在岛后，有许多一生都没有来过岛前的人。福田将此归结为："他们认为这里是农村。"而在岛前，同样也有许多一生未曾踏足过岛后的人，福田作为一个岛前人，基于自己的体验向我解释：如果要去都市，不如去更大的，例如搭船去本岛的岛根县首府松江市，能买到更丰富的东西，何必专程跑去岛后呢？

虽然岛民之间鲜少往来，但作为一个群岛地区，几个岛的政府和民间机构经常聚在一起开会。只要参加过一场会议，就能洞察岛与岛之间存在着明显的性格差异——不只是岛前和岛后，就连岛前几个靠得很近的小岛，个性也截然不同：西之岛是渔业之岛，人们脾气直来直去，有意见就直说；知夫里岛是三岛中最小的一个，岛上基本由牧场构成，人和牛一起生活，养成了悠闲自在的乐天派，温柔、平和，无论对方说什么，都会说：好呀好呀。至于海士町人，福田的结论是：这个岛的人和京都人性格很像，不会直接说出内心意见。

如果几个岛一起开会，会变成什么样呢？福田有一个段子，我猜他经常对客人说起，已经说得绘声绘色："岛后的人，因为自视为都市人，常常觉得自己代表隐岐，开口发言就是：我们隐岐啊……西之岛的人听到这话就不乐意了，立刻打断：请等一等哦！包括岛前在内才是隐岐！这种时候，知夫里岛的人就会出来打圆场，附和着说：是呢是呢！至于海士町的人嘛……他们绝不会在会议上对大家的意见提出异议，但一回到岛上，就会私下偷偷议论：那样是行不通的哦！"

这么一说我就明白了："岛后是东京，海士町是京都，西之岛是大阪，知夫里岛是奈良！"

"这样比喻就非常容易理解了！"福田大声笑起来，非常认同我的类比，接着又说，"搞不好，后鸟羽大人来到岛上的时候，把京都人不说真心话的性格一起带来了。"

我看着那张地图，还剩下一个未解之谜。岛前三岛之中，以西之岛面积最大，人口也最多，可为什么移住者都集中在中之岛呢？

"因为只有海士町有高中，从以前开始就是这样。十几年前，海士町开始推行'高中的魅力化'政策、注力于教育的时候，吸引了很多有实力的精英人士来到这里，他们又将这里的事情传播出去，更多的人因此来到了海士町。"福田说。他是第一个向我提及"高中的魅力化"，也即海士町的"岛留学"这个项目的当地人，之后在海士町的每一天，都将有人对我提起这个词。"岛留学"项目只是海士町的一个开始，从中可以看出当地政府非常懂得利用国家政策进行本土振兴。此后，他们活用国家的补贴和激励制度，又开发出更多元化的吸引外来者的项目。但在福田看来，海士町能做到的这些事情，在日本其他地区很难实现，最大原因便在于这个岛的开放性，是它自古以来对外来者全盘接受的思考模式，使它能够灵活运用制度、海纳百川。

明屋海岸后方有一片平原，传说是在六百万年前的火山喷发时期形成的，从高处望下去，它就像一个小型火山口的底部。为了让我一目了然，福田把车开上了山道，我们短暂地停留在路边，俯瞰着深处青绿色的草地，平原中央建造了几排整齐的白色建筑物，一些黑色的圆点不规则地散落在其周围，我立刻意识到，它们是牛群——我中午刚吃过的隐岐牛，传说中身价不菲的黑毛和牛。那里原来是隐岐群岛中唯一的隐岐牛农场：隐岐潮风农场。

福田特意将我带来此处，似乎就是为了向我讲述这个故事：成功将隐岐牛进行品牌化的农场，背后是一个建筑公司的探索与转型。

1960 年创建的饭古建设，是海士町唯一的建筑公司，在过去六十多年里，它一手包办了岛上全部港口、桥梁、道路和防波堤，为岛民的生活建造了最重要的基础设施。1996 年，该公司开始进军渔业，尝试岛屿特有的多元化经营方式，契机是已故的前任社长认为："只有与山海相关的本地产业充满活力，建筑业才能继续生存。"但建筑业在这个小岛上的衰落不可避免，2003 年，海士町拒绝了全国掀起的"平成市町村大合并"风潮，选择了自治独立，这令来自国家的公共工程经费大幅削减，生存面临危机。再三思虑之后，饭古建设决定从畜牧业中寻求生路——2004 年，他们全资成立了这个农场，致力于培育岛上过去没有的黑毛和牛。2016 年，"隐岐牛"正式进行品牌化，它的认定条件极为严苛：必须是从出生到出售都在隐岐岛上度过的、还未繁殖的雌牛。此后，隐岐牛获得了 A4—A5 最高等级的肉质评价，加上每年只在市场上出售两百头的稀有性，被日本人称为"幻之黑毛和牛"。

确实，这天中午是我第一次吃到隐岐牛，之前我也从未在任何肉类市场见过它们的身影。据福田说，全日本只有两个地方可以吃到隐岐牛，一个是东京，它们流通在一些高级料理店，另一个就是海士町，在我去的那家隐岐牛专门店里。将数量有限的隐岐牛精准地投往遥远的东京市场，我认为是一种利于品牌化的策略，同时它又极具海士町风格——这个小岛，始终致力于吸引那些大都市的人们。不过，按照福田的说法，此举背后也是受现实条件所困：岛上虽有农场，却没有屠宰场，所谓的隐岐牛，都是以活牛的状态运送到东京，再在那里进行肉类加工。

因此，在隐岐，至少在黑毛和牛这件事上，并不存在"食材在原产地更物美价廉"的常见情况，我在港口的隐岐牛专卖店吃到的那些牛肉，全都往返于东京一遭才回到岛上，由于还要负担昂贵的运输成本，岛上的价格甚至比东京还要贵一些。于是我才明白了，难怪那间餐厅的中午时段人满为患，无论是岛上的老头老太太，还是一些看起来像建筑工人的壮年男性，都会成群结队地来吃牛肉——因为中午提供优惠的特价套餐，到了晚上，就不是一般人日常轻易能够消费的价格了。

福田带我去的岛上最后一站，有一座金光寺山。这山中亦有一个外来者的故事。京都人耳熟能详的美男子小野篁，大概是这个岛上有迹可循的最早的流放者，比后鸟羽天皇还要早三百多年被流放到此地，原因听起来甚至有些好笑：他被选为遣唐使前往中国，但由于害怕死在海上恶劣的自然环境中，装病没有上船，此事很快便暴露，激怒了天皇。隐岐的岛民之间盛传着，小野篁在寺院里每天从早到晚地念经祈祷，希望能够早日回到都城，此举打动了神灵，他果真在一年后被赦免了。

　　小野篁曾经诵经的寺院，是走向金光寺山山顶的途中一站。在山顶的高台上，有一片开阔的平地，可以遥望蔚蓝的隐岐海面，一些零散的无人小岛点缀着它，风光无限。岛民们特意在此设置了一些木头桌椅。福田在一张长椅上坐下来，拿出一张日本地图，又在上面覆盖以东南西北的指向，向我讲解起了"流放的风水学"：日本的阴阳道深受中国阴阳五行思想影响，对方位十分重视，认为在一个地域的东北方，通常是"鬼门"，而在西南方则有"里鬼门"，这两个方位作为鬼的进出口，连接它们的一条直线则被视为鬼的通路——都是需要避开的不吉方位。从福田展示的那张组合地图来看，隐岐处于京都位置绝佳的西北方，完美地避开了上述不吉方位。

　　只是，我感到疑惑：一个被流放的罪人，还要专门替他寻找一个方位吉利的好地方吗？按照对此类故事的刻板印象，他们应该被放逐到一片最艰苦恶劣的环境，死得越快越好。

　　"以下看法，完全出于我作为一个日本人的思考，"福田说，"后鸟羽大人是一个充满智慧，也极具战斗力的人，从整个日本历史上来看，都是很强的一位天皇。这样的人如果在流放之地惨淡死去，大概率会变成厉鬼回到京都，引发瘟疫和地震。所以，流放这样一位天皇，必然要经过慎重的方位上的判断，要让他变成鬼也无路可走。"

　　鬼怪故事到此为止，福田突然转换了话题，告诉我这个山顶偶尔会有人来搭帐篷。他说，岛上的人们要录用新职员时，会专门组织到这里住一个晚上，因为他们认为：笔试和面试也许能考察一个人的学识，却很难判断他的品性和处事方式，而通过露营，可以快速地观察一个人。这种考核方式，当地人称之为：露营录用。

生活在海士町第十年的福田，对这个岛所知甚详，甚至比对他的故乡更详细。这是大量学习、积累和实地考察的结果。人们对于岛屿生活的想象，多半认定它闲暇、悠然或是缓慢，但福田正在经历的岛生活，与这样的关键词截然相反。"岛生活是很繁忙的！"他一再对我强调。平日里工作多，行程表密不透风，周末也要参加各种地域活动。我们见面的次日，就是世界环境日，虽然是周六，但他要组织一个带领高中生们去海岸回收垃圾并探讨海洋环境保护的志愿者活动。每个周末，福田总是和高中生们在一起，从城市里来到海士町的岛留学生们，其中不乏对自然兴致盎然者，福田带他们去山里进行植物和昆虫调查。最近有位高中生对日本的外来入侵物种产生了强烈的求知欲，他们便去岛上寻找牛蛙。关于牛蛙，日本环境省的官网上写着：这种外来生物如今遍布日本全国，只要是其口中能容纳的会活动的生物，什么都吃。这对生态系统造成了严重的危害。

"看到这样的文字，大家理所当然会把外来物种当成一种坏东西。但是，生物本身并没有好坏之分，它们只是为了活下去而食用其他生物。问题在于那些随意把它们带进来的人。"福田说。作为一位自然调查研究员，他不希望年轻的人们擅自对生物产生一种"这是坏的"的片面观念，他的责任是向他们解释清楚来龙去脉。观察与讲述并非全部，他还会把"食育"作为这个活动的重要环节，他们肢解了牛蛙的四肢，炸来吃了，并且达成一致认为它十分美味。也不光是动物和昆虫，有时也会观察植物。这个周日，福田要带着高中生们去观察蒲公英，蒲公英也分为日本和西洋种，他们计划采摘西洋蒲公英的花朵制作成糖浆，再试着用它做点儿什么好吃的。

那些在城市生活中长大的孩子，来到岛上就会尤其热衷于这样的自然活动，福田的高中生业余活动小团体，如今有了五六个固定的成员。至于那些从小生活在岛上的孩子，情况就有些不同了：他们已经太熟悉自然了。比起观察生物，他们更喜欢参加社团活动，在棒球部和篮球部里进行艰苦的体育训练。他们之中没有一个人有兴致去寻找牛蛙和蒲公英，但他们全都想去体验城市里的大型游戏中心——隐岐群岛上没有大学，这些年轻人在高中毕业后，必然会出去一次，然后至少拥有两至四年的时间来经历梦寐以求的都市生活。

但事情也在发生变化。相比从前年轻人"出去了就不回来"的情况，福田认为海士町对于他们的吸引力正在增加："离开隐岐的高中毕业生们，肯定也有人在城市生活中才开始了解离岛的好处，他们会在大学毕业或工作一段时间后再回到岛上。"这是一个最佳路线，看过了世界再回来，才能用世界的眼光来建设这个岛，"岛留学的孩子之中也有这样的，他们从外面来到这里读高中，再出去读大学，有朝一日意识到果然还是更喜欢岛，就会回到岛上工作。"

福田敏锐地感觉到了：虽然海士町人口目前仍在一点点减少（今年刚刚跌破 2200 人），但从比例上来看，减少的是高龄群体，而年轻人正在从外面的世界来到这里。这些年轻人之中，不少是从城市里的大企业辞职而来的，海士町正在积极为这样的人才创造工作机会。而随着网络远程办公得到普及，那些不需要在岛上找工作的年轻人也许会愿意来此生活。福田乐观地认为：未来的某一天，海士町一定会迎来一个人口增长转负为正的时间节点。

海士町就是这样一个移住者的岛屿。来到这里的第二天，在金光寺山山顶上，面朝晴朗大海，我就第一次被海士町人半开玩笑地邀请了：既然你用电脑就能工作，要不要考虑搬到岛上来？

我没有立刻拒绝他的邀请，于是福田继续向我介绍着"住在岛上的好处"。比如房租超级便宜。福田说他住的房子，一室一厅的八叠空间，每月房租只需要 2 万日元。比如吃饭基本不花钱。这个岛上的人们，即便没有土地，也会在自家院子里种菜，蔬菜基本自给自足，还时常能从邻居那里得到一大堆。想吃鱼的话，随时可以出门去钓，不必去鱼店购买……远程办公的人，拿着东京和大阪水平的工资，付出岛上水平的生活费。"能存下一大笔钱呢！"

东京和大阪的都市人，来到海士町，应该不只是因为生活成本而感到惊异，冲击同样来自生活文化上：海士町人从来不锁门，如果要给某家人送东西，就直接打开门放进去。这是一种约定俗成。福田向我说起一段亲身经历："我刚来的时候，有很长一段时间，每天回家玄关都摆着蔬菜，完全摸不清头绪是谁送来的，直到有一天，终于接到一个忍无可忍的朋友的电话，他在那头质问我：给你送了那么多菜，你怎么从来不感谢我？我才终于解开了疑惑。"类似这样的生活状态，也是福田喜欢这个岛的重要原因，一种不设防的人际关系，意味着它在某种程度上充满安全感。

"要是外面来了个作案手法高明的大盗，"我想了想，"估计会变成岛上的大事件！"

福田笑起来："是的，我想他任何地方都进得去！"

我被福田科普的岛知识，除了吃饭不花钱和钥匙毫无用处之外，还包括：水龙头里的水最好喝。起因是我得意地与他分享"岛上的自动贩卖机里饮料比京都贵"这一观察结论，他却因为听到我在自贩机里买矿泉水而瞪大了眼睛："没有一个海士町人会买那种东西！"他说，海士町拥有隐岐群岛之中最丰富的地下水资源，岛上从未遭遇过干旱，甚至没有建造过水库，人们世世代代依靠地下水生活，地下水是那么美味，绝非城市水龙头里那些带着消毒物质的水能比。在告别之前，他再三提醒我，晚上回去一定要打开水龙头喝喝看。

在与福田告别之前，他还向我展望了他的人生：他打算就这么生活在岛上，做一个"永远的移住者"。在福冈的父母担心他在偏僻之地的生活孤独，他却认定这样的生活最好，如果回到福冈，绝不会有一份日日与自然朝夕相伴的工作。尽管日本各地与自然相关的工作正在增加，但隐岐仍然是其中一个最有魅力的地方：在这个岛上，由于过去少有昆虫的调查活动，为他留下许多可以大展拳脚的空间，有那么多未被发现的生物在等待着他。这十年来，福田已经找到了二十几种过去没在隐岐群岛，甚至没有在岛根县内发现过的昆虫，它们的资料如今由他发表在一本县域研究杂志上。

我与福田在傍晚来临前告别了。虽说是告别，但我第二天又遇见了他，两次。一次是在早上9点半的酒店大厅，他依然穿着他那件标志性的浅黄色T恤，准备和中学生们会合去海岸捡垃圾。两个小时后，我又在海岸的市集上遇见他带着中学生们捡垃圾归来，周围的孩子们礼貌地跟他打招呼，每一个人都亲切地叫他："小福！"

我隔着一段距离看着市集上的热闹景象，心中有个猜想：这些跑来跑去的孩子中间，也许很快会出现福田的孩子，他将和身边的这些外来者一样，为改善小岛的少子化作出重要贡献。我并非凭空猜测。前一天他告诉我，他计划在明年结婚。他和女友交往有一段时间了，对方是三年前移住到岛上的东京人，在学校里当老师，他去学校里教授自然课，两人便相识了。福田有点儿庆幸这段邂逅，笑称如果再不结婚的话，就要被岛上熟识的老太太包办婚姻了。"你能想象吗？和一个完全没见过面的女人结婚！"我还暂时不能想象岛上的老太太们是怎样的风格，但我为他找到真爱而感到开心，并且，随着他结婚生子，远在福冈的父母应该就会不再那么担心，他永远住在岛上的愿望就会实现了吧。

福田在市集上晃悠了很久，他停留在每一家小摊前跟店主闲聊，最后和一群人蹲在一家贩卖蔬菜苗的"茜的农场"前，人们看起来都是熟人，聊得热火朝天。这确实是我在京都难见的一种景象，但这一切完全如它表面看上去的那样令人羡慕吗？我又想起我问过福田的一个问题：在海士町的岛生活中，有什么令你觉得困扰的地方吗？

"闲话和谣言？"他迅速回答了我，"在一种狭窄的人际关系中，各种传闻很容易流传开来。"为了向我解释"狭窄的人际关系"，他列举了一种状况："比如说，今天你坐在我的副驾驶座上，我带你在岛上转一圈，中途被某个人目击了，很快在人们之中就会传开谣言：小福的副驾上坐着一个女人哦！那是新女朋友吧？如果我已经结了婚，谣言就会演变成：明明已经结婚了，还带着别的女人在兜风！加之海士町人从不当着本人的面直接说这些事，从而演变成在当事人完全不知情的情况下，流传着各种虚假情报。这一点非常让人讨厌。"我很庆幸我向福田提出了这个问题，否则我恐怕永远都不会知道，为何我会被他坚决地拦下伸向副驾车门的手，为何我又整个下午非得费力地坐在后座上不可。

这天晚上，我预约了岛上唯一的意大利料理店。这是一间完全颠覆我对离岛认知的店。我从未想过在偏僻之地能吃到一餐如此国际化的料理，它拥有日剧中那样时尚而昏黄的灯光色调，内饰设计现代简约，菜式按照流畅的节奏一道一道端上来。服务员是一位中年女士，身穿一丝不苟的黑色马甲和长裤，每端上来一道菜，总要向我细致讲解食材与工序。这间店里所有的一切，和停靠在它几米之外海岸上的一辆卖炸鸡和咖喱的移动餐车形成了鲜明对比，后来我才知道这场景是那么真实，它是一种复杂而多元的海士町形态。

我是前一天在酒店图书馆的一本讲述海士町人故事的书上看到这家店的。它的主厨是一位 1975 年出生于海士町的女性，学生时代受到在意大利所品尝的海鲜面的冲击，萌发了"在海士町开一家意大利料理店"的志向，她先是到岛根县松江市学习，又去了东京，此后独自一人前往意大利佛罗伦萨的料理店修行。2009 年，她回到故乡海士町，又经过四年，终于开办了自己梦寐以求的餐厅。"我只喜欢做有趣的工作，"这位主厨在采访中说，"这样的工作只有在离岛上才能实现。在东京或是名古屋，那是不可能的。"

由于白天和福田说了太多话，我迫切地需要独处时间，打算静默地吃完这餐饭便离开，也确实如愿持续到了尾声。直到甜品端上来，服务员突然开口跟我寒暄，得知我是一位住在京都的中国作家之后，"其实啊……"她笑了起来，仿佛一句话已经酝酿许久，"你两天前关注店里的 Instagram 的时候，我就注意到你了，你刚刚走进来的时候，我心想：这个人来了啊！"

"其实啊……"，我很喜欢人们说出这个词时的语调，它带着一种礼貌、矜持与尊重对方的距离感，但同时又充满了即将揭晓答案的暧昧情绪，一种不动声色的亲密感。这种亲密感，一直弥漫在接下来长时间的谈话中，一直延续到她问我：接下来去哪里？

"准备去宫崎家住一阵子。"我说，又想是不是应该解释得更清楚一些。

"宫崎家啊，"她完全没有迟疑，"我们店里放着宫崎家生产的大米和味醂呢！"早前我向福田提起宫崎家时，他也立刻就反应过来了。

我第一次有了一些切身体验，海士町确实拥有一种狭窄的人际关系，我甚至不用说出全名，只要报出"宫崎家"三个字，人们就立刻知道那是谁了。这个小岛，是一个真正的熟人社会。

2

我到达宫崎家那天，集落里发生了一场小型火灾。当时我在港口等待宫崎家的男主人雅也，距离约定好的时间已经过去了一会儿，还迟迟不见人影，"不守时"这种状况鲜少发生在日本人，尤其是初次见面的日本人身上，我开始变得焦虑，担心对方记错了时间，犹豫着是不是要打个电话。正在迟疑之间，一辆小型面包车驶进了停车场，旋即一个女人下车朝我走来，一个穿着背心、皮肤黝黑的小男孩也从副驾一侧敏捷地跳了下来。这便是我与宫崎家的成员——美穗和阳太的第一次见面。在车上，美穗不断地向我道歉，说正要出门，周边突然发生了一场小型火灾，道路暂时被封闭了，因此才耽误了时间。又说丈夫雅也还留在火灾现场帮忙，晚饭也许要推迟了——岛上消防员人手不足，各个地区的壮年男子都要兼任地域消防团的工作，当行政上的人力和资金都极为有限的时候，地区的建设和守护只能靠居民自己来完成。

这辆作为宫崎家日常交通工具的面包车被塞得满满的，阳太回到了副驾驶座，他今年 7 岁，正在上小学二年级，是这个家里的长男。

我拉开后座车门，发现里面有一个小女孩被固定在婴儿椅上，正笑眯眯地看着我，她是这个家里最小的孩子，还不到2岁。在最后一排，还有两个女孩探出头来打量我，大方地自我介绍说今年4岁，我回头打量了几次，确定她们是一对双胞胎。这天是周日，也是宫崎家最忙的一天，保育园、幼儿园和小学都休息，孩子们全部留在家里——宫崎家的孩子们性格活泼，几乎没有安静下来的时刻，对于我这样一个突然到来的外国人，连一秒钟的适应期都不需要，轮番进行着轰炸式的提问，又争先恐后地说起家里和学校的各种事情。我在一片嗡嗡嗡声中，只听见哪一位道："今晚要举办年糕大会！"

宫崎家位于距离港口10分钟车程的一个集落里，这个地区没有现代型公寓，和周围大多数民宅风格统一，是一幢两层的传统木造独栋建筑。我一到宫崎家，就被阳太拽去了后院，穿过一片欣欣向荣的小型菜地，来到了院子深处一棵高大的枇杷树下。正是枇杷成熟的季节，树上挂满了金黄色的果子，一架高高的梯子搭在树上，阳太三两下爬上去，用一把绑在竹竿顶端的巨型剪刀伸向顶端的果实。他要用刚摘下的枇杷招待我，但我只觉得提心吊胆，担心梯子不稳他会摔下来，又担心剪刀太大会误伤到他……我带着一种在城市日常受到的安全教育经验，想要阻止他，告诉他梯子危险，剪刀也危险，应该由成年人来进行此类操作。然而我还没来得及行动，他已经从梯子上跳下来，剪刀扔在一旁，捡起地上刚被剪落下来的还带着树叶的枇杷递到我眼前：吃吧！随后把我带到院子里一个简易的抽水设备前，是福田对我说过的海士町美味的地下水，用那水简单地洗了洗枇杷。枇杷果然清甜，我一口气吃了好几个，下意识要去寻找垃圾桶，阳太眼疾手快把我手里的一把皮都抢了过去，直接扔到了地里——雅也和美穗平时是这么教他的，如此便可以成为土壤的肥料。阳太又带我去看院子里正在生长的夏季蔬菜，向我介绍：紫苏、小葱、生菜、青椒和茄子。不久后我发现，生活在这个家里的孩子，无论是7岁的还是4岁的，包括不到2岁的，都熟识各种蔬菜、其他植物及昆虫。

我对宫崎家的第一印象，就从一棵枇杷树开始。直到傍晚之前，我都没有时间好好打量这个家。才从枇杷树回到玄关，我就又被双胞胎姐妹拽了出去。在后院的另一头，吊在一棵大树枝干上的，是雅也用麻绳和木板为孩子们制作的一个简易秋千，两个小女孩爬上去，一个坐在前方，一个站立于后方，要求我把她们"用力推得高高飞起来"。这样很危险！我心里的警报疯狂作响。但我已经开始意识到，这种担心也许是多余的，因为美穗其实一直默默注意着孩子们在做的一切，并且基本持一种放养态度。那些令我感到紧张和危险的东西，一架高高的梯子，一把巨大的剪刀，一个高高飞起来的秋千，在这个家里，似乎见怪不怪。我一次也没听到美穗对孩子们说过"不行"，反倒是，在双胞胎又嚷着要我带她们一起去后山的时候，美穗低声对我说："这个家里的孩子，都是主见过强的人，你要学会拒绝他们。"

为了欢迎我的到来，宫崎家决定举办一场年糕大会。一场从零开始的年糕大会。后院的空地上有一个简易的手工炉，要先用竹子生火，然后在炉上架起两层的木制蒸笼，蒸笼上铺一层布，再放上宫崎家自己栽种的有机糯米——蒸好了糯米，才有了制作年糕的原材料。整个生火的过程是阳太独自完成的。我对一个7岁男孩掌握的野外生存技能感到惊讶，但在宫崎家，这也是一种日常。阳太看起来经常干这事，准确把握调整火候的时机，劈起竹子来也干净利落。待火势稳定之后，他又拉我去磨黄豆粉——前厅的走廊上放着一个沉重的石磨，几个孩子向我传授方法：把干燥的豆子扔进去，转动磨盘，如此重复几次，豆子变成粉末，粗粉变成细粉，最后收集成一大碗，是年糕的专用蘸料。

在我到达宫崎家的两个小时里，宫崎家的孩子们已经完成了摘枇杷、荡秋千、生火、蒸糯米和磨黄豆粉等各项活动。他们终于安静下来的时刻，是美穗在墙上给他们投影播放动画片《哆啦A梦》时，几个孩子聚精会神地挤在沙发上，不再吵闹。我这才有时间观察这个家，别说是iPad和游戏机了，就连个电视都没有。美穗说，投影仪的娱乐时间也很有限，只在周末晚饭前用来播放一个小时的动画片。

这天的动画片甚至没有播满一小时。傍晚，雅也回来了，站在玄关向家庭成员们汇报说：火灾已经解决了！他手里拎着一桶活蹦乱跳的鱼，向孩子们发出邀请："有人要去海边吗？"对宫崎家的孩子来说，去海边的吸引力似乎比动画片更大，他们立即从沙发上跳了下来。

说是去海边，其实只是步行几分钟开外的一个港口。雅也在海边蹲下来，向我解释说，杀鱼的时候，用海水洗涤是重要的做法，对于海里的生物，就应该用它们生活环境中的元素来处理，这是保持新鲜和美味的秘诀。我接受了他的说法，但我表示：对城市人来说，这个要求太奢侈了。雅也拎着的那一桶鱼，种类繁多，每种只有一条，除了海螺和螃蟹，我不认识其余任何一种，倒是被双胞胎中的一位一下子指出：最小的那个是河豚！它们全都是生活在海士町近海里的鱼类，是这天早晨雅也和在附近经营民宿的老爷爷一起出海打渔的成果。雅也最初是作为那间民宿的打工者进入这个小岛的，如今他早已独立，成家立业，对方成为他在这个异乡小岛上亲戚一般的存在。

比起杀鱼，我发现宫崎家的孩子们对远处一只盘旋的黑鸢更感兴趣。自从看到雅也将一条鱼的内脏扔给那只黑鸢，而它也立刻兴奋地俯冲下来叼走之后，他们就一直央求着向黑鸢投掷食物，而雅也确实也这么做了，直至鱼类全部处理干净，而黑鸢也吃得饱饱的，飞去了远方的电线杆上，不再靠近。这个家的孩子就是这样在日常生活中接受着自然教育，当女孩们请求雅也把河豚的肝脏扔给那只黑鸢时，雅也耐心地对她说："河豚的肝脏有毒，人类吃了会被毒死，黑鸢吃了也会被毒死。我们在向动物喂食时，一定要先考虑它们的生命。"最后剩下的一些内脏，被装进一个筐子里，沉到水底去抓章鱼了。堤坝上绑着几个简易的小型捕捞装置，日常就这样放着，偶尔来看一看，会有意外的收获，经常捕到章鱼或螃蟹，前阵子甚至捕到了一条长达50厘米的大鲷鱼。

从海边返回家里，糯米就蒸好了。雅也又带着几个孩子在院子里捣起了年糕。一个厚重的专用木桶和两根大木槌，是孩子们在群马县的奶奶专门送来的礼物。将蒸好的糯米倒进去，两个人轮流抢起槌子砸下去，一直到糯米的颗粒状消失，变成黏稠平滑的糕状。听闻我在日本生活多年，从未在正月里参加过捣年糕活动，雅也表示不可思议，此后便成了我一个人的捣年糕初体验。尽管此时已是盛夏，这项活动却仍然营造出一种正月氛围——几个孩子一直围绕在我身边，大声喊着"yo-i-sho-"的助威声，并且每逢我停下来休息的间歇，他们都会将手伸向年糕桶，现场吃起热腾腾的年糕来。

趁着我捣年糕的时候，雅也又回到屋里生火去了。厨房旁有一个小小的隔间，放着一个简易的烧水装置，生起火后，塞几根粗大的竹子进去，晚饭后就能烧好一大铁桶热水，通过水管引入浴室，打开浴缸水龙头——宫崎家的专用洗澡水就完成了。这个家没有电热水器。

烧水装置上还装有一个温度计，可以随时调整水温。我刚开始以为这种作法是一种岛生态，后来才得知整个海士町只有雅也和他的另一个朋友在实践这样的原生态生活。起初是因为附近有很多废弃竹林，留下堆积成山的竹子，用来烧火和烧洗澡水，是一种有效处理废材的环保方式。"而且，"雅也坚定地告诉我，"用竹子烧的地下水，泡起澡来舒服极了！"

在宫崎家的厨房里，有两个水龙头。一个是从前的户主留下来的、经过过滤的水龙头，一个连通雅也直接用水泵从地底抽上来的水。我难以辨别两者有何差异，但阳太告诉我，绝对是后者更好喝。我发现，这个家里的孩子想喝水的时候，都会直接拿着自己的杯子，站在属于他们的厨房专用的小木凳上，直接去接那个水龙头里的水。

这晚的年糕大会，在一种开放的氛围中度过，孩子们在捣年糕环节已经吃了很多，又在饭桌上蘸着黄豆粉吃了更多，我猜想宫崎夫妇从不担心孩子挑食，这个家的孩子们个个都是大胃王。我也用海苔包着年糕吃了好几个，我很喜欢那个海苔，带着潮风气息，又隐有甘甜，肯定不是我平日里在超市里能买到的那种——它是从海士町冬天的海里捞上来、宫崎家每年自己加工制作的食物。

白天玩得太累，几个孩子晚饭时间就在榻榻米上横七竖八地睡着了。阳太整个下午都光着上半身跑来跑去，此时微微有些发烧，我担心地询问要不要给他吃些药，美穗摇摇头："睡一觉就好了！"双胞胎中的一个被蚊虫咬了一身包，美穗也不打算给她抹药膏，这个家里没有那种东西，她说："泡个澡就好了！"等到几个孩子都被叫起来集体泡过澡，跟我礼貌地道过"晚安"后就走上二楼的卧室去睡觉了，我也去泡了个澡。在宫崎家的浴室里，没有洗发水、护发素和沐浴液，唯一使用的是一瓶纯天然有机洗涤油。我又找了好半天，才从洗手台下面的柜子里找出来一个积满灰尘的电吹风，看起来被冷落已久——几个孩子的头发都是用毛巾用力擦擦，然后自然风干。经过几个小时的加热，热水已经烧到了八十几度，流经的水管变得滚烫，雅也之前再三叮嘱我要小心，混了冷水再泡澡。这是我第一次清楚地知道我的泡澡水经过了怎样的路径：先是被后院那个水泵从地下抽起来，然后进入一个大铁桶，后山的竹子燃烧后将其变得滚烫……最后它包裹住了我。

晚上 9 点之前，宫崎家结束了一天忙碌的生活。宫崎夫妇在二楼哄孩子们睡觉，我一个人留在瞬间安静的一楼。一楼深处的一个宽敞的房间留给我作为卧室，按照传统日本住宅的设计，这个房间就是专门留给客人的。于是按照传统的住宅样式，这个房间也没有窗帘，天亮起来的时候，阳光会透过木头格子门上的白色障子纸流淌进来，把人晃醒。也许不用等到光的到来，声音会更早惊扰美梦——美穗告诉我，岛上各处的报时广播会在早上 6 点半准时响起。

这是我在宫崎家的第一天。

三个月前，我给雅也发了一条短信，询问能不能在他家里住一阵子，进行一些岛生活和农业渔业的日常体验。几天后，雅也回复了我，说家里如今有四个孩子，情况十分混乱，如果不介意吵闹，可以在六月过来。我上一次在网上读到他的故事，说是他以和岛外来的女性结婚为契机，从工作多年的民宿辞了职，开始摸索独立生活。没想到转眼间竟然有了四个孩子，真是一种让人惊讶的岛节奏。

福田曾对我说过岛生活繁忙，宫崎家则完全向我阐释了这句话。孩子们在早上 6 点半起床，在那之前，宫崎夫妇已经在准备早餐，阳太在早上 7 点半出门，和邻居家的小学生一起步行前往学校，8 点之前，美穗要把三个女孩和她们的书包及行李塞进面包车，依次把她们送到保育园和幼儿园。送孩子出门的早晨，永远是一副手忙脚乱、马上就要迟到的样子。虽然这之后，直到下午 4 点半去接孩子，宫崎家会拥有一整天的宁静，但宫崎夫妇的生活被工作和杂务填满了。宫崎家的生活，后来深深刻在我脑海里的，就成了突然闪进门又闪出门的一个个身影，成了玄关里永远散落凌乱的大小不一的各种鞋子。

下午 5 点到 8 点之间，宫崎家会重演一种吵吵闹闹的日常生活。这个家里充满了孩子。多数时候，他们在户外，在院子里。一天傍晚，阳太在院子里点燃茅草，雅也用这火烤了鱼，是隐岐近海的斑鲦和三线矶鲈，我自然是不认识，鱼的名字是孩子们教给我的，但这样的烤鱼只要撒上一点儿盐就很好吃。住在宫崎家一段日子之后，我意识到我随着他们的生活渐渐发生了改变：我变得能吃鱼了。在京都的日常生活中，我从不轻易吃鱼，作为一个在远离海洋的山城长大的人，我对海鱼的腥味有着异于常人的敏感。尽管在去过的所有小岛上，都有人告诉我，当地的鱼类是全日本最美味的，毫无鱼腥味，但我仍然每次都被打败。宫崎家的鱼让我感到惊喜，我丝毫不觉得它们腥，尽管我至今仍不知道这该归功于隐岐的海生态还是宫崎家的生活方式。阳太在这个家里受到的生活教育，包括如何生火也包括如何灭火，他受到附近那场小型火灾的警醒，在烤完鱼之后，反复去确认好几次茅草的烟雾完全消失，再无暗火，才放心地离开。又有一天，雅也带着两个孩子去地里采集蔬菜，我也跟着去了——宫崎家后院的菜园只栽种一些简单的蔬菜，他家还有几块更大的土地分布在周边各处，我们去的那一处，两个孩子熟练地挖了一堆土豆、洋葱和大葱，这是他们的日常劳动，他们认识所有蔬菜的幼苗，向我介绍着刚刚冒芽的西红柿和胡萝卜，毫不迟疑。

当孩子们在屋子里的时候，他们通常聚集在宽敞的起居室里等待晚饭时光的到来，一旦厨房里开始准备晚饭，他们又会一窝蜂挤进那里，要求参与其中。这个家里的孩子，除了最小的苍乃，其余几个皆会熟练使用菜刀，宫崎家从不阻止孩子使用菜刀，他们可以自己去做一切愿意尝试的事情，例如将从外面带回的野果子做成果酱。宫崎家厨房允许任何人以任何形式参与，到了第三天，我从民宿老爷爷送来的一筐土鸡蛋中拣出来四个，在这个厨房里炒了一锅正宗的中华炒饭，大家一抢而光。那筐鸡蛋后来又被我做成了水蒸蛋和酱油炒饭。第一天的年糕大会剩下来许多捏成长条的年糕，雅也将它们放在起居室的桌子上晾干，再用切年糕的机器将其切成一口大小保存。这成了阳太每天下午放学回家打发时间的娱乐活动，几天之后，他骄傲地宣布："我已经把全部的年糕都切完了！"这间起居室的榻榻米上，永远散落着各种打开的绘本，其中一些还贴着图书馆的标签，我一旦在地上坐下，随时手里就会被塞进一本，接着孩子们会爬到我身上来，要求我念绘本中的故事。双胞胎姐妹时常指出我在念故事过程中出现的读音错误，我发现她们已经对每一册绘本都倒背如流，但仍然迷恋于听故事，并且随时准备好为故事哈哈大笑。

有一天在念完某册关于鱼糕故事的绘本之后，美穗对我说，有了孩子之后，她强烈地意识到，起居室对于一个家来说是最重要的存在，它担任着维系家庭成员关系的重要职能，只可惜今天的日本人完全没有重视这一点。我想，对于一个旅人来说，起居室，至少是宫崎家的起居室，同样意义重大。在宫崎家起居室的榻榻米上念绘本的傍晚，成为我离开海士町之后常常怀念的一段时光，那是我，一个生活在城市里的独身主义者，如同模拟人生一般深入体验的"非日常"。那个起居室，杂乱，慌张，每一天都兵荒马乱，但它又被谈话、美食、故事和亲密感填满。我今天也在想念宫崎家的起居室。

3

宫崎家的起居室谈话，也发生在孩子们待在学校里的午饭时间。这时起居室的时间被放慢了，雅也可以有闲暇做一杯手冲咖啡——橱柜里的一个大盒子里装着几包精品咖啡豆，它们来自东北地区山形县的一家私人烘焙所，雅也特别喜欢它的味道，连续几年定期在网上购买。一天，喝着咖啡，雅也跟我聊起了东日本大地震，说许多日本年轻人以那次灾难为契机转变了观念，意识到乡村是生活更安全的地方，一些人开始离开大城市。类似的观点，我常常在日本各地的移住者口中听到：日本大城市安全神话的破灭，3·11大地震是一个至关重要的转折点。

很长时间里，雅也的故事被当作海士町的一个移住样本来讲述。2006年，刚刚大学毕业的他来到了遥远的隐岐小岛。当时，距离发生日本史上最大强度的地震还有五年，东京仍是全国各地年轻人梦寐以求的理想乡，高薪的工作、光明的未来、无尽的财富、名利与成就，就像一张随时会开出大奖的彩票，攥在一亿三千万双手中。雅也扔掉了那张彩票。于是，一个从东京名校毕业的大学生，放弃了进入金融机构工作的机会，去往一个大多数日本人一生都不会踏足的偏僻离岛——充满戏剧张力的故事引起了媒体的轰动。雅也回忆起刚来到岛上创业时的情况，说在那个时候"接受了一生的采访"，报纸、广播、电视……大批记者们因为他而一窝蜂地涌上了小岛。

来到宫崎家之前，我费了些工夫在二手网站上找到一本2008年秋天出版的《生活手帖》杂志，有位名叫濑户山玄的作家在专栏连载中发表了一篇《民宿之味》，内容讲述了海士町的民宿"但马屋"，以及围绕着这间民宿的多位年轻移住者的故事——其中一个主角，就是当时在但马屋工作到第三年、刚刚26岁的宫崎雅也。不久后我又在但马屋官网上找到一张宣传照，正是雅也坐在榻榻米上给客人弹奏三味线的场景。那篇文章的结尾，常年游历在日本各地的作家这么写道："如何使小岛永远保持活力？一个问题是在不破坏小岛自然的前提下，如何最大程度获得满足感。他们（海士町的人们）大胆且稳健的尝试，是产生诸多裂痕的日本社会寻获再生和寻找幸福的缩影，人们很快就会意识到这一点。"

雅也第一次来到海士町，是在大学毕业的前一年，那时他只是一个好奇的旅行者。海士町的中学生们因为修学旅行的契机，来到了雅也就读的一桥大学举行发表会，向东京的大学生们介绍自己生活的小岛。这激起了雅也和朋友们的兴趣，一行六人启程前往海士町旅游。旅行中，雅也听说了海士町的海参已有千年历史，并且这些海参如今还在不断地输入中国市场。在他留宿的但马屋，民宿主人，一位老爷爷，向他透露了自己同时也在进行海参捕捞工作。这是一项转包业务，委托来自岛根县本岛的一家公司，对方收购鲜海参后加工，再将干海参通过东京的出口公司卖到中国——这个繁琐的过程极大地压缩了海士町渔师的收益，且由于业务来自本岛，不能作为岛上经济收入的一部分。这次谈话让雅也萌生了一些想法，他认为海参加工完全可以作为岛上的事业来发展，从而对海士町的经济有所贡献。

雅也对海参在中国市场上的受欢迎程度早已有所了解。他大学毕业得比同龄人稍晚，因为中途休学了两年在中国生活：在他大学就读的商学部里，一位专门研究中国问题的老师向他推荐了这份工作——深圳有一个日技城工业园，里面聚集了四十多家日本企业，他被派去那里做助理工作。这两年让雅也见到了香港干货店里高价出售的干海参加工品，成为他日后在岛上开辟事业的伏笔。也因为这两年的生活，雅也培养了中文会话能力（偶尔我们会用中文聊天）和对中国尤其是中国菜的好感（这个家里竟然有正宗的中华铁锅和圆形锅铲），成为我最终被宫崎家接纳的一个伏笔：雅也告诉我，这个家已经好几年不接待外人了，收到我的短信，他和美穗讨论了一番，觉得"这个中国人好像很有趣"，才决定破个例。这件事令我笃定，世间万物紧紧相连，即便不用日本人经常挂在口边的"缘"来加以解释，它也确实多少充满了一些命运的指引，毕竟，在发了几封邮件杳无音信，迟迟找不到进入海士町的切入点时，我差点放弃了前往这个小岛的计划——是雅也回复的短信拯救了我。

大学毕业的夏天，雅也来到了海士町。彼时这个小岛为了振兴第三产业，有一项"商品开发研修生制度"已经推行多年，主要目的是吸引岛外人士来到海士町，从外部的视角探索并打磨当地的宝藏，发掘该岛的产业可能性。为此，政府大方地为他们支付一年的报酬，每月15万日元。第一年，雅也一边利用这项制度，一边在但马屋探索海参事业。捕捞海参的工作具有强烈的季节性，只在冬天里的几个月进行，其余的季节，雅也还要做一些别的工作。他的第一份工作，是替但马屋开船接送那些专程到岛上钓鱼的客人，先从岛根县的七类港接到他们，经过四个小时后到达海士町，然后每天按时把他们送往各处钓鱼，再接回民宿。但马屋先天具备这个小岛的多元化生存术：它同时从事着民宿、渔业和农业多个产业，甚至还经营着一间榻榻米店。雅也参与到了所有的工作之中，很快他便开始了自己栽种稻米和蔬菜的生活。这位从城市里初来乍到的年轻人，丝毫没有水土不服，他认为这一切很有趣，因为"山与海相关的工作，全部都能做到"。与此同时，他才后知后觉地意识到这是一个多么特别的小岛：在日本，有大海，有河流，同时能种植水稻的岛屿其实很少。雅也向我提起日本有一个"名水百选"的评选，这是日本环境省自1985年起列出的全国各地优质水源名目，雅也说，名单上仅有几个离岛入选，海士町就是其中之一。

2007年，雅也终于成功在海士町创建了海参加工厂。他将岛上十几户渔师联合到一起，由他们进行海参捕捞，然后进入工厂加工，成品直接通过东京的出口公司进入中国市场。渔师们的收入因此得到了大大提高，海士町也有了新兴产业。但这项事业的实现，并非雅也的个人能量使然，它有一个关键前提：海士町充分信任这个外来的年轻人并给了他一笔不小的创业投资。

这笔资金的背后，正是现代海士町转型故事的开始。

最初，海士町深陷离岛衰败的宿命之中。二战后的经济高速增长时期，日本地方的年轻人大量涌向城市，导致农村人口不断减少、高龄化日趋严重。1999年起，由日本政府主导在全国范围推行"平成大合并"，对人口减少的市町村进行合并——这项大规模活动一直持续到2010年，最终使日本的市町村数量从3232个急剧减少到1821个。

在这个国家，有将近一半的地方消失了。"平成大合并"的风潮刮到隐岐，岛后地区由于其巨大的体量安然无恙，岛前地区的情况就不太妙了，三个小岛被岛根县多次要求进行合并，上级行政机构不断向它们暗示：如果不合并，来自国家的财政拨款将会大幅减少，也将很难获得来自县政府的财政支援。这对收入来源本来就稀少、财政基础薄弱的小岛来说，无疑是雪上加霜。

我读过许多描写当时情况的文章和报道。所有的故事中，都有一个被强调的关键人物：町长山内道雄。这位被视为"改革派"的议员，在 2002 年的町长选举中首次当选，旋即面临"合并，还是不合并？"的问题。一些报道说他走访了岛内所有村落，确认岛民意愿，得出了一个结论：来自国家的合并方案只考虑了财政和效率问题，完全忽视了各个岛屿的文化和历史，对于这样的合并，岛民之间存在强烈的否定意见。2003 年 12 月，岛前三岛决定拒绝合并，各自独立。

独立的海士町同时陷入了危机：如果不迅速采取措施，这个小岛很快就会破产。为了拯救海士町人的生存，山内町长首先削减了市政府的人工成本，在公务员中推行减薪政策：市长减薪 50%，职员减薪 30%。公务员薪酬水平降至日本最低。这项举措节省了约 2 亿日元经费，相当于当时海士町的年税收总额。而节省下来的资金，则被用于水产养殖业和畜牧业等地方产业振兴以及儿童抚育支持。无论是建筑公司转型的隐岐牛农场，还是宫崎的海参加工厂，都得益于此项政策。

设立海参加工厂的各种专业设备昂贵，即便得到了一定的国家补助，仍需要 7000 万日元的筹备资金。将如此巨额资金用于建造一座工厂，据说在当时的议会中遭遇了强烈的反对声音，其中一种观点是："不能将纳税人的钱用来支持个人企业。"山内町长最终说服了各方，他认为：如果海参加工厂成功了，将有更多资金从中国流入小岛，从而增加本地渔师收入，同时，也将培养出海士町的产业继承人。预算最终通过，海参加工厂顺利建成。事实证明，海参产业如今已经成为海士町的一个重要存在。

我问过许多海士町人，山内町长大胆的改革作风，是否不同于日本人根深蒂固的保守传统？海士町的复兴与转型，是否与这个拥有开放心态的町长有很大关系？如果换一个人、换一个地方，这一切是否无法实现？多数人对此表示了肯定。这也是为什么，这位町长在这个小岛上当了整整十六年町长，直到 2018 年才以 80 岁的高龄退休。但海士町人也认为，所谓的町长的个人风格，如今早就是海士町政府的风格，现任町长也继承了前任改革、开放与包容的做法。借助外来者智慧和力量的思维模式，已经在海士町形成了。

在民宿但马屋打工，同时经营着海参加工厂的生活，雅也坚持了九年。2015 年，以和美穗结婚为契机，他辞掉了但马屋的工作。如今的海参加工厂，加上雅也一共有六名工作人员，主要是从事加工。出海打捞海参的渔师则有十几人。工作集中在二月到四月之间，其余季节所有人都在从事别的工作，或旅馆业，或农业，渔师们也进行着其他季节的捕渔活动。而雅也本人，除了正在进行一些小规模的农业生产及加工活动，并没有做任何其他副业。

我很好奇地询问他，海参加工厂是不是很赚钱，只要工作三个月就能维持一年的生活？

"并不能赚很多，"他坦诚地告诉我，"我们家正在过着一种成本很低的生活，才得以继续。"

我在宫崎家生活期间，得到了一些关于婚姻关系的启示：夫妻之间的协调性和配合性极为重要，而实现这一切的前提是价值观和思维模式的一致。雅也和美穗，两人对于生活的价值观几近完全相同，他们都渴望实践一种健康的、尽最大限度通过自己的双手来生产的循环型生活。如今，他们正在进行一种半农半渔的生活，出海捕鱼、栽种有机水稻及加工品、种植各种蔬菜、制作纳豆和腌菜等等……

但这样的生活也不可避免地面临着现实问题。按照我们对故事的想象，移住样本应该拥有一个成功结局。但事实上，如今的海参加工厂虽已成为海士町的珍贵产业，雅也也完全被小岛接纳，但随着海洋环境的急剧变化，海参的捕获量正在锐减，渔师们也因为逐渐老去，人数在逐年减少——产量和人手不足的问题正困扰着雅也，不能乐观预测未来会变成什么样。

这才是一个移住故事的现实走向：移住十七年后，雅也还在继续摸索。今年五月的周末市集，宫崎家第一次出摊了，售卖自家栽种的有机大米和豆子以及米麹和米花等健康加工食品。栽种的有机大米渐渐有一些富余，两人开始考虑今后增加一些农业相关的生产和贩卖工作，尽管产量和规模都还很小，却多少可以带来一些微薄的经济收入，同时能够推广他们的健康生活理念。雅也作为海士町的移住先驱，偶尔会被邀请向新来的移住者作一些演讲和分享，他也会谈到一些对未来多样化事业的设想，例如经营农家民宿，让来到小岛上的人能同时参与到渔业和农业生活之中，提供一种与酒店和旅馆完全不同的住宿体验。一切都仍在摸索中。尽管偶尔也会对未来充满担忧，但或许这才是移住生活的本质：所谓移住生活，是在探索一种此前从未有人经历过的生活，它必然由开垦、重建、转向与失败构成，也必然充满了未知、不确定、无中生有和重新开始，于是必将长久地甚至是永远地活在实践之中，也许需要用一生来得出答案。从某种程度上来说，这也是生活的本质。生活没有模板，每个样本都独一无二。

4

有天晚上临睡前，美穗突然对我说，周六有个英语会话小组的BBQ大会，并询问我是否想参加。岛上会说英语的人们经常聚在一起，组织各种活动，美穗是其中的一员。她向我列举成员构成：一些是生活在海士町的外国人，一些是有过海外生活经历的日本人。周六晚上，这个会话小组要为它的核心人物，一位来自牙买加的英语外教举行送别会。我对此充满兴趣，于是宫崎家决定集体参加这次活动。到了周五，美穗又告诉我，听说几个岛留学生也被"岛上的父母"带去参加，她知道我正在想办法接触这些高中生，为此表示高兴："你可以跟他们有很多谈话了！"

BBQ大会在一个名叫"阿玛玛莱"的设施里举行，它的名字用片假名写成，是一个由日语的"海士"和意大利语的"海"合成的词。这个设施由一间废弃的保育园改造而成，目的是给海士町人提供交流空间，教室被改造成厨房、游戏室、钢琴室、儿童房、咖啡角和小型图书馆，还有一间二手杂货屋。

傍晚，两个烧烤架搭在户外的草地上，每个成员都带来了各自的食物，一张大餐桌上风格十分混搭：省事的人直接带来了烧烤食材，例如香肠或排骨，另一些人则带来亲手制作的家庭料理。宫崎家带来的是美穗腌制的韩国泡菜和一大锅豆饭——米和豆子也都是自家栽种的。大人们为晚餐作准备的时候，孩子们全都集中在儿童房里玩耍——在这个小岛上，即便是英语会话小组，也通常以家庭为单位参加。由于大多数成员都有一两个孩子，很是热闹，我再次目睹了少子化社会的一个反面案例。

我是在图书馆里遇见那三个岛留学生的。他们正在给将要离开的外教制作赠别卡片，我走过去跟他们搭话，很快弄清楚了一些状况：一个男孩来自京都，一个女孩来自大阪，另一个女孩则来自黎巴嫩。海士町的岛留学生身上继承了这个小岛开放与热爱交流的特质，他们非常乐于回答我的提问，都说自己是主动选择来到这里读书。从小在京都长大的男生，出于"想要和日本各个都道府县的人交流"的初衷，被母亲推荐了海士町的高中。黎巴嫩女孩的情况则有些特殊，她是海外移民的第二代日裔，出生和成长都在海外，虽自小在家里说日语，但从未在日本上过学，抱着"想了解日本是怎么回事"的心情，自己在网上搜到了这里。至于那位大阪女孩，她的妹妹听过她分享海士町的生活后，也对日本的地域留学产生了强烈兴趣，目前正在北海道留学。

事实上，即便不去 BBQ 大会，我也随时会在海士町和岛留学生们擦肩而过。岛留学是这个小岛上备受瞩目的一个关键词，你无法忽视它的存在。如果说吸引外来者进行产业建设是海士町转型故事的开始，那么岛留学一定是这个转型故事的高潮——是它让海士町真正恢复了活力，从一个寂寂无名的小岛变成日本全国的知名移住目的地。

整个岛前地区只有一所高中，就是我遇见的几位岛留学生就读的"隐岐岛前高中"。这所高中最轰动的新闻，不是在 1955 年创校当时，而是在 2011 年 9 月，岛根县教育委员会决定将招生人数从一个班级

40 人增加到两个班级 80 人。它在全国性报纸上得到了一个头条位："离岛上出现了罕见的班级增加"。我看过这所学校的学生人数历年统计图，其中存在一个明显的低谷：从 2003 年的 145 名学生开始逐渐下落，到 2008 年只剩下 89 人，而后又开始逐渐上升。几天前，我从经常和高中生们玩在一起的福田那里听说了一些新的情况：现在，岛前高中的三个年级基本维持在 160 人以上，岛留学生占多数。福田向我强调：近来开始出现一些为了陪读而移住到岛上的父母。

成为转折点的 2008 年发生了什么？这一年，一个名叫"高中魅力化计划"的项目在海士町启动，其核心便是"岛留学"制度：通过吸引全国各地的高中生来岛上上学，增加在住人口、带动地区活力。今天，这个项目仍在海士町继续推行着，随着知名度的提高，申请者逐年增加，没有人怀疑它已经获得成功——它的模式先是在整个岛根县被借鉴，接着全国越来越多受到少子化困扰的地域开始推行。但毫无疑问，执行得最好的，仍是它的发明者海士町：过去十五年里，共有 320 名岛外的年轻人进入了岛前高中就读，他们来自日本的三十九个都道府县以及六个海外国家。

也是在酒店的图书馆里，我找到了町长山内道雄写的一本书：《改变未来的岛学校》（这本书的共著作者是比町长小 40 岁的名叫"岩本悠"的年轻人）。书中讲述的正是岛前高中的逆袭故事，里面详尽地描写了 2008 年是怎样一个危机时刻：这一年岛上的初中毕业生仅有 80 人，按照推算，十年后这个数字将减少到 28 人。这意味着到时候岛前高中会被废校。如果放任不管，海士町将失去它唯一的高中，如果高中消失，所有的孩子到了 15 岁都会离开小岛，这将最终导致有孩子的家庭从这个岛屿流失。"高中的存亡直接关系到这个地区的存亡"——这位町长意识到了问题所在。

提出"高中魅力化"的岩本悠就是在这样的背景下来到海士町的。当时他年仅27岁，正在东京的索尼公司负责人才培养项目，与海士町有一些项目往来的一桥大学学生联系了他，问他能否带领一个团队前往岛前地区进行外出教学，从而探讨如何解决岛前高中的存续问题。岩本悠意识到这是一个具有社会价值的活动，爽快地同意了，即便当时他连"岛前"和"海士町"两个地名的发音都不知道，更别说它们的地理位置了。关于那次外出教学，我通过岩本悠书中的文章想象了其概况：白天他在学校里进行了"通过五感体验自己、地区和世界之间联系"的工作坊，晚上则和岛民们一起举行了BBQ大会，从町长、议员到各个相关的政府工作人员都迫切地向他寻求意见。他们向他讲述这个小岛的严峻处境：半个世纪以来，人口从7000人减少到2400人，仅剩三分之一；在住人口中，大约四成年龄超过65岁，同时每年的新生儿数不足10人……以及因为拒绝合并而面临的破产危机。"所有的一切令人震惊"——对于生活在大都市、对日本地方情况了解甚少的岩本悠来说，海士町的现状是一个冲击，他不能想象日本的离岛衰退竟然如此迅速。但与此同时，他也听到了海士町公务员减薪的举措，以及当地人对各种产业的振兴和扶植计划，他认为这个小岛的人们充满了使命感、危机意识和自救的决心。在一篇文章里，他把他们称作是"21世纪的日本武士"，因为这些人正在努力把这个小岛及其文化留给未来的日本人。

于是，在被海士町的武士们问及"有没有办法保护这所学校？例如将它变为进入名牌大学的升学率很高的学校？"时，岩本悠真诚地坦言了自己的思考："要做的不只是关注升学，而是应该创造既注重知识水平又注重个人素质和志向发展的教育环境，如果能做到这一点，不仅可以吸引本地学生就读，岛外的孩子也可能进入该校。如此，学校也会继续存在。"我对"岛留学"一词早有耳闻，却是来到海士町之后，才通过各种书籍和人们的聊天中得知"高中魅力化"这个概念。比起"留学"，我深深感到"魅力化"这个词生动多了，它充满了一种主动变革的精神，而它背后是岩本悠的核心观点：如果高中不具备魅力，整个岛屿都将失去魅力；提升高中魅力将直接促进整个地区的持久发展。

岩本悠和海士町的故事自此开始。他在许多采访中用一种戏剧化的语气谈论起后来的事情：次日启程离开小岛之前，他被邀请到公民会馆，几位政府人员热切地问他："关于昨晚的谈话，您打算从什么时候来我们的岛上？"他为武士们突然拔剑感到惊讶，但还是礼貌地表示：回到东京后将会认真考虑再给予答复。

在大多数人看来，这完全是一份毫无吸引力的邀约：如果去海士町，意味着要辞掉在索尼的工作，即用一个在东京的国际大企业的前途无限的稳定工作，交换一个收入降低一半、合同仅为三年的毫无保障的未来。岩本悠选择了这个未来。他给海士町打了电话，宣布了自己的决定："我会去的！"在我阅读过更多岩本悠写的书之后，我理解了他作出这个选择的原因，我想这与他的个人经历紧密相连：这位出身在东京的城市男孩，在高中第一次出国到加拿大旅游时，就已经对日本的封闭式学校教育产生了质疑，考上东京的大学之后，他休学了一年，用打工赚来的 50 万日元资金，游历了亚洲和非洲二十个国家。他的旅游不是玩耍，而是找到各地的 NGO 及国际合作组织，参与地域建设工作——这段经历被他写在 2003 年的一本《流学日记》里。

这本书的出版命途多舛,各大出版社都拒绝了这位寂寂无名的年轻人,他只好借了200万日元自费出版,结果卖得不错,甚至在海外被翻译出版了,他最终利用这本书的版税收入在阿富汗建立了一所学校。

日本长时间停滞不前,这个国家的未来需要通过教育改革来实现——这是岩本悠在丰富的海外游历中坚定的想法。这样的眼光,我从未在那些宅居家中双眼盯着电脑、毫无兴趣放眼于世界的日本年轻人身上看到过。在岩本悠的回忆里,第一次离开海士町时,他从船上远眺岛影,感到这个小岛就像是整个日本社会的缩影一样。"日本自明治维新以来,集中力量从地方吸引人才到东京,建立了一个强大的国家,这些追赶欧美并超越它们的努力,推动了日本成为今天的富裕先进国家。这也为地方带来了种种问题。海士町所面临的人口减少、少子高龄化、就业萎缩、财政困难等恶性循环,是许多地方普遍面临的问题,未来整个日本都将面临这些挑战。"他意识到:在经济陷入困境、高速增长停滞、人口开始下降、社会价值观念急剧变革之时,海士町这个处于时代尾巴上的小岛,也许能成为引领日本未来发展的前沿标杆。这个想法促使他最终选择了海士町这个不确定的未来。他野心勃勃,要投身日本问题的最前线,在这里实践教育改革,为未来的日本打造一个先进的通用模式。而海士町,就像它一贯对待外来者那样,全盘接受了这个不到30岁的年轻人的大胆尝试,他们甚至专门为他发明了一个职位:魅力化特命官。

以上就是岩本悠的故事。我用他的自述之书、采访报道以及和海士町人的谈话组装出了这个故事。如果他还在海士町,我会想去见一见他,可惜当我来到这个小岛时,他已经离开多年。但岩本悠在今天的海士町仍然无人不知、至关重要,如果一个海士町人要向我讲述小岛的故事,他们会像谈论起一个昨天刚见过的邻居那样,以亲切的口气说起:"悠啊……"日子久了,我也开始觉得,即使没有见过面,他也已经是个熟人了。

"我们培养的既不是只想出国留学的'全球人才',也不是只对身边事情感兴趣的'内向型本土人才'。相反,我们致力于培养那些既与当地紧密联系又具备走向世界舞台的'全球性本土人才'。"在岩本悠的教育理念中,我颇为共鸣的是这个观点。岛前高中将来自全日本甚至全世界拥有多样化价值观的年轻人聚集在一起,在偏僻岛屿上打造出一个连东京的公立高中也难以实现的国际教育环境,这已经不仅仅是在解决"人口减少"这个现实问题了,我感受到它背后的雄心壮志:一个离岛所拥有的世界性,也许比日本其他任何地方都先进。

我确实感受到了岛前海士町高中的世界性。那个黎巴嫩女孩告诉我,她大概率不会在日本上大学,她已经在岛上的学校待了三年,自认为足够了解日本氛围,接下来上大学,她可以再去体验别的国家了。海士町的岛留学生们,似乎也都拥有这般与众不同的探索世界的气质,我意识到岩本悠在某种程度上实现了他所想要的教育结果,这在那个大阪女孩身上尤为明显,她拥有一个偏僻的姓氏:"六车"。虽然才读到高三,却是在海士町生活的第四年,因为读完高二,她就休学了一年前往斐济留学,留学的资金是通过她在网上发起的一个众筹项目实现的。

我很顺利地找到了那个众筹页面,她在筹款原因中如此写道:

> 我现在正在参加"岛留学"项目,离开了位于大阪的家乡,开始在岛根县名为"海士町"的一个离岛上过着宿舍生活。

我希望能够创建一个社会，人们互相尊重和理解，更多的人可以主动挑战自我。为了实现这样的目标，我认为我现在需要去留学，以获得所需的知识，然后在高中毕业后，我想去深造。我计划在留学期间通过了解不同的价值观和思维方式来扩大自己的视野，吸收多元的思考方式，以此积累我未来建立想象中的社会所需的经验。

要去留学，包括留学项目费用、交通费用在内，我需要约150万日元，这是一笔很大的费用。回国后，我想向那些支持我的人报告我在留学期间的体验。对于岛上社区的居民，我也希望能够在帮助他们的同时，向他们报告我留学期间的体验。我想了解日本与斐济之间的巨大差异，理解发达国家与发展中国家的区别。

我和六车初次见面时，她刚结束斐济的留学回到海士町不到两个月，正在准备大学升学考试。她告诉我，在斐济体会到了完全不同于日本的自由，在那里寄宿的一个家庭，已经成为她在这个地球上的第二个家，她随时都有可能再回去。

六车说，就算明年进入了大学，她还是想先去体验世界各地，最后再回到日本居住，这样才能用世界眼光看待日本问题。这时，在日本国际协力机构（JICA）的海士町事务所工作的森田女士加入了我们的谈话，她热情地向六车推销："那就一定要加入我们的海外青年协力队！"这是一项日本政府从1965年开始的向发展中国家派遣青年志愿者的支援活动，迄今已有超过5万名日本年轻人通过它获得前往海外生活两年的机会，森田女士是其中一员，几年前，她去了肯尼亚。

森田女士和她的丈夫，就是美穗口中的"岛上的父母"。尽管福田告诉我，有一些父母开始和留学的孩子一起移住到岛上，但这毕竟只是少数，多数时候，岛留学的孩子们是独自前来的。如果他们只往返于学校和宿舍之间，缺乏参加当地活动的机会，这不符合岩本悠提出的"与当地紧密联系"。为了解决这个问题，十年前，海士町开发了"岛父母"制度，顾名思义，让海士町居民成为岛留学生在岛上的父母，带他们深度参与当地生活。岛父母与岛留学生之间的具体关系和交往方式由双方自行决定，通常留学生不会每天住在岛父母家里，但有的会在周末住几天，他们会按照各自频率聚餐，或是一起参加地域活动和在岛上游玩，一些岛留学生还会协助岛父母的渔业和农业活动。如果遇到生活或是人际交往上的问题，岛留学生也可以选择向岛父母倾诉和咨询。

　　如今，岛前高中每年至少需要四十名岛父母，这些人都是以志愿者的身份参与的，不仅局限于海士町，也有一些生活在附近的西之岛或是知夫里岛。由于考虑到未成年人的教育问题，并不是所有人都可以成为岛父母，森田女士告诉我，岛父母一般是由学校根据岛留学生的兴趣和需求，主动寻找和询问合适人选，而并非岛民自己申请。森田夫妇成了那位京都男生的岛父母，契机是因为他想要加入一个"能够进行更多国际性交流"的家庭。

　　森田夫妇生活在海士町的时间其实并不比京都来的留学生更久。两年前他们才从京都搬到这个小岛上来。其中原因，森田女士说，生活在肯尼亚时，她见证了一种全社会共同育儿的氛围，自己生了孩子以后，也想在日本国内找到一个类似的地方，那时便有一位先行移住到海士町的朋友向她推荐了这里，表示当地育儿环境非常好，也肯定能够找到工作。她的运气不错，JICA 从 2018 年开始在海士町开设事务所，对当地进行地域振兴提携，森田女士到来的那个秋天，正好出现了一个岗位空缺。

对于这件事我恰恰有些疑惑——如果我没记错的话，JICA 是一个面向海外活动的机构，为什么需要在海士町这样的地方开设事务所？

"将要被派往海外的协力队队员，被安排先到这里进行三个月的研修，对岛上的各种问题提出课题与方案，然后练习寻找解决问题的方法。"森田女士向我解释，按照她的经验，日本的年轻人在去到海外之后，会开始想了解自己的国家，而大多数时候他们发现自己一无所知。海士町提供了一个好机会。同时，对于海士町来说，接待了研修团体，也是在帮助当地经济振兴。JICA 仅在日本屈指可数的几个地方进行这样的研修事业，之所以来到海士町，也是看中了这里地域振兴的成功经验。

森田先生，一位如今在岛前高中工作、过去在纳米比亚生活了两年的前海外协力队队员，一直在向我赞扬海外的中华物产店，说日本人鲜有此种经商头脑，他在那个南非国家的日常生活，全是靠中华物产店里的大米和调味料支撑下来的。他一开始对我也有些疑惑，反复追问我为何来到海士町，表示这个小岛上既没有什么观光景点，交通也不方便……我对他提及了一些原因，诸如我对日本的离岛充满兴趣，或是我正在游历多数日本人也没有去过的地方，他并不满意，直至我说起这些年来一直在关注日本地方创生，订阅了许多杂志，常从杂志上见到海士町的案例，他才终于满意了："那就可以理解了！海士町确实是日本地方创生的一个榜样！"

英语发音的标准程度远在日本人平均水平之上的森田夫妇，只是这个 BBQ 大会上国际化特质的片影。这天晚上，我还认识了一个菲律宾人，她和她的日本丈夫都是大学研究员，现在在岛上的海藻中心工作，还有一个四年前开始在岛上酿造葡萄酒的日本人，他英语说得好，全因从前一直在环游世界，来到海士町之前长年居住在东南亚的缘故。我也认识了那个来自牙买加的英语外教和他的继任者，一个特立尼达和多巴哥人，还有他们的日语老师，那是一位日语说得像母语一样好的韩国女士。

热情开朗的牙买加外教将在七月底告别小岛。往后我从他的社交账号上看到，他离开的那天，港口站满了挥手送别的人，他在这个岛上是如此拥有人气，因为他教过这里所有幼儿园和小学的孩子——在宫崎家，阳太和双胞胎的英语也都是他教的。过去几年里，这位牙买加人是岛上唯一的外教，准确来说，他的工作被称作"外国语指导助手"。半个世纪以来，日本人在英语教育上可谓十分努力，聘请外籍人员在英语课堂上担任助教的做法，始于总务省在 1987 年启动的一个外语青年引进项目，据说如今已发展成世界上最大的语言教学招聘项目，共有来自七十七个国家的七万多人参与其中。牙买加外教接下来的去向，多少暴露了通常这些外国人的一种日本路径：他要去广岛大学读研究生，方向是国际教育开发。

"我不知道这个选择是否正确，"他笑着摇摇头，"但总之，我要去日本的大城市生活了！"他把广岛称为"大城市"，因为他刚到日本就被分配到了海士町，这里是他在日本的第一站，也是迄今为止唯一一站。在告别发言时，这个牙买加人生动地重现了得知这个消息的那一刻："哇，什么？坐船？2600 人的小岛？怎么回事！当时我心想：待满三年就赶紧去别的地方吧！"而如今，他已经在海士町生活了六年，六年前一句日语也不会说的人，六年后能用日语完成告别感言，他毫不掩饰自己对这个小岛的爱意："海士町是 super town！我超级喜欢这里！"

如果一个地方够小，人们很可能在周六晚上道别，然后在周日早上再次相聚。海士町的人们，在 BBQ 大会上告别的时候，互相说着："今天辛苦了！明天也拜托了！"从周日的大清早开始，将迎来这个岛上一年一度的盛事：垒球大会。各个地区都会派出代表队参加，从早到晚，举行一整天，直到决出优胜者。

我也被邀请前去观赏垒球大会。在岛上生活两周后，我已经有了好几个熟人，他们穿着不同地区代表队的队服，走过来跟我打招呼。我再一次见到了福田。"又遇见了呢！"我对他说。"你还没有搞清楚状况吗？"他用一种感觉我说了一句废话的口吻回答说，"在这样的小岛上，肯定是会遇到的！"我在这个小岛不像在其他岛上那样总是遇见老年人，或随时目睹高龄化的现状，在海士町，我遇见的年龄最大的人，就在这个垒球大会上——那是一位担任某地区投手的老渔师，我猜测他差不多七十岁。其余时候，包括在这场垒球大会上，我见到的都是小孩、高中生、年轻的移住者，还有几个外国人。

美穗环视了垒球场一圈，发出感慨："最近参加岛上的活动，一半都是新来的不认识的人，而在三四年前，去什么活动都全是熟人。"

这些陌生的面孔，也许是新入学的岛留学生，也许是春天刚来的"成人的岛留学生"，还有一种情况，雅也说，两年前岛上成立了一个"海士町复业协同组合"，今年刚从外面招来了十几个人。这是一种离岛特色的典型工作，由于在岛上缺乏全年可做的工种，但各个行业又都存在一些季节性劳动需求，于是诞生了将地区小规模工作整合在一起的复业机构，由该机构雇佣员工，然后根据季节将他们派遣到不同岗位。如此一来，既保证了人们的稳定就业，也解决了各产业的劳动力需求。在海士町复业协同组合的官网上，对于应聘者的要求，写着"一年内至少在三个地方工作""每个地方工作时间至少三个月"这样的话，按照普遍情况，他们应该会在冬季从事渔业，春季和夏季进行水产品加工，一些还会从事农业、林业以及办公室文职工作。

我就是这个垒球大会上见到鱼山的。

美穗在高中时曾是学校垒球部成员，因此成为垒球会上珍贵的女性选手，在这天的比赛中让我见识了她的运动能力。奈何对手太强，还是输了。对手中有一个高中生模样的男生，实力不容小觑，我猜他便是鱼山了。前一天晚上，黎巴嫩女孩对我说，她的同学中有一个从上海来的岛留学生，次日将会在垒球大会上作为主力出场，建议我一定要跟他见见面："他来到这个岛上，完全没有说中文的机会，见到你一定会很高兴！"雅也听我说了这件事，突然一拍大腿："鱼山吗？我知道他！上周他联络了我，说对岛上的民宿有兴趣，我们约了下周聊聊。"原来如此，在这样的小岛上，所有人和所有人确实都是会遇见的。

比赛与比赛的间隙，我和鱼山坐在球场边闲聊。他说起话来完全是日本人说中文的发音，原来他的母亲是四川人，父亲是日本人，直到小学他都一直生活在日本，初中才随着父亲的工作调动去了中国，在上海的一所国际学校里学习了中文。

尽管在严格意义上，鱼山并不是一个中国人，但他依然是岛前高中第一位从中国来的岛留学生。他有一个在日本的大学里作教育研究的叔叔，那位教授叔叔向他极力推荐了海士町。他在网上通过了面试，在 2022 年春天来到这里，中途还因为上海封城差点儿错过入学式。鱼山对我说了一些岛前高中的现状，例如他的班上有 25 个学生，整个年级共有 50 人，其中七成是岛留学生；例如学校的社团活动，他参加了棒球部和地域国际交流部，后者的成员中还有一个不丹人；例如他的岛父母是一个西之岛上的教师家庭，当宿舍管理员对他进行意向征询时，他说"想去别的岛看看"，于是便有了这个结果（而他的一位同学说"想钓鱼"，就被送去了一个渔师之家），他偶尔会在周末搭船前往邻岛，在岛父母家吃饭，被他们带去各种地方游玩。

我已经从一些人那里听闻，由于岛留学生申请人数众多，每年都会刷下一些人。最火爆时录取率甚至达到了 1:6。而鱼山则说，在他入学时，录取率大概是 1:2。

"面试会问些什么问题呢？"我很好奇。

"主要就是围绕着'为什么想来留学'的提问，我以为很简单，但意外地被追问了很多细节。"他进一步解释说，对于这个提问，他的回答是："想要学习多样性。"于是对方立刻问了下去："什么样的多样性？"

虽然面试不如想象中那么简单，但对于一个在中国读了三年书的中学生来说，岛上的学习是真的很轻松。我问他在中国的学习如何。"太难了！"他说。我又问他在岛上的学习如何。"太简单了！"他说。他顿了顿，试图总结他在两种截然不同的教育环境中得出的结论："在中国，学习的竞争太激烈了，在这里，不像在学习，而像在探究。那边光是在学习，这边偏重于探究，这是最大不同的地方。"

这是鱼山生活在海士町的第二年，从他在全球大会上的人气，能看出他已经融入了这里，而从他这段关于"探究"的理念，我又再次感受到了海士町的岛留学生们与众不同的实践性特质。这个岛上的高中生，都在特别积极地进行各种地区项目的探索和开发，鱼山联系雅也也是出于这个目的：他计划研究岛前地区的民宿情况，并将它们整合在一起，制作一个面向外来者的多语言官网。

在和鱼山的聊天中，我好几次想起岩本悠的观点，他认为，高中不仅是一个教育机构，还具有地方创生的功能。鱼山让我看到了这一点。同时，我还感觉到，在这个小岛上，高中生们和成年人们拥有同样平等的地位，在为建设这个小岛付出同样的努力——一个民宿网站，可以由成年人来做，也可以由高中生来做，谁来做都一样，因为他们的目的也都是一样的：吸引更多的外来者来到海士町。

几个月后，我又一次见到了六车。暑假期间，她回到了大阪的家里，说要带妹妹来京都找我玩，结果连母亲也一起带来了。我们在一间中华料理店吃饭，聊起了岛前高中的一些事情，都是我在岛上不曾得知的，例如岛留学生其实分为两种，一种是自己对小岛充满兴趣、积极投身于地域活动的，另一种是因为与父母关系不佳、躲到小岛上来的。前者在海士町的存在感很强，因此我见到了他们；后者则每天躲在宿舍里打游戏，我自然与他们无缘相见。

"岛前高中为什么愿意接收躲在宿舍打游戏的学生？"我认为这不符合它的教育理念。

"那些脑子很好的学生，总有办法在面试时说服面试官。"六车解释说，这不难理解，她向我强调，"归根结底岛前高中还是一所公立学校，升学率也很重要。"

我对六车的妈妈、那位打扮优雅的大阪女人颇感兴趣。她的一个女儿到了海士町，另一个女儿则去了北海道，我向她求证：这是否意味着日本人的价值观发生了转变，人们开始认可地域留学了？

"我们家是特例，"她否定了我，"大多数家长还是希望孩子进入城市里升学率高的学校，考一个好大学，找一份好工作。但是我不这么想，"她继续说，"我觉得让孩子们自己想清楚自己愿意成为什么样的人，并且努力去成为她们想成为的人，这件事远比考上一个好大学更重要。事实上，那些考上了名牌大学的人，不是也存在着各种问题吗？"

人格的树立远比考一个高分更重要，海士町的化学反应令这位妈妈更加确定了自己的观点，她惊喜地发现：六车去了海士町之后，变成了一个热情活跃、积极沟通、能够独立实现梦想的人。她毫不保留地称赞女儿："你变得很强！"因此，她完全不介意两个女儿不在身边，甚至对小女儿因为喜欢熊猫想去中国上大学这件事全盘接受，实际上她就是为了这件事才来见我的，她向我打听了几所中国大学的情况，有一件事急需向我确认："那里治安好吗？"

不过，我看得出，就算不那么在乎分数，她其实还是对六车的大学去向抱有期望。我问过六车希望报考的大学，她说出几个正在考虑的，都是在京都或东京有些名气的学校。她的妈妈这么教育她："无论你成为一个多么有能力的人，在日本这个社会，不好好地从大学毕业，找工作就会很难。"这位妈妈的期望因为社会环境而妥协，"至少考上一个大家都听说过名字的大学吧。"

由海士町创造的"岛留学"，如今扩散到日本全国各地，渐渐不再局限于小岛，扩大成为"地域留学"。有数据显示，引入"地域留学"的日本高中将在 2023 年超过 100 所。而岩本悠本人，也因为提出了这一理念获得了个人的成功。2015 年，他被邀请到岛根县教育厅工作，将"高中魅力化"的做法在整个县域实施。而在 2017 年，他又设立了名为"地域教育魅力化平台"的基金法人，目前正在为国家文部科学省出谋划策。美穗在岛前高中做英语老师时，曾和岩本悠有过深入交流，她对我说："悠的野心是改变日本的教育，他从未掩饰过这一点。"在我看过的一篇采访里，岩本悠说他的偶像是吉田松阴，一位培育了明治维新众多重要人物的伟大的日本教育家，于是我多少理解了一些他的野心。而美穗说："他的野心不是为了自己，是为了这个国家。从以前开始他就一直这样说：去得越高，能做的事情就越多，越能实现自己想做的事情，从而改变整个海士町甚至日本。"很早之前，美穗因为无法接受岛前高中的教育中存在的诸多问题而退出了教育一线，但她仍然对岩本悠充满了赞赏。在海士町，还有许多人像美穗这样，为当代日本能出现岩本悠这样具有教育改革意识的年轻人而感到高兴，他们愿意支持他将要走的路，也愿意在他走后的小岛继续实践各自对于教育的想法。

岛前高中继续在摸索和实践"全球性本土人才"这一教育理念。2022 年，它开设了一个史无前例的"地域共创科"，高中二年级的学生可以选择继续就读传统高中教育的"普通科"，也可以选择这个深入岛上各行各业进行研究、找出并解决问题的新型学科——后者配合日本政府推行的高中改革政策而生，被认为将为日本培养出解决各种当下社会问题的新型人才。

"这很有意思，"美穗说，我能感觉到她的语气中带有期待，"等到阳太他们长大了，海士町会变成什么样呢？"虽然有些难以置信，但这是我第一次从日本人口中听到他们对日本教育充满希望。那些在海士町也未能改变的东西，岩本悠今后能在国家层面实现吗？这个想法令我对这个熟悉的陌生人也有了些微妙的期待。会不会有朝一日回头来看，才发现"离岛教育将改变日本教育的未来"这句话，原来一点儿也不夸张？

<h1 style="text-align:center">5</h1>

"四个孩子真够呛！"住在宫崎家的日子里，我经常会情不自禁发出这句感叹。继而，每当我思考要截取哪一个片段描述这个六口之家手忙脚乱的状况时，就会发现每一幕都是那么具有代表性，它们连贯地构成一个密不透风的日常。最后我只能说：每天都有一些时刻，我希望我手里有一个静音键，或者一件随时掉落的隐身披风。

对于我的感想，无论雅也还是美穗，回答总是一致的，他们说，"顶峰时期"已经过去了。从七年前阳太出生到如今的四个孩子，一直都只由夫妇两人抚养，没有向双方父母寻求过帮助。宫崎夫妇心中的顶峰时期，是双胞胎刚出生的时候，环保循环型的生活中没有"一次性尿布"这个选项，雅也说，这导致了他们要洗四十片尿布，每天如此。而美穗经历的显然比丈夫更加混乱，她试图回忆那些日子，然后放弃了，她对我说："那是完全没有记忆的两年。"

按照我对美穗的观察，即便是在她认为"已经缓过来了"的现在，她也无时无刻不在忙碌之中，完全没有自己的时间。一个典型案例是在垒球大会那天：夫妇二人在早上6点起床，为孩子们准备早餐和便当，而后由雅也给孩子们换衣服、收拾行李、再用小面包车载去体育场，美穗则提前换上运动服，独自一人在烈日下骑车去四公里之外的场地比赛；打完两场球，她又独自骑自行车回来，快速冲了澡，立刻投入厨房去准备晚餐。这一天，我在早晨的起居室、正午的体育场、傍晚的厨房数次与她在一起，一刻也没有看见她的脸上流露出疲惫，美穗的体力令我惊叹，我认为她是一个钢铁战士。

"生四个孩子，是有计划的吗？还是顺其自然？"周末之外的早上，美穗送孩子们回来到午饭之间的一小段时间，我才能单独跟她聊一会儿天。这种时候她可以短暂地从繁忙中脱身出来，暂时忘记水池里那一堆锅碗瓢盆和洗衣机里塞满的脏衣服，她可以坐在榻榻米上，对我谈起一些她自己的事情。

"从很久以前开始，我就憧憬一种有很多孩子的家庭生活，比起在事业上取得怎样的成就，更想和孩子们一起成长。只是年轻时一直没有遇到合适的对象。从结果来说，虽然很晚才结婚，我还是过上了这样的生活。"她语气坚定地告诉我：这就是她要的生活。我想，这就解释得通了，为什么我从未见过她抱怨过哪怕一次，也从未见过她发脾气甚至只是不高兴：一个人如果认定眼前的生活即是理想，那么无论它在外人看来多么兵荒马乱，她也能够总是面带笑容注视着它。

十四年前，美穗第一次来到海士町。那是世界有机农场机会组织（WWOOF）的一个活动，她作为团队里的一名志愿者，在岛上待了两周，就住在民宿但马屋——和在那里工作进入第四年的雅也有了初次照面。于是，雅也听说了美穗丰富多彩的人生故事：她出生在名古屋的一个教师家庭，自己念的也是师范专业，但在大学毕业后没有着急找工作，而是用打工赚来的钱去全世界旅游了。我猜她的英语口语就是那时候练得很好的。直到过了 25 岁，她才开始找工作，不愿被工作剥夺自由，只是在大阪的一间高中做临时聘用的英语老师——这份工作每年有几个月寒暑假，能持续满足她看世界的需求，那之后她又独自去了许多地方，先后去了七八次东南亚，在中东和中南美洲一待就是三四十天……雅也从美穗口中听到这些故事时，没有想过这个女人在几年后会成为自己的妻子，等到他们从非洲的新婚旅行回来，世界就会回归起居室，宇宙将围绕四个孩子转动。这些都是后话了。雅也只是觉得美穗的经历很有意思，主动提出要介绍在岛前高中担任"魅力化特命官"的岩本悠给她认识，考虑到后者也是有过丰富世界旅行经验的人，他认为这两个人一定很有共同话题。就这样，美穗第一次到海士町，就和岩本悠见面了，岩本悠在那场谈话的最后向她发出邀请："我们正在为岛上的高中寻找英语老师，你要不要来？"这个邀请，就像当年岩本悠接到海士町武士发来的直球一样突然，他显然已经沾染上这个小岛的行事作风，但30岁的美穗不是当年满腔热血的他。她拒绝了，觉得这件事绝无可能，离开的时候也没有回望岛影。她默默在心里下了论断：有生之年不会第二次再来这个地方。

如果用离岛移住者的经验来解释命运，那么大致可以概括为两种情况：有时候人选择命运，有时候命运选择人。美穗属于后者。与她一起作为志愿者来到海士町的恋人，是一个在菲律宾学英语时邂逅的比她小10岁的日本男生，用她回顾人生时的描述来说：他们之间经历了一段刻骨铭心的"大恋爱"，为了开始这段恋爱，她甚至撕毁了一段既定婚约。轰轰烈烈的大恋爱，在从海士町回到大阪之后戛然而止。这一次失恋，令美穗感到遍体鳞伤，她决定放下自己一直在追求的婚姻、家庭和孩子，从此之后只靠工作生活下去。就在那时，她想起了岩本悠的邀请，仿佛看到一条出路。

一个决定放弃人生规划的30岁的女人，舍弃对爱情、婚姻与家庭的渴望来到小岛，却在岛上成了四个孩子的妈妈。这一切又是怎么发生的呢？不仅是听故事的我，就连当事人自己也觉得命运颇为不可思议。

"一天都没交往过，突然就被求婚了，"她笑着提起和雅也的开始，"至今也不知道为什么！"

美穗进入岛前高中当老师，正是岩本悠倡导的"高中魅力化"在日本成为一个新概念的时候，媒体报道一边倒，皆是溢美之词。而作为亲历者，美穗却在工作了一段时间之后，得出了截然相反的结论。她理想中的岛生活，应该是人们自己种植大米和蔬菜、出海钓鱼，孩子们赤身裸体在自然中游玩，离食物很近，离生命很近，因此能造就一个优秀的教育场所。但理想与现实永远不在同一轨道。美穗在岛上感受到的是：从幼儿园到高中，人们完全不重视自然教育，各个环节都是公立教育机构，采取和城市完全一样的教育方式。美穗对此十分反感，日本传统而死板的应试教育，她称之为"扼杀孩子性格的教育方式"，其核心理念是：在学校里，只需要听老师的话，按照老师的指令做事，这样就是好学生。美穗陷入了深深的困扰，她听信宣传来到小岛，却发现无论是工作还是生活，都与她想象中相距甚远。此时，海士町又渐渐出现"名人效应"：东京的人们受到岩本悠的号召，从大型企业辞职来到岛上，开始实践各种事业。然而，在她看来，那又尽是些都市思维，完全不符合离岛水土。

"总觉得哪里很奇怪。"美穗说，在学校里，她意识到人们由于太过信任岩本悠，把他视为神一样的存在，谁也不会开口说感到奇怪。十年前的海士町，一切才刚刚开始，处处弥漫着一种"即便觉得奇怪也不会说出来"的氛围。

在无法纾解的困惑之中，美穗急需一个人倾诉，她想到了"移住样本"宫崎雅也:这个人很了解岛上的事情,应该能解答我的疑惑吧?于是,到海士町工作之后,美穗第一次联络了雅也,也就是在这次谈话中,雅也问她:"要不要考虑和我结婚?"

就像当初拒绝来海士町工作一样,美穗当然拒绝了这个突如其来的求婚。也就像她最终还是来到岛前高中做老师一样,八个月后,她改名为宫崎美穗。答应结婚不久前,她由于对岛上的教育方式深感失望,已经签订了一份新的工作合同,计划回到大阪。于是,宫崎夫妇刚结婚就两地分居了,美穗履行约定在大阪当了一年高中老师,才重新回到小岛。就算回到了小岛,她也不打算再去高中工作了。

小岛从来不是什么世外桃源,它充满了问题,从美穗的角度来看,问题一个接着一个:她回到岛上,很快怀上了阳太,荷尔蒙开始失调,这时家附近的空地突然开始施工,也没有按照流程事先在居民之间召开说明会。每天噪音难耐,她觉得厌倦至极,再次作出决定:"太讨厌了!我要离开岛!"这一次,雅也决定跟随她,两人开始制订搬家计划,去全国各地考察那些已成规模的移住代表地,去了岐阜县,又去了德岛县的神山町……看了一圈,才终于发现:尽管存在着各种未解决的问题,但,还是海士町最好!

在生孩子这件事上,我觉得美穗太勇敢了。她生阳太时 38 岁,已经是高龄产妇,却连续生了四个孩子,一直到 43 岁。年龄带来的风险自不必说,况且在这个岛上,生孩子并不是一件那么便利、那么有安全保障的事情。海士町虽然有学校,却没有医院,仅有一间小型诊疗所。孕妇做定期产检,要搭船去邻岛的岛前医院——每个月两次,会有来自岛后的妇产科医生在那里坐诊。就算是这间医院也没有接生条件,临产前,孕妇必须前往岛外的医院。

生了四个孩子，美穗每次经历的情况都不太一样。最初生阳太的时候，她去了岛根县松江市的医院，这也是距离海士町最近也是最优的方案，地方政府会按照国家规定报销部分费用：包括 42 万日元的生育补贴、5 万日元的交通补贴和每天 2000 日元的住宿补贴。几年后生双胞胎时，医生告诉她存在一定风险，美穗便在预产期回到了父母家，名古屋的大医院更有保障。这也是岛上常有的情况：比起独自在医院生孩子，住在父母家，有人照看，也更方便。到了生小女儿，考虑到美穗的年龄，医生建议她早点儿去岛外待产，她便又回到了父母家，但因为身体状况还不错，最终没有去医院，而是请了一位专业助产员到家里接生。我知道日本政府正在大力倡导人们多生孩子，试图挽救一个少子化的社会，便问起了离岛的政策。美穗说，生孩子可以得到奖励，生得越多奖励越多，奖励标准在全国都大同小异：第一个孩子 10 万日元，第二个孩子 30 万日元，第四个孩子以后，可以一次性得到 100 万日元。

无论经济情况如何，无论生再多的孩子，至少在教育这件事上，即便是贫穷的家庭也不必担心太多。按照全国统一的标准，学校是否收取学费、学费收取多少，完全取决于父母的收入情况。宫崎家的年收入没有达到最低收费标准，四个孩子读书完全是免费的。但美穗偶尔还是有些担心：免费教育最多持续到高中，等到要上大学的时候，因为要离开岛，也许会花上一大笔钱。她对我说，宫崎家差不多也要开始考虑一些增加经济收入的方式了。

移住者们来到岛上多数会生孩子，基本生两个，平均生三个，这是海士町比日本其他地方高出来的数字。最近的新生儿真的很多，美穗也发现了这一点，不久前保育园的人数破天荒地超过了 80 人，甚至出现了孩子进不了保育园的情况。这是"海士町奇迹"的一个重要体现。

为了吸引更多育儿家庭的到来，海士町政府为岛上育儿的妈妈们打造了新的容身之地。保育园旁边有一个"育儿支援中心"，每月举办一次咨询会，给在育儿过程中有烦恼的妈妈们提供建议和帮助；我们举行 BBQ 大会的阿玛玛莱，重心之一就是给育儿的妈妈们提供交流的场所，她们聚在那里倾诉和分享；而在中央图书馆里，也开辟出了一个让亲子长时间共处的休闲角落。

如同我在 BBQ 大会上遇到的森田夫妇一样，确实开始有一些人为了孩子的成长而选择这个小岛，他们认为：海士町有良好的教育环境，它安全而友好，并且亲近自然。美穗还向我提起一个在大阪做理疗师的女人，她因为强烈地希望孩子在这样的环境里接受教育，把丈夫留在大阪，独自带着两个孩子来岛上上学，待了两年才回去。在日本也存在许多这类"为了孩子的教育"而四处流离的家庭，听闻这个女人回到大阪以后，为了让孩子进入某所以教育见长的小学，又在学校附近租了房子，一直过着陪读生活。

在海士町的教育设施中，近来人们频频提起的是"山的教室"——一个接纳 3 岁到小学入学前的幼儿的设施，可以视为一种私立幼儿园。我第一次见到这个地方，是坐在福田的车上，它就位于金光寺山山腹，我们经过时，福田特意指给我看，称它为"森林幼儿园"，说也由自己所在的那间自然村经营。他向我描述它的特别之处："传统的幼儿园，孩子们成天在室内学习和玩耍，但在这里，孩子们在外面玩耍着度过一天。"福田还说，这个"培养不一样的孩子的教育机构"仅能收纳14 人，已经满员，全是移住者的孩子，如今年龄最大的 6 岁，最小的 3 岁。甚至有人专门为了这间幼儿园移住到岛上来，因为在城市里，孩子绝没有机会在自然里成长。

宫崎家的双胞胎姐妹也被送到了山的教室。美穗选择它的原因和福田说的差不多，她也认为这里和日本传统的幼儿园培养孩子的方式截然不同，无论晴雨风雪，孩子们总是身处自然中，一边认识和思考自然，一边成长。"下雨天也会穿上雨衣戴上帽子到外面去，"美穗说，"因为在雨天活动的生物和自然里的声音，与晴天里是完全不一样的。"每个五月的末尾，孩子们还会被带去宫崎家尚未开始插秧的水田里，尽情玩耍，滚得全身泥。

事实上，无论"山的教室"还是"森林幼儿园"，这两个名字都没错。称呼上的差异代表着它诞生时的两种想法以及实现这两种想法的两种力量：非营利组织隐岐自然村和岛上育儿的妈妈们。这件事最早要追溯到 2008 年，自然村开始举办面向小学生的自然体验活动，并逐渐将活动对象扩展到幼儿。2012 年，出于"想让孩子在大自然中玩耍"的想法，岛上育儿的妈妈们成立了"亲子散步会"，不久后，自然村的工作人员开始支援这个亲子自然散步活动，并在此基础上，于 2014 年正式开始运营山的教室，每周举办一次活动。育儿的妈妈们认为每周一次太少，希望能增加活动，又成立了"森林幼儿园创办会"，并在 2016 年成为海士町教育委员会的委托项目。

来自社区和育儿妈妈们的需求越来越人，山的教室从每周一天演变成每周两天，然后是每周三天，到了 2018 年，终于成为每周一至周五开园的幼儿园。我去看了它的官网，发现收费并不算高，包括每月 3.7 万日元的保育费、每年 6000 日元的饮食费以及 1000 日元的会员费。

官网上还写着这所学校的口号"山的教室，尽情玩耍的岛屿"，并作出了如下阐释：

什么是"尽情玩耍的岛屿"？

对于幼儿来说，"玩耍"就是"学习"，是他们成长过程中极其重要的基础体验。

然而，即使在现代社会的离岛上，孩子们自由地在田野上玩耍的机会也在减少。

此外，自然环境中的游戏，即通过五感促进身心发展的机会也在逐渐减少。

我们希望在这个集山、海、村庄、稻田等各种自然环境的岛上，为孩子们创造一个能够在整个岛上奔跑、尽情玩耍的环境。

我们希望尽可能减少大人的干预和引导，让孩子们能够尽情地"玩耍"，直到他们满意为止，我们相信这样可以培养他们对岛屿的爱和生活所需的基础技能。

在宫崎家的日常生活中，我充分见识到山的教室的教育成果。一天，双胞胎姐妹每人捧着一盒胡颓子的野果回来了，说是老师带着去山上摘的，晚上几个孩子又一起把它们做成了果酱。又一天，双胞胎各自手里拿着一袋糖果，说是这天去了附近一个爷爷家帮忙采摘枇杷，不仅把枇杷作为伴手礼带回来，这位爷爷还给每个孩子准备了小零食。这是一间幼儿园可贵的地域联结功能。它把每个周五定为户外活动日，老师会带孩子们到岛上各个地区的村落远足，和当地的老人们聊天，老人们偶尔也教孩子们玩从前流行的游戏。福田对我提及这件事时赞同不已："岛上许多村落已经没有小孩了，老人们借由这样的机会和孩子们接触，他们感到很开心，这对恢复地区的活力至关重要。"

阳太进入小学前，也一直待在山的教室。他入学的那一年，这个教室刚开始推行每周五天制，美穗为此觉得运气很好。她又说，教室正在讨论从明年起将接收年龄下限调整到不满周岁，如果能通过，她就可以提前将小女儿也送进去了。

宫崎家的孩子会熟练使用菜刀，我想，与这个教室应该也有着密切关系：它的午餐由每周两次学校校餐、两次家庭便当和每月两次自己做饭构成，美穗向我展示了一张照片，是孩子们自己动手做饭的场景：年龄大的孩子带着年龄小的孩子，有人在生火，有人在切菜，有人在煮饭，有人在炒菜……在这个教室里，没人会对小孩使用菜刀大惊小怪。不过，美穗告诉我，阳太从两岁开始就会用菜刀了。我后来在宫崎家的书架上看到一本书，书名令人震惊：《厨房育儿：一岁开始使用菜刀》，再翻到版权页一看，出版于1990年，作者是当时在NHK教育节目里登场的一位烹饪专家。据说这种小众的"食育"方式，如今正在日本重新受到关注。

"你想不想去山的教室看看？"在我和美穗围绕着这间幼儿园的教育方式进行了几天的讨论之后，她突然向我提议，并且在我表示乐意至极之后，立刻征询了教室老师的意见。我得到了许可，可以去旁观一个晨会。

按照美穗的说法，山的教室的一天从晨会开始：孩子们围坐在一起，老师先给他们读绘本，让他们从不舍离开父母的心境中安定下来，然后再让他们轮流发表意见，关于这一天想做什么，最后会一起商量出一个统一的答案，并用接下来的这一天去实践它。也就是说，这是一个老师不事先准备日程表的教室。

这是山的教室独特的行事方法，也是美穗颇为认可的理念，她认为这是一种颠覆当下日本教育的进步方式：在普通的幼儿园，通常由老师来决定这一天应该做什么，孩子们甚少有机会发表意见。而在山的教室里，是由孩子们决定自己想要做什么，他们也从来没有任何被禁止的事情，老师从来不说："这样不行！"其实福田也对我提过这一做法，当时我不太相信，煞风景地问："如果真的是不能干的事情呢？比如……想拿刀捅人？""那当然是不行的，"福田笑道，"但是不能简单粗暴地说不行，要向他们解释清楚为什么不行。"我还是半信半疑。我有限的人生经验告诉我，没人能跟人类幼崽讲道理。

我很想见识一下山的教室的老师们究竟有何本领，能用成人的方式与孩子们沟通，次日早上便和美穗一起送双胞胎去幼儿园了。我受到了老师们的热烈欢迎，他们对我提出了唯一的要求：请静默地注视着孩子们。

从早上 9 点开始，山的教室的晨会持续了一个多小时。在教室外的一片空地上，孩子们各自搬来凳子，围成一圈坐下，在老师念绘本之前，她们唱了一首以鱼类的名字做关键词的即兴歌曲，每个人都会唱出一些各自偏好的（很多人唱了前一晚出现在自家餐桌上的）鱼类名字，我心情复杂地发现：这个岛上幼儿园的孩子们认识的鱼远比我知道的要多得多。念完一册绘本之后，我又意识到，这个教室也不是全然没有计划，比如这天，老师其实想带孩子们去山上采摘一种名叫 DOKUDAMI 的野生植物（我定睛一看，惊喜地发现：这不是折耳根吗！），但这里不会用一种命令的方式来执行计划，那位看上去刚刚 20 岁出头的年轻女老师，手里拿着一枚折耳根的叶子，用征询意见的口吻说道："今天想跟大家商量一件事。又到了蚊虫繁衍的季节了，大家在家里被蚊子咬了，都会怎么做呢？是用商店里买的药吧？DOKUDAMI 的叶子很厉害，我们可以用它制作对付蚊子的药。怎么样？今天大家要不要一起去采摘 DOKUDAMI 呢？"

如我所料，人类幼崽是不会轻易配合的。一些孩子拒绝了这个提议，表示自己还有其他想做的事情，想要继续昨天的游戏，想要去另一座山，或是干脆就想躺在地板上滚来滚去……然后我也终于明白晨会需要开那么久的原因，这位老师花了大量的时间去倾听、商量、谈判和说服，把各种天花乱坠的想法协调成一个集体行动。最后他们一起决定：早上上山采摘 DOKUDAMI，作为交换，下午再执行其他两个方案。确实如美穗所说，在整个过程中，我一次也没有听见过命令或禁止。

我一直目送孩子们装备齐全地向山里走去，三个老师带领十四个孩子，每个老师都背着巨大的登山包，里面装着应急物资和专业的医药包。这些老师也都是从岛外来的移住者，看上去很年轻，其中甚至还有一个穿着鲜艳的大红色 T 恤、染着一头金发的小青年，看上去和孩子们关系十分亲密。我想，这大概是一份令人羡慕的工作，毕竟城市里充满了规矩，没有哪个幼儿园会允许老师打扮成这幅模样。

离开山的教室之前，我们遭遇了一些麻烦，双胞胎之中的一个，因为美穗的离开而放声大哭，据说每天如此。但到了下午放学回家时，她已经忘了早上离别的悲伤，兴高采烈地向我汇报："今天摘了一大堆 DOKUDAMI！"因此，即便是我这样对养育孩子没有经验的外行，也确实能感受到这种教育方式的特别，以及孩子们从中被培养出的强大的快乐能力和生活技巧。

宫崎家的育儿方式，是一种"让孩子自由做自己想做的事情"的完全不严厉的教育方式，他们从不对孩子说"这样不行""那样不行"，我原本以为这是夫妇二人的性格使然，到这天才知道和山的教室一脉相承，是刻意而为之。反倒是我，由于惯性的思维还没改变，经常不自觉地对孩子们脱口而出："不可以！"然后立刻就后悔："不好！我是不是妨碍这个家庭的教育了！"那之后的某一天晚上，我心血来潮想试一试山的教室那位老师的沟通方式，在双胞胎的一位缠着我把她举起来时，我开始尝试商量、谈判和说服："如果你明天去山的教室不哭，晚上我可以和你玩两次这个游戏。"奇迹发生了：人类幼崽竟然真的可以讲道理，也会遵守约定。那天下午回家时，双胞胎的另一位立刻向我汇报："她今天没哭！"

"教育孩子们学会忍耐，当然也是一件很重要的事情。"美穗对我说。但是，基于自己过去受到的教育，她认为让孩子们学会自由更加重要。她的整个中学时代都在垒球部的社团活动中度过，每天早上上课前要先进行训练，下午放了学也继续训练，周六周日完全没有休息，一直处在高压的训练中。这也是一种日本典型的"以运动为中心"的教育方式，一个体育的部员，是被默许在文化课上睡觉的。美穗觉得，垒球部的生活令她得到了很多，但同时也扼杀了她自由自在的想象力，忍耐和努力固然是好事，但人生变成这样真的好吗？所以她更加认同山的教室的教育理念：让孩子们从小就独自思考和行动，不把他们训练成整齐划一的群体。

"不能说哪种教育方式更好，只是想让他们经历我过去没有机会经历的一种生长环境，"美穗甚至有点儿羡慕自己的孩子们，"我觉得能够像那样自己去考虑各种各样的事情真的很好。"不过，她又想了想，注视着刚刚进入人生第一个叛逆期、顽皮得有点儿过头的阳太，感到微微头疼："因为自由过了头而无法忍耐的一天没准什么时候就到来了呢！"正如这个小岛正在摸索出一种过去从未有过的教育方式一样，宫崎家在努力避免孩子成为他们那样的死板而传统的应试教育产物的同时，也依然还在继续寻找和平衡着为人父母的正确方法。

"你想不想去小学看看？"从山的教室回来后，美穗又问我。

次日是阳太所在的小学的开放参观日，每个班级的家长被要求前去旁听一堂课，然后与老师进行面谈。美穗认为，如果我亲眼见过传统小学的教育方式，会更明白山的教室的特别之处。我答应了，内心觉得无论内部还存在多少问题，海士町确实是一个开放和包容的地方，因为就连公立小学也同意了我这个无关紧要的外来者的旁听要求。

我在海士町的时候，整个岛上的小学生加起来超过一百人，他们根据居住地域分布在两个学校：海士小学和福井小学。人数大抵相当，前者有五十三人，后者为五十六人。对于一个离岛来说，这就已经很热闹了。尽管每个年级仍只有一个班，而阳太所在的二年级，仅有十一个学生，其中八个是移住者的孩子。

我刚一走进海士小学，阳太，在学校里也保持着与在家里一致的亢奋状态，便从教室里探出头来，高声喊道："中国人来了！"两旁攒动着一堆人头。我才知道：阳太家里最近来了一个中国人，这件事已经在海士町的小学生之间传开了。他们中的大多数人，因为是第一次见到中国人，充满了好奇，企图从我身上打量出一些与众不同的地方来，一位女孩大方地走到我面前，提出了她的问题："听说你是作家？你是用笔写书吗？"

不过，等到上课铃声响起，小学生就没有时间再围观中国人了，他们迅速从我身边散去，回到自己的座位上，腰杆挺得直直的。这是一堂下午两点的语文课，老师手里拿着一册全国统一的课本，不断就其中心思想提出问题，并不时从中抽出一些生词来。这个时候，小学生们总是高高抬起手来，整齐划一地在空气中书写这个汉字，并按照笔画大声地喊出"横""竖""撇""捺"的口号来。刚才挤在窗前的自由自在变成了一种假象，他们仿佛是经过训练的军队。我在一堂45分钟的课堂上目睹了无数次起立、鞠躬，整齐划一地把椅子拉出来又推进课桌之后，充分理解了美穗对传统教育的那种反感从何而来。这间教室像精密系统一样按部就班，我意识到它的目的，它立志要把所有的人都打磨成同一个形状。

与小学生们整齐划一的模式相比，我觉得坐在最后一排的家长也很有趣。我原本抱定了"做一个不引人注目的中国人"的打算，偷偷坐到了最后一排，按照我在中国的生活经验，这是一个绝对安全的位置。不料，后来进来的家长们，全都挤在了两旁的角落里，最后我拥有了一个空旷的中心位。我再一次感受到了日本人的性格——论把自己藏在人群中这点儿心思，我还差得远呢！

在海士町这样的小岛，即便只在十一个小学生家长构成的人群里，我也可以遇见一个熟人。我看见了山口先生。几天前我刚认识他，他是"成人的岛留学"项目的负责人，有一个孩子也在这个班上读书。他告诉我，在这堂课上担任助教的是一位成人的岛留学生，同样情况的还有其他几个人。在一个仅有十一个学生的教室里竟然同时存在一个老师和一个助教，这样的场面在我看来实在有点儿多余，整堂课我盯着那位助教，她不时被某个孩子叫过去，单独讲解着一些问题。但这是为了公平教育，后来美穗告诉我，在日本人口顶峰时期，每个班级的小学生通常有四五十人，孩子之间的水平差异巨大，偶尔还有一些心理发展障碍的孩子，一个老师完全应付不过来，"助教"这一职位就是在那时出现的，他们负责填补这种差异，辅助跟不上进度的学生。如今，虽然少子化造成班级人数急剧减少，但助教仍在许多小学保留着。

我发现了，在这间教室里，不仅是孩子和孩子之间、家长和家长之间，所有的孩子和家长也都互相熟识。几天前我经历了山口和阳太的一场对话，山口说："大叔种的土豆，下周会出现在校餐里哦！"阳太则自豪地说："雅也做的米花，已经在校餐里出现过了！"我吃过雅也做的米花，一个下午阳太把它泡进牛奶里，盛情招待了我。雅也的工厂里有一台小型爆米花机，把自家种的有机米扔进去，就会变成健康的零食，放在港口的商店里卖，也供应给山的教室和小学。海士町的小学生和城市里的小学生念着同样的教材，要说他们的教育中有什么不一样，最大的不同应该就在于这一点——他们知道午餐里吃的米和菜来自哪里，有时候甚至可以对同学炫耀：这是我爸爸种的，我也帮忙了！

这是海士町的校餐中心主动寻找的结果。这个岛上的中小学学生和老师加起来，每天大概需要供应两百份午餐，它们全部由校餐中心统一负责。校餐中心的重要职责之一便是积极寻找岛上的食材，从而促进地产地消，实现经济的内部循环。一些岛民自家种植了大米和蔬菜，也会主动推销给校餐中心，不出意外都会被接受。岛上还有一个培养和食料理人的"岛食的寺子屋"，也经常向校餐中心供应宰杀好的鸡和鱼——他们在日常练习中会产生大量的此类剩余品。每天的午餐前，老师们会向学生们介绍食材，告知他们生产者的情况。每年还有两次，学校会召开生产者和学生之间的食物交流会，大家一起其乐融融地吃着校餐。但凡生长在岛上的，都有可能会出现在校餐里，甚至有一次阳太所在的班级在自然课上种植了芝麻，收获的芝麻也成了校餐的一部分。这是海士町小学独特的食育法。

日本的小学放学很早。45 分钟的语文课结束后，还不到 3 点，小学生一天的学习生活就结束了。美穗要和老师谈话，我便先拉着阳太的手回了家。岛上的小学生没有被培养出对陌生人过度的警惕心，个个都很大方，走在路上不断有人对我说"你好"，有位高年级的女孩和我们一同走了一段路，对我在日本的生活充满了关心。我们一直聊到了她家门口，然后我惊奇地发现：这是我曾经驻足过好几次的那个家！要说为什么，因为它的庭院里竟然装着一个大型篮球架！感觉到我的激动，女孩立刻骄傲地补充："我家有三个篮球架哦！"原来她有个小学六年级的哥哥热衷于此项运动。我第一次看到私人庭院里长出篮球架，觉得十分新鲜。后来，当我又见过其他长出各种东西的庭院之后，便明白了：在离岛上，因为缺乏公共娱乐场所，人们都想办法在家里建造自己的专属场所，女孩家的篮球架是这样，宫崎家的秋千和架在枇杷树上的梯子也是这样。

但在宫崎家，最重要的娱乐手段也不是秋千和枇杷树，而是厨房。这个家里，从来没有速食与快餐，对于宫崎夫妇来说，珍视食材、珍视一日三餐、珍视与孩子一起制作食物的过程，就是珍视自己、珍视家庭和珍视生活。生活在宫崎家三天后，我开始和他们一起做晚饭，每天贡献一道中华料理。晚上的厨房成了中华料理和日本料理的交流会。雅也把中华铁锅和圆形锅铲用得很好，炒菜时会熟练地颠锅，还会做正宗的姜丝蒸鱼，这全是在深圳工作的时候，他每天跑去跟食堂的一个中国厨子偷师的结果。而每当我做饭的时候，孩子们总是从四面八方围过来，我开始入"家"随俗，放心地把打鸡蛋这项重任交给他们。偶尔鸡蛋壳掉进去也没关系，他们会小心地把它挑出来。几个孩子对厨房如此充满热情，我想这也是"被允许"的结果。一天晚上，我们包了饺子——在这个家，包饺子这件事，意味着要从擀饺子皮开始。几个孩子被允许擀饺子皮，于是那堆皮变得大小不一，形状各异，没有一个是完整的圆形。几个孩子也被允许包饺子，于是那些饺子变成了奇形异状的艺术博览会，一些是三角形，一些巨大无比，一些肉馅爆出来。但在这个家，享受食物是这么一回事：比起规范，参与感更重要。我们在那晚享受了过分愉悦的煎饺时光，奇形异状的煎饺，仍然是一锅合格的、美味的煎饺，毫无疑问。这也成为我在宫崎家接受的一堂食物教育课，它让我意识到了：所谓规范，多数时候毫无必要。只要它最后是一锅美味的饺子，就不用在意它长成什么样，以及是用什么方式长成了这样。往后我再想起宫崎家的人，都会想起那锅饺子来，我从中明白的道理，已经不仅仅是一锅饺子了。

在宫崎家，我们渐渐在一些爱好上达成了共识，比如我们都很喜欢民艺的食器，比如我们都很喜欢同样的歌曲，在厨房里播放着中岛美雪的歌曲做晚饭的夜晚，胜过地球上其他一切夜晚。尽管我难免还是会有寻找静音键和隐身披风的时候，但它们不妨碍我对这个家的喜爱。在这个家里，美穗是美丽和勤劳的诠释，而雅也是踏实和真诚的诠释，我觉得他们都是纯粹的人，人生经历丰富，但没有受到污染，始终心地善良，充满了同情心。我不确定这是否是自然生活带来的一种品质，但我十分肯定，他们是从土地里长出来的人，带着泥土的气息。

在宫崎家，我开始有一些喜欢上家庭感的片刻。例如外面下着小雨,竹子正在熊熊燃烧着洗澡水,突然炸裂出"啪"的一声的时刻;例如双胞胎中的一个正站在厨房台子上洗水杯,阳太辗转在榻榻米上翻来覆去,雅也在解剖一条鱼,美穗在读绘本给小女儿听的时刻;例如深夜孩子们都睡着了,我关灯后听见两人一边收拾厨房,一边窃窃私语的细碎的声音的时刻;例如雅也每次出门前都会高喊"我出门了!"每次回家也都会高喊"我回来了!"而孩子们也每天这么高喊着的时刻……每逢这些时刻,我都有一种感觉:这就是美穗从前就想过的那种生活。我也因为感受到她实现了愿望而为她感觉到开心。不可避免地,这个世界上存在着许多坏的婚姻和家庭关系,但与此同时,也理所当然地存在着好的婚姻和家庭关系,我想,我不应该吝啬于赞扬它。

当我开始习惯一天的生活在晚上 8 点结束,并习惯在和宫崎一家人道过晚安之后、独自享受泡澡时光的时候,我发现,我也开始习惯了一整天不看手机的生活。

6

"明天就安静了。"有一天,当我又想寻找静音键的时候,美穗看穿了我的心思。她的意思是:过了周末,孩子们就去学校了。

这一次,雅也难得地没有附和,他提醒美穗:"明天家里要来二十个人!"几天前,他俩特意跟我提过这件事:成人的岛留学生会来帮忙打理后山,这是他们融入小岛生活的一个重要体验项目。

结婚十年来,宫崎家一直租住在这栋房子里,直到去年,房主才终于答应将房子卖给他们。这件事是海士町令我感到意外的一个侧面：和日本其他人口过疏的农村截然相反，这个小岛上几乎没有空屋。老一辈的岛民多是远洋航海的渔师，每次出海便达数月之久，长途漂泊换来了宽裕的经济生活，因此如今岛上随处可见气派豪华的民宅，即便其中有一些闲置的，人们也不会卖掉或者出租，而是会为离开小岛的孩子们留着，即便后者一年到头只在正月时回来住几天。结婚之后，雅也开始在岛上寻找一个家，向每一个认识的人求助，他在岛上已经拥有许多人脉，却也等了足足一年，才终于租到了一个家。

去年把房子买下来时，宫崎家同时得到了配套赠送的几块菜地，以及，一座后山。拥有一座山这件事，在日本农村司空见惯：山从来属于私人所有，代代传承，过去也许曾有过其经济价值，在现代社会却渐渐失去用武之地，多数人难以负担打理它的人力和金钱，放任它成为荒山，杂木林立。如果要卖房子，人们总是大方地将山作为一种免费赠品。宫崎家刚成为这栋房子的租客时，曾得到 JICA 研修生的项目协助，把山下杂乱的竹林砍伐过一次，那之后便再也没有打理过。如今他们拥有了山，也同时拥有了"应该拿山怎么办？"的烦恼。

在海士町担任"成人的岛留学"项目负责人的山口先生是雅也多年的好友，他的重要工作之一，是为这个项目的参与者寻找一些可供在岛上体验的活动。前些日子他听说了雅也的困扰，于是策划了此次活动：周一早上的半大时间，大家一起进山，清理山中杂木。

来到岛上之前，我就对"成人的岛留学"充满兴趣。这是一个 2020 年启动的新项目，且目前全日本只有海士町在尝试，它显然从成功的高中生岛留学项目中得到了启发，我认为未来也很有可能在这个小岛上掀起新一轮的高潮。简单说来，这是一项针对社会人的工作"试移住"制度，募集那些愿意来岛上工作一年的年轻人，为他们安排工作、支付薪水，并且提供合宿房屋，不需要付房租，水电费全免。

海士町政府投入了大量精力在这个项目上，几乎每个月都在网上举办说明会，面向全国招募参与者。面试同样在线上进行，一旦录取，立刻可以前往岛上。至于这些参与者具体从事什么工作，全看个人兴趣：农业、渔业或者行政事务……小学助教也是其中一种。在岛上，他们每周工作四天，还有一天进行体验活动，周末节假日休息时，也可自行寻找喜欢做的事情。为了招募到更多的人，这个项目的门槛被放得很低，并且针对那些认为一年时间太长而心存疑虑的人们，还提供了另一个选项：可以先进行"岛体验"，工作内容几乎一样，待遇福利稍低一些，优势是时间被压缩到了三个月。

在小岛上工作一年算是一份好工作吗？年轻人出于什么目的选择了它？为了寻求答案，我给这个项目的官方邮箱写了几封邮件，石沉大海。我听说，这个春天，在海士町正生活着大约九十名成人的岛留学生，正当我苦于无法接近这些来到小岛短期工作的年轻人时，他们中的二十人来到了宫崎家。

周一早上 9 点，几辆小型面包车开进了宫崎家门口的空地。阳太从前一晚开始发烧，精神不振，一早便向学校请了假，但我猜他其实只是想和陌生人一起上山，因为那些面包车还没停稳，他便奇迹般地恢复了元气，主动请缨去当向导。而在大家一同上山的途中，他纵身一跃跳上了后院的秋千，热情地向城市里的年轻人展示了宫崎家特别的娱乐设施。

宫崎家第一次着手打理荒山，毫无头绪，雅也对这座山的情况进行了简单说明后，对众人说道：大家就随便看看自己能干点儿什么吧。人群中有一位男生，听说从去年开始就在岛上的林业组织工作，随身携带一把小刀，能准确地预测一棵树倒下的方向，三两刀将其砍倒。只有这个专业的年轻人是个特例。更多人看起来从未参与过此种体力劳动，最后他们决定，把那些倒下的细竹掰断拾起来，在空地上堆成一堆，这项工作不需要任何技术，还能为山腾出一些空间来。

我在人群中间转悠了一圈，很快掌握了一些情况：这群人全是二十几岁的年轻人，以大学刚毕业的最多，年纪最小的还在上大学，年纪最大的也才 29 岁。他们几乎都是在这个四月才刚刚来到岛上的，此后将要待上一年，唯一的"岛体验生"，是一个还在读大三的漂亮女孩。

这个女孩主动跟我聊起她为何跑到岛上来。

"我是东京人，"她说，"从出生到现在一直待在东京，已经对东京感到厌倦了。"她似乎从很早之前就下定决心：要在大三的时候休学去东京以外的地方看看。无意中在 Instagram 上看到成人的岛留学项目，便决定了去向：那就去离岛吧！这是她第一次在东京之外的地方生活，当然合宿生活也是第一次。对于她来说，海士町意味着一种探索生活方式的可能。

尽管才刚来两个月，对岛上的一切还一无所知，但女孩被分配到的工作是负责这个项目官方社交账号的更新。于是她每天跟在成人的岛留学生身后，拍摄他们日常工作和生活的场景。这个担负着宣传窗口重任的账号，总共也只有两个人在打理，她负责图片，另一人，同样是初来乍到的成人的岛留学生，则负责文字。这份工作也许泄露了"成人的岛留学"另一个至关重要的特征：总而言之，让年轻人发挥自己的主观能动性。女孩还高兴地告诉我，这个周末她要去岛后一间新开业的咖啡馆打工，那是一个目的在于加强岛前和岛后的人们之间联系的项目，由于两地的岛民从不互相往来，人们开始考虑：是否能以成人的岛留学生作为切入点，让岛与岛之间开始交流？

我又问起这个女孩在岛上生活的感想。"生活很悠闲。"她说。

这是一种典型的、标签式的初来者印象，是无忧无虑的外来者对小岛的浪漫想象。真正的离岛生活，我已经从福田和宫崎家那里看到了，是一种每天都忙碌不已的战斗状态。我不确定这个女孩是否最终能体会到这个小岛的真实状态，因为她的计划只是待三个月，她追求的是享受蔚蓝大海的快乐生活。

与她相比，另一位来自大阪的女孩让我看到了更现实的可能性。这位名叫悠生的女孩，春天刚从京都的立命馆大学毕业，没有像同龄人那样参加困难重重的求职活动，就直接来到了岛上。现在她在港口的一间餐厅工作，这间餐厅归属于运营岛留学项目的财团，开业以来一直只在午餐时段经营，她觉得很浪费，正在研究如何将其进行活化。她告诉我她的想法：港口的餐厅是出入这个小岛的玄关，应该把它变成连接岛上的人和外来者的场所。

悠生是我想象中的那种应该出现在离岛上的年轻人，她的想法很接地气，她对日本偏僻的地方比对城市生活和海外旅游更感兴趣，认为前者能让她发现更多未知的事物。并且，比起旅游，和当地人过同样的生活、深入了解当地的生活方式和魅力，是更符合她行为模式的事情。来到海士町之前，她最难忘的经历是在东北地区的秋田县和福岛县，她和当地的农家在一起，参与他们的农业生活。有一位朋友正在替当地人改建旧民宅，她加入其中，一起建造了原木屋。这次体验令她有了新发现：原来一个地方，可以由生活在其中的人亲自建设，哪怕是像她这样毫无社会经验的年轻人。

无论在工作层面还是生活层面，海士町都是一个让悠生感觉多少实现了一些理想的目的地。从居住环境来说，小岛满足了她的两个诉求：自然丰裕（她喜欢植物和虫子），以及，工作和生活的一体化（可以步行到达大多数地方）。

"在岛上，生活中的一切和工作是紧紧连在一起的。工作的目的，是为了让生活在自己周围的人能生活得更好；而一起工作的人，在私下生活中也都有密切往来。这种联系感在城市里绝对不可能实现。"她出生在大阪近郊的一个小城，那里因为房价便宜、交通便利，成为许多大阪市内工薪族的住宅区，很多人每天从这里去市内通勤。她观察他们的生活，得出一个失望的结论：这些人根本不了解自己居住和生活的地方，他们回家只是为了睡个觉而已。这个现象在离岛上截然相反。到了岛上她才明白：工作和生活，都能让自己更好地了解这个岛，而且她还在参与建设这个岛。她说自己非常喜欢小岛，才待了两个月，已经预感到一年之后将会再延长一年。

在成人的岛留学生们合住的宿舍里，悠生遇到了几位和自己追求一致的同伴。他们也都十分热爱自然，并且对日本的地域振兴充满兴趣。比起在大学里，在岛上聊得来的朋友竟然更多。我意识到日本能存在这样对偏僻之地的生活感兴趣的年轻人，也许是社会培育的结果——为了解决人口过于集中在东京和大阪、地方人口日渐稀疏的问题，日本政府一直在号召年轻人到地方去，并在政策上给予各种支援和补助，力度日益加强。我想悠生和她的志同道合者，因此才得到了解和实践地方生活的机会。但悠生告诉我，情况没有我想的那么乐观，在今天的日本，选择这种生活的年轻人毕竟还是少数，她大多数的同龄人还是进入了大企业，把东京和大阪这样的大都市作为就职首选。在她的朋友圈里，像她这样大学毕业不找工作、跑到偏远小岛上来"留学"的人，仅此一个。朋友们都觉得她在做一件风险很大的事，过着一种不安定的生活。

在今天的日本年轻人眼里，所谓的"风险"和"不安定"又是什么呢？

悠生向我提起一个词："应届毕业生品牌"。她花了一些时间解释这个流行语背后的含义：应届毕业生所具有的价值。很多大企业只招聘应届毕业生和有企业工作经验的人，如果不在刚毕业就进入这些企业工作，未来将很难再有机会进入，找工作的难度也会陡然飙升。这种社会现象在大学生的认知里根深蒂固，因此，一毕业就找到工作，是理所当然的事情。

"像我这样的人，在大多数人看来是脱离了轨道。"悠生摇摇头，"日本人害怕脱轨，他们会说我做的事情很有趣，但不允许自己脱轨。"

按照"成人的岛留学"标准，悠生每个月能领取 17 万日元的工资。这个数字跟她那些在城市里的大企业就职的朋友相比，确实要低一些，但如果结合生活语境来看，她觉得自己的经济状况其实比他们好得多：因为在岛上几乎不需要生活费——没有房租也没有交通费，一日三餐经常有邻居送来各种蔬菜和鱼肉——所以她能把工资全部存起来，而那些刚开始在东京工作的朋友们，连一分钱也存不了。

换一个视角看，她的朋友同样认为自己的状况更好，因为悠生的工作属于合同制，一年后就结束了，未来去往哪里也是未知，可以说前途未卜。悠生对此一点儿也不担忧，她敏锐地捕捉到了日本政府越来越集中投入的地域振兴政策，认为在农村和离岛的工作机会只是"现在还很少"而已，事实上，这两年，她看到一些企业或是出于一种社会责任感，或是借助国家的优惠措施和补助资金，正在加入到地方建设中来，她乐观地觉得自己未来也能在地方找到一份大企业的工作，而且是稳定的、长期的、具有吸引力的新型工作。

"未来也不会回到城市里生活吗？"我问她。年轻人的未来满是岔路，我看到的最多的情况，是他们会在农村或离岛上生活三五年，最终还是回到城市。

"对我来说，比起城市，这样的地方更好。但这只是我的个人喜好。"悠生说着，随手又掰断了眼前一根竹子，把它扔进远处的竹堆中。"也有人不喜欢这样的人际关系，走到哪里都是熟人，反而让他们觉得受拘束。"她思考了一会儿，接着说，"但我自己，过去二十几年一直生活在相反的语境中，无论走到哪里都是不认识的人，人与人之间的连接过于稀少和薄弱，因此我才一直憧憬此刻这样的生活。"

人多力量大，就在我们聊天的时候，杂乱的山间渐渐被开辟出一片整洁的空间来了。雅也在众人的最前方，已经砍掉了许多碍事的小树。中午 12 点的报时广播准时在岛上响起，随着最后一棵树被砍掉，除去了视线遮掩，在山崖的尽头突然露出一个写着"境界"的小小石碑，晴朗的大海从远方浮现上来。看到大海的一瞬间带来的感动，让大家纷纷鼓起掌来，这也标志着：半天的山间劳动结束了。

阳太在半小时之前便飞奔下了山，待众人重新回到宫崎家后院时，空地上已经堆起小山一样的枇杷，全是阳太刚刚摘下来的，他要用它们来款待今天来拜访的年轻人们。年轻人们像是第一天站在树下的我，对枇杷的美味有点儿惊讶，然后有样学样地把吃剩的皮扔在泥土上。

这时我才第一次听美穗说起这两棵枇杷树的故事：大的一棵，在她刚搬来时就长在这里了，去年没怎么结果，今年就结得特别好——这似乎是枇杷树的一种隐形规律，用完了一整年的能量，就需要休养和储蓄一年；小的那棵，刚开始还只是树苗，年年攀升，今年头一回结出了果子。这后院里还有两棵柚子树，也是宫崎家重要的朋友，冬天，他们将果实做成果酱和柚子胡椒调味料，还扔进浴缸里泡柚子澡。

美穗说着枇杷树和柚子树的时候，阳太索性躺在了人群中间，看上去自由极了，没有一点儿生病的迹象。雅也对年轻人们表示感谢，希望以此为契机，今后也借助体验者和外来者的力量，慢慢修整这座山。岛上那些五六十岁的老爷爷曾经跟宫崎家谈起过这座山，他们说在自己还是小孩的时候，经常在夏天穿过山间，直接去海边游泳。能不能让荒芜的山恢复昔日风貌呢？美穗想。他们对这座山未来的全貌尚未拥有具体想象，但隐隐有了一些方向：它也许可以变成一座人们随时进来的山，变成一座让孩子们尽情玩耍的山，还能再种植一些栗子和蘑菇。

这天也是山口第一次带成人的岛留学生们进山，他认为这样的活动以后多多益善。他是海士町众多移住者中的一个，多年前从大阪搬到了小岛，自己也在进行一些农业活动，但打理山还是头一回。

"为什么会有这样的体验活动？"我问山口。

他回答了我言简意赅的两个字：回流。并且向我强调：我见到的这些年轻人，无论是生活三个月的还是一年的，虽然现在都在岛上工作，但他们的本质并非移住者。"回流"这一设定便基于此种前提。"目标是让他们在将来某一天回来，成为真正的移住者，为了让他们回来，就要用这样的体验活动，为他们制造回忆和契机。"两个月来，这些刚上岛的新人们，已经在西之岛的民宿体验过采摘艾草做茶、在知夫里岛的农家体验过给牛准备饲料，上周还在海士町进行了预种植红薯的土壤整备……这些在城市里无法得到的工作和生活体验，山口将其称为"原体验"，称为"异文化"，他认为：人们会在远离它的同时，对它产生怀念之情，并且时间越久，这种情绪会愈发加深。

在招揽移住者这件事上，海士町表现得很有耐心，既然春天才刚刚播种，就要明白距离收获的秋天还很遥远。他们清楚，人心和自然万物一样，需要符合生长规律，经历漫长的孕育期。我听说"成人的岛留学"项目的计划是每年招揽二百个人来到岛上，而目标仅仅是留下 3% 的人，也就是说，六个人。这听起来不是一个太艰巨的目标。这个比率同样等同于今天的离岛在整个日本的存在感和吸引力。但离开的人并非永远离开，海士町不会放弃那 97% 的人，他们也许会在将来的某一天回来，也许会用其他方式和这个小岛永远地发生关系，对未来的离岛来说，这些人至关重要。海士町称他们为：关系人口。

这天中午，在成人的岛留学生们离去后，我和宫崎夫妇照例坐在起居室里吃过午饭，一边喝咖啡一边聊天。

"对成人的岛留学生的印象怎么样？"雅也问我。

"比我想象中年轻，"我说，"而且，女性比男性多很多。"

起初我以为这个项目会受到那些想要改变人生方向的 30 多岁的群体欢迎，如果他们决定抛弃城市生活、换一份工作，也许会考虑来到岛上。现实却是，由于有限的工资和不稳定性，它很难打动深思熟虑的中年人。美穗同意了我的看法，她说，三十几岁的人会采取更谨慎的做法，先对长期居住环境、稳定工作的可能性、孩子的教育环境进行一番考察之后，才最终选择移住。他们通常不会采用岛留学这一选项。事实上，我后来才知道，这个项目的招募条件，在年龄一栏明确写着：20岁至29岁之间。

对那些还没有社会经验、刚毕业的甚至是还没毕业的大学生来说，生活负担还没有那么重，虽然成为岛留学生要经过面试，但其实并不严格，不像正式的企业就职面试那样竞争激烈，所以他们轻松地来到了这里。山口还告诉我，东京的一些名牌大学，例如早稻田大学、立教大学和上智大学，因为前两年已经有一些学生参与过这个项目，成人的岛留学情报在学校里口口相传，导致现在这些学校的学生们大量报名。疫情期间，也许是由于学校长期停课，也许是为了逃离东京的紧急事态，岛留学生的面孔比我看到的还要更年轻一些。

我还从美穗那里听到了一些背后的故事：无论是二十多年前决定积极接受移住者，还是刚开始执行成人的岛留学项目时，在岛民之间都不乏一些反对意见。质疑的声音包括：突然涌进一大堆来历不明的陌生人，自己的生活会受到打扰；也许会有一些认真考虑移住的人，但不可避免肯定也有单纯来玩的人，为什么付那么高的工资请他们来玩？明明当地还有因为找不到工作在发愁的人。同时，外来者还抢占了一些资源。成人的岛留学生占满了长期住宿设施，导致如今岛上住宿严重不足，有一家私人小商店想要从外面招人手，就因为找不到宿舍而难以实现——成人的岛留学生也不能在这样的私人经营的小商店工作，他们通常被安排到那些公共机构工作。

这天中午，闲聊到了最后，我们的话题从外来者转移到家族成员。阳太下午也没有去学校，但他神采奕奕，恢复了活力。美穗嘲笑他，说他根本就是装病。被戳穿心理活动的小男孩，看起来就要恼羞成怒。

但美穗没有继续教育阳太，我以为她至少会强调学习的重要性或者撒谎的不可取，但这一切没有发生，她没有对他说小学生就应该待在学校，没有对他说撒谎的孩子鼻子会变长，事实上，哪怕我自以为已经足够了解宫崎家的教育方法，美穗接下来的话还是让我感到意外。

"阳太，以后如果想去山里，就直接说想去山里，如果是用装病这种方法，妈妈会担心的，"她说，"直接说想去山里，也会让你去的。"

听到这句话的阳太，迅速恢复了好心情，并且坦陈了心声："因为，山里很有趣啊！"

美穗问："比学校还有趣吗？"阳太迅速点了点头。

"但是在家里没有学校里的朋友。"

"但是认识了一大堆学校里没有的朋友！"

听到这个答案的美穗，笑了起来，她未必完全认同阳太这个答案，但她对他说："这种事情，就自己判断吧，如果是在好好思考之后得出的这个结论，那也不错。"

我在这时再一次感受到了宫崎家教育方式的特别之处。自由和放养的教育方式未必带来的都是好处，但是阳太比同龄人更强的生存、交际和思维能力，确实也是它的结果。在这个小岛上，并非所有的孩子都是阳太，在许许多多家庭里，也有和城市里一样每天沉迷于游戏的小学生，也有从来不去海边和山里的小学生。阳太是一个少数派。他在一个没有电视、没有游戏机的世界里成长着，大海、后山、秋千、枇杷树和生火成为他的乐趣，他是一个正在自然中生长的孩子。阳太成为这个岛上的特例，完全因为宫崎家也是少数派，在这个岛上，不乏因为觉得缺乏竞争力而对教育忧心忡忡、到了中学就把孩子送去岛外上学的人，这是日本一种主流的教育观念：孩子应该在竞争激烈的环境里生存，要不断感受失败带来的不甘，才能变成更强的人。对于这种弱肉强食的观念，美穗不置可否。

7

六月的第二周，宫崎家的水田开始插秧。雅也进入但马屋之后便开始学习种植水稻，如今自己拥有五片田，至少在大米上已经实现了全家的自给自足。剩余下来的，一些卖给了山的教室，一些加工成为味醂之类的调味品。和岛上主流的种植方式不同，宫崎家种的全是有机大米。

宫崎家的水田比这个岛上大多数水田的插秧时间更晚。六月的第一周，我在岛上晨跑，处处已是泛着水光的青绿，偶尔路过一两片空着的，毫无疑问就是宫崎家的水田。雅也的插秧方式自成一派，他对有机水稻的生长特性作了长期的思考和摸索，形成了固定模式：不像其他人那样大把地密集地插秧，而是一株一株地、稀疏地种植，这样做的结果是虽然产量没有那么大，但稻穗不会密集地挤在一起，每一株都得以舒展伸开，稻穗伸得很长，利于通风，即便不使用农药，也不会生虫。

开始插秧的第一天，我去给雅也做帮手。前些年他买了一台小型手动插秧机，推着在水田里走一条直线，便能种下整列水稻——这个还停留在半机械化种植时代的机器由于落后于时代，售价便宜，他只用 20 万日元就买下一台二手货。但缺点是这台机器并不那么精密，总是留下疏漏的空白地带。我要做的，就是查缺补漏，按照一定的等间距补上秧苗。

我本以为我过去有过插秧经验，应该不算什么难事，到了水田才发现太天真了——上一次插秧时，某地的工作人员为我精心准备了带长靴的工作服，因此我还算整洁地完成了任务——但在宫崎家，我需要赤足走在水田里。起初我甚至打算穿着牛仔裤出门，被美穗在玄关拦住。她从箱子里翻出一条碎花裤子让我换上，我第一次见到这种被称为"蒙佩"的传统工作裤，据说 20 世纪 40 年代到 50 年代期间，农村妇女普遍穿着它进行劳动，美穗开始从事农业劳动之后，岛上的老太太们送了她许多。我对这条裤子一见钟情，想象了一番穿着它走在城市大街上的场面，觉得又复古又新潮，但在那之前，我需要完成它的原始使命——把裤腿卷起来，走进水田里。

事实上我几乎刚一踏进水田就深陷于淤泥之中，每一步都行进得十分艰难，插完一整列比想象中花费了更多时间和体力。雅也试图纠正我的姿势，认为我应该笔直地将手伸出去，说如果我总是费劲地深深弯下腰，很快就会腰酸腿痛了。但我已经无暇顾及更讨巧的姿势，我的全部注意力都放在了如何让身体保持稳定，以防止一屁股坐到泥里去。插完第二列之后，我开始明目张胆地偷懒，站在水田中央遥望着田坎附近一些高高的水生植物发呆，美穗告诉我，那是茭白，近来町政府开始鼓励人们种植这类稀少品种的蔬菜以增加经济收入，宫崎家也是前不久才种下，还未收获过。我至今还没有在日本的超市里见过茭白，心想若是被各地倡导种植，未来应该能轻易买到它了吧。这对我来说实在是件大好事。我又想，眼下正有一些水中生物从我小腿上爬过，它们是什么呢？后来有一个人开车经过，特意停下车来跟雅也寒暄，我听见他问："孩子们呢？"雅也道："放学以后会过来。"于是我知道，宫崎家的孩子竟然连插秧也会！如此这样那样想过一番，美穗已经利落地将剩下的几列插完了。不合格的帮手终于得以逃脱淤泥。那天晚上，我花了比在水田里更多的时间，试图用几根牙签清理指甲里的淤泥，但到最后也还是脏兮兮的。

这天的插秧活动在下午 4 点结束，我们完成了宫崎家水田的五分之一。美穗匆匆换了衣服，便去学校里接孩子了。不久后阳太独自放学归来，一进门就嚷着要去插秧，雅也于是领着他去了另一处水田。听说从去年开始，阳太就主动请缨独自负责这块水田的一个方角，他充满热情，信誓旦旦要自己吃的大米自己种。

种植水稻不是一件轻松的事情，早就有人这么跟我说过。在岛上生活了一些日子，那些文艺青年想象中的离岛和农村生活已经在我脑海里灰飞烟灭，我确信了我无法胜任农业生活这件事。我意识到，"诗意地栖居"这个词语正以最大的偏差误导着城市人，而那些真正栖居在小岛上的人们，与文艺青年的诗意相距甚远，他们只是在认真劳动。

我想小岛上的原住民应该也冷眼看待过不切实际的城市外来者，正如雅也刚到来时所遭遇的。最初他们认为：这个被媒体追捧的从城市里来的名牌大学生，肯定在小岛上待不了多久，他不仅从事不了体力劳动，也无法与但马屋那位严格的老爷爷长期相处。然而，雅也身上那种擅于忍耐和埋头苦干的特质，改变了人们的看法，他们对他的印象渐渐变成"那个在但马屋拼命努力工作的人"，最终，雅也作为移住者得到了最高规格的接纳，成为小岛的一员。

虽然在海士町，无论是雅也还是美穗，无论生活十年还是二十年，都注定将一生带着"移住者"这个标签继续生活下去。但他们不介意，美穗说，身为移住者也无妨，因为这个小岛最大的特质是"善良"。

她曾经听说过一些传闻，在本岛的一些地方，移住者会遭遇原住民的种种冷遇甚至排挤："那些尝试种植有机水稻的移住者经常被投诉和抱怨：就是因为你们不使用农药，才引来了那么多虫子，现在，虫子都跑到我们的水田里来吃大米了！赶紧住手吧！"美穗说，"在海士町，从来没有遇到过这样欺负外来者的事情。"十年前，宫崎家开始尝试无农药水稻种植时，得到了当地人温暖的支援，周遭农田的人们纷纷跑来围观，对这一新颖的种植方式好奇提问："你们在做什么呢？"没有人抱怨虫子，反倒会经常接到善意的电话提醒："你们家田里的水干涸了哦！"

尽管六月的岛上满目皆是青绿色的稻田，但作为一个离岛，海士町的主要产业是渔业，种植水稻并不是一个能够获得可观经济收益的方式。雅也在心里默数了一圈，确定地告诉我：在岛上，还在种植水稻的大约有六十人，基本都是老人们。

"我刚开始种植水稻的时候，看到的都是六七十岁的人在种水稻，当时我就想：再过十年，会怎么样呢？"雅也回忆着，随后向十年后坐在他面前的我抛出同样的问题，"你猜会怎样？"

"一些人死去，一些人体力不支，种植的人越来越少。"我猜应该是这样。

雅也摇摇头："十年过去了，60岁的人变成70岁，70岁的人变成80岁，还是同样的人在继续种水稻。"

我听完这个故事，认为它可以说明岛上老人健康长寿、身板健朗，直到 80 岁还在种水稻。但雅也的态度要悲观得多，他想向我传达的意思是：整整十年过去了，小岛什么也没有改变，几乎没有年轻人加入。这两年，雅也开始希望由移住者来改变这种现状，他积极倡导他们开辟"家庭水田"，每个人，或者每户人家，可以开始尝试栽种自己的一小片水田，他毫不吝啬地向有兴趣的人们传授种植有机水稻的心得和技术，目前已经有四五个人正跟着在这么做了。

宫崎家插秧的第二天，茜来帮忙了。茜就是一个犹豫着要不要开始种植家庭水田的人。她今年才 31 岁，四年前从兵库县搬到岛上来，两年前就来帮宫崎家插过秧，因此动作看起来还算熟练。这天，我对淤泥避而远之，蹲在田坎上注视着茜的劳动，断断续续地和她说上几句话，她说许多人劝告她，说种水稻比种菜简单多了，但她还是犹豫不决，觉得一整块水田对于她来说还是太大，无法独自胜任。她又想："如果是八叠榻榻米大小的水田，没准能行吧！"

这不是我第一次见到茜。周末的海岸市集上，一个年轻的女孩坐在最边上的小摊后面，售卖一些蔬菜的种子和幼苗，她看起来人缘非常好，许多人经过会停下来与她亲切寒暄，没多久，摊子前就围起了一大群人，我看见她对很多人摆手："绿叶菜的幼苗都卖光了！茄子和西红柿也没有了！"小摊前竖着一个木牌，上书"茜的农场"。这个女孩就是茜。她采用有机农业的方式，将来自海产品加工厂的岩牡蛎壳、紫菜等海藻用作肥料，种植了大约四十种蔬菜和草药。她隔壁的摊位，正在贩卖使用自家烘焙咖啡豆的手冲咖啡。冲咖啡的那位是茜的丈夫。这位咖啡爱好者在网上众筹了一笔钱，开了岛上第一间咖啡烘焙所。这些信息来自我订阅的一本在日本全国发售的地域振兴杂志，茜和丈夫并排站在最近一期的封面上——在岛上生活才短短四年，他们已经成为海士町的代表性移住案例。

杂志里的一篇文章说，茜的丈夫原来是神户市的一名小学教师，对日本教育的封闭长期深感不满，后来加入海外青年协力队到南太平洋上的萨摩亚当了两年志愿者。丈夫再回到日本，探索前进道路的时候，听闻海士町在教育领域投入了很大力量，便打算来到小岛上工作。

"但茜强烈反对移居。丈夫在新婚之后就马上去了萨摩亚，回来后又提出要再去岛上，这让茜感到非常震惊和沮丧。"文章里如此描述茜最初对小岛的态度，接着引用了她接受采访时说的话，"我一度无法理解，但他让我看一看现场，于是我来到了海士町。结果，我遇到的每个人都非常友善，甚至让我好奇他们为什么能够如此友好。起初，我还想为什么非要去岛上呢？回程的船上我却在哭。这就是我决定移住的原因。"

烘焙咖啡也不是茜的丈夫的主业，他如今在岛上一所小学担任教育协调员，工作内容是连接学校和地域。我在海士町听到了许多未曾听闻过的概念，"教育协调员"也是其中之一。不只是我，宫崎夫妇也是来到这里才知道这个职位，据他们说，这是最近五六年里教育系统中渐渐多起来的一种角色，在海士町这样的偏僻之地尤其重要，它能够帮助孩子们更加了解自己居住的地域及其文化。雅也也是被教育协调员连接的一环。学校里有学生想了解地域产业情况，协调员就专程找到了创办海参加工厂的他，随后他到学校里上了一堂课——在海士町，很多人以这样的形式成为特别讲师。

"因为在海士町，小学老师全都是从外面来的，几乎没有本地出生的老师。"雅也说，"老师们并不了解当地情况，无法教授给学生们本地的知识。"

雅也说的这种情况，背景是日本教育的一种惯例做法：按照规定，在公立学校任职的老师需要每三五年换岗到其他学校，以此实现教育资源的公平分配、均衡学校教育质量。制定此项政策的专家认为：这种方式可以阻止某个学校过度突出，也能防止某个学校过度落后。同时，随着每次人事调动，老师们都会带着在前一所学校学到的知识和经验转到下一所学校，这种转移能够形成一种网状的交流模式。不过，教师换岗虽是全国范围内实行的制度，但每个地域各自有不同的方针，岛根县采取的是一种"全县移动积分制"做法。具体说来，根据地区不同，在每所学校工作三年能得到一定的积分，也许是1分，也许是2分，只要将分数积满10分，就可以自行选择最终想去的地方。这种制度为隐岐带来了一个有趣现象：海士町因为偏僻不便，分数比其他地区都高，那些想早日攒够积分的年轻老师们，非常积极地来到了这里。当然不能指望这样的老师向学生们传达海士町的风土文化。

来到岛上之后，丈夫在学校里工作，茜开辟了家庭菜园。来宫崎家水田帮忙的前两天，她终日待在菜园里，此时正是种植夏野菜的季节。茜告诉我，她以前从未有过种菜经验，开拓菜园的契机，是住在附近的老奶奶们在她路过时主动向她搭话，给了她种子，教给她种蔬菜的方法。不只是种菜，这个岛上的好多体验对于茜来说都是崭新的。她此前从未离开过故乡，直到二十几岁都还和父母住在一起，刚结婚丈夫就去了海外，她也就继续住在父母家。来到海士町，是第一次独立生活，也是迟来两年的新婚生活。尽管隐岐的海冬日寒冷，对于从小生活在温暖濑户内海地区的她来说是非常难熬的冬天，但她已经习惯甚至爱上了这种崭新的生活，她深深感到：这个岛上的生活方式跟自己更合拍。

因为种菜，茜很快和周围邻居打成了一片。她也确实擅长这件事。我见到茜之前，美穗好几次向我夸赞，说茜的蔬菜真的种得很好。但个人种植的小型菜园是不成规模的，就算在周末的市集上拥有一个人气摊位，也几乎赚不了钱，只是作为一种兴趣维持着。在岛上，茜必须要有一些工作收入。两年前开始，每周有三四天，她在阿玛玛莱里担任管理员，这里已经成为岛上一个重要的交流场所，她很快就认识了更多的人。后来有一天，美穗带我去找她，校餐中心的营养师租下了厨房，正在和邻岛来的营养师一起举办咖喱试食会，于是茜便获赠了一份热腾腾的试验品，成了她那天的午餐。

阿玛玛莱里面有一间二手杂货屋，更多时候茜是在这里卖东西。岛上的人们可以随时将不要的旧物送到这里，再由店里标价卖出去。我在杂货店里寻宝，看到了不少过去时代的流行风潮：一个白瓷酒壶，上面画着明治维新人物西乡隆盛牵着他的爱狗；一些朱红色方架子和酒具的组合装，是过去家庭在法事活动时招待宾客用的；一盒毛笔套装，里面的印字上显示，它是某电话局的开局纪念品；一个架子上挂满了旧式花纹的和服，也有各种花瓶、竹编篮子、烹饪用具和小型家具……还有一些无法被定价的东西：毛线缝制的娃娃、断了一只胳膊的奥特曼、一根不知道用来捆绑什么的粗绳子……这些东西被放在走廊上一个免费角落里，喜欢的人可以随意拿走。

在这间二手杂货屋里，卖得最多的是各种碗和盘子，很多看起来根本没有使用过，定价基本在 100 日元，如果是那种一整套的，只要付 300 日元，想拿多少拿多少。我看着那些崭新的餐具，觉得这样的价格几乎等于白送，如果把它们挂在网上的二手交易市场，应该能赚到更多的钱。然而，茜告诉我，这间店的目的不是为了赚钱，而是要让居民的闲置品在岛上循环起来，尤其是那些刚来到这里的移住者，当他们需要一些日常必需品的时候，不必打开浏览器搜索，而是来到这里寻找——这么做不仅省钱，也避免了为岛上带来新的垃圾。

美穗在阿玛玛莱门口发现了一套锅具，还没有拆封便被送来了，看包装上的说明，它们可以被任意组合制作各种料理，现在已经见不到这种形式大于内容的套装了，应该是昭和时期电视购物频道的产物。茜说，这套锅早上刚被送来，岛上有一栋废弃许久的屋子，一直由町政府管理着，近日终于进行了彻底清理，一些闲置品被送到这里。天降的锅具让美穗感到开心，因为她刚好需要两个小锅——掏出了两枚硬币，心愿达成。而我，最终用 100 日元买一只白色陶制饭碗，碗里绘制着蓝釉色的稻穗，质朴可爱。其实我更喜欢一个五层抽屉的传统木制衣柜，但它过于巨大，不适合作为旅行伴手礼，于是我只是真诚地称赞了它，然后茜就笑起来，她表示，这个柜子是美穗送来的。后来，当我向美穗询问时，她又对柜子的身世加以补充，说她多年前也是在这里买到了它，用了几年用不着了，便又放了回来。岛上的物品循环系统，便是以这样的方式运行，从某种角度上来说，它实现了一种共享主义。

我对茜说，美穗把插秧时穿的那条蒙佩送给我了，那是我在岛上得到的最好的礼物。我意识到这也是一种岛循环的生态。茜告诉我，她刚开始种菜的时候，美穗也大方地分给她几条裤子，她称它们为"美穗的蒙佩"。美穗见我实在喜欢这条裤子，又推荐给我一些日本工艺网站，传统的劳作服没落许久，近来一些民艺品牌开始对它重新设计，改进为一种现代流行的服装样式，动辄卖到一两万日元。我看过许多，认为都不如美穗给我的那一条，那条蒙佩的花纹，是一目了然的昭和风情，充满了时间流经的痕迹和我无从得知的岛记忆。美穗和茜，总是在水田里和菜地里穿着它们，当我回到京都之后，也总是在日常中穿着它。有一天，在我经常去的一间老铺和服店里，相熟的老板与我聊着一匹绘有伊藤若冲笔下的公鸡纹样的长襦袢布匹，突然注意到我的裤子。"这是蒙佩吗？"他追问它的来历，反复赞扬我品味不凡，"真是太时尚了！"这条蒙佩让我理解了服饰可以如何突破时间和空间的限制，但这些都是后话了。

茜来到岛上后不久，就和美穗成了好朋友。不如说，她因为性格开朗、为人热情，和很多人都成了好朋友。生活到了第四年，她已经比美穗还要了解这个岛，美穗用一种毫不夸张的口吻对我说："茜也许知道海士町的全部事情！"

美穗和茜伟大的友谊建立在土地和蔬菜之上。三年前，她俩和另一位志同道合者一起，组成了一个"在生活中播撒快乐之种小分队"，旨在推广海士町传统的蔬菜种子（这类种子被称为"固定种"或"本地种"），她们日常将种子放在图书馆的一个角落里，人们可以像借阅图书一样自由地借回去，等到种植成功以后，再把新的种子还回来。种子也像旧物一样，在岛上形成了循环。

这个小组的初衷来源于美穗对日本传统蔬菜种子强烈的危机感。多年前，她偶然得知了一些真相：在日本的超市里，售卖的蔬菜全部由 F1 种子培育而成。这种产量高且稳定、能够高效种植蔬菜的杂交种，大大提高了全世界的农作物生产率，战后五十年里迅速在日本普及，替代了产量不均一的固定种。但是，F1 杂交种无法保存和繁育种子，这就意味着，如果某种蔬菜的种子只剩下 F1 杂交种，一旦它们遭遇变故而被摧毁，这种蔬菜将永远从地球上消失。而且，由于日本的 F1 杂交种全部从海外进口，一旦发生世界战争，日本或许会失去蔬菜。与此同时，F1 杂交种还引发了一些健康人士对于食物安全的警惕，日本社会有一种声音认为：越来越多的 F1 杂交种，是利用不含雄蕊的"雄性不育"异常株制造的，这种先天不能产生花粉的蔬菜，长期食用将会导致不孕不育。

按照茜和美穗的观点：与 F1 杂交种相比，固定种的蔬菜有着明显的劣势，主要是形状和味道不能统一，且因为生长速度有快有慢，无法根据需求定期大量供应，难以追求经济效益；但固定种蔬菜的优点是，作为自古以来一直被使用的种子，它们适应了特定地区的气候和风土，如果你觉得超市里的蔬菜不好吃、想吃到像小时候一样美味的蔬菜，你只能选择在家庭菜园里自己种植固定种。

我对关于 F1 杂交种和固定种的知识十分匮乏，因此无法对二者进行客观评价。但我随后找到了一些资料数字：当下日本农业中 F1 杂交种使用率达到 99.5%——也就是说，几乎所有农家都不再自行采种，而是每年购买新的种子。直到昭和初期，固定种的蔬菜还非常普遍，但现在只能在少数农家或家庭菜园中看到，它成了稀有的存在。

随着固定种蔬菜越来越少，日本开始有一些个人和团体发起了保护和种植固定种的活动。美穗和茜在海士町做的就是这样一件事。她们对我说，考虑到很多移住者来到这个岛上是从零开始农业，向他们普及种子就显得非常重要。按照岛上从前的传统，农家们会在收获蔬菜之后举办种子交流会，但这种活动每年只有一两次，不能随时举办，她们希望种子在日常中也可以随时循环起来，就借鉴了美国已有的做法，把种子放在了图书馆的一个角落。

和宫崎家一样，茜的岛生活也在忙碌之中。除了上述这些事情之外，她还每周前往海产品加工厂和港口的烤肉店打工。客观来说，这个小岛上的工作机会确实不多，但似乎只要你愿意，就总能有办法找到各种事情做，把生活经营得异常繁忙。如果找不到工作，你甚至可以创造工作。我在阿玛玛莱的公告栏上，看到了一张宣传广告，有人自创了一个名叫"岛妈妈"的工种，她们可以做以下这些事情：

· 如果你无法出门购物，或者因为身体不适不能出门，我们可以帮你购物。

价格：1000 日元 / 次起

· 如果你无法照看孩子，我们可以帮你提供儿童看护服务。

价格：1500 日元 / 小时起

· 如果你觉得孤独，希望有人陪你吃饭等等。我们可以去你家拜访，担任陪聊或者帮助解决问题。

价格：1500 日元 / 小时起

· 我们可以代替不能经常回岛的人进行清扫、祭祀，或者帮你去看看你父母和亲戚的状况。

价格：1000 日元 / 次起（＊费用需协商）

· 如果你听不懂医生的解释，或者你害怕一个人坐船去医院，我们可以提供岛外医疗陪伴；也能提供去政府、银行、邮局等地的陪同服务。

价格：2000 日元 / 小时起（＊我们不能提供车辆接送服务，包括员工的交通费用在内，请客户全额支付。）

茜来到宫崎家帮忙插秧的那天，我才知道我的中华炒饭已经声名远扬，她对蹲在田坎上的我提出恳切请求：那个传说中只加盐就超级好吃的中华炒饭，中午能不能吃一吃？我听着她的话，手里抓着一根随手拔下来的折耳根，心想：真是他乡遇故知，这个岛简直是折耳根的天堂！海士町的人们从来不吃这个，也许我可以为他们做一道贵州菜。雅也因为我的这一提议而感到兴奋，宫崎家在探索食物的可能性这件事上一贯积极热情，他告诉我，日本人很喜欢用这种植物制茶，一些自然教室近来也流行用它的叶子炸天妇罗，但中华凉拌？闻所未闻。他催促我赶紧前往宫崎家后院，那里长满了折耳根，我可以使用一把小铁铲，想挖多少挖多少。

我对我的中华炒饭充满自信，但对凉拌折耳根多少有些底气不足。这种食物究竟是珍馐还是黑暗料理，过分依赖于个人口味，且感受两极分化，没有中间值。为此我小心翼翼地提醒餐桌前的三人：这只是一次食物试验，不必勉强，可以浅尝辄止。未曾料到，他们吃完了一整盘折耳根，没有给我留下第二口。茜甚至忘记了她是为了中华炒饭而来。凉拌折耳根诱发了三人对开发这种野生植物的强烈兴趣，他们始终讨论着：或许可以做成韩国泡菜，放进冷面里；又或者，试试炒来吃？在美穗的强烈要求下，我为她留下了一份凉拌菜谱。

尽管凉拌折耳根是如此具有人气，我也只做了这一次。原因是：为了挖出这一盘折耳根，我的手掌被磨出一个巨大的水泡。这令我再一次感叹劳动之艰辛，劳动者总是伤痕累累。我向雅也展示这伟大的劳动勋章，他一脸惊异，颇为不解："你为什么不戴上手套？"

在我遇见的热爱食物的人群中，若以家庭为单位，宫崎家可以排在第一位。类似于凉拌折耳根这样的插曲，在这个家里时有发生。有一天，我们原本计划去播种大豆，突然来了个电话，是南部港口的一位渔师打来的，他说这天捕获了许多飞鱼。计划临时改变，雅也要立刻驱车去买飞鱼。

飞鱼，这种因为可以在空中飞翔近百米而得名的群居性鱼类，是隐岐近海的夏日时令产物。每当到了这个季节，海参加工厂把它们做成日本料理中最重要的调味料——制作高汤的鱼干，这也是宫崎家一年之中最重大的活动之一。

雅也出了门没有再回家，下午美穗告诉我，他直接去了海参加工厂，正在和两个朋友一起处理飞鱼。美穗建议我去现场参观学习，我便去了，走进海参加工厂一看，几个大水桶装满了全部1400多条飞鱼——它们可以制成宫崎家一整年份的高汤鱼干。雅也的两个朋友也是移住者，或许是因为每年都在进行此项工作的缘故，他们用一种机器般的速度与精密重复着同样的动作：切头，剖腹，掏出内脏；切头，剖腹，掏出内脏……雅也则独自负责将处理好的鱼身清洗干净。他向我解释，接下来只要将它们全部在热水里过一道，然后晒干保存，就可以做出顶级的高汤。岛上的小商店随时能买到小鱼干成品，那是多数人的选择，但在雅也看来，它们既不美味，价格还昂贵。从处理鲜鱼开始制作高汤，即便在离岛上，也鲜有人这么做，雅也的两位朋友多亏他才得以参与此项活动，他们对我吐露心声：宫崎家的生活，是整个海士町最符合"岛生活"这一状态的。

这天晚饭过后，宫崎夫妇照例在晚上8点上楼哄几个孩子睡觉，过了10点才下楼进行整理工作。我直到12点还听见厨房里忙碌的声音。次日一早，我才刚起床，雅也已经从海参加工厂回来了。我总觉得他似乎不用睡觉似的，终于忍不住询问他睡了几个小时，原来他真的整夜未眠：凌晨1点结束厨房的事务，便立刻前往海参加工厂处理飞鱼，直到早晨回家和我们一同吃早餐，之后，又匆匆回去继续工作了。

"因为我想早一点吃到！"雅也解释，他带着一着脸憧憬和期待，向我传达日本料理的秘诀，"做高汤就是和时间赛跑，快一分钟，就能多一分鲜味。"

雅也离开之后，美穗对我说："雅也是我遇到的人之中，最堪称吃货的。"

"什么是吃货？"阳太突然插话进来。

"为了吃，可以不睡觉。为了吃，可以忍受一切事情。"美穗言简意赅地总结。

我想，在宫崎家，每个人或多或少都遗传了这种吃货体质，包括并不知道吃货为何物的阳太。周末的作业要写日记，他写的是年糕大会和中华炒饭，这一点儿也不新奇，听说他的每篇日记，写的都是关于吃的事情，一次也没写过别的。

8

我打算去海士町中央图书馆看一看种子的角落。

这些日子以来，我明显意识到一件事：海士町的居民为他们的图书馆感到骄傲。到岛上的第二天，福田就特意把它指给我看，我看见它长在稻田之中，景致绝佳，拥有成为网红打卡点的风光优势。在宫崎家的第二天，阳太也嚷着要带我去图书馆，我当时好奇于一个顽皮的二年级小男孩为何会对图书馆如此充满热情，后来才知道，那里的一个房间内堆满了乐高玩具。后来的日子，美穗好几次提议开车载我去图书馆，她说那里是海士町人日常聚集和交流的场所，我或许可以认识一些人，或者如果我只是想安静看书，可以坐在面朝稻田的窗户前，图书馆内允许饮食，她想象我可以一边看书一边喝咖啡，一定会感到满意……就像海士町人都会向我谈论起岩本悠一样，他们也都建议我去看一看图书馆。他们说："图书馆很厉害哦！"他们说，最近有人为了图书馆移住到海士町来。

我拒绝了美穗开车送我去图书馆的提议，决定步行二十几分钟独自前往。岛生活有它特有的运行规则，例如两公里的距离属于驾车范围。但我的日常不如居民那样繁忙，对我来说，去图书馆，散步是最好方式，可以顺便感受周围的环境。

海士町图书馆位于町政府的领地内，一栋挂着"公民会馆"木牌的建筑，最深处被开辟为图书空间。这个建筑需要换拖鞋入内，入口处展示着一些杂志，几乎都刊登了海士町在地域振兴领域相关的采访报道。阅览室外有一个柜子，摆放着一些挂耳咖啡和茶包，标价在100日元左右，往边上一个小盒子里投币后，自行利用热水壶和马克杯冲泡。那些马克杯造型各异，风格缺乏同一性，一看就是从各处搜集而来的。这处空间设置了几张桌子，配有无线网络和专用插座，供那些带着笔记本电脑来的人们使用——意图很明显，即便你不看书，也可以在这里工作。

我没费什么力气就找到了美穗和茜说的种子的角落。它在一个书架的醒目位置。一个小筐里塞满了各色分装袋，上面的标签注明了它的内容：南瓜、大豆、茄子、青椒……任何人只需要填写旁边一张借出表格，交给图书馆管理员之后，就可以取走自己想要的种子。人们可以在收获后再来归还新的种子，但如果种植得不顺利，不归还也无妨。旁边的一格书架，精选了一些关于如何进行无农药种植和有机蔬菜栽培的书籍。我从此处感到了管理员的用心——如果一个新手想要在岛上开拓家庭菜园，图书馆将是一个优秀的入门场所。而如果他还想了解更深刻的知识，在上面一格的书架上，那些书籍的主题包括种子和人体的关系、自然和生态系统平衡以及绿色资本论。

我第一次来到海士町图书馆，就更正了第一印象里认为它应该成为网红图书馆的错误判断。这个图书馆显然无意成为美丽而无用的背景板，它致力于成为人们日常生活使用的场所，这种功能性远远超过了我对图书馆这一载体的认知：一个专区为一家刚刚在海士町创业的小型出版社服务；另一个专区围绕着海士町生活的种种，一些是正规出版物，一些只是简单打印的手工册子；一个角落为育儿的妈妈们设置，二手的孩童服装被放在这里，按照身高进行分类，需要的人可以自行拿走；还有一个角落对女性发出提醒：为什么应该定期进行乳腺癌检查？该如何免费进行检查？而在走道上，最引人注目的一面墙壁，贴满了岛上的各种活动讯息：电影放映会、萤火虫观测会、摄影教室、梅子酒工坊……它尽到了这栋建筑作为公民会馆的义务，岛上最近有什么活动一目了然。我注意到，在六月里还有两场育儿谈话会，一场面向 3 岁以上孩子的家庭，一场则面向 0 至 2 岁之间的孩子的家庭，那些有育儿经验的妈妈们，将接受来自新手妈妈们的咨询，并为她们提供可靠建议。

我在海士町喜欢的地方有许多，这间图书馆可以排进前三。第一周，我去了三次，为此甚至推掉了去周边其他小岛的计划。每次我在图书馆都会待上半天，实现了美穗的想象：泡一杯咖啡，坐在面朝稻田的大落地窗前。我总是读一些关于离岛最新资讯的报纸，或是几本当地人制作的生活手册。工作日的图书馆没有太多人，除了偶尔一两个埋头自习的少年之外，更多时候，我独自坐在窗前，和在稻田里不时飞起的两只白鹭为伴。我渐渐学会在附近农协的商店买一些小点心，配着咖啡食用。一个早上过去，12点的报时广播在小岛上响起，自习的少年起身离开，我也会把用过的马克杯放到回收处，再沿着稻田走回宫崎家吃午饭，通常走到半路就会收到雅也发来的短信：在做饭了，要回来的吧？这是我从情绪上很喜欢海士町图书馆的片刻，它浓缩了我在这个小岛上总是体会到的一些熟悉的温度。

在我经常坐的位置旁边，有一个榻榻米区域，可以坐在地上看书，但由于那里堆的全是些绘本，我没有进去过。一次，有个抱着婴儿的年轻女人席地而坐，整个下午，她怀里的孩子总是发出断断续续的哭声。我在想这是否破坏了图书馆这一生态中某种静默的礼仪，但无论阅读者还是管理员，没有一个人发出怨言——他们甚至没有抬起头来。后来，年轻女人念起一册绘本，我幡然醒悟：这原本就是为带孩子的妈妈们打造的绘本角落！无论官方还是民间，居住在这里的人们正在共同努力打造一个"适合育儿"的生活环境——这是海士町的图书馆在哭声中向我透露的秘密。

不过，海士町人认为他们的图书馆厉害，指的并不只是这一间。事实上，海士町图书馆无处不在。在岛上各处，我见到过好几次它的分身，基于这些分身出现的场所，形式各异。

第一次，我在岛上一间商务型酒店里遇见它。酒店的玄关的柜子上，陈列着有限的书籍，都是关于岛上的创业者和移住者的故事。岩本悠的《流学日记》和山内道雄的《改变未来的岛学校》，我就是在这里找到的。这个柜子上的一个小牌子告诉我：它属于"岛图书馆"的一部分。

第二次，我在岛上一间高级酒店又见到了同样的牌子。这次的规模大得多，地下一层打造成一个小型图书馆，高大的书架延伸至屋顶，藏书也更加丰富，从隐岐县史到离岛文化，再到松本清张的小说和中原中也诗集——旅行者好奇的各种主题都被精心陈列到了这里。晚上10点前，这间图书馆免费对非住客开放，任何人都可以走进来，坐在那张拥有无边海景的沙发上阅读它们。图书馆是共享不是独占，我在这里看到了海士町图书馆的口号："整个岛就是一个图书馆。"

第三次，美穗带我去港口一间政府经营的小型商店买菜。有一个区域专门贩卖鲜鱼和海产品，旁边亦有一个书架，几乎都是关于鱼类和烹饪方面的书籍。美穗说，人们来购物，遇到有想看的书，就可以顺便借回家。

第四次，在阳太的小学，孩子们放学后不立即回家，而是热闹地挤在一楼的图书角。美穗说，这里也是海士町图书馆的一部分。

第五次，茜带我参观阿玛玛莱的设施，有一个摆放着咖啡和图书的角落以及另一间更大的图书室。茜说，考虑到年轻妈妈们的需求，这里提供的书籍几乎全是关于生活方式、手工制作和烹饪主题的，另外，还有轻小说和艺术书籍。

即便上述这些也不是海士町图书馆的全貌。如今在岛上，它拥有二十八个类似的分身，除了上述几处，还出现在邮局、诊疗所、保育园、牙科医院、文化中心和历史资料馆……多数时候，你在一处借了书，可以在其他任何一处归还。这就是海士町始于2007年的"整个岛就是一个图书馆"计划，它的操作方式并不复杂，就是以中央图书馆为基地，与各个机构合作，在岛的各处设立图书点。

后来我在中央图书馆里得到一份资料，上面总结说，它想成为这样一间图书馆：

1. 每个人都可以自由地放松和聚集的图书馆，成为心灵的依靠
2. 提供生活智慧和创意的图书馆
3. 可以接触文化和艺术的文化中心
4. 保证学习和信息资讯的知识中心
5. 传达海士町的过去和现在、连接未来的地区信息中心
6. 以书为起点，产生对话、共同学习和多样化活动的岛上活动中心
7. 从"无"到"有"，成为小岛建设源泉的图书馆

在海士町中央图书馆的第三次，我终于忍不住跑去前台询问：矶谷女士在吗？

每当海士町人向我提起图书馆，他们不会绕开这个名字：矶谷。他们告诉我，这个小岛直到十几年前还是一个没有图书馆的地方，是从外面来到这里的矶谷意识到了它的欠缺之处，并最终依靠自己的力量改变了它。他们还说，海士町图书馆可以说是矶谷独自打造的风景，这个企划今天在日本全国声名远扬，周边的小岛纷纷效仿，就连本岛的图书馆从业者也前来参观学习。

在众多褒奖的言论之中，夹杂着美穗为矶谷打抱不平的声音。她不平于矶谷在担任图书馆馆长的十几年里，空有头衔，至今仍未被当地政府纳为正式员工。我猜测矶谷没有得到转正的原因是外来者或是

女性的身份，但在美穗看来问题比这更深刻，她认为是日本政府体制的保守和落后使然，以及当官的人根本不理解文化的价值。我强烈地感觉到美穗对矶谷充满好感与尊敬，她在图书馆举办过几次种子会的活动，得到了矶谷的大力支援和帮助。租借种子的卡片也是由图书馆进行管理的，所以矶谷反而比美穗更清楚人们借出的情况，后来我向矶谷询问数据，她几乎脱口而出告诉我：已经有八十多人来借过种子了。

我无论如何都想和矶谷聊一聊。我想知道：一个打造图书馆的人，如何理解它的外延和可能性？于是，当我第三次来到海士町图书馆，一位戴着眼镜、利落短发的中年女人从前台后面的办公室走出来，听我说明来意之后，爽快地表示，我可以周一早上开馆后来找她。

我第四次来到海士町中央图书馆，就是来见矶谷的。在这个岛上，最早的移住者是被流放的天皇和贵族，但当下居住在岛上时间最长的移住者也许是矶谷。她已经在海士町生活了二十三年。除了在时间上领先于潮流，矶谷的经历是那种移住者最典型的路径和心路历程：她出生于九州南端的鹿儿岛，在大阪上的大学，后来进入京都的一家酒店工作，在此期间，渐渐对都市生活感到不适，转而对环境问题产生兴趣，开始考虑在拥有更多自然的地方生活。三年后，她辞职，从京都转移到屋久岛，在那里实践一种与自然平衡的环保型生活。2000年，矶谷比雅也更早听说了海士町的商品开发研修生制度，并由此移住到了海士町。

矶谷的研修生生涯并没有如雅也那般开花结果，起初她从事一些自然开发和保护活动，但不久后因为结婚生育而中断。等到孩子长大一些，她可以重新出来工作的时候，就听到了海士町教育委员会的

"整个岛就是一个图书馆"计划。那时，海士町没有图书馆，唯一可供公共阅读的场所是公民馆一楼两个随意摆着一些书的书架。矶谷来到岛上之后，尽管实现了生活在自然之中的愿望，却同时也因为缺乏书、文化和图书馆的环境而感到寂寞。建造一个图书馆！这是梦寐以求的好机会，她觉得自己可以为岛上的人们打造一个满足心灵需求的地方。矶谷理所当然被录用了，这份工作简直是为她量身打造的——她早就考到了"图书馆管理员"资格证，这在当时的海士町找不出第二个人。

矶谷和另一位移住者一起成为海士町的第一批图书馆管理员，他们的工作是将"整个岛就是一个图书馆"这一口号变成具体的现实。然而没多久，那位同伴就离开小岛回归了城市。只有矶谷坚持下来。"岛生活虽然有很多不便，但我是那种没有便利店也没关系的人，"她对我说，"没有便利店也没关系，但应该有图书馆。"

海士町图书馆的建造和衍生的过程，总是让我想起这个小岛一句响亮的宣传口号："没有的东西就是没有。"这个流行了近十年的句子非常有名，已经成为表达海士町独特价值观的标志。原本这句话的出发点是为了吸引外来移住者，从而不得不转换视角，将一些离岛劣势视为优势：在海士町，虽然没有百货商店、便利店和电影院这些城市的娱乐和便利设施，但这没有关系，对于生存来说，所有重要的东西和事情都已存在。

在海士町，所谓"重要的东西"，也许是指与自然朝夕相处的恩赐、自给自足的生活方式、人与人之间的紧密联系和浓厚的人情关系，或是完全被自己想做的事情填满的时间……这之中无论哪一种，对城市人来说都是奢侈的。重要的东西，并不全是那些原本就存在的东西。

如果一个东西被居住在这里的人们需要，那么它应该被创造出来，并且应该由居民共同来创造——从"没有"到"有"的海士町图书馆，就是这样一个被后天创造出来的"重要的东西"。

但在海士町这样的地方，建造一间豪华的图书馆是不可能的。原因很简单：政府没有钱。最开始的时候，矶谷只能从现成的可利用的渠道入手，因此，海士町开设的第一间图书馆，并不是如今极具网红潜力的稻田图书馆，而是开在港口二楼的一个小型分馆。矶谷认为，港口作为这个小岛的玄关，是所有人都会使用的地方，在那里向人们提供图书是一个好办法，因此前去拜托港口的管理者，免费得到了一个角落。这个角落至今仍在那里。从打造小型图书角开始，和各种各样的机构与设施形成合作关系——这原本是缺钱的无奈之举，却误打误撞演变成海士町图书馆独特的合作模式，让它真的实现了无处不在。就连稻田图书馆也是一个偶然——不是矶谷主动选择了这独一无二的美景，而是在那时，只有公民会馆可以提供这么大的场地。

随着海士町图书馆的认可度越来越高，现在矶谷已经不必再主动去寻找场地，最近新开的几个分馆，都是岛上的一些设施主动来拜托她开设的。矶谷的心态很开放，只要对方提出申请，她几乎不会拒绝，在她看来，伙伴越多，图书馆的使用者越多，图书的群体越来越丰富，整个岛屿才能成为一个图书馆。如今，每个分馆都有专门的图书馆管理员负责，其中摆放的图书也是由他们定下的主题，管理员的品味也许各有差异，但思考的出发点达成了一致："来到这里的人们会喜欢的书。"

矶谷特别向我提起开设在"隐岐国学习中心"的一个分馆。这是为了配合岛前高中的教育而开设的一个公立补习中心。矶谷告诉我她的观察："最近的高中生，大家都沉迷于手机，变得不怎么读书了。"这是小岛上和城市里正在同时发生的、毫无差异的事情。她认为图书馆的义务之一是不能放任这种现象发生。最近，她策划了一个读书会，把那些仍热爱读书的高中生们聚集起来，让他们来介绍和分享自己喜欢的书，然后把这些书在学习中心的分馆内重点展示。矶谷的想法是，不能由图书馆管理员来进行推荐，成年人眼中的"好书"，对高中生来说也许会成为"看起来很难读的书"，如果书架上都是这样的书，年轻人是很难伸出手来的。

图书馆，由于生长的土壤不同，将绽放出完全不一样的花朵。矶谷告诉我，她未来也想一直保持这种开放态度，但凡有人想开分馆，她就接受。她对"岛图书馆"的未来充满想象，例如她想做"一日图书馆"，在森林里或海岸上，小车里放着书，人们喝着咖啡，听着音乐，置身于自然中读书。她还很期待：不只是图书馆的藏书，个人也可以把自己的书拿出来，让自家也成为"岛图书馆"的一部分。让海士町的居民们都成为图书馆的朋友，成为图书馆本身，才符合这个小岛"居民共同思考和建设"的特质。

矶谷说起她最初建造图书馆的初衷，无非是"让想读书的人有书可读"。而如今，就像高中生沉迷于手机那样，在全世界任何一个角落都大同小异，新闻里总是强调：现代人已经不读书了。又或者：读书是老年人的习惯，年轻人不爱读书了。海士町的情况稍微有些不同，因为从前没有图书馆，所以其实老年人也没有阅读习惯。反倒是移住者们表现出了对图书的强烈需求，尤其是那些育儿家庭。我在宫崎家见到了好几本贴着图书馆标签的绘本，在图书馆里还偶遇了 JICA 的森田女士来还书，她手里拿着《哆啦 A 梦》的漫画和《魔女宅急便》

的绘本，拜托矶谷帮她查一查还有什么书没有还。"借太久了忘记了。"她抱歉地说。

在海士町图书馆，每个人每次可以借十本书，每本书可以借三周，到期后可以再延长三周。无论是数量还是周期，都比城市图书馆宽松近一倍。这意味着：一本书也许会在某个人手上停留一个半月。不过，在小岛上，这不会造成任何人的困扰。如果某人急于阅读某本不在书架上的书，他会直接来拜托矶谷帮忙查询是谁借走了那本书，在一个只有2000人的小岛上，大概率那会是他认识的一个人，然后，直接找上门去把那本书转借过来就行了。这是只有在海士町的熟人社会才能发生的事情，是一个岛图书馆与众不同的特色，矶谷将这个现象称为"让书"。有些时候，面对那些忘记带借书卡的人，管理员们也照样会把书借给他们：他们认识这个人，不必刷卡，刷脸就行了。

哪怕你只是一个游客，刷脸毫无用处，海士町图书馆也愿意为你办理一张借书卡，不需要提供任何居住证明。停留在小岛期间，你可以随时借阅图书，即便你离开了，无论什么时候再回来，这张卡还能继续使用。这是海士町图书馆对它重视的"关系人口"提供的便利。也许不像"成人的岛留学"那样寄希望于他们有朝一日移住到岛上，但此举被视为小岛和外来者建立联系的一种证据。只需要一张薄薄的借书卡，小岛于你而言就不再是毫无关系的地方，你将用一种更亲切、更熟悉的口气，向人们谈论起它。而事实上，这一招非常奏效，已经有大量居住在岛外的人们办理了这张海士町的借书卡。

我向矶谷表达了我对海士町图书馆的喜爱。我提到在读书时喝咖啡的幸福感。因为是偏僻地方的小型图书馆，才能实现这样的服务，如果是在大城市里，一定会引发各种问题，矶谷说，当初决定这么做，也是因为在这个小岛上没有喫茶店和咖啡馆，想给岛民打造一个喝茶聊天的地方，这个责任只能由图书馆来承担了。我也提到了有个婴孩哇哇大哭的那一天，矶谷明确地回应了我她对图书馆氛围的思考："这是一个为岛民服务的图书馆，我想尽量让这里成为一个他们可以不用那么在意规定、放松使用、自由度过的空间。如果妈妈们因为小婴儿太吵而不能去图书馆，我觉得就太可怜了。"孩子在图书馆里大哭也没有关系哦！这种思考在大众常识里显然是一种非常识，但是非常识也可以被培养成一种新常识。最开始，是图书馆管理员们首先表现出了这种接受的态度，渐渐地阅读者们也被同化了，于是有了我看到的那一幕。

图书馆是一个日常居所，一个客厅，一段不被规定限制、可以开心度过的时光，矶谷想，她的想法已经顺利传达给海士町居民了。和所有的图书馆一样，海士町图书馆里也常年放着一个留言本，有一天，她在上面看到了一位高中岛留学生写下的话："在学校里遇到难受的事情的时候，我总是来到这里，感觉被治愈了。这是我在岛上想要好好珍惜的场所。"那是她第一次感受到这份工作的价值，感受到空间可以超越空间本身而拥有的情绪内涵：图书馆原来可以成为人们想要珍惜的场所。

当一间图书馆拥有了超越空间意义的内涵，那么它在外延上也不再受到限制，变成了一个公共机能更加完整的地方。海士町图书馆常常和岛上各种群体一起策划举办活动。矶谷从办公柜里拿出几本厚厚的资料夹，里面是各种过去举办的活动资料：夏季夜晚特别开馆、高中生的音乐会和写真展、电影放映会……如果海士町的人们想在图书馆做点儿什么，他们就能做点儿什么。"为了让海士町的人们能够更加享受岛生活，图书馆该怎么做？"这是矶谷基于"图书馆"这一载体最核心的思考，在这个前提下，无论演变出什么形态，都是被允许的。图书馆依托于但不仅仅依托于"书"这一介质而存在，它可以升华为一种空间服务，结合时代需求和地域需求，不断变化和进化。今后矶谷也会这样继续下去，在小小的离岛上，让图书馆生长出新的机能。

海士町图书馆成为日本媒体纷纷报道的一个成功案例，一个充满创意的地域振兴的榜样。矶谷开始接到一些邀约，请她到本岛某地去担任图书馆馆长。有些邀约会让她吓一跳，例如，一个斥巨资建造的非常高级的图书馆。她认为自己做的事情，是在一个"没有"的地方，用不花钱的方式创造出些什么，而一个豪华的图书馆？"我去了还能做什么？"她又想，现在的日本还有许多没有图书馆的偏僻之地，如果有一个像曾经的海士町那样的地方要打造图书馆，她倒是愿意去试一试，已经在这个小岛上生活了二十几年，也许是时候看看外面的世界是什么样了。

但我觉得，矶谷不会轻易离开海士町，在这个小岛上，她的仗还没有打完。她经常跑到当地政府去理论，为的是让海士町图书馆的全部七个工作人员成为正式员工。这不仅仅是在为自己和伙伴们争取稳定的、有保障的铁饭碗，更是让"图书馆管理员"这一身份得到社会认可的艰辛战争。这也不是局限于海士町这个偏僻小岛上的特殊现实，事实上，在日本，80% 的图书馆管理员属于非正式雇佣。

这难免让我觉得有些讽刺：海士町政府是如此为自己"教育之岛"的名声而骄傲，处处标榜这一口号，却不愿为图书馆员工提供职业保障吗？

"我也对上面的人说过类似的话，作为'教育之岛'，希望能够好好地对待图书馆，"矶谷笑着对我摇头，"但我的想法，好像没能传达到他们心里。"

自己热爱的职业还没有得到日本人的认可，矶谷悲哀地意识到这一点。在一个以追求经济发展为第一前提的社会，身处高位的人们不理解书籍和图书馆的重要性，何况在这样一个为了生存立场而绞尽脑汁的小岛。一间图书馆？它既不可能成为农业和渔业那样带来显著经济效益的产业，也不使当地增加大量人口。为什么要把经费投入到一项没有产出的事业上呢？当社会观念是如此固化而不可动摇时，矶谷唯一能选择的，就是与自己热爱的图书馆并肩继续战斗下去。

9

"有人想跟你聊一聊。"美穗对我说。我感到有些意外，尤其是，当我知道对方不是为了中华炒饭而来的时候。

从阳太的小学参观日归来的晚上，美穗收到了亚纱美发来的消息，表示想跟我聊聊。察觉到我对这个陌生名字表现出的茫然，美穗提醒道："就是那个坐在女儿旁边的女人。"于是，我知道她是谁了。下午，所有家长都挤在一个不引人注目的角落里，只有这位女人，课上到一半，女儿转身一挥手，她直接搬了张板凳坐进了课堂里。在那堂课上，她是一个私人辅导，不断地回答着女儿基于老师讲课内容的种种提问。至于那位年轻的男老师，他按部就班地执行着教学大纲上的课程计划，并未对这般变故发表任何意见。

行事作风如此特立独行，这个女人引起了我的注意。她可一点儿也不像日本人！我想。美穗当场就看穿了我的心理活动，低声向我解释道，这个女人在岛上一间出版社工作，向来我行我素，是那种有什么意见都会立刻说出来的类型，她来自大阪，但就算在大阪人之中也少见如此直接的性格。又说，在岛上的人们眼中，即便在美穗自己眼中："她就像个外国人。"

我对亚纱美产生了兴趣，不光是好奇未曾有过海外生活经验的她如何长成了日本人眼中的外国人，更因为我留意她工作的那家出版社已久。前几天在海士町图书馆，我看到一个专门为它设置的展示架，除了几本出版的书籍以外，一个牌子详细介绍了它的来龙去脉。我从那上面得知：2019 年，海士町从事地域建设和人才培养的公司"与风与土"，创立了这个名叫"海士之风"的小型出版社。我很喜欢介绍文中的一些理念，例如在这个小岛上，他们将外来者比喻为"风"，而本地人则是"土"。他们认为：只耕种土地是不够的，需要由风带来种子，才能创造新的环境。在所有关于海士町生态的描述中，"与风与土"这四个字，是我至今认为总结得最到位的一种，它只用四个字，就解释清楚了外来者和移住者在这个小岛上相互依存的一体关系，以及他们各自发挥的作用。

这就是我与亚纱美的相识。我从知夫里岛回来的那个午后，她开车到港口接我，还是我在小学课堂上见到她的样子，穿着过分宽松的棉质衣服，脚上一双人字拖——令我感到一种非常的松弛。在车上，亚纱美向我介绍起自己：她是大阪人，大学就读于京都立命馆大学，毕业后在京都一间非营利组织工作，以一次来到海士町做活动的契机，移住到了小岛上。"海士之风"创立之前，她在"与风与土"工作，和她过去在京都的工作内容大同小异，主要是策划一些外来者到海士町的研修项目，或是想办法把小岛上的东西（例如大米）卖到岛外去。

面对一个中国人，亚纱美特意强调了她和中国的渊源。她在大学期间学过一点儿中文，毕业论文写的是关于上海世界博览会的主题，那时候去过一次上海。这些就是全部了。

亚纱美的家位于远离宫崎家的另一个集落里，这里聚集着许多独栋住宅。我走近她家时，一个来自西之岛的鱼类专家正接受委托在门口安放小型鱼缸，注入氧气，放进海草，点缀以一些会发光的玻璃珠子，最后再把那些小小的鱼苗倒入其中。我看了一会儿鱼，便跟在亚纱美身后走进家里，起居室的榻榻米上堆着几床卷起的被褥，两个小男孩埋在其中玩着游戏机，在亚纱美的命令下向我问好。我们走进厨房坐下，亚纱美烧水给我泡一杯咖啡。这时有两个小女孩拿着芭比娃娃进来，冲向洗手池，嚷嚷着要给她们洗头——我认出其中一个在阳太班上见过，另外一个年纪稍小的，回头瞥了我一眼，立刻叫嚷起来："我认识这个人！是那天去山的教室的！"

今年39岁的亚纱美自从25岁那年来到岛上，已经过去了快十四年。她在岛上结婚又离婚，如今独自带着三个孩子住在这个家里。最大的孩子是阳太的同学，最小的孩子被送到山的教室。几个孩子每隔一两周会去爸爸家住几天，这并不是多麻烦的一件事，因为亚纱美的前夫就住在距她家步行只要5分钟的地方。有时候，碰上她要去岛外出差，也总是很容易就把孩子们送到那个家去。

这种现象是我觉得岛生态最不可思议的地方之一。我停留在隐岐的这些日子，至少已经听说了三个类似的案例：移住者和本地人的联姻，离婚之后，双方依然作为邻居共处，在日常生活中经常见到。最令我印象深刻的一个案例是：有个德国男人和岛上出身的女人（她正是阿玛玛莱的负责人）结婚了，两人一起移住到小岛，生了孩子，全家人去瑞士生活过几年，又回到了小岛，然后离婚了。女儿高中毕业后，表示想去德国留学，最近女人暂停了工作，带着女儿去了德国的爷爷奶奶家，一边住在那里，一边寻找房子、申请学校。而这个德国男人始终生活在海士町，自己种植着一个农园，规模越来越大，蔬菜经常放在岛上的几家商店里卖。这让我又一次想起"狭窄的人际关系"这个词来，在小岛上，似乎很难实现"老死不相往来"这句俗话。不过，亚纱美更正了我的说法，她说，她和前夫早已形同陌路。但住得近对孩子们的成长有好处：他们可以随时往来于父母家，即便家庭离异，也不会有任何一个角色"不在场"。我不确定孩子们是否真的心无芥蒂，但对于久居城市的我来说，这种关系很难想象。

亚纱美说想跟我聊一聊，真的就是字面意义的聊一聊，不抱任何目的。她只是好奇我为什么跑到小岛上来，然后，基于在出版社工作的职业背景，她想了解中国出版业和图书市场的现状。

"中国人现在读书吗？"这是她向我提出的第一个问题。为了让我理解这个提问的深意，她又补充道："在日本，读书的人急剧减少，年轻一代只爱看视频，沉迷于 Youtube。"

"这种事情，在哪里都是一样的。"我回答。

"日本出版社的状况非常严峻，杂志也是如此，停刊越来越多。"

很凑巧，这天早晨，我刚刚在新闻里看到日本已有 101 年历史的大牌杂志《周刊朝日》停刊的消息。这本被誉为"日本最古老的综合杂志"，在鼎盛时期曾经创下 150 万本的单期印量，至停刊时已跌至 7 万。即便是 7 万这个数字，相比图书市场还是好得多的。因此我才对

2019 年创立的"海士之风"感到好奇：在这样严峻的状况下，创立一个新的出版社，还是在这样偏僻的离岛上，怎么想都不合理。

"所以，我们每年只出版一本书。只出版我们自己真的想出版的东西，那些和我们拥有共同理念的作者的书。"亚纱美说。"海士之风"成立三年来，慢悠悠地出了三本书。她走到起居室的书架前，取出那三本书递给我——一本是日本设计师太刀川英辅的《进化思考》，一本是美国非暴力沟通中心创始人马歇尔·卢森堡（Marshall Rosenberg）的《非暴力沟通》，最新的一本则是被誉为"美国慢食教母"爱莉丝·华特斯（Alice Waters）的《慢食宣言》。只有第一本是原创，后两本都是翻译——老实说，我在这三本书上找不到任何共同点。

但在亚纱美的解释中，设计思维、沟通技巧以及某种饮食方式，它们都指向了同一的价值观——一种在离岛环境下，摆脱过度资讯和流行风潮的影响，真正被认可的价值观。这种价值观的核心，是"人与人的关系""人与自然的关系"以及"针对社会问题的思考和解决方案"。亚纱美说，因为居住在海士町这样的地方，更容易认识到自然的重要性、人和人之间联结的重要性，他们想把这样的价值观传达出去。

我还是难以释怀：每年只出一本书，活得下来吗？

在日本严峻的出版环境下，尽管"海士之风"迄今只出了三本书，竟然也没有亏本。《进化思考》卖出了 3 万册，《非暴力沟通》卖出了 1 万册，《慢食宣言》也已经加印。在愈发不景气的图书市场中，这个数字就已经是好成绩了，亚纱美告诉我："一本通常定价在 2000 日元的书，首印数一般不会超过 3000 册，卖出 5000 册开始盈利，卖到 1 万册就是能赚钱了，而如果卖出 2 万册，这本书就算是在商业上成功了。"把书做到这样的情况就不错，这个出版社在销量上没有太大野心，毕竟，它的终极目的不是单纯做出版，图书被视为"与风与土"其他事业项目的推动力量，两者配合，方可综合实现各种盈利。

比起推出更多的畅销书，摸索到"什么是在这个小岛上才能出版的书"，对这个新生的出版社来说也许更为重要。答案似乎正在浮出水面。去年十月出版的《慢食宣言》为他们带来了巨大的信心。据说当时有好几家出版社在同时争夺这本书的翻译权，其中不乏知名度更大、开价更高的大型出版社，"海士之风"毫无竞争优势，爱莉丝·华特斯却最终选择了这个小岛上的出版社——她收到来自编辑团队的邮件，第一次听说了这个没有便利店和快餐店的小岛，她认为：海士町的生活与她的"慢食"价值观最为接近。

亚纱美告诉我，"与风与土"的全部员工加起只有六个人，分配到出版部门的人就更少，只有两三人，但这也足够了。东京大名鼎鼎的英治出版社是"海士之风"的业务合作方。英治出版社的社长曾经利用海士町的"亲子岛留学"制度，在岛上生活了一年半，也是在这期间与"与风与土"的社长一拍即合，才有了出版社的诞生。从某种角度来说，他们亲自诠释了"风"为这片土地带来了怎样的种子。如今，在日常出版事务上，由海士町的团队进行选题策划、邀约作者和进行宣传推广，具体的编辑和翻译等工作则完全由英治出版来负责，双方形成了网络共同办公的日常模式——这也许是互联网协作时代带给离岛的"新风"。

不得不提一句"与风与土"的社长，这位也是海士町著名的移住者之一。早在 2008 年，他就辞掉在丰田汽车公司的工作来到海士町创业，被视为岛上新锐社会创业家的代表。他写过几本书，随着海士町的地域振兴事业日渐有名，经常被邀请到全国各地演讲。像他这样的海士町名人，是这个小岛最具说服力的宣传大使，他们也像风一样刮来刮去，一年中的大半时间都不在岛上。这当然也为出版社带来了便利：由于交际甚广，寻找作者的工作总是由社长本人来亲自进行。

亚纱美负责一些更具体的事务，最近，她忙着筹备把爱莉丝·华特斯邀请到日本来进行宣传活动。当然，他们最想让"慢食教母"亲眼看看自己选择的这个小岛。我又在一条旧新闻里看到，去年《慢食宣言》刚出版时举办纪念活动，作为责任编辑的亚纱美邀请东京一家荣获米其林三星的法式料理店主厨来岛上，进行了为期四天的岛生活体验，这位主厨参观岛上的海藻加工厂，与本地厨师及渔师交流，还和"岛食的寺子屋"的学生一起制作了料理。

在这条新闻里，我惊喜地发现了宫崎家的存在——

到达海士町的第二天，米其林主厨在朝霞中乘坐着雅也驾驶的小船，出海体验渔业生活。配图有一张雅也坐在船头的身影，怀里抱着比现在明显小了一圈的阳太。那天的捕鱼活动获得了大丰收，带回了大量梭子鱼和三线矶鲈。此后他们前往宫崎家，在那个让我熟悉而亲切的厨房里，米其林主厨用这些新鲜的鱼和宫崎家栽种的蔬菜，制作了正宗的法式午餐。亚纱美也参与了那顿午餐。

我问亚纱美：喜欢这样的岛生活吗？

我看得出来，我们谈话所在的亚纱美的家，是一个自由开放的家。起居室里又来了几个小孩，邻居的老太太也脱鞋走进来，擅自在厨房里找起东西来。亚纱美说，周围的人都了解以她的性格不会在意这些事，因此经常随意地走进这个家。很多时候她下班回来，起居室里坐着一堆不认识的孩子，却也不担心，只要问两句，就会知道他们的父母是谁。她觉得，这是在大阪绝对不可能发生的、只属于小岛土壤的一种随意而有趣的相遇，对于孩子们来说，很快就能认识很多人，关系也能迅速变得很好，不像城市里的孩子，从陌生人变成朋友，要花上许多时间。

"对大人来说也一样吧？"我想了想，在京都的生活中，我应该不太有可能整个下午坐在某位只有一面之缘的人的厨房里。

亚纱美点头。"这个岛太小了，遇见一个人，你一定会遇见他好几次。城市太大了，遇见一个人，也许一生就只能遇见这一次。只有在城市里，才会发生'一期一会'这样的事情。"

对于亚纱美，一位单亲妈妈来说，能够一边养育三个孩子，一边从事一份自己觉得有趣的工作，也是在小岛上才能实现的事情。小岛不仅拥有丰裕的自然，让孩子们能够悠闲自得地成长，也拥有安全安心的人际关系，令她可以放心地让孩子把陌生人带回家而自己继续在公司策划一本书。她无法想象：如果回到大阪，事情会变成什么样子？这几年，她在黄金周和新年回到大阪老家，总是明显地感觉到人与人之间的那种遥远的距离感，即便是以热情开放著称的大阪，在岛上生活十几年之后，亚纱美也开始感到不适应。她渐渐觉得：那些地方恐怕没有很好的生存条件。因此，亚纱美想暂时就这么在小岛上生活下去。

10

在海士町港口，可以搭乘的船主要有两种。一种是隐岐汽船，它们前往岛后地区、岛根县和鸟取县本岛的港口，船型有轮渡和高速船两种，但每条航路通常每天只有一班船。在岛前地区三个小岛之间穿梭循环的一种，称为"岛前内航船"，从早上 7 点到晚上 9 点之间，几乎每小时就有一班，岛与岛之间，最多只需要十几分钟的船程。

从内航船的规模就能看出各个小岛的地位。去西之岛的是一艘轮渡，可以直接驾车上船的那种，我差点儿就上了那艘船，被船员拦住，他指出我的票是去知夫里岛的，要等到轮渡开走后，才会有一只小船过来。知夫里岛实在太小了。隔天我返回时，甚至没在那里找到内航船售票处，一位好心人告诉我：往船员手里塞三枚硬币就可以上船了！

知夫里岛，隐岐群岛中最小的一个有人岛，一个岛就是一个村庄，在行政上它被称为"知夫村"。和大多数离岛不同，知夫里岛几乎全是放牧地，畜牧业是这个岛最主要的产业。岛前地区的人们在描述知夫里岛的时候，通常用的一种说法是：居民只有六百人，牛也有六百头——一个牛和人一样多的小岛！知夫里岛实在太小了。我跟福田说起我要去岛上的酒店住一晚，他立刻就说出了那家酒店的名字——在知夫里岛，酒店仅此一家，其余只有几个零散的民宿。

到达知夫里岛的那天下午，酒店的工作人员开车来港口接我。一个年轻热情的女孩，三年前从加拿大留学回来，熟络地驾车往小岛高处开去。我确实在沿途看见了一些黑色的牛群身影，它们在悬崖上悠哉地吃着草。我问女孩为什么来到这般风景的知夫里岛，她道，因为此地有一种海外的氛围，在离岛上，处处皆不同于本岛。她又告诉我，她原本打算继续前往海外，没想遇上疫情，哪儿都去不了，于是应聘了日本的地域振兴协力队来到隐岐，此后被安排在这家酒店里做工作人员。眼看疫情就要结束，她也差不多该离开小岛，继续海外生活的计划了。

那天傍晚，在酒店吃过晚餐，我站在餐厅的窗户前拍摄落日余晖。女孩走过来建议我：最好走出酒店大门，走到外面的停车场去。在岛上这些日子，她好几次被那里的落日惊艳过。我依照她的指引走出去，可惜太阳已经沉到海底去了。仿佛是作为补偿似的，在这天的晚些时候，我站在房间的阳台上，目睹了海上升明月的完整过程。深夜，一轮圆满的月亮挂在远方的孤岛之上，在夜色中将光明尽数洒在深沉的海面之上。

　　在明月照耀着大海的知夫里岛的夜晚，我思考着我来到隐岐的理由。一开始，我想搞清楚人们为什么在这里生活，为什么他们要生活在一个大多数日本人一辈子都没去过的小岛上？尤其是，他们并非生来就在这里，而是后天选择将这里作为旅途，抑或归宿。如果他们曾经生活在东京、大阪、京都甚至美国、德国、加拿大，他们为什么要选择偏僻的小岛？隐岐就是这样一个地方。我想，见过世界的人们来到这里，应该不只是为了明月和大海。此地风景诚然美好，但风景不是它的本质。

　　我只在知夫里岛住了一晚，次日，送我去港口的工作人员换成了一个更加年轻的男生。这个男生只从车窗里遥遥瞥了一眼海面，旋即提醒我说：今天风很大，船应该会很晃，一定要多加小心。以我的观感来说，那海面几乎称得上平静。可是他说，从波浪的弧度，可以推测它的暗涌。这个男生是长野人，他才在岛上生活了半年，已经学会解读波浪。酒店的工作只是他的一个短暂落脚计划，当下他正四处寻找房子，打算在知夫里岛开一间青年旅馆。这个小岛上有酒店，有民宿，却从来没有过一间青年旅馆。

　　"我有一个立志成为渔师的朋友，他前阵子来岛上玩，我们商议了这件事，决定一起开青年旅馆，"男生对我说，"我们一致认为，在知夫里岛，应该有一个住宿设施可以实现人和人的相互交流。而且，这个小岛上没有什么可观光的地方，我们可以把渔业体验和青年旅馆结合起来。"

我问他，打算在岛上的什么地方开旅馆？"哪里能找到场地就在哪里开，不是我可以选择的。"他告知我一种岛现实：在这个岛上，可以提供给外来者经营旅馆的地方并不多，他还在苦苦寻找中。下车之前，我对这个男生说加油，并把上五岛的ぽれ推荐给了他，直觉上我认为他想做的是类似的东西，我想，如果他去那里住一住，也许能得到一些启发。

这个男生说得没错，知夫里岛没有什么可观光的地方。它最著名的地标是一处露出红褐色岩石表面的大断崖，福田曾经指着地图上的地名对我说："日本人看到这个名字，只会想起《三国志》来！"我最终没有去那个名叫"赤壁"的地方。

我在这个小岛的唯一目的地，是坂道下的一间咖啡馆。它刚刚开业一年，一栋两层木造建筑，内装充满了复古的昭和气息。二楼笼罩在昏黄的灯光中，有一扇面向港口的窗户，终日可以眺望蔚蓝的海。我没有想到在离岛上还会有这样的咖啡馆，也许你在东京和京都常常会遇见这样的怀旧风格，但在有六百头牛的小岛上？它过于时尚了。倒是它的名字"のらり"，在日语里有"漫无目的""顺其自然"的意思，非常符合人们在离岛上的追求：慢慢来，按照自己的速度来。

这是这个小岛有史以来的第一间咖啡馆，也是知夫里岛上唯一一间咖啡馆。它的营业频率很好地诠释了它的名字：只在周末营业。只因为在平日里，店主还要养牛。

今年 27 岁的店主川本，回到故乡的小岛是在五年前。和这个岛上许多人一样，养牛是代代相传的家业，他从小就在看着爷爷养牛了。这些出生在养牛家庭的孩子，很少会以这份事业为人生目标，他们少年时代憧憬城市，并终将以考大学为最大的机会离开小岛，投身城市生活，赚更多的钱。川本的人生路径毫无意外。高中毕业后，他考上了一所东京的大学，大学毕业后，打了一年半的零工，然后被一家当地企业录用了。

人生的转折就是在那时出现的。按部就班地实现了计划中的城市生活梦想，川本的心态却发生了变化。他发现，他开始想养牛。

"我渐渐意识到了，企业的上班族生活恐怕不适合我。"川本站在吧台后面为我冲泡一杯深煎咖啡，二楼暂时没有别的客人，我们随意地聊起天来。他对我说起他失败的上班族经历：每天整理着大量在他看来毫无意义的文件，他对此感到厌恶和抗拒，但日本的企业似乎就是一个充斥着大量"无意义工作"的地方。

最后，川本决定回家，继承父亲的肉牛养殖农场。如今他是一位社长。尽管这位社长的全部资产只有三十头牛，但他觉得，这是一份任何事情都可以自己判断是否有其意义的工作。

"养牛能赚到钱吗？"我问川本。

"能吃得饱饭。"他回答。

其实，川本刚回到小岛就想开咖啡馆了，但他没钱。他也很清楚：在这个小岛上，开咖啡馆赚不了钱，只能用最小的成本来做这件事。这栋建筑原是曾祖母废弃的牛舍，用了四年时间才把它改造成咖啡馆。那四年里，川本一边养牛，一边在农协打工，存下来一点钱，就进行一点儿改装。改装这间咖啡馆总共花了 400 万日元。这个价钱当然请不起专业建筑工人，所有的工程都是在每天工作结束后，和妻子二人在夜晚完成的。

川本和妻子理子在东京相遇，结婚后一起回到了岛上，周末的咖啡馆也由两人共同经营。川本骄傲地把一楼的一张木头长椅指给我看，说妻子大学时学的是家具设计，店里的一些家具是她亲手制作的。不过，我没能见到理子，她有了身孕，最近回到老家山口县待产去了。

养牛和咖啡馆，很难想象会被放在一起的两件事情，如今把川本的生活塞得密不透风。即便在咖啡馆营业的周末，他也要在早上 6 点起床后先去喂牛，然后在 8 点半准时到达店里，下午 4 点半关门后，再回到牛圈工作。

"养牛是工作，咖啡馆是爱好。"川本如此总结他的生活。

咖啡馆是迟来的爱好。川本直到前往东京上大学期间才接触到咖啡馆，很快便爱上了它。比起现代咖啡馆，他更喜欢那些昭和风格的店，只要空闲下来，就会进行老铺喫茶店巡礼。他还在其中一家店打过工——我在のらり感受到的那种都市复古风格，就是受到了那家有着四十年历史的怀旧喫茶店的影响。

川本开咖啡馆的动机很简单：他喜欢咖啡馆，但小岛上一间也没有，只好自己开。岛上不仅没有咖啡馆，也没有甜品店，想吃泡芙的时候只好自己做，于是他又开始研发甜品，一些成功的，写进了咖啡馆的菜单上。这大，我吃到了一份"本日推荐"的香蕉吐司，味道不错。又听说他做的布丁在周边声名渐起，常常售罄。

在知夫里岛上，把开咖啡馆作为爱好其实是奢侈的。这个小岛上目前准确的居民数量是六百五十人，其中超过一半是高龄者，除去未成年人和打工者，大概只有一百来人拥有正式工作。他们从事着离岛上可以想象的有限职业类型：首先是公务员、老师、养老院看护，然后是养牛养羊以及少部分的渔业和农业。和相邻的海士町完全不同，知夫里岛上几乎没有企业，只有几家小商店。因工资收入有限，一个人从事几份工作的情况很常见。过了退休年龄仍继续打工的老年人也很多。退休金不够用，也没有子女可依赖，川本说，日本人将他们称为"银发人才"——一个描述人类悲哀现状的日式造语。

但是，他又说："日本的老年人充满元气，如果不工作的话，也许很快就痴呆了。"川本用来证明这一观点的论据是他的爷爷，这位老人今年已经 92 岁了，还每天和他一起喂牛，"如果停下来的话，没准立刻就上天堂了。"

过了一周，我又去了一次知夫里岛。前一次坐在のらり，川本向我打听中国咖啡，他从朋友那里听说，近来云南种植的咖啡豆很有名气。凑巧，我的行李里刚好带着一包云南咖啡豆，我把它作为伴手礼和宫崎家喝了半包，剩下的半包，打算带给川本喝喝看。

这一天，没有酒店的专车来接我。我按照川本给我的出租车公司的电话，提前一天预约了接送。如果不这么做，我就得在港口租一辆电动自行车，骑 20 分钟才能到达咖啡馆，沿途全是陡峭的坂道。相比之下，在知夫里岛上搭出租车很划算，10 分钟之内一律按 500 日元收费——在这样的小岛上，不会堵车，这个价钱基本能到达一切想到达的地方。

这一天小岛果然很热闹。我在沿途看见的不再只有牛群，还有一些骑车在岛上环游的外国游客。川本的咖啡馆里也已经坐了两桌人。我甚至还遇见了一位熟人：去过宫崎家的一位成人的岛留学生。她带着许多行李，专程来参加一家民宿在周末举办的瑜伽教室。每周做完瑜伽，她会在岛上观光，这天来到咖啡馆之前，她还去吃了一碗拉面。两年前，有位从北海道移住到岛上的拉面名人在岛上开了一间拉面专门店。"离岛上居然有了拉面店！"这件事成为轰动的新闻。就连宫崎家也从海士町搭船来吃过一次，但是，美穗说，太久没吃拉面，她的味觉现在觉得这种食物味道太重了。

川本这一周都很忙，他给牛群进行了人工授精。决定继承家业之后，他跑去兵库县接受了连续一个月的集中培训，通过了考试，获得了"家畜人工授精师"的资格证。在知夫里岛上，总共只有四个人拥有这项资格，听起来应该很抢手，但实际上，由于装备过于昂贵，只有其中两个人在专门从事此项工作。川本对我算了一笔账：给一头牛进行人工授精的费用大概是 5000 日元，按照七百头牛来算，总共是 350 万日元，再平均分配到四个人身上，几乎赚不了什么钱。于是，他放弃了购买专业设备，总是委托其中一位专业人员来帮忙。

我察觉到一些数字的误差："可是宣传册上说，岛上有六百头牛，六百个人，两匹马……"

"现在已经有七百头牛了。"川本说。

"那两匹马是怎么回事？"

"是岛上有个人买的宠物。"川本笑道，在离岛上，马是可以成为宠物的。离岛有离岛粗犷的宠物饲养法，两匹马的主人任由它们自由地放养在岛上。因为它们会吃掉一些牛不吃的杂木，反而让岛上的环境变漂亮了，就这一点而言，川本说，人们很感激那两匹马。

川本很关心我这一周在宫崎家的生活，他问我："四个孩子的家庭，是不是像动物园一样？"

在宫崎家，我向美穗提起知夫里岛，孩子们闻言也加入了谈话，表示:"我们也去过知夫里!"我好奇他们去干什么,他们说:"去吃蛋糕了!"我才知道,他们也去过のらり,把时尚的咖啡馆搞得像是动物园一样。而且,美穗原来是川本的高中英语老师。

知夫里岛的小学生虽然只有区区三十人,但暂且还有小学和初中,人们可以一直到高中才去岛外。和知夫里岛所有的高中生去向一样,川本是在岛前读的高中。他进入高中的第一年,恰好是魅力化项目开始的时候,每个年级虽然只有一个班级,但他班上的四十个学生之中,有二十人是来自岛外的岛留学生。起初的本土高中生和岛留学生,小心翼翼保持着距离,互相观察着对方,完全不像今天这样融为一体。川本说,他的情况有些特殊,他是本地人又不是本地人,每天搭船上学不便,选择了住校,很快就和岛留学生打成了一片。他回忆说,当时的宿舍只能住六十个人,随着岛留学生越来越多,最近又修建了一栋更大的宿舍楼,豪华气派。

川本作为一位亲历者,认为岛留学生的到来是一件双向的好事,岛内岛外的年轻人,彼此都受到了异文化的冲击。他的高中同学中有一位,如今成了成人的岛留学项目的负责人。而高中同学中的另一位——几天前我和美穗在一家鱼店见到他——在高中毕业后去了本岛的鸟取县,三年前才回到岛上来,如同川本选择的那样,继承了家业,成为鱼店老板。

这天下午,我和川本一起喝了云南咖啡,也终于吃到了他做的布丁。布丁果然好吃,我想带一些给宫崎家的孩子们做伴手礼,很遗憾,咖啡馆还没有开发出外卖服务。此后,我又喝了一杯夏天的调酒。

我从川本那里得知了一些知夫里岛的牛的故事。在这个岛上养殖的肉牛,稍微长大一些,就会被送往日本各地。送去滋贺,它们会长成近江牛；送去神户，会长成神户牛；送去佐贺，会长成佐贺牛；到了长野，则会长成信州牛……全都是以日本最高等级肉质著称的黑毛和牛品牌。看来，知夫里岛上的"牛生"，都有一个好去处。不知道为什么，我突然想起过去离开小岛的年轻人们，是不是也如同这些牛一样，带着一种扬名立万的志向投身于城市，在距离他们最近的本岛城市成为"松江人"或是"鸟取人"，也许在更遥远的国际大都市成为"东京人"或是"大阪人"。当他们在那样的地方死去，他们的下一代，将不会再被贴上"岛民"的标签，这将被视为他们成功发迹的结论。如同那些牛，他们的人生也有了一个好去处。

但事情正在发生变化。这些年，知夫里岛的小牛也被送到海士町，在那里，它们将长成"隐岐牛"。隐岐牛拥有和其他黑毛和牛一样不菲的身价，并且，它们毫不介意自己终生带着小岛的标签。小岛正在成为好去处，从某种意义上，不只限于牛。

我感觉到隐岐那些让我好奇的事情正在缓缓揭开谜底。总的来说，这是一个同时具备了"漂泊"与"稳定"的小岛，无论你追求的是哪一种，总能在这个小岛上得到你想要的。一方面，我在这里感到轻松，因为这里没有跟我谈论稳定的人，那些成人的岛留学生或是地域振兴协力队的队员，他们太年轻了，在一个谈论稳定还不现实的人生阶段，他们多半是待了三五年就要离开的。如同那个即将启程再度前往海外的女孩。而另一方面，那些漂泊许久的人们来到这里，十年、二十年地留了下来。比如宫崎一家，比如福田，比如矶谷，比如亚纱美，比如川本。他们生活在这里，是因为小岛允许他们亲自建造一种他们所追求的稳定生活，这种生活往往以农业、渔业、自然、教育和文化为基石。我感觉到生活在离岛上的人们通常拥有一种非常厉害的生存技能：他们擅长创造和建设。这里原本没有隐岐牛、没有图书馆、没有出版社、没有海参加工厂……但都被他们创造出来了。他们创造一切他们所需要的。就像川本这样，没有咖啡馆和甜品店，就自己开。你可以称之为一种"拓荒"的精神。正是这种拓荒精神，让小岛变成了一个新生的地方。这也是我总觉得离岛生机勃勃的原因。这也是我喜欢"与风与土"这个比喻的原因：好的风会把好的种子带来，在恒久的土地上长出崭新的果实来。只要有好风土。

我又想到：这样富有创造力的海士町，还有什么是没有的吗？

于是，我问川本："什么时候会特别想去岛外？"

"想吃城市里的美食的时候。"他回答。

"比如？"

"麦当劳。"这位养牛的咖啡馆店主毫不犹豫地说。

11

面对宫崎家的孩子，我通常最难向他们解释的一个问题是："为什么你现在才起床？"每个早晨的 7 点半，我从房间走出来，经过玄关，都会遇见阳太正准备出门上学，我对他说"路上小心！"而他总是对我才起床这件事发出不满的质疑。这种情况持续了几天。然后，他开始表现出理解，问题换了一个："你晚上是在写书吗？"对于我无法解释的问题，我想，美穗替我找了一个好台阶。

在岛上，我已经尽量早起了。但这个家里的孩子们，总是在 6 点半的广播响起之前就起了床。即便在周末的早晨也没有一个人睡懒觉，无论 7 岁的还是 2 岁的。有时候我站在洗浴间刷牙，几个孩子兴奋地围在周围，争先恐后地告诉我这天的早餐是什么——他们已经吃过了，催促我快点儿。有时候一不留神，洗漱台上就会突然多出几个枇杷来——他们一大早就在后院进行了愉快的摘枇杷活动。

早上 6 点半的广播，惯例是播放舒缓的晨间音乐。除非遇上重要事项通报。一天，我躺在榻榻米上听见通知重复了两遍，大约是说诊疗所如何如何，到最后也没听明白。吃早餐的时候我问起美穗和雅也这件事，两人抱歉地说，因为在忙着准备早餐，完全没留意广播。在忙碌的生活中，广播宛如无意义的白噪音。但岛上的生活重复循环，即便不认真聆听往往也不会错失什么。"一般情况下，"他们利用生活经验判断，多少能猜到广播里说的是什么，"应该是岛外的医生今天来不了了，天气或是船的原因。又或者是诊疗所休息一天。"在这个小岛上，看病就医就是生活的头等大事。诊疗所规模很小，不是所有病都能每天看，岛外的医生定期来到这里坐诊——耳科医生每个月来两次，眼科医生每个月来一次——是一些人标记在日历上的重要日子。

每个下午的三四点，邮递员会把车停在门前，擅自拉开门走进家，把一份报纸放在玄关。宫崎家订阅了《山阴中央新报》，这是一份主要在岛根县、鸟取县和广岛市发行的地方晨报。因为报社位于本岛的松江市，每天要乘船来到岛上，所以无法像在城市里那样，一大早就出现在人们眼前。宫崎夫妇总是利用傍晚前的碎片时间翻阅它。有一次，雅也翻看着报纸，突然惊呼一声，恰好放学的阳太走进来，父子二人旋即讨论起世界大事来：印度的一辆火车发生脱轨事故，死了两百多人。我在前一晚睡前刷手机时，已经得知了这一消息——世界的频率在宫崎家和我之间，有着微妙的错位。他们的世界始终是一种下午三四点到来的报纸的频率。在这个世界里，孩子们不看电视、不玩游戏机，夫妇两人也不追剧、不刷电影，虽然有手机，但极少通过它获得情报——我日日目睹这个家手忙脚乱的生活，感到他们也确实没有那样的时间。

有些时候，雅也一早去海参加工厂，美穗送孩子们去山的教室，我就一个人待在家里。一天，有个人砰砰砰敲着起居室落地门，我告诉他，大家都出去了。他毫不介意："那我就直接进来了！"然后拿着一把卷尺，丈量起家里各处的门框尺寸来。原来是施工队的人准备更换落地窗。后来美穗告诉我，这栋房子已经建造了四十几年，由于建材老旧，冬天十分寒冷，他们去年已经装了一个壁炉，现在计划把落地窗换成两层加厚的。这件事也有许多麻烦：美穗向在名古屋做建筑师的弟弟咨询过，得知岛上的造价比岛外贵了将近两倍，这项工程总共需要花费 150 万日元——岛上的房子虽然便宜，装修和翻新却是一大笔费用，人们都已经习惯了这样的规则。

尽管贵，但岛上仅有的三个施工队异常繁忙，完全排不上日程。随着吸引外来移住者的项目逐渐增多，政府工程猛然增加，施工队现在忙着处理大量町营住宅订单。这次翻新，宫崎夫妇还想把浴室和厨房一起改造了。这项计划看起来前途未卜，不知道还要等多久——之前只是安装起居室里的那个壁炉，就足足等了一年。美穗有点儿发愁，厨房的改修迫在眉睫：几个孩子对做饭的参与欲非常强烈，每次都一窝蜂挤进来，可惜现在的空间太小，难以让一家六口全部容身其中，最后只能对孩子们高喊"一边待着去！"美穗打心底不愿意让事情变成这样，这不符合她的家庭观，和孩子们一起在厨房的时间，在她看来应该成为将一家人紧密联系在一起的最重要的时间。美穗也考虑过是不是要将工程拜托给岛后或者本岛的施工队，这样也许能加快进度，材料费也会更便宜一些，但这也意味着要负责工人们的交通费和饮食费，又将是一大笔开销。这些都是岛生活的日常中让人们束手无策的事情。

又有一天的下午3点，美穗从玄关拾起报纸放在起居室的桌子上，领着我出门去买菜。岛上的小商店分布在各个聚居集落，其中以港口和町政府附近数量最多。我陪美穗去港口的鱼店买过刚上市的青花鱼和钓鱼用的鱼饵，也一起去农协的商店买过豆腐和蔬菜。我渐渐摸清楚了一些规律：农协是国营商店，和其他那些个人店的进货及运输渠道都不一样，很多时候价格会便宜一些。我注意到来自岛外的茄子——它们在港口的商店售价350日元，在农协的店只卖300日元。在一些店里，我看到了雅也生产的米花和海参加工品。无论哪一种类型的商店，都既售卖岛上人们种植的蔬菜和加工品，也进口岛外的蔬菜、冷冻肉类及牛奶饮品等等。岛外的蔬菜，通常是岛上水土不适宜栽种的，或者是非应季的蔬菜，由于加上了运输费用，一般比岛外昂贵。我看到了豆苗，价格是京都的两倍多，还有草莓和芒果，注定在岛上只能成为高级水果。在海士町的日子，我一次也没有吃过西红柿。本来我考虑给孩子们做一次西红柿炒鸡蛋，美穗说，岛上现在没有西红柿，还没有到成熟的季节，又提议用商店里的西红柿罐头做替代品。这让我觉察到了一种世界真相：一种我以为每天在超市和餐桌上生长出来的蔬菜，原本也有其随季节生长的生物规律。

那天，我和美穗买完菜，开车在回家途中，突然有一个光着上半身的男人骑自行车横穿马路而过。即便在岛上，我也只见过两个半裸的人。另一个是阳太。"那是个美国人，"美穗告诉我，"他在这里造船，町政府给了他一些经济补助。"海士町是这样，对于来到这里创业的移住者，只要项目成立，无论日本人还是外国人，均给予一视同仁的支援。还有那位离婚后在岛上经营蔬菜农园的德国男人，由于町政府正大力推行地产地消，也得到了一笔不少的补贴。这个德国男人的名字叫弗兰克。虽然我一次也没见过弗兰克，却处处遇到他。我每次都在商店里看见他的农场的蔬菜。还有一天我坐在宫崎家的起居室里，外面传来轰隆隆的除草机的声音，美穗说，可能是弗兰克，虽然他的农场在另外一处，但他去年买下了这附近的空地，好像要种点儿什么。我知道弗兰克也是英语会话小组的一员，我听过他的离婚故事，还在阿玛玛莱的工作人员合照中见过他前妻的样子。我甚至还听闻了一个八卦：美穗和茜的种子会的另一个核心成员，一个来自大阪的女人，正是弗兰克的现任女友。外国人也和本地人无二异地生活在这个小岛上，探索着他们的理想生活，同时成为闲话和八卦的一部分。我还听说，在海士町有一个在观光协会工作的斯里兰卡人，隔壁的知夫里岛也有一个经营法式甜点店的法国人，那间店正在成为隐岐的人气名店。

移住者在这个岛上做着各种各样的新鲜事，包括外国人。我又想起曾经问过福田的那个问题，于是也向美穗求证："岛上的原住民在干什么呢？"

"在町政府做公务员的最多，"美穗回答，"还有开煤气公司的、开加油站的、开饮食店的。社会福利相关的工作，例如老年人和残疾人的收容和支援设施，也几乎都是当地人在做。"

美穗和福田有一个观点是相同的，他们都认为：在这个岛上，比起移住者那种"强烈地想要改变什么"的愿望，原住民更愿意维持其普通的宁静的生活，因此在各种活动中，很少见到原住民的身影，而且这之间还存在一些年龄差：原住民中高龄者的比例很高。

福田对我说过，在这个岛上，移住者将一生都是移住者，直到他们的下一代，才会成为本地人。美穗对此有更本质的认识，她认为：移住者之所以永远贴着移住者的标签，是因为他们在这里没有亲戚。在没有被血缘关系联结的土地上，移住者即便拥有稳定的生活也像是在漂泊。这种传统的由血缘维系的地缘关系，让美穗学会了一些生存规则。

"如果你在背后跟一个岛民说另一个岛民的事情，没准那人就是他的亲戚，你的话会很快传到他的耳朵里。这样的事情有很多。"她说，"生活在这里之后，我渐渐学会了不随便谈论别人的事情。"

这符合典型的传统的农村社会的组织构造。把岛生活完全想象成一种自由的罗曼蒂克是不切实际的，一旦久居其中，就会发现其微妙的人际规则。不适应的人选择离开，但留下的人，要努力找到平衡，以及自己存在的方式。在宫崎家住得越久，我就愈发意识到，他们拥有随着时间变化的、复杂多样的生存方式。作为较早的移住者，雅也从事着农业、渔业和加工业，这是很传统的生活方式。但美穗在辞掉高中老师的工作之后，正开始寻找在这个岛上新的可能性。

我所认识的美穗，是一个狂热有机生活的拥趸者。宫崎家对于吃的追求首先就是"有机"和"健康"。宫崎家餐桌上出现的食材，除了自己种植的大米和蔬菜、自己捕捞的鱼类，很多来自山口县的一个大型有机牧场。美穗对它十分信任，在官网订购了组合套装，每个月定期收到正当季的蔬菜以及鸡肉、豆制品或者是烧卖等速冻品。当这些食材到达岛上的时候，美穗总是亲自开车去港口取货，其实也可以等待快递员派送上门，但那意味着要再多等一天。

美穗对有机生活的追求，不是来到岛上才发生的心态变化。毕竟她第一次来到海士町就是作为 WWOOF 的志愿者，从很早之前就开始关心食品的健康问题，推广固定种、种植有机大米和蔬菜也是基于这一前提。她原本以为岛生活就是原生态，是天然和健康，到了海士町才发现现实根本背道而驰：海士町的农业种植方式，一直使用大量农药。昭和时期，农药种植方式在日本全国普及和流行，最后传入各个离岛。本岛的农民更早地受到了健康问题的启发，开始反思使用农药的坏处，这种风潮却未刮进小岛。这也不是小岛独有的现象，越是偏僻之地，人们越是理所当然地吃着使用农药的各种蔬菜。美穗去港口的商店买菜，看到标签上是当地的老爷爷老奶奶种植的蔬菜，反而会望而却步，因为她无法判断其中的农药含量。

在岛上共同生活的这十年，美穗和雅也一直在思考怎么向原住民推广无农药种植方式。改变一个地区的人们的集体观念，不可心急，也不能打直球，如果直接宣传"农药是有害的！""请停止使用农药！"肯定不会被人们接受，反而会激怒他们。尤其，作为移住者，对原住民趾高气昂地说"让我们来改变吧！"只会招致反感。他们一点点从过去学习经验，在失败中找到了方法：尽量委婉迂回，采取一种原住民乐于参与其中、更策略性的方式来做这件事。

美穗和茜的种子会首先找到了一个好方式。一开始，本地的农家漠视了她们的活动，很长一段时间里，参与者全是移住者。

直到今年二月，种子会把长崎县一位人称"菌老师"的人物邀请到了海士町，举办了一次无农药种植的讲座。这位年过六旬的男人，早在 1999 年就创建了一个"大地与生命之会"，以九州为基地，在日本全国掀起了一股"用生活垃圾种植蔬菜"的热潮，其观点是：如果将生活垃圾转化为堆肥，任何人都可以轻易种出不使用农药的美味蔬菜。这位"菌老师"出版过几本畅销书，在日本种植家庭菜园的人群中颇有人气，也使种子会迎来了它第一次活动的高潮：竟有超过一百人前来参加！要知道，过去举行这样的活动，通常只有十来人的规模。这些突然多出来的人，很多是当地人，尤其是农家的老爷爷和老奶奶们。现场的踊跃场面让美穗第一次明白了：原来原住民农家也一直抱着"不使用农药也可以"的想法，只是他们不知道具体应该怎么做。种子会可以给这些人提供解决方法，美穗得到了启发，她正在筹备六月底在岛上举办纪录片《我开动了，这里是发酵的乐园》的放映会——我在图书馆里看到了活动宣传海报，片子主要讲述了日本国内几所先驱小学正在掀起的"有机校餐"运动，以及为它们提供食材的一些小规模有机种植农家。"菌老师"也在这部纪录片中登场了。美穗计划着，等到电影放映结束了，秋天要再邀请他来一次岛上。

现在的海士町，也聚集起了一群希望在学校里实现"有机校餐"的年轻移住者妈妈。受到她们健康理念的影响，山的教室已经率先尝试了这一做法。但受预算所限，小学和中学还没有完全实现有机化。美穗想的是，通过纪录片放映，也许能让更多的人达成共识，尤其是学校和政府的负责人，如果由他们来主导推广有机校餐，让海士町的地产地消得到更好的实现，没准加入无农药种植的农家也会多起来。

在这个岛上，外来者比原住民更具有这样的健康意识，他们正在努力引领这种生活方式。那些为了让孩子拥有更健康、更生态的生长环境而移住到岛上的年轻妈妈们，有些已经在这里居住了十几年，有些才刚刚到来不过半年，目标一致的生活理念把她们团结在一起——有二十个移住者妈妈，最近结成了一个新的组织，她们正在努力游说岛上的各个小商店，希望后者在进货商品单上增加一些有机产品。

美穗也是这个推广小组之中的一员。我从她口中了解到小组成立的契机：岛上的小商店，因为批发商渠道基本都一样，卖的东西大同小异。十年前美穗刚来到这里时，没有一间店里能找到无添加物的商品。这在关注健康的她看来：卖的全是些对身体不好的东西。当时的她甚至找不到一个共识者来抱怨这件事。这几年来，事情发生了变化：许多志同道合的女性移住到了岛上。一开始，她们互相交换网购渠道信息，日子久了，她们又发现了新的问题：大量网购为海士町带来包装垃圾，更糟糕的是，如果所有的生活物品都通过网络购买，将会影响海士町的本地消费经济。她们决定改变这一切。

因此，我每次和美穗去小商店买菜，她都是带着作战计划去的。她总是拿着几张刚打印出来的 A4 纸，上面列举出各家商店最近都增加了哪些有机商品。我从那张单子上看到，已经有六家商店加入其中，上架商品多是：有机手工皂和牙膏、对皮肤温和的生理卫生用品、公平贸易认证的黑巧克力、国产大豆制成的有机豆腐、意大利有机食品厂商的各种意面酱，还有美穗定期购买的那家牧场的鸡肉和无添加冷冻食品……全部加起来，大约有三十多种。美穗的作战方式，就是把这张纸拿给那些还未参与或是参与程度较小的商店店主看，对他们说："它们最近开始卖这样的东西了哦！"她认为，这样可以刺激商店之间的竞争意识，让他们意识到有机商品的市场。

就在我离开海士町的两天前，美穗专程去了某家小商店，回来兴奋地给我看照片。那家商店新开设了一个"无添加·有机商品角落"，我从照片上看到，五层货架堆得满满的。我能感受到美穗对此发自心底的开心。这些细小的改变，令她对小岛的未来充满希望。"虽然有好的地方也有坏的地方，但从这个层面来说，海士町是非常好的地方，"她对我说，"这里是一个接受挑战的地方，大家都拥有自己要挑战的事情。"

海士町不是乐园，这个小岛充满了各种各样的问题。但是，十年前那些让美穗感到郁闷、最终辞去高中教师的工作的东西，确实正在一点点变好。没有人比美穗更清楚这种变化：小岛不再像从前那样只想吸引城市的名人到来，生活在这里的人们开始更重视岛生活和岛教育的本质，山的教室和小商店里的有机产品都是佐证。还有一个例子很能说明问题：十年前在岛上推进岛教育和岛魅力的岩本悠，即便打造了岛前高中这样的成功案例，在岛上生活期间，却一次也没下过田。当时许多来到岛上的城市名人都和他一样，是有距离的规划者。但是，岩本悠的继任者，也是如今岛前高校魅力化项目的负责人，美穗口中名叫"大野"的一位男性，她对他赞赏有加，说大野也在自己种植水稻和蔬菜，因此和岛上的人们很合得来，能一起做很多事——这位大野，就是在雅也推广家庭水田的时候，第一个报名参加的人。

"经过了十年，这个岛终于变成了'刚刚好'的感觉。"美穗说。这是一个漫长的孕育期，她的那些理念一致的岛上的朋友们，在这十年里，渐渐在各自的职业领域有了一定地位，例如在町政府里，他们开始拥有发言权，终于能够实现他们对农业、食物和环境的一些先进决策。随着岛上的发言权和岛外的移住者同时到来，这个岛也渐渐转变成对各种怪现状可以直言说出"这很奇怪！"的氛围，而美穗自己，也终于变得喜欢这个岛了。

美穗是因为对日本的教育存有诸多不解，才毅然辞去了她热爱的教师工作，但她也没打算从此做家庭主妇。结婚以后，夫妇二人达成一致：孩子的教育十分重要。他们约定，先由雅也独自工作养家，美穗在家里陪伴孩子，直到他们3岁为止。自己暂时不工作也没有关系，是美穗做出的取舍。再过一年，最小的女儿就3岁了，那之后，美穗也打定主意不再回到学校的教育现场。她始终在思考"教育"，在海士町的十年里，她的重心转移到了食物上，开始反思日本学校倡导的"食育"，教育机构是否真的了解"食物"的本质？美穗今后想探索这方面。如果能把自己对食物的思考和小岛的土地结合起来，同时成为新的收入手段，那就是最理想的未来了。

岛生活十年后，宫崎家仍然在摸索，美穗也仍然在摸索。为了实现他们理想的生活形态，只能靠自己摸索，每一步都在摸索，每一个阶段都在摸索。

最后一次和美穗去小商店，回来的路上我问她："现在最希望岛上有什么商品？"

她想了一会儿，说："面包！"

我每天在宫崎家吃着日式早餐，强烈地共鸣了这种想吃面包的心情。但是，在岛上出现一间美味的面包店之前，次日，美穗起得比往日更早了，她自己发酵烤了一大筐全麦面包。

相比我把面包视为救命稻草一般的早餐，对宫崎家的孩子们来说它是受欢迎的零食。他们平日里的零食基本就是这些，美穗做的面包、饼干和酸奶，有时候他们也自己动手做果酱。美穗从不在商店里给孩子们买零食，我一次也没见过他们喝自动贩卖机里的饮料。我听闻阳太喝过的可乐屈指可数，于是打消了做可乐鸡翅的念头。双胞胎和最小的孩子，甚至没有吃过巧克力。有时候，双胞胎从山的教室回来，手里拿着岛上的老人们送的小礼物，是那些小商店货架上花花绿绿的糖果或者果冻，美穗会露出困扰的表情，对她们直言："妈妈真是不想给你们吃这些呢！"如何让不健康的食物不要流传到孩子们手上，美穗对此很是发愁。不过，她最近发现：自从"菌先生"来了以后，岛上一些老奶奶的想法也发生了改变，她们开始追求一些更健康的食物了。这对美穗来说是一个意外之喜，她认为，这对于孩子的成长环境是一件好事。

离开宫崎家之前，我终于习惯了孩子们日常挥舞菜刀的景象，但依然有一些不解的事情。阳太发烧到第三天，美穗没有要给他吃药的意思，这个家里对待所有发烧的孩子都是如此：静静注视着，若是没有发展到十分严重的情况，就等他们自己好转。有那么几天，孩子们被蚊子咬得浑身是包，瘙痒难耐，我听见美穗说："泡个澡就好了！"

这种时候，我很想拥有一台时光机，我特别想看一看宫崎家的未来：对鬼灭和姆明一无所知、没有玩过 Switch 和手机游戏、没被冰可乐和巧克力征服的孩子们，在二十年后会长成什么样的大人呢？双胞胎缠着我读绘本的时候，向我讲起过她们的人生理想，天真朴素的职业理想：一个说长大了想当保育园老师，一个说长大了要当电视上的歌手。这是她们目前对世界的最大想象。我猜想在这个家里，直到孩子们考上大学离开小岛，没有人的梦想是成为 Youtube 主播，这种最受当下日本小学生欢迎的职业。但在那之后呢？当他们离开小岛去城市里上大学，会不会受到强烈的文化冲击？会不会像川本那样，把麦当劳视为难以戒断的城市最高美食？当外部世界与内部世界发生冲撞时，他们会更多地表现出融合还是抗拒？又或者，随着移住者越来越多的到来，等他们读到高中的时候，小岛已经是另外的样子了？我没有时光机，所有的关心与好奇无法立刻得到答案。我只有继续等待宫崎家的孩子慢慢长大。

12

在宫崎家的最后一天，早餐是烤年糕。初来那天的年糕大会，我见证了糯米如何变成年糕，并且体验了人生第一次捣年糕和磨黄豆粉，在接下来的几天，我亲眼看着阳太把它们切成块状、分成小包装进储存袋。这天，那些干燥的年糕又被拿出来，表皮被烤出微焦的颜色。早晨我刷牙的时候，照例透过洗浴间的窗户眺望着后院那棵高大的枇杷树——我第一次这么做时，它的枝头挂满了果实，此时我看见：在梯子顶端触手可及的范围内，果子已经被摘光了。

前一个晚上，我和雅也坐在起居室里喝完了一箱啤酒。这是引发那场火灾的某个集落里的男人在第二天送来的。为了表示歉意与感谢，他给每一个参与救火的人家都送了一箱朝日啤酒。岛上的生活密度如此之大，我想起那场火灾，恍若隔世。

美穗在二楼陪孩子们睡觉，最小的女孩正发着烧，她整晚都抽不出身。雅也表示遗憾，说她应该很想下来的，在这个家里，美穗其实是更爱喝酒的那一个。几个孩子连续进入哺乳期，她的上一次大醉，已经是刚怀上了阳太还不自知的八年前。我于是问起雅也那次传说中的突然求婚。他有点羞涩地笑起来，没有告诉我求婚的理由，只是兀地说起美穗的外婆——他第一次和美穗聊天就听说了这位外婆，一位性格奇特的有趣的老太太。我猜测着，他是否因此感受到在有趣的家庭里成长起来的美穗，一定也会很有趣？

我认为把雅也和美穗紧紧连在一起的是他们高度重合的价值观和生活目标，这也是宫崎家的家庭感不时让我感到羡慕的地方。但我无法判断他们十年前就是如此，还是这十年来共同生活的结果。雅也对我谈起他的生活目标，纠正了这些日子以来他数次想要指出我的一个错误观点。

"我们没有在过自给自足的生活，"他说，"也从来没想过追求自给自足的生活。"他对我列举日常生活中那些需要花钱购买的赖以生存的东西：电、汽油、各种食物。这些必需品为他生活带来了便利，他不打算舍弃。而那些我以为是自给自足的东西，例如农业和渔业，蔬菜、大米、鱼类和各种加工品，他称之为："我只是在寻找我擅长做的东西。"

"那你追求的是怎样的生活？"我问他。

"用我擅长的东西去换取别人擅长的东西，找到一种能够平衡它们的生活方式。"他又举了个例子，说最近开始生产玄米，这种糙米在岛上很少见，意外地受到了人们的欢迎，于是他便拿到市集上去贩卖，用收入的钱再去购买其他人出售的东西，蔬菜、肉类，又或者咖啡豆。

"不必一定要过那种物物交换的生活，有金钱的参与也完全没问题。"他说，他只是要找到一种"双赢"的方式。自给自足需要凡事亲自动手、从无到有，那样的生活对他来说太辛苦了，也并非他对生活本质的理解。在生活里，尤其是海士町这个小岛上的生活里，与他人联结远比孤军奋战更受欢迎。

我又问雅也："在这样的生活中，钱有多重要？"

"钱很重要，但不是最重要的。"他十分坚定，"如果把钱放在第一位的话，就不会过现在这样的生活了。"

在那箱酒快要喝完时，雅也问我："你觉得 Entô 怎么样？"

Entô 是海士町最新开业的一家高级酒店，来到宫崎家之前，我曾在那里住了一晚。"我很喜欢那家酒店，它可以在我住过的酒店中排进前三，"我对雅也坦白说，"在那里，我强烈地体会到了一种感性。"实际上，因为我确实喜欢它，决定在离开宫崎家之后再去住一次，在那里度过海士町的最后一夜。

"那么，你要不要和青山聊两句？"雅也提议。

青山是 Entô 的社长，也是雅也多年的好友。雅也告诉我，青山是岩本悠的大学学弟。海士町最早的一批移住人才大抵是这么来的：一个带一个，带进来各种城市里的精英人士。小岛对他们的到来热烈欢迎，但凡有新人来了，一定会举办大型欢迎会。青山来到小岛，起先是在观光协会工作，后来又担任该协会旗下新创业的一家清洗业务的子公司负责人，再后来，当海士町为建造一间新酒店寻找合适的社长的时候，他代表岛上的年轻力量接下了这个重任。

雅也说，他认为青山将成为海士町未来的领导者之一，和他聊一聊，能帮助我更好地认识这个小岛。第二天一大早，我刚起床，雅也就告诉我：已经问过青山了，我们可以在 Entô 见面。我又一次感受到了雅也在小岛上强大的关系网和存在感，同时也再次确定了海士町难能可贵的特质：这个岛上的任何人和任何人，无论熟人与陌生人，生活者与外来者，都处在一种随时发生对话的可能性之中。这种开放性，成为海士町活力的源泉。

如果说人对世界的认知必然存在某种偏见，那么高级酒店就是我的偏见之一。我对它的偏见根深蒂固：在高级酒店会遇见有钱人，但绝对不会遇见有趣的人。我总认为它不具备旅途中的故事性，也知道许多人的旅行方式就是躺在酒店里，放任自己对当地风土一无所知。因此，最近几年的旅行中，我总是刻意地绕开它。在我的偏见里，高级酒店已经等同于无趣、虚荣、形式化和缺乏交流的代名词。

我之所以带着偏见还是选择在 Entô 住一晚，是因为在关于海士町的各种报道中，它总是作为小岛的玄关一再被强调。此地原有另一间"海港酒店"，我在网上看到一条它几年前的招聘广告："这是一家坐落在俯瞰小泉八云喜爱的菱浦入海口的山丘上的酒店，您想来工作吗？"据说，一百多年前小泉八云就是在此处目睹了菱浦港的美丽景色，并写进了游记里。海港酒店由于老朽严重不得不改修重建，于是变身为2021 年 7 月开业的 Entô。有一位年轻女孩告诉我，她一直想为住这间酒店前往隐岐旅游。她热爱"建筑巡礼"，在一本杂志的"日本值得一住的酒店"特辑里见过它，所有的房间都有面朝海港的超大落地窗，景色绝佳。

坦白说，我对 Entô 的第一印象不太好。这个酒店有一个极简风格的接待大厅，空荡荡的钢筋混凝土房间中央，一个孤伶伶的前台，后面站着身穿白衬衫黑裤子的一丝不苟的工作人员。扫地机器人在大厅里穿来穿去，发出嗡嗡的声音。我认为它是岛上一处尤为体现城市审美的地方，极简风潮统治了这里，你能从中看到日本人对"现代"一词的理解，但它缺乏人的气息。

改变我这个想法的是房间抽屉里的一张卡片。那是一张名片大小的空白卡片。不是那种会经常出现在酒店里的东西，直到我读完旁边的一段介绍文字，才明白它的用意。

那段文字的标题是海士町最著名的口号："没有的东西就是没有。"

> 没有的东西就是没有。
>
> 这既有"可以接受没有"的态度，也有"已经拥有一切重要的事物"的意识，即察觉到已存在的魅力和幸福。
>
> 在流逝的日常生活中，你是否意识到那些你一直忽视的事情？
>
> 在你沐浴在隐岐风中的时候，你是否曾重新思考过"对我来说什么是重要的"？
>
> 你希望借以重置自己，并照亮未来生活的是什么？
>
> 将你想要珍视的事情，变成这张空白卡片上"赠给自己的提问"，然后留在这个岛上。如何？

我从来没有住过一间这样的酒店，它要求我：对自己提出一个问题，并且写下这个提问的理由。如果不是它提醒，我不会意识到我已经很久没有跟自己对话。以至于那之后整个晚上我都在思考：我对自己有何疑问？我出于什么目的要对自己提问？一个什么样的问题才足够成为给自己的赠礼？直觉告诉我，这或许该是一个关乎人生的提问。

那个晚上，我一边思考着要在卡片上写下什么，一边走下楼梯，穿过空荡荡的走廊去大浴场。在地下一楼，有一个关于隐岐地质景观的小型博物馆，作为配套设施，走廊里展览着一些古生物化石，最大的一块，以整面落地窗外的辽阔大海为背景，标识上写着：恐龙。这个空间被命名为"连接几十亿年前的地方"。再晚些时候，当我从大浴场走回来时，窗外已经陷入彻底的黑暗，看不见海的表情。连接几十亿年前的地方空无一人。我的视线再次瞥过恐龙化石，再抬起眼来，突然瞥见混凝土墙面上写着一段白色的文字。我停下来，缓慢地在心中翻译它。

其中有这样几句话：

> 这颗星球，充满了多少惊人的奇迹和奥秘。
>
> "我"又是多么微小的存在。
>
> 无论是眼前的景色还是"我"，终有一天都将消失。

不知为何，得知"我"终将会消失这一事实，触动了我的内心。我继续走过长长的走廊，在心里不断地默念着这段话，登上楼梯，透过玻璃窗，看见高空上挂着一轮朦胧的满月。我感到被什么深深打动了。回到房间，我迅速写完了那张空白卡片。我开始思考旅途的意义，其本质或许是让人们在与世界对话的同时，对自身提出问题。

这便是我喜欢上 Entô 的契机。一张感性的空白卡片，带来对旅途和生命的思考，像宇宙源源不断发射却长期被屏蔽的信号，在这个岛上突然被我接收到了。这也让我在开启海士町生活之前，对它稍微有了一点儿理解：这是一个鼓励旅行者对自己提出问题的小岛。

其实，在雅也向我介绍青山之前，我还听另一个人提起过他。我在岛上住过另一间商务型酒店，那里的工作人员是一个 25 岁的爱知县男孩，男孩说他来到岛上之前试图在东京生活，结果只待了一周就逃跑了，他不喜欢那个不管想干什么都要花钱的地方，每天看着电车上的人们面无表情地玩着手机，心里只想："他们好像一点都不快乐啊！"一年前，这个男孩通过成人的岛留学项目来到海士町，一年的项目结束后，他还想继续留在岛上从事酒店业，便去找了青山商量，于是，从今年四月开始，他成了只有六个房间的商务型酒店的正式员工——这间酒店的负责人，也是青山。

我在 Entô 可以眺望海景的大厅里见到了 39 岁的青山。自从大学毕业来到海士町，这是他在小岛生活的第十五年。

最初十年，青山一直在观光协会工作，负责推广岛上的民宿。也是在这期间，他和在但马屋工作的雅也的关系变得很好。几年前，海港酒店在经历四十年的营业后，终于老旧到了无法使用的地步。酒店的社长也随酒店一起老去，只剩两年就要退休了。海士町政府开始讨论改建方案和继任经营者的问题，理所当然找到了在观光协会负责民宿的青山征询意见，聊着聊着，就决定由他来接下新酒店。

青山对我说，他完全是一个外行人在做酒店，接手 Entô 之前，不仅完全没在酒店的工作经验，甚至作为客人也没住过多少酒店。彼时他的脑海中，只有一些模糊的、模式化的酒店的印象，但直觉告诉他，那些大众化的高级酒店不是海士町需要的。海士町不是一个观光的小岛，岛上的人们也并不期待涌进一大堆游客。为此，青山一直在思考："岛上真正需要的酒店是什么？""真正具有这片土地特色的酒店是什么？"这样的思考一直发展到，他开始问自己："岛上真的需要酒店吗？"

为了解答心中的疑惑，青山开始找岛上的各种人聊天，和他们探讨这些问题。整整两年时间，酒店的计划没有任何进展，他唯一做的事情，就是不停找人聊天。要感谢那些聊天，不仅使青山自己找到了答案，就连岛民们也完全理解了他要做的是什么。

"你的答案是什么？"我问。

"绝对不是要打造单纯的豪华奢侈的酒店，招揽更多游客，赚更多的钱……"青山说，"要建造一间真正可以进行地域交流的、连接人和人的酒店。"他停顿了一会儿，又补充，"而且，应该是一个能让人们探索到感性的场所，这样他们才会再回来。这里真的是很远的小岛，为了让人们专门来到这里，为了让他们再次回到这里，要花一些心思。"

"这里真的是很远的小岛"，基于这一描述，Entô 有了名字：在日语里写成汉字，是"远岛"二字。在江户时期，它是一个动词，意味着"流放到岛屿"，意味着"流刑"。那个时代的人们还有个共识：流刑虽然比死刑轻，但比死更悲惨。用青山的话来说："远岛，是一种罪。"但他最终决定采用一个罪名来给代表海士町玄关的酒店做名字。他想传达一种对小岛的自信：远岛，在今天是一项加分的价值指标。

但即便到了今天，Entô 已经成为"日本值得一住的酒店"，青山仍没有停止对自己提问："这个岛上真的需要酒店吗？"我觉得这很有意思。这间酒店从青山对自己提问时开始有了雏形，而现在它让住进这里的人们也对自己提问。我提及了那张空白卡片。青山说，他深感海士町的高中特别有意思，于是找到"魅力化"的负责人大野一起进行项目开发，卡片是岛上的高中生们提供的灵感——人们在这个岛上的建设和参与无处不在，就连高中生也在高级酒店有一席之地，酒店也确实成了一个地域交流的结果。

提问，对一个酒店的必要性，恐怕并不是一种心血来潮。刚成为Entô的社长时，青山翻阅了大量资料，溯源酒店的历史，现在，他对我侃侃而谈那时的发现："在日本，酒店（旅馆）这一形态，最初随着古代的人们参拜伊势神宫而诞生。在欧洲，酒店则是在圣地巡礼的过程中出现的。因为心中有要祈愿的事情，人们必须长途移动，不得不找地方过夜，通常是在神社、寺院或者教堂。在途中也有生病或者受伤的人，需要长期停留进行治疗和休息，于是就演变成了酒店。起初，它一半的机能属于医院，这在当今的酒店业演变成'盛情款待'这一主旨，而另一半机能，则是进行情报交换，即'询问'和'对话'。"青山说，得出这个结论之后，他再环顾日本的高级酒店，发现它们全都努力在前半的机能上做到极致，"询问"和"对话"的空间却完全没能得以体现。他希望 Entô 实现酒店最原始的机能，因此那张卡片至关重要。

"通过和自己对话，认清你是为了什么踏上旅途。"青山说，这样一来，或许旅行也能回归其原始的意义：人们原本是为了心中重要的东西而踏上参拜或者巡礼之路的。而且，从前那些在酒店被治愈的参拜者将要前往下一个地方时，他们也会面临"我要去哪里？我为什么要去？我是谁？"的自我询问。青山最后对我说，他希望 Entô 能真正成为一个"询问"的场所，让人们在重新启程之时，认清心里重要的东西。

在海士町的谈话本该就此结束，让青山成为我在这个小岛上的最后一个谈话对象，让对旅途及自我的思考，成为一个圆满的收尾。我原本是这么认为的。然而，在一个交流随时会发生的小岛，即便你没有任何与人交谈的想法，它们也会自作主张地改变你的计划。

海士町最后一夜，我走去海岸散步。就是那个我在到达第二天去参加了市集的海岸。酒店门口的草坪上，傍晚时摆起了一圈椅子，中央有一个篝火架，一个穿着白衣黑裤制服的女孩正站在那里，努力用两块金属摩擦起火。我看了她一会儿，她笑着对我说："你之前也来住过一晚吧？我记得你。"我与她简单寒暄，然后继续朝海边走去，海岸上今年新开业了一处高级帐篷露营设施，一些年轻的男男女女坐在明亮的帐篷外，正在喝酒吃烤肉。我隐约又听见他们说起来一些熟悉的名字，例如："那个时候，悠……"

我从海岸返回酒店时，户外篝火已经在熊熊燃烧，椅子上也零散地坐着几个年轻女孩，正热闹地聊着天。见我走近，那位生火的女孩大声说："我失败了！最后是用打火机点的火！"她看起来还想继续说些什么，我于是坐了下来。

女孩从兵库县来到海士町才刚刚一个月，还没学会摩擦起火。我问她为什么来到岛上，她说，正打算换工作，就看到一个报道新开业的 Entô 的电视节目，觉得"在那里工作好像很有趣"，于是直接打通了酒店的电话。酒店告诉她：你可以直接来工作，也可以参加成人的岛留学生项目，先体验一年，再决定以后。于是，她成了成人的岛留学生中的一员，平日里在酒店工作。在我们坐在一起的这个晚上，她的工作是不断把木材扔进火堆里，这与她的前一份工作——在一家大型通讯公司的手机店做营业员——截然不同。

"在手机店工作，绝对不会有像这样聊天的时候，"她说，尽管对这座小岛还很陌生，但她已经感受到，"海士町真有趣呢！日本全国的人们通过各种各样的路径来到这里。"

她和其他三个围绕在篝火前的女孩一样，都是今天这个小岛上的新鲜血液。一个群马县的女孩，还是大学生，打算利用暑假在岛上待两个月，体验酒店工作。还有两个计划在岛上生活三个月的岛体验生，她们平时在酒店和图书馆工作。新来的年轻人们交换着岛上的生活情报，例如海士町的商店价格很贵，但岛后的超市是和本岛完全一样的物价，很多年轻人每个月乘船去岛后购物一次。又聊起岛后新开的民宿，怎么去隔壁的西之岛一日游。我向她们推荐了知夫里岛的咖啡馆。"那个养牛的咖啡店店主！"其中一位惊呼起来。原来，不久前成人的岛留学项目安排前往知夫里岛进行生活体验，被带去的正是川本家的养牛场，在那里，他们帮忙清理了牛圈，并且为牛准备了饲料。

我在这个晚上感受到了青山所期待的这间酒店的"交流"如何呈现。大家彼此分享为什么来到小岛上，交换着临近的岛屿的情报：岛后新开的喫茶店、拉面名人的虾拉面、可以打工的咖啡馆……最后说着"晚安"告别。我再次确定了我未曾在其他任何高级酒店遇见过这样的场景。海士町处处弥漫着一种"随时交流"的氛围，这是一个重视人和人之间联系的小岛，于是这间酒店便也如此。一切都不是偶然发生的个例。户外篝火原本就是为了让交流发生而设置，它欢迎旅行者，工作人员和路过的岛民也可以随时加入，所有出现在小岛上的人，都构成了触发交流的开关。

许多在海士町遇到的人都会问我同一个问题："你觉得这个岛怎么样？"他们中的一些人说："你去过那么多离岛，隐岐和它们果然不一样吗？"我总是很诚实地回答他们：海士町是我去过的离岛之中最有活力的一个。这里不是那种悠闲度假、等待养老送终的岛。这里也不是那种日渐消沉、因为年轻人的流失让人感到触目惊心的岛。这里是一个正在建设的岛。我所感受到的海士町的活力，是因为新移民正在这里试图建造一个多样性的社会组织结构，而它的框架已经初见雏形。这种雏形根植于土壤，但思维模式是十分世界化的，我想原因也在于这个小岛的包容：一些想要寻求主流之外的生活方式的人们聚集在这里，一些想要走没有人走过的路的人聚集在这里，海士町接纳了一切有此意愿的人们，允许他们同时开拓与探索。

离开海士町那天，雅也和美穗来港口送我，为我带来自家制的小点心作为伴手礼。我和一些要去岛后工作或购物的人以及一些牵着狗的人，一起走上了轮渡。常常往来的人们一上船就脱鞋躺下了。我趴在二楼船室的窗户上注视着小岛渐行渐远的风景，想象着岩本悠第一次离开海士町时，是不是也是这样在船上远眺岛影，感到这个小岛所具有的象征性。这些日子以来，民俗学家宫本常一的一句话时时萦绕在我心头，此时它又浮现上来。他说："离岛社会是日本社会的缩影，离岛所面临的问题是整个列岛的问题。"

离岛面临的所有问题——高龄化、少子化、财政困难、年轻人流失、缺乏就业机会——正在成为困扰整个日本社会的严峻问题。离岛是日本的缩影，而日本这个小岛，只是全世界人类社会一个抢先亮起的红灯。海士町作为日本地方振兴的代表案例，常被认为在克服这些问题上取得了瞩目的成果。但身处其中的人们很冷静，他们对我说：海士町正在尝试，还谈不上成功。许多问题还没有被解决，前路仍然不明。一个现实的衡量指数是：日本在 2022 年发了一份"自治体财政状况"调查，其中以町村为单位的"贫穷度排行榜"上，海士町高居第三，政府债务仍然高达 87 亿日元。

让人们看见希望的，是新移民正在来到小岛。

我又想起了后鸟羽天皇。2021 年，是他被流放到这个小岛的八百周年，海士町把此事当成很大的观光宣传点，幽默地称其为这个岛的"移住之父"，认为从他开始，这个小岛成为一个接纳并款待各种文化，土壤与文化相互融合发展的地方。但这只不过是后人经过美化的宣传用语。直到江户时期为止，隐岐群岛仍不断有流放者到来，除了天皇，还有许多贵族和知识分子，他们都是在政治斗争中失败的人。曾几何时，流放之地的本质是失败者的失意之地。

今天的海士町绝非如此。新移民们主动选择将自己流放到离岛，并不是因为事业失败和人生失意。恰恰相反，他们认为在小岛上可以探索日本城市里不可能实现的生活方式，一种符合他们对教育、事业、食物和环境理想的方式。他们正在努力让这种理想在海士町生根发芽。人们各自有各自的理想生活，宫崎家只是其中一个案例。有人在此创立新型企业，有人创造了移民和岛民的交流场所，有人离开了又回来，有人正在体验移住，有人成为长久地与小岛保持着亲密交往的"关系人口"……海士町的活力和潜力是多样性的，人们用各异的形式和小岛的土地连接在一起。

我想这也就是为什么，我在这个小岛上遇见的人，尤其是年轻的建设者，总是表现得元气满满和干劲十足。像面具一般固定在都市年轻人脸上的那种疲惫感和厌倦感，我一刻也未在他们脸上看到过。我看到他们对事物充满希望和探索欲，这原本是全体年轻人应该拥有的特权。直到今天，每当我想起海士町的人们时，总会想起宫崎家的稻穗——他们就是像那样的稻穗一样舒展生长的人，一株一株，不被量产，很通风。这也正是为什么，以海士町为契机，我开始对那些选择在偏僻之地的生活的年轻人发生兴趣。从海士町开始，我隐隐有了一个不确定的猜测：地方，或者说农村，将成为日本未来的方向。

*

从离岛回到京都以后，我并没有彻底割裂和它们的关系。一些东西变成了我的日常。

今年的新米季节，我又从网上购买了佐渡大米。我收到的那袋大米，包装上有一只桃红色的朱鹮翱翔于天空之中，另一只则低头觅食于稻田中央，周遭围绕着青蛙、蜻蜓和昆虫，还有两个雀跃的小人儿站在田坎上，那是佐渡岛的人们想要传达的美好愿景，人与自然界全部生物和谐怡然生活的景象。佐渡大米成为我家餐桌的日常，生长在让鸟类和昆虫安心的自然里的食材，同样让我这个在城市里的人类感到了些许的安心。

和福本爸爸在大曾教堂拿到的那张卡片一直放在我的钱包里，尽管我不信仰任何宗教，但我决定珍藏那句话。那句话写道："凡劳苦担重担的人，可以到我这里来，我就使你们得安息。"有时候我想起离岛上的人们来，想起我挥手对他说"我还会再来"的时候，觉得它就是那么一个让我身心平静、能够短暂休息的地方。

但不可避免地，从离岛回到京都以后，我又被裹挟进了互联网的言论大潮，终日被绑定在手机和电脑上。偶尔我会想起海士町，想起那些早上 6 点半在广播声中醒来、晚上 8 点就躺在榻榻米上、一整天也抽不出时间来上网的生活。我最常想起的，是有一次和美穗去港口买菜，那天阳太也在，一直站在商店的电视机前盯着棒球比赛直播，怎么喊也喊不走。因为家里没有电视机，商店里的电视对他来说总是这样充满吸引力。我问美穗为什么不在家里也装一台，她对我说：不希望孩子们对世界的判断受到电视新闻的影响。孩子们不应该通过那些不一定客观的报道认识世界，那个世界或许充满偏见和假象，她认为，他们应该直接触摸实际的人事物，从而了解真实的世界。

那之后有一天，美穗在 Facebook 上怀念起我们在海士町共度的时光。她写下了这样的话："对于孩子们来说，中国的印象就是 Kiyo（宫崎家总是用这个名字称呼我）。未来无论他们看到怎样的报道，温柔善待他们的 Kiyo，就是他们心中的中国。我觉得这样很好。"

每当我被互联网言论裹挟着时，总会想起美穗的话。我想着，应该远离虚拟的幻境，去拥抱真实的个体。这是离岛给我个人的一个重要启示。

离岛：于偏僻之地重建生活

LIDAO:YU PIANPI ZHIDI CHONGJIAN SHENGHUO

图书在版编目 (CIP) 数据

离岛：于偏僻之地重建生活 / 库索著 . —— 桂林 ：
广西师范大学出版社 , 2024.3（2025.7 重印）
ISBN 978-7-5598-6775-9

Ⅰ . ①离… Ⅱ . ①库… Ⅲ . ①散文集—中国—当代
Ⅳ . ① I267

中国国家版本馆 CIP 数据核字 (2024) 第 013412 号

广西师范大学出版社出版发行

广西桂林市五里店路 9 号　邮政编码：541004
网址：http://www.bbtpress.com
出 版 人：黄轩庄
责任编辑：徐晏雯　张丽娉
内文制作：张　佳
装帧设计：尚燕平
全国新华书店经销
发行热线：010-64284815
北京盛通印刷股份有限公司印刷
　北京市经济技术开发区经海三路 18 号　邮政编码：100023
开本：880mm×1230mm　1/32
印张：11　插页：8　字数：242 千
2024 年 3 月第 1 版　2025 年 7 月第 4 次印刷
定价：68.00 元

如发现印装质量问题，影响阅读，请与出版社发行部门联系调换。